陕西师范大学中国语言文学"世界一流学科建设"成果

性别批评丛书　总主编　屈雅君

傅美蓉 著

从"反再现"到"承认的政治"
女性身份认同研究

From Anti-representation to the Politics of Recognition
Research on the Female Identity

中国社会科学出版社

图书在版编目（CIP）数据

从"反再现"到"承认的政治"：女性身份认同研究／傅美蓉著．—北京：中国社会科学出版社，2019.12

（性别批评丛书）

ISBN 978-7-5203-5328-1

Ⅰ.①从… Ⅱ.①傅… Ⅲ.①女性—人物形象—文学研究—中国—当代 Ⅳ.①I206.7

中国版本图书馆 CIP 数据核字（2019）第 221761 号

出 版 人	赵剑英
责任编辑	顾世宝
责任校对	季　静
责任印制	戴　宽

出　　版	中国社会科学出版社
社　　址	北京鼓楼西大街甲 158 号
邮　　编	100720
网　　址	http://www.csspw.cn
发 行 部	010-84083685
门 市 部	010-84029450
经　　销	新华书店及其他书店
印　　刷	北京明恒达印务有限公司
装　　订	廊坊市广阳区广增装订厂
版　　次	2019 年 12 月第 1 版
印　　次	2019 年 12 月第 1 次印刷
开　　本	710×1000　1/16
印　　张	20.25
字　　数	273 千字
定　　价	108.00 元

凡购买中国社会科学出版社图书，如有质量问题请与本社营销中心联系调换
电话：010-84083683
版权所有　侵权必究

总　　序

屈雅君

一　关于使用"性别批评"概念

20世纪60年代诞生于西方新女权运动的女权主义批评，立场鲜明，视角独到，话锋犀利，经过半个多世纪的发展，话语日益丰富，形态更加多样，方法越发成熟。

这套丛书的命名，并未沿用"女权主义文学批评"（或"女性主义文学批评"）等概念，而使用了"性别批评"，旨在强调以下两层含义。

（一）"性别"不是一个中立的概念

"性别"，或者说"社会性别"这个词①，和"阶级""种族"一样，一旦进入社会科学研究领域，就决定了它不可能是一个立场中立的概念。20世纪70年代，美国人类学家盖尔·卢宾首次在她的性别研究中使用这个词时，就试图探索人类历史上女人受压迫的根源。"社会性别是社会强加的两性区分，它是性的社会

---

① 英文gender一词，在中文中有"性别"和"社会性别"两种译法，此概念无论在何种语境中出现，都强调它自身与sex一词（sex也有与gender相对应的两种译法："生理性别"或"性别"）的区别。

关系的产物。"① 美国历史学家琼·W. 斯科特将性别划定为一个"分析域",一种"分析范畴",她在定义"性别"一词时,提出了两大核心命题:"性别是组成以性别差异为基础的社会关系的成分;性别是区分权力关系的基本方式。"② 虽然"性别"这个词在有些人看来,较之那些带有鲜明女性立场的"女权主义""女性""妇女"等词汇,貌似更趋向于客观、中立,然而事实是,它在妇女研究领域的广泛流行、被高频率使用,正是女性主义理论进一步深化的标志。

"性别"之所以成为女权主义理论中的一个关键词,在于它包含着一个清晰的逻辑命题,即:既然有别于"生理性别"的"社会性别"是由社会、历史、文化所形成的,那么,它就有可能随着社会、历史、文化的改变而改变。因此,无论是女权运动,还是女权主义理论,抑或是女权主义批评,都肩负着关注妇女命运、促进两性平等、推动社会进步的天赋使命。

(二)性别分析不可能依靠单一性别,它关乎两性,关乎社会整体结构

20世纪80年代以后,女权主义理论大多用"性别"研究取代以往的"妇女"研究。琼·W. 斯科特在她的论著中引述并认同一种看法:"将'性别'作为'妇女'的代名词,这表明,与妇女相关的信息亦与男子相关,对妇女的研究意味着对男子的研究。这种看法表明,女性世界是男性世界的一部分,它产生于男性世界,由男性世界所创造。""孤立地研究女性,会强化这样的信念,即男性的历史与女性的历史毫不相干。"③

---

① [美]盖尔·卢宾:《女性交易:性的"政治经济学"初探》,载[美]佩吉·麦克拉肯主编《女性主义理论读本》,广西师范大学出版社2007年版,第52页。
② [美]琼·W. 斯科特:《性别:历史分析中的一个有效范畴》,载李银河主编《妇女:最漫长的革命》,生活·读书·新知三联书店1997年版,第168页。
③ 同上书,第156页。

20世纪60年代，在新女权主义运动中产生的女权主义文学批评，其目光从一开始就不仅仅限于女性，女权批评家们最先是从男作家的文学作品入手，将男性中心社会所创造的整个文学世界作为观照对象。她们既剖析男作家笔下的男性形象，也剖析其笔下的女性形象，她们既关注男性批评家对女性形象的分析，也关注他们对男性形象的阐释，简言之，女权批评家们将两性作家、两性批评家、文学中的两性人物形象，以及两性的阅读群体全部纳入了她们的批评视野，从而构成一个宽广宏阔的比较平台。她们从性别入手重新阅读和评论文本，将文学和读者个人生活相联系，激烈地抨击传统文学对女性的刻画以及男性评论家带有性别偏见的评论，从而揭示文学中女性从属地位的历史、社会和文化根源。因此，全社会的男女两性，以及无论何种性别标记的人群（而不是其中任何一种单一的性别），才是妇女研究、女性研究、女性主义理念研究的应有视野。

二 关于"性别批评"研究对象

（一）性别批评作为文学批评

作为性别批评的另一种表述形式，"女性主义文学批评"不是一个仅仅与"女性文学"和"女性主义文学"相呼应的概念。但在中国高等教育中，虽然"女性文学""妇女文学"作为文学课程体系中一个边缘的、细小的分支，受到越来越普遍的关注。但是，在中国知识界以及高校文科学生中，仍然有相当一部分学生甚至学者将"女性主义文学批评"仅仅理解为"对于女作家作品的批评"。因此，这里重申女性主义文学批评的主要研究对象是必要的。

美国女性主义批评家爱莲·肖沃尔特（Elaine Showalter）曾就女性主义文学批评的研究对象或曰范围作了经典概括。她将其分为两大类，其一是女性主义评论（feminist critique）。这种批评是以女性读者的眼光来观照文学，它探究文学现象的种种意识形态的假设，这种研究也被称为"女性阅读"研究。其二是"女性批评家"（gynocritics）。它涉及作为作家的女性，即制造本文意义的女性。这种研究也是"女性写作"的研究。[①]

"女性阅读"研究可以概括为对迄今为止的文学史进行女性主义清理。具体包括：（1）梳理女性主义理论、社会性别理论，以及由这些理论所引申出的文学批评理论，其中包括那些与女性、妇女、性别相关的理论，也包括可为女性研究、性别研究运用和借鉴的理论；（2）阐述女性主义的批评原则，特别是在后现代主义思潮背景下，女性研究、性别研究、女性文学批评所采用的基本理念、研究方法、分析框架和批评策略；（3）对文学文本的主题或曰意指系统的性别研究；（4）文学体裁类别的文化认定及其中心/边缘结构的性别研究；（5）对于隐含在文学题材区分和划定背后的性别权力关系的研究；（6）文学文本的形式主义批评，诸如对文学叙事的诸要素，对文本的表层含义与深层含义，对文本的叙述者、叙述视角、叙述方法的性别分析等。在这些具体研究中，所有关于"本文"与"价值"的分析方法都可以进入女性主义批评家的视野，同时都可供她们有选择、有条件地借鉴。

"女性写作"的研究可以概括为探索和发掘一个被人遗忘的女性文学史，从而使整个人类文学的历史变得更加丰富。具体包括：（1）对于历史上女性文学家及其文学作品的发掘和梳理。文学史上曾有一些男性批评家和男性学者做过类似的工作，因此这种工作既包括了以新的性别眼光对这些已经梳理工作的再梳理，也包括了重新发现、找寻、拾遗、填补新的女作家作品；（2）女性创作能力的心理动力学，特别是与诸如"母爱"等女性独有的经验潜意识对女

[①] ［美］埃莲·肖尔瓦特：《走向女性主义诗学》，载［美］埃莲·肖尔瓦特编选《新女性主义批评》（纽约，1985年），转引自康正果《女权主义与文学》，中国社会科学出版社1994年版，第84页。

性创作的影响的研究;(3)通过语言,特别是文学语言的性别研究,去发现、发掘由于各种原因已然形成的女性特有的言说方式;(4)女作家群研究;(5)女作家作品的个案研究;等等。同样,无论是对文学史料的整理,还是在作家作品研究中对"史"与"论"之关系的研究,都不应是任意的、无章可循的。女性主义在批评实践中尊重所有批评理论长期积淀的学术规范,同时以冷静敏锐的眼光审视这些规范中所潜藏的性别偏见,并逐渐尝试一些不同的原则和规范,这些原则和规范的存在使文学批评领域在性别视角的调整过程中逐渐变得更加丰富、多元、立体、深广。

(二)性别批评作为艺术批评

在中国,无论是在学术界、教科书里,还是在人们的日常生活中,一向是"文学"与"艺术"并提。并且在广义的艺术分类上,也一直将文学作为诸多艺术门类之一种——语言艺术。因而从逻辑上讲,"文学"与艺术中的其他门类(如音乐、绘画、舞蹈等)应该具有平等地位。但是,无论是在西方哲学史、文论史界还是在当代中国文艺理论界,"文学中心说"影响深远。已有学者对西方哲学史的相关理论作过详尽的梳理,归结起来主要有以下理论依据:第一,文学是艺术发展的最后阶段(谢林、黑格尔)。第二,文学是艺术最高样式或典型样式,文学是最偏重内容、在思想上最有力度的艺术(黑格尔、别林斯基)。第三,文学是各类艺术的基础。一些综合性艺术样式如戏剧、曲艺、电影、电视等都离不开文学(脚本)基础;各种艺术的思维、构思、创作以及对它们的理解、阐释、评价也离不开文学语言这一基础。第四,文学性或曰诗意精神是所有艺术的共同因素,也是艺术的真正生命和灵魂(马利坦等)。[①]

[①] 以上"文学中心说"中对西方哲学史相关观点的归纳和梳理详见李心峰《文学:作为一种艺术》,《文艺研究》1997年第4期。

就中国当代社会而言，"文学中心论"体现于学校教育的设置，语文课程（课本内容中绝大多数是文学作品）贯穿了从小学到高中的全过程。就其分量和地位而言，没有任何一门艺术课程（音乐、美术）可以与之相比；在大学教育中，非艺术类专业不再开设艺术课程，但所有专业学生都要学习"大学语文"；在中国任何一所综合性大学里，中文专业（语言文字课程占据了绝对比重）一向独立，且地位绝对超过所有艺术专业之总和。也就是说，在一个人一生所接受的全部艺术教育中，"语言艺术"的教育自始至终占据着绝对中心的位置。

必须指出，"文学中心论"与女性主义消解二元对立的基本思维方法在本质上是冲突的。女性主义从诞生那天起，就作为一种边缘力量不断地向各种各样的"中心"发起挑战。就"文学中心论"而言，它的根本问题不是语言艺术与其他艺术门类之间的关系，而是语言的本体论意义。在逻各斯中心主义价值体系中，语言不是工具，不是手段，更不仅仅是艺术的一个分支，语言是目的，是人的存在方式，是人的本质。

上述"文学中心"的事实，是文学批评向艺术批评拓展的基础，也是"女性主义文学批评"向"女性主义艺术批评"拓展的前提。在批评实践中，正如文学批评的许多基本原则都适用于其他艺术一样，女性主义文学批评的一些基本原则和分析框架，如对于影视作品、流行音乐、绘画雕塑等艺术门类，还包括电视综艺、各种网络视频艺术等（甚至包括介于艺术与非艺术之间的各种新型的、另类的制作），无论就其主题的呈现，还是题材的选择、人物的设置等要素的性别分析都具有相当广阔的覆盖面和适应性。即使是偏重于形式材料的分析，女性主义文学批评理论也能够以它无可替代的概括力为其他艺术研究提供某些方法论启示。

（三）性别批评作为文化批评

按杰姆逊的说法："文化从来就不是哲学性的，文化其实是讲故事。观念性的东西能取得的效果是很弱的，而文化中的叙事却具有很重要的作用和影响。小说是叙事，电影是叙事，甚至广告也是叙事，也含有小故事。"① 如此，叙事就不局限于文学，甚至不局限于各种艺术，而是充斥于全社会整个的文化空间之中。从批评形态上看，女性文学批评是一种对文学艺术的外部研究或曰社会学研究。它所关心的不只是妇女在文艺中的地位，更重要的是通过她们的文学地位来透视她们的社会地位和现实生存状态，并通过文学批评实践与整个女性主义运动相连接。在中国，由于马克思主义的阶级分析和社会解放理论对于女性文学批评的发展和建设起到了不同寻常的影响，这种从文学艺术出发而指向文学艺术以外的倾向更加突出。同时中国传统的"文以载道"观念也格外强调文艺的道德价值和社会功能。在这种现实背景下，中国的女性主义文学批评不仅可以是女性主义理论在文学领域，进而在艺术领域的延伸，同时也是一种对全社会的性别观念施加影响的力量。它的基本原则不仅可以用于其他艺术批评，而且可以用于社会批评和文化批评。比如对既存的流行时尚及公众审美标准的探讨和评判，对于大众传播媒介（如新闻、公益宣传、商业广告，以及从幼儿教育到大学教育中使用的教材，为各个年龄段量身定制的各类畅销读物，以及社会风尚，与大众日常息息相关的各类生活要素的流行趋势，等等）的性别分析和研究等。以广告为例，虽然它只是一种商业现象，但它同时又是一种艺术集成，几乎运用了所有的艺术手段：文学、绘画、摄影、音乐……因此对于商业广告的性别分析离不开最基本的文学批评方法。由于大众传媒内容普遍涉及思想倾向、审美趣味、内容与形式、语言风格、人物、叙述模式等专业问题，因此，对它们的分析不应是情

---

① ［美］杰姆逊：《后现代主义与文化理论》，唐小兵译，北京大学出版社 1997 年版，第 66 页。

绪化的阅读反应，不应是纯道德的声讨，不应是独断的政治说教，也不应仅仅是一般社会学方法的借用或套用，而需要依据强有力的思想文化理论作为背景资源。女性主义文学批评的产生本身就是对那种拘泥于纯美学思考的形式主义批评理论（如新批评等）的突破和发展。作为后结构主义批评思潮的一个分支，它与西方当代文化思潮特别是后现代主义文化思潮一同生长发育，它借助语言哲学、文化人类学、精神分析学、现代阐释学、符号学等一系列学科作为理论背景。因此，女性主义文学批评有责任也有能力承担女性主义文化批评的使命。

女性文化批评的另一项使命是参与女性文化的建设与发展。比如，对被男性文化所轻视、忽略和埋没的民间妇女文化（织物、绣品和其他手工艺品）的发掘、整理和研究，这种研究不应只是知识的介绍、装饰感的展示与民俗学的说明，而应该是被女性主义文学批评方法论所照亮的，具有一定思想穿透力和理论高度的，充分融入了历史主义和人文主义的，对于世界的新的解释。

上述种种，是本套"性别批评丛书"孜孜以求的目标。它的面世，正是全体参与其间的作者共同努力的结果。

2019 年 5 月于西安

目 录

绪论 从"反再现"到"承认的政治"……………………（1）
  一 从"反再现"到"承认的政治":无处不在的女性
    身份认同………………………………………………（2）
  二 身份认同研究的历史回顾与未来展望………………（8）
  三 研究方法与基本思路…………………………………（22）

第一章 反再现:女性身份认同的逻辑起点……………（26）
  第一节 社会性别、再现与他者女性……………………（27）
    一 社会性别是一种再现………………………………（27）
    二 他者:女性的再现与自我再现……………………（31）
    三 社会性别与他者女性………………………………（39）
  第二节 性别研究视野下的身份认同与文化再现………（43）
    一 Identity:同一性、认同与身份……………………（44）
    二 再现系统中的女性:女儿、妻子、母亲或其他……（48）
    三 女性身份认同的再现诉求…………………………（56）
  第三节 清白的终结:女性与再现…………………………（59）
    一 "污名化":男性对女性的误现………………………（60）
    二 镜中之像:女性的自我误现…………………………（62）
    三 清白的终结:再现即误现……………………………（71）
  第四节 反再现:女性身份认同的革命性诉求……………（76）

一　反再现：从《女权辩护》开始 …………………… (76)
二　《一间自己的房间》：再现与反再现的迷宫 …… (79)
三　从《第二性》到《性的政治》：反再现在行动 …… (83)
本章小结 ……………………………………………………… (86)

第二章　解构：女性身份认同的必经之"蜕" …………………… (89)
　第一节　"同声相应"：解构主义与女性主义的关系 ……… (90)
　　一　"不期而遇"：女性主义与解构主义的相遇 ………… (90)
　　二　"意气相投"：女性主义与解构主义的相合 ………… (93)
　　三　"分道扬镳"：走向政治实践的女性主义 …………… (98)
　第二节　从"寄生物"到"寄主"：女性主义批评的
　　　　　解构之图 ……………………………………………… (102)
　　一　作为"寄生物"的女性主义批评：解构，从女性
　　　　阅读开始 ………………………………………………… (104)
　　二　嫁接复嫁接：解构在行动 …………………………… (113)
　　三　作为"寄主"的女性主义批评：走向自我解构 …… (119)
　第三节　女性身份认同的危机 ……………………………… (124)
　　一　身份问题的提出：谁在说话？为谁说话？ ………… (125)
　　二　对再现权的质疑：谁能代表女性说话？ …………… (128)
　本章小结 …………………………………………………… (132)

第三章　女性身份的主体性建构 ……………………………… (135)
　第一节　路在何方：女性主体的建构 ……………………… (137)
　　一　主体：从出场到隐退 ………………………………… (138)
　　二　女性主体：行走在幻象与真实之间 ………………… (143)
　　三　女性主体的未来 ……………………………………… (158)
　第二节　扑朔迷离：女性身份的多种面向 ………………… (164)
　　一　本质主义与反本质主义之争 ………………………… (165)

二　法国女性主义批评：以"女性特质"为名 …………（170）
　　三　斯皮瓦克："策略本质主义" …………………………（177）
　　四　超越"差异僵局"：定位式女性主义的诞生 ………（182）
第三节　女性身份的主体性建构——以江永女书个案
　　　　分析为例 …………………………………………（190）
　　一　"君子女"：女性身份的自我建构 …………………（191）
　　二　女书：女性作为女性构建女性身份 ………………（193）
　　三　身份诉求：从自我"认同"到他人的"承认" ………（199）
本章小结 ………………………………………………………（202）

第四章　全球化语境下的女性身份认同 ……………………（204）
第一节　现代性、全球化与身份认同 …………………………（205）
　　一　现代性的幽灵 ………………………………………（206）
　　二　全球化的神话 ………………………………………（211）
　　三　现代性、全球化与身份政治的兴起 ………………（212）
第二节　全球化了，"我们"在哪里？ …………………………（221）
　　一　碎片化的女性 ………………………………………（222）
　　二　流动的女性 …………………………………………（226）
　　三　女性共同体与身份认同 ……………………………（231）
第三节　女性身份认同的异质多元性 …………………………（239）
　　一　阶级与女性身份认同 ………………………………（240）
　　二　族裔/民族/种族与女性身份认同 …………………（245）
　　三　女性身份认同参照体系的多元性 …………………（252）
本章小结 ………………………………………………………（256）

第五章　承认：女性身份认同的终点？ ……………………（258）
第一节　从身份认同到承认 ……………………………………（259）
　　一　"承认"概念探源、理论发展及相关争论 …………（259）

二　承认理论与女性主义研究 …………………………（266）
第二节　女性主义：走向承认的政治 ……………………（272）
　一　从强调"性别差异"到承认"女性之间的
　　　差异" ……………………………………………（273）
　二　女性主义："正义的民间范式" ……………………（277）
本章小结 ………………………………………………………（283）

结语　对女性身份认同的追问 ……………………………（285）

参考文献 ……………………………………………………（290）

后　记 ………………………………………………………（307）

绪 论

从"反再现"到"承认的政治"

20世纪下半叶,随着新社会运动的蓬勃兴起,各种社会运动均诉诸身份认同,女性主义①运动也不例外。进入21世纪以来,身份认同仍然是女性主义批评及其实践所关注的核心问题。在菲勒斯文化②中,女性往往被再现为"他者"。反再现是女性身份认同的逻辑

---

① 女性主义(feminism)最初于19世纪末出现于法国(féminism),被用作"妇女解放"的同义语,后传入英国及其他欧洲国家。英文中的feminism一词,就其字面的含义来讲,应译为女性主义。20世纪初,它由日语转译而来,相应的意译词有"女子主义""女性主义""男女平权主义"和"女权主义"等。在后现代主义的今日世界,很难找到一个整齐划一的词来承担feminism的所有内涵。迄今,流传最广的是"女权主义"和"女性主义"两种译法。"女权主义"这一译法体现了早期女性主义者为争取妇女权力而进行的政治斗争,后来越来越多的人以"女性主义"取代了早期的"女权主义",尤其强调"性别"含义。值得注意的是,中国学者在选择feminism的译法时,具有一定灵活性与策略性。一般来说,提及西方女性主义时选用"女权主义",涉及国内妇女运动与相关研究时则选用"女性主义"。

② 菲勒斯(Phallus)是一个非常复杂的概念,弗洛伊德视之为阴茎(penis)的同义词,拉康认为其既非某种幻象,亦非某种身体器官。显然,拉康式的"菲勒斯"具有超验性质,而女性主义者正是在此意义上使用这一概念的:"它指的既不是什么现实意义上的器官,也不是被幻想化了的器官,而是一种象征:象征一种能够产生意义的权力。"(相关观点,可参见[美]简·盖洛普《通过身体思考》,杨莉馨译,江苏人民出版社2005年版,第199页)质言之,菲勒斯象征着父权、父权制或父权社会。目前,人们所处的文化仍然是菲勒斯中心的文化,即菲勒斯文化;人们所处的社会仍然是菲勒斯中心的社会,即菲勒斯中心社会;两者所遵循的仍然是"菲勒斯中心主义"(phallocentrism)逻辑

起点，只有解构一切有误的再现，才有可能实现具有主体性的女性身份。从本质上讲，身份认同也是一个分裂主义的概念，对这一概念的高度强调，实际上并不利于女性共同体的团结。与身份认同一样，承认也是处理同一性与差异性的概念。女性身份认同是一个异常复杂的问题，涉及多种研究领域，笔者试图以一种非线性方式对女性身份认同及其实践进行理论探讨。要阐明女性身份认同问题，至少需要结合再现、解构、身份认同、承认等多种理论以及女性主义的实践来展开论述。

一 从"反再现"到"承认的政治"：无处不在的女性身份认同

随着现代化向后现代化的转变，人们的政治、经济、家庭、宗教和性别观念均发生了深刻变化，个体与个体生活受到普遍关注。在此背景下，与现代性息息相关的身份认同问题格外受人瞩目，几乎所有的文化冲突与矛盾都可归结为身份认同问题。作为文化研究的关键词，身份认同也在我国引起了巨大的反响与关注。令人遗憾的是，在性别研究领域内，这一关键词虽然频频被用于分析文学作品与文化现象，但鲜有人从本体论视角来研究女性身份认同问题。

在性别研究领域内，身份认同问题是近几十年来最值得关注的研究课题。首先，在全球化背景下，人们越来越关注同一性和差异性议题。作为处理这两者关系的核心概念，"身份/认同/同一性"（identity）[①] 自然成为人文学科领域的研究热点。其次，身份认同理论为女性主义、后殖民主义等批评模式提供了重要的思想资源与理论构架。由于身份认同理论强调边缘群体的身份问题，妇女、移民、

---

① 在英文中，identity 具有诸多含义，中文里没有与之对应的词语。我国学术界对 identity 的运用非常灵活，根据语境可以翻译为"身份""认同""同一""同一性"等。在文化研究领域，identity 一般对应于"身份/认同"或"认同/身份/同一性"。（相关观点，可参见汪民安主编《文化研究关键词》，江苏人民出版社 2007 年版，第 183 页；周宪编《文化研究关键词》，北京师范大学出版社 2007 年版，第 231 页）笔者在不同的语境中采用了"身份""认同"以及"身份认同"三种表达。

少数民族等过去被忽视的边缘群体成为关注的焦点。最后，女性主义者大都以女"知识分子"自居，远远不足以代表全部妇女，其所再现的女性身份认同也尤为可疑。以中国为例，女性主义者虽注重对女性主体意识的建构，但其寻求"双性和谐"的努力又在无形中削弱甚至摧毁了对菲勒斯中心主义的批判精神。本书关注的核心问题是20世纪以来的女性身份认同问题，有关再现与反再现、解构与建构、全球化与现代性、承认政治等问题的论述均以此为轴心展开。

（一）再现与反再现

在菲勒斯中心主义的再现（representation）[①]系统中，男性主体对女性的再现几乎都是在女性缺席的历史情境中发生的。正是这种不合法的再现权（power of representation）造就了菲勒斯中心主义话语，以及对女性形象的歪曲、误现，并以客观再现的名义把性别歧视和性别偏见铭刻于历史之中。美国学者特里莎·德·劳里提斯（Teresa de Lauretis）曾提醒我们："通过社会性别的再现而进行的社会性别的建构在今日和往常任何时候一样在进行着，或者说在更加剧烈地进行着。"[②] 相比之下，今日的社会性别建构愈加剧烈，也愈加隐蔽，即使看上去非常中立的再现也有可能是歪曲的、有误的，且隐藏着深刻的性别偏见。抵抗一切有关女性作为他者的再现，是

[①] "representation"具有诸多含义，中文里没有可对应的词语，现有"表现""表述""表达""再现""表征""表象""代表"等多种译法。如《表征：文化表象与意指实践》书名中的"表征"与"表象"即为"representation"的不同译法，译者在后记中特别声明，很难找到一个中文词来担当"representation"的诸多语义功能。（相关观点，可参见［英］斯图尔特·霍尔《表征：文化表象与意指实践》，徐亮、陆兴华译，商务印书馆2003年版，第416—418页）又如在《论文字学》中，译者在前言中也声明，在汉语里也找不到一个词能同时包含"representation"的所有意思，而且德里达几乎同时使用"representation"一词的所有含义："表现""描述""再现""代表""指代""表演"等。（相关观点，可参见［法］雅克·德里达《论文字学》，汪家堂译，上海译文出版社1999年版，译者前言第4页）

[②] ［美］特里莎·德·劳里提斯：《社会性别机制》，李素苗译，郑岩芳校，载［美］佩吉·麦克拉肯主编《女权主义理论读本》，广西师范大学出版社2007年版，第214页。

女性建构身份认同的前提条件。作为反再现（anti-representation）的战斗檄文，凯特·米利特（Kate Millett）的《性的政治》（*Sexual Politics*，1970）对菲勒斯文化价值进行了彻底的批判与揭露，其对菲勒斯文化再现的抵抗力度超过了历史上任何时期的女性主义话语。至此，女性主义开拓了一种属于自己的话语模式——女性主义批评，开始从理论上自觉地建构女性身份认同。

（二）解构与建构

几乎所有的再现都是有误的再现，建构女性身份认同不仅伴随着对他者再现的解构（deconstruction）[①]，也伴随着对自我再现的解构。一方面，再现理论无法摆脱二元对立，必然走向解构；另一方面，解构也是反再现的一种具体策略。在此，女性身份认同在性别政治与性别批评的领域内依然是女性主义者不得不坚守的立场，或称为行之有效的策略。在后现代语境下，菲勒斯中心主义的根基虽有所动摇，但只要再现或反再现还在进行，就有可能留下暗门，供解构主义出入。女性对自我身份的建构，往往与其对菲勒斯文化的解构联系在一起。作为他者，女性无论是在美学意义上还是在政治意义上，都无法得到完全再现。李银河曾一语道破女性身份的实质，并指出改变女性地位的可能性："由男性铸造的社会将女性视为低下的：她只能通过挑战和改变男性的高等地位的途径来改变自身的低下地位。"[②] 女性主义批评亦然。作为女性身份认同话语，女性主义批评是一种不断成长、变化且不

[①] "解构"源于海德格尔在《存在与时间》（*Sein und Zeit*，1927）一书中所使用的"destruktion"（破坏、瓦解、摧毁）或"Abbau"（分解、拆除）一词。针对该词，雅克·德里达（Jacques Derrida）在对传统哲学的解构中提出了另一个哲学概念"deconstruction"，即在后现代主义语境中频频出现的"解构"。德里达认为海德格尔的"destruktion"没有贬义，是一种"分析和揭示本体论历史的方法"，与黑格尔的"aufgehoben"（扬弃）相近，并无"摧毁"之意。（相关观点，参见杜小真、张宁《德里达中国讲演录》，中央编译出版社2002年版，第155页）换言之，德里达的"deconstruction"虽源于海德格尔的"destruktion"，但更强调与破坏的关系，且增添了"抹去""消除""分裂"等含义。

[②] 李银河：《女性主义》，山东人民出版社2005年版，第1页。

断自我调整的话语范式,对菲勒斯主义一贯采取抵抗与拒绝的立场,具有鲜明的解构精神。目前,女性主义批评虽已逐渐进入主流话语,但在理论界仍被视为"低下的",只有不断地挑战、解构菲勒斯文化的再现系统,女性主义批评才有可能改变自身"低下"的地位,获得相对独立的理论品格。对女性主义批评而言,解构菲勒斯文化与建构女性身份认同,犹如硬币不可分割的两面。在此,解构只不过充当了建构女性身份认同的手段与途径。

(三) 流动的身份

在后现代语境下,如何界定"妇女"(women)①本身就是一个麻烦。"妇女"有如被海德格尔写下又划掉的(Under Erasure)的"存在"(Sein),在表达时是必要的,但又不充分,因此只能暂时借用。作为女性主义知识与实践的假设根基,"妇女"即使与工人阶级一样已经被证明只是一种四分五裂、难以捉摸的社会行动者,但其存在却是必要的。在遭遇解构主义的那一刹那,女性主义已经开始质疑与"女性"(woman)相对的"妇女"是否可能存在。不仅"妇女"可能不存在,就连"女性"本身也可能仅仅是同"男性"(man)相对照时获得的临时定义的一个位置,根本反映不了完整的"自我"。②然而,女性主义者需要某种单一的"立场"、某种相对统一协调的身份认同。具言之,假设"妇女"的存在,假设这一术语

---

① 在英语中,woman 是抽象名词,一般被译为"女性";women 则指具体的、有性别的群体,常被翻译为"妇女""女人"或"女性"等。当 women 被译为"妇女"时,通常具有浓厚的政治色彩。与英语不同,中文属于汉藏语系,名词本身不能明显体现单复数信息,需要借助其所在的名词短语进行体现。因此,在中文语境中区分"woman"或"women"的确是一件非常麻烦的事。再者,单数的女性(woman)或复数的女性(women)并不是内在一体的范畴。笔者倾向于使用"女性"一词,一般情况下不作单复数的明确区分。(相关观点,可参见〔美〕朱迪斯·巴特勒《性别麻烦:女性主义与身份的颠覆》,宋素凤译,上海三联书店 2009 年版,第1—2 页;〔英〕布赖恩·特纳《社会理论指南》,李康译,上海人民出版社 2003 年版,第 365 页)

② 〔美〕玛丽·朴维:《女性主义与解构主义》,张京媛译,载张京媛主编《当代女性主义文学批评》,北京大学出版社 1992 年版,第 332—333 页。

的有效性，是进行女性主义研究的前提条件。借用哈贝马斯的话来说："理想与现实之间的紧张关系，在话语自身当中表现得尤其明显。参与者一旦进入论证，就不可能不相互假设，一个理想的言语环境的条件已经得到了充分的满足。"① 如果离开"妇女"或"女性"这一假设条件，女性主义本身也面临着被全盘消解的危险，作为一种身份批评的女性主义批评亦不复存在。对女性而言，身份认同是必需的。凭借身份认同，女性才能与其他妇女建立联系，才能清楚自己到底是谁，究竟拥有什么样的地位和权力。不过，在流动的现代性阶段，任何建立"整齐划一"的努力注定要以失败告终。所有关于女性的命名与普遍概括都有可能是虚假的、错误的或无意义的，即使没有女性主义立场的失守，女性身份认同也很难保持自己的稳定性与完整性。从作为他者被再现，到自觉运用解构策略反再现，女性为建构自身的身份认同进行了不懈的努力。身份不仅与性别有关，同时还涉及民族、种族、阶级、宗教、职业、性取向等多种因素。各种身份认同互相纠缠、紧紧交织在一起，女性身份只能不断地变化策略，谋求一种暂时性的稳定与整一。正是在身份认同政治的推动下，处于边缘的女性获得了实现集体身份与个体价值的权力。身份认同是一种个体与更广大共同体、范畴、实践与制度的认知性、道德性与情感性的联结。从本质上来讲，这一概念是一个分裂主义的概念，不利于建构女性的集体身份。如果身份认同理论最终不能解决女性的团结问题，反之却把可能存在的"女性共同体"引向分裂，那么这一理论就不能真正解决女性所面临的问题。我们不得不承认，对身份认同的高度强调，实际上并不一定有利于女性共同体的团结。这时，只能转而求助于另一概念——承认（recognition）。

---

① ［德］哈贝马斯：《现代性的哲学话语》，曹卫东等译，译林出版社2004年版，第375页。

(四) 承认的政治

当身份认同概念陷入困境时,查尔斯·泰勒(Charles Taylor)提出了"承认的政治"(politics of recognition)。作为当今政治的另一热门话题,"承认"同样处理的是同一性与差异性、共同体与个人之间的关系问题,因其暂时有效地避免了"身份认同"概念的缺陷而成为替代"身份认同"概念的一个选择。一方面,女性主义运动可视为"为承认而斗争"的诸多表现形式中的一种;另一方面,承认也可被视为一种身份模式。任何身份都是混杂的,自我身份的形成也是一个他我相融的过程,因此,女性身份认同的建构需要得到"他者"男性的承认。身份认同不仅仅是自我认同(即"我如何定义我是谁")的问题,还是他我认同(即"他人如何定义我是谁")的问题。换言之,女性身份认同部分地是由男性的承认构成的。如果得不到男性的承认,或者只是得到男性扭曲的承认,均会影响到女性的身份认同。在菲勒斯文化中,女性低贱卑下的形象已经被内化了,传统女性获得的往往是一种扭曲的承认,一种污名化的身份认同。为了避免集体身份的污名化,女性为获取承认必须采取集体行动,不仅需要"有意义的他者"(significant other)将其接纳为一个平等而有尊严的他者,而且不能受制于这个"有意义的他者"。这就需要女性主义者充分利用身份的流动性,在同一性与差异性之间维持着某种平衡。与此同时,承认的政治既不能忽视性别之间的差异,也不能忽视女性内部的差异。从现代身份观念发展出来的差异政治(politics of difference)要求承认女性个人或群体独特的身份,虽然女性独特的身份正在被占据统治地位或多数人的"男性"身份所忽视、掩盖和同化。无疑,差异政治谴责任何形式的歧视,我们应当承认每一个人独特的身份。泰勒说:"寻求承认的斗争只有一种令人满意的结局,这就是平等的人之间的相互承认。"① 在此意义上，我们可以说：不同性别的人作为平等的人相互承认，是女性主义运动最令人满意的结局。

二 身份认同研究的历史回顾与未来展望

20世纪以来随着哲学、人类学、心理学等学科在研究方法和视野上的突破，本质主义和先验论的方法逐渐被经验论的、多元论的、社会学的方法所取代，这就为女性身份认同研究开拓了新的理论空间。在西方，身份认同问题仍然是文化研究的焦点，涉及民族、族群、种族、阶级、性别、宗教、职业、语言等多种因素。从20世纪60年代末至今，身份政治方兴未艾。女性主义运动、反种族主义运动、同性恋运动等新社会运动②作为现代认同感政治，无一不是通过身份认同的方式来进行政治动员，进而要求社会尊重个体和支持其所认同的"某一种身份或价值"③。综观国内外社会性别研究与身份认同研究，呈现出如下特点。

第一，身份认同概念适用范围广，并非为女性主义批评领域专属。

当代文化研究对身份认同问题的关注带有明显的政治倾向与意识形态倾向，因而身份认同研究相应地具有了政治维度与意识形态维度。以女性主义研究为例，女性的身份认同往往与压迫、阶级、

---

① ［加］查尔斯·泰勒：《承认的政治》，董之林、陈燕谷译，载汪晖、陈燕谷主编《文化与公共性》，生活·读书·新知三联书店2005年版，第311页。

② 新社会运动并不是一个统一的运动和组织，它包括新女性主义运动、反种族主义运动、同性恋运动等，主要是西方20世纪60年代以来被边缘化的群体所参与的社会运动，其核心在于打破权威，挑战现有制度与价值观。不少西方学者认为新社会运动是一种挑战传统意义上的制度化政治的认同感政治，其参与者"往往是为了实现一些非物质性的价值，试图改变的是社会上某一种主流价值观和行事方式，要求社会尊重个体和支持他们所认同的某一种身份或价值；而参与者之间的聚合基础也多是某一种共同身份的认同（如同性恋者、动物爱好者、生态保护主义者等等）"。（相关观点，可参见何平立《认同感政治：西方新社会运动述评》，《探索与争鸣》2007年第9期）

③ 何平立：《认同感政治：西方新社会运动述评》，《探索与争鸣》2007年第9期。

权力、解放等问题相关,具有明确的政治倾向性与现实针对性。女性身份认同不仅涉及"我是谁"的问题,还涉及"我认同谁""我要成为谁""我是否被认同"等问题。知道我是谁,就是知道我站在何处。查尔斯·泰勒在《自我的根源:现代认同的形成》(*Sources of the Self*: *The Making of the Modern Identity*,1989)一书中指出,"是谁"这个问题须将某人设置在由对话者组成的社会中的潜在的对话者地位,而能够自己回答的都知道自己站在何处。[①]

女性主义本身就是一种身份政治,在其内部大致有三种立场,即本质主义的立场、反本质主义的立场以及策略本质主义的立场,这些立场均试图在同一性与差异性之间维持某种平衡。无疑,对女性主义批评及其实践而言,身份认同是最突出的问题,具有一定的优先权,但身份认同概念并非诞生于女性主义知识体系内部。当代文化研究之父斯图亚特·霍尔(Stuart Hall)率先把"身份认同"这一术语引进文化研究的范畴。不过,他在《文化身份与族裔散居》(*Cultural Identity and Diaspora*,1990)一文中对"文化身份"这个术语的权威性和真实性提出了质疑,更加强调从现实状况出发去理解"文化身份"。他认为身份并不是透明或毫无问题的,而是一种永不完结、永远处于过程之中的"生产",一种"在内部而非在外部构成的再现"。[②] 在此,身份认同与再现问题有了某种关联,文化身份被看成一种"生产"的过程,一种在内部构成的再现。

在全球时代,身份问题不仅与个体的觉醒密不可分,也与社会的发展密切相关。安东尼·吉登斯(Anthony Giddens)、乔纳森·弗里德曼(Jonathan Friedman)等认为身份认同是当代社会发展(如全球化)的产物,与人们对他们是谁以及什么对他们有意义的

[①] [加]查尔斯·泰勒:《自我的根源:现代认同的形成》,韩震译,译林出版社2001年版。
[②] [英]霍尔:《文化身份与族裔散居》,陈永国译,罗钢校,载罗钢、刘象愚主编《文化研究读本》,中国社会科学出版社2000年版,第208页。

理解有关。① 马丁·阿尔布劳（Martin Albrow）注意到个人和社会的问题都已经转换成了身份问题，他指出，关乎集体身份与个人身份的"身份政治学"已经使得古老的阶级政治学黯然失色。② 伴随着现代性的发展，"身份认同"这个概念本身也受到了质疑。自霍尔开始，西方学者们就没有回避主体身份的复杂性。"身份"本身容易使人相信存在某种不变的本质或精确的属性，事实上我们很难找到一种可以涵盖"某个人所经历的大量复杂多变的社会实践和文化形式"、具有"典型特征"的身份。③ 乔治·拉伦（Jorge Larrain）虽赞成一种历史的观点，但是反对本质主义的和单一的身份观。他把身份理解为过去构建起来的一个程序，认为身份不是一种可以清楚界定、普遍接受的界限，不同社会群体的立场往往对应着不同的身份及身份观。与此同时，拉伦戳穿了身份的意识形态性，认为身份可以充当被压迫群体的反抗手段，以反抗更强大的文化对其进行同化。④

按照拉伦的理解，身份认同没有可以清楚界定、普遍接受的界限，也就是说身份的疆界是流动多变、模糊不清的。关于身份认同的流动性，齐格蒙特·鲍曼（Zygmunt Bauman）进行了更加详尽的论述。在鲍曼看来，身份是一件易碎的艺术品，对身份的追寻虽迫在眉睫，却是一场"抑制和减缓流动、将流体加以固化、赋予无形的东西以有形的持续性的斗争"。⑤ 身份外部的定型只是一种假象，

---

① 相关观点，可参见［英］安东尼·吉登斯的《现代性与自我认同：晚期的自我与社会》（赵旭东、方文译，生活·读书·新知三联书店1998年版）以及［美］乔纳森·弗里德曼的《文化认同与全球性过程》（郭建如译，商务印书馆2003年版）。

② ［英］马丁·阿尔布劳：《全球时代：超越现代性之外的国家和社会》，高湘泽、冯玲译，商务印书馆2001年版。

③ ［英］拉雷恩：《意识形态与文化身份》，戴从容译，上海教育出版社2005年版，第221页。

④ 同上书，第6页。

⑤ ［英］齐格蒙特·鲍曼：《流动的现代性》，欧阳景根译，上海三联书店2002年版，第126—127页。

其内部从来就是非固定的。迄今为止，我们仍然不能减缓或终止身份的流动，因为在身份尚未来得及固定之前就已然再度被溶化。身份问题与现代性、意识形态等密切相关，鲍曼在另一本书中指出："事实上，如果现代的'身份问题'是如何建造一种身份并且保持它的坚固和稳定，那么后现代的'身份问题'首先就是如何避免固定并且保持选择的开放性。"① 在后现代主义思潮的影响下，身份认同问题的研究不断向文化领域收缩，在处理宏大问题时开始显得力不从心。近年来，法国学者阿尔弗雷德·格罗赛（Alfred Grosser）从个人身份、集体身份、政治身份、欧洲身份等方面探讨了身份认同的困境，并明确指出："要想保持协调一致性，就必须参与到对归属性群体之未来的引导和掌控尝试中去。"②

查尔斯·泰勒、阿克塞尔·霍耐特（Axel Honneth）等学者把目光转移到"承认"这一概念上，相继提出自己的承认理论。至此，以承认为主旨的身份认同政治开始获得广泛的关注。20世纪90年代初，霍耐特在《为承认而斗争》③（*Kampf um Anerkennung*，1992）一书中指出了一条返回本源之路（即返回到早期的黑格尔），不仅对承认理论进行了阐发，而且分辨了现代社会的三种重要的承认形式——爱、权利和团结。同年，弗朗西斯·福山（Francis Fukuyama）在《历史的终结及最后之人》（*The End of History and the Last Man*，1992）④ 一书中也提出回到黑格尔，将历史当作"承认斗争"（struggle for recognition）去了解，认为只有在他人之中自己才能与自己结合，才能被承认为"一个人"。两年后，泰勒又提出"承认的

---

① [英]齐格蒙·鲍曼：《生活在碎片之中——论后现代的道德》，郁建兴等译，学林出版社2002年版，第86—77页。
② [法]阿尔弗雷德·格罗赛：《身份认同的困境》，王鲲译，社会科学文献出版社2010年版，第91页。
③ [德]阿克塞尔·霍耐特：《为承认而斗争》，胡继华译，上海人民出版社2005年版。
④ Francis Fukuyama, *The End of History and the Last Man*, New York: Free Press, 1992.

政治",将承认与身份认同关联起来。我国学者曹卫东也看到了这一转向,不仅对"身份认同"与"承认"进行了概念上的梳理,而且肯定了从"身份认同"到"承认"的转变。① 20、21 世纪之交,霍耐特和南茜·弗雷泽(Nancy Fraser)围绕着承认问题展开了一场政治哲学对话。弗雷泽在道德哲学的范围内对再分配与承认进行了整合,提出了不同于泰勒和霍耐特的设想,明确提出"把承认视为正义问题,将把它看作社会身份的一项议题"。② 霍耐特则把"承认"解析为一个包括"权利承认""文化鉴赏"和"爱",且寻求再分配的、适应个别差异的概念。

真正将承认理论与性别研究钩连起来的是身兼西方批判理论家与激进女性主义者的弗雷泽。泰勒虽然也认识到女性主义对"承认"的需要,但没有进行深入探讨。霍耐特干脆放弃了承认理论与女性主义批判对话的想法,认为和女性主义的对话会打破他的论证框架。③ 在关于承认理论的多次论争中,弗雷泽一直试图将性别问题引入承认理论的视域,而她的努力也是卓有成效的。④

第二,我国对身份认同的研究范围较广,但明显滞后于西方,且缺乏原创性理论。

目前,国内外关于身份认同问题尚不能,或者说永远也不能达成共识,几乎每一种不同的现代性看法都会引发关于身份认同问题的争论。陶家俊介绍了身份认同的思想渊源及发展,并分析了文学批评中的身份认同研究。⑤ 但国内不少学者在进行身份认同研究时,

---

① 曹卫东:《从"认同"到"承认"》,《人文杂志》2008 年第 1 期。
② [美]南茜·弗雷泽、[德]阿克塞尔·霍耐特:《再分配,还是承认?:一个政治哲学对话》,周穗明译,上海人民出版社 2009 年版,第 22—23 页。
③ [德]阿克塞尔·霍耐特:《为承认而斗争》,胡继华译,上海人民出版社 2005 年版,第 6 页。
④ 相关观点,可参见[美]南茜·弗雷泽《正义的尺度:全球化世界中政治空间的再认识》,欧阳英译,上海人民出版社 2009 年版,第 128—136 页。
⑤ 陶家俊:《身份认同导论》,《外国文学》2004 年第 2 期。

常常存在概念模糊、混淆等问题。鉴于此，阎嘉在《文学研究中的文化身份与文化认同问题》一文中对"身份""认同"和"同一性"几个词语的内涵做出明确界定，并对有关概念、研究的走向以及研究中的重要问题，进行了界定、分析与评述。①

20世纪90年代，身份认同研究在中国形成热潮。1998年6月，"全球化问题和中国文化的认同"国际讨论会在复旦大学召开，会议主要围绕"全球化"和"中国文化的认同"两大问题展开。次年，王宁在《文学研究中的文化身份问题》一文中将文化身份与身份认同等同起来，认为文化身份主要诉诸文学和文化研究中的民族本质特征和带有民族印迹的文化本质特征。② 三年后，王宁又介绍了霍米·巴巴（Homi K. Bhabha）的混杂理论对当前国际学术界有关文化身份认同研究的影响，并从社会历史的眼光和文学史的角度综合考察了流散写作的身份认同。③ 至此，王宁把身份认同与种族研究、后殖民研究联系起来，并纳入文学研究。遗憾的是，身份认同研究尚未与性别研究缝合。

此外，文学与文化认同建构的关系备受学术界关注。2002年，刘俐俐在《甘肃社会科学》第1期主持了笔谈"文学中的文化身份问题"，王宁、王一川、乔以钢等人从不同的角度切入文学中的文化身份问题。2006年，周宪等人主持的国家"985工程"就与现代文化认同有关。周宪提出要在坚持文化多元主义价值观的基础上，倡导一种开放的、发展的文化认同观。④ 2008年，曹卫东在《从"认

---

① 阎嘉：《文学研究中的文化身份与文化认同问题》，《江西社会科学》2006年第9期。
② 王宁：《文学研究中的文化身份问题》，《外国文学》1999年第4期。
③ 相关观点，可参见王宁的《叙述、文化定位和身份认同——霍米·巴巴的后殖民批评理论》（《外国文学》2002年第6期）与《流散文学与文化身份认同》（《社会科学》2006年第11期）。
④ 周宪：《"合法化"论争与认同焦虑》，《南京大学学报》（哲学社会科学版）2006年第5期。

同"到"承认"》中对身份认同理论与承认理论进行了综述,并指出"承认"可以看作对"认同"的修正,目标直接指向建立在道德基础之上的共同体的团结。① 同年,北京大学出版社推出了周宪主编的《中国文学与文化的认同》,涉及认同的语境与全球化、认同与身份问题、认同与传统的关系、认同的建构与理想的认同、文学作品中的认同等问题。

从2000年罗钢、刘象愚主编的《文化研究读本》② 收录霍尔的论文《文化身份与族裔散居》,到2007周宪主编的《文化研究关键词》③ 收录"认同/身份/同一性"一词,身份认同虽越来越受学者关注,但身份认同理论在我国尚处于评介和传播阶段,缺乏原创性理论。不过,台湾学者对身份认同的研究已经超越了传播阶段,并具备了自身的理论系统。如孟樊的《后现代的认同政治》,对后现代与身份认同的含义、现代政治与其身份认同危机、后现代的自我与身份认同、后现代身份认同的类型以及差异政治、运动政治等进行了独特的阐述,并对后现代身份认同政治进行了批判。④

第三,在西方,身份认同研究与性别研究已完美结合,并取得了丰硕的成果;在中国,身份认同研究与性别研究尚处于本土化的过程中,并没有实现完全接轨。

西方女性主义批评产生于新女性主义运动,自诞生以来一直关注女性的性别身份认同,尤其是20世纪90年代后,身份认同问题开始成为女性主义批评的焦点问题。朱迪斯·巴特勒(Judith Butler)在《性别麻烦》(*Gender Trouble*,1990)一书中对"女性"作为女性主义的主体提出了质疑,其对性别身份的探问启发了女性主

---

① 曹卫东:《从"认同"到"承认"》,《人文杂志》2008年第1期。
② 罗钢、刘象愚主编:《文化研究读本》,中国社会科学出版社2000年版。
③ 周宪:《文化研究关键词》,北京师范大学出版社2007年版。
④ 孟樊:《后现代的认同政治》,台北扬智文化事业股份有限公司2001年版。

义者在多个层面上对"主体"的批判性反思。① 巴特勒从哲学本体论层面重新考察语言、主体、性别身份等关键性概念,深刻阐述了异性恋框架下的性别身份和欲望关系是如何形成的,从而颠覆了霸权话语对性别、社会性别、性欲的强制性规定。在她看来,社会性别是在时间的过程中通过一系列"性别操演"(gender performativity)建立起来的脆弱的身份,就此她提出了酷儿理论(queer theory)作为应对策略。这就动摇了本质论者眼中的社会性别所具有的稳定性、不变性,为思考社会性别的多样性开辟了新的道路。令人欣喜的是,"麻烦"虽从未烟消云散,但新的"麻烦"却能促使我们的认识更加接近性别的真相。苏珊·斯坦福·弗里德曼(Susan Standford Friedman)认为,巴特勒对"女性特征"或"妇女"概念的激烈挑战可以被看作对西方有关身份的话语表现的最大的扰乱。她在某种程度上把巴特勒的"性别麻烦"解读为女性批评(gynesis)②的后裔,认为"性别麻烦"预示着酷儿理论家们对"社会身份疆界说"(the new geographies of identity)所做的各式各样的贡献。③

20世纪80年代中后期,琼·W. 斯科特(Joan W. Scott)将"社会性别"作为一个有效的分析范畴引入历史研究。十年后,她又在《女性主义与历史》(Feminism and History,1996)一书中将"差别"作为分析范畴引入女性主义,强调了妇女中差别的重要性,指出"妇女"不可能是一个内涵一致、固定不变的统一体。换句话说,

---

① 正如 Aandra Lee Bartky 评价《性别麻烦》所言:"巴特勒的作品改变了我们思考性、性别、性欲和语言的方式。她对性别身份的探问已对当代思想产生了重大影响,启发了在多个层面上对'主体'的批判性反思。"(相关观点,可参见〔美〕朱迪斯·巴特勒《性别麻烦》,宋素凤译,上海三联书店2009年版,封底。)

② 艾丽丝·贾丁(Alice Jardine)的"gynesis"是指社会性别(特别是女性)在后结构主义对人文主义的批评中所占据的中心地位,肖瓦尔特(Elaine Showalter)借用"gynesis"一词来描述后结构女性主义对女性的解读。

③ 〔美〕苏珊·斯坦福·弗里德曼:《超越女作家批评和女性文学批评——论社会身份疆界说以及女权/女性主义批评之未来》,谭大立译,康宏锦校,载王政、杜芳琴主编《社会性别研究选译》,生活·读书·新知三联书店1998年版,第459页。

斯科特认为不存在一种本质化的、单一的女性身份认同。女性社会或政治的身份认同使其社会性别的身份认同复杂化，并使"妇女"这个范畴产生了内在的差别。不过，"差别"在实施权力关系的同时，也创造了能被策略地用来反抗和产生变化的身份认同。① 斯科特认为，身份认同并非人们身体和民族的自然属性，而是在同别人对照的话语中产生的；女性主义并非一个能清楚界定的实体，而是一个各种差别相互冲突却又携手并进的场所。② 在这里，女性的共同利益得以表达和争论，身份认同获得了暂时的稳定，且形成了政治和历史。

继《性别麻烦》之后，巴特勒又在《消解性别》（*Undoing Gender*，2004）一书中重新审视了性别、社会性别以及"性别操演"的理论，对性别的关注点开始从哲学话语转向现实生活与政治，并针对各种关于性别的限定和标准，提出了"消解"性别的策略。③

随着西方女性主义批评的"东渐"，我国开始出现有别于传统批评话语的女性主义批评。近30年来，我国从女性主义出发研究作家、作品蔚然成风，论文、专著汗牛充栋，但大都关注于文本解读、文学史建构或理论梳理。目前，社会性别研究与身份认同研究在我国尚处在本土化的过程中，屈雅君从历史背景、意识形态与学术背景等三个方面对女性文学批评本土化过程中的语境差异进行了分析。她一再强调，女性批评家在接受"社会身份疆界说"等西方理论中精辟而有益的思路的同时，有必要开辟和守护"性别研究"这块不可替代的特别领地。④ 林树明在谈论中国女性主义文学批评的问题时

---

① ［美］琼·W. 斯科特：《女性主义与历史》，鲍晓兰译，王政校，载王政、杜芳琴主编《社会性别研究选译》，生活·读书·新知三联书店1998年版，第375页。
② 同上书，第370—376页。
③ ［美］朱迪斯·巴特勒：《消解性别》，郭劼译，上海三联书店2009年版。
④ 屈雅君：《女性文学批评本土化过程中的语境差异》，《妇女研究论丛》2003年第2期。

也强调，有必要把社会性别因素作为身份认同的重要组成部分。① 这说明中国学者已经开始关注身份认同与社会性别的关系，但这两个研究领域的"交点"在我国尚未结出丰硕的果实。一般来说，学者只是把身份认同作为一种研究视角与理论工具。

从公开发表的成果来看，有关社会性别研究的论文数量与日俱增，其中不乏质量上乘之作，但研究对象与内容相对西方来说严重滞后，本土化的研究课题较为缺乏。早在2004年，巴特勒决定甩掉"性别麻烦"，并提出了"消解性别"的应对策略，而在中国的社会科学和学科体系中，"性别"却无立锥之地。直到2007年，我国学者乔以钢还不得不为在文学研究中引入"性别"分析范畴的合法性而进行辩护。她在《性别：文学研究的一个有效范畴》一文中指出，性别在社会生活、文学创作与文学研究中都不是一种孤立、静止的存在，而是与阶级、种族、文化、宗教等因素纵横交织、相互联系和渗透。②

20世纪70年代末80年代初，中国现代意义上的身份认同争论缓缓拉开序幕。直到21世纪，有关身份认同的争论才在国内学术界引起普遍的关注，并逐渐掀起热潮。2003年，杨莉馨在《女性主义诗学在中国：双重落差与文化学分析》一文中谈到了"性别"在中国传统文化中的特殊性。她指出，在中国，"性别"从不被视为独立自主的论述系统，身份认同与性别无关，而是在"多元的人伦角色位置"获得界定的。显然，"以关系而不是个体为本位的人性观，使性别难以构成社会身份的中心"。③ 2004年，刘思谦也开始关注女性的身份认同问题，她认为女性的写作身份是人的价值与女性性别的统一与协调，20世纪90年代以来的女性文学一直在语境的变化中调

---

① 林树明：《论当前中国女性主义文学批评的问题》，《湘潭大学学报》（哲学社会科学版）2006年第3期。
② 乔以钢：《性别：文学研究的一个有效范畴》，《文史哲》2007年第2期。
③ 杨莉馨：《女性主义诗学在中国：双重落差与文化学分析》，《文艺研究》2003年第6期。

整自己的性别身份，寻找自己的话语空间。① 她指出，调整后的性别身份的内涵是女性意识与个人意识的双重自觉，是"女人"与"个人"这两种身份的相互补充与相互支撑，是对自己作为女人的个人与作为个人的女人这一性别身份的认同。② 如果说杨莉馨、刘思谦是自发地转入女性身份研究领域的话，那么蒋欣欣则是自觉地介绍了西方女性主义理论中的"身份/认同"，并指出了身份认同的理论价值："由识别和承认自身内部的他性到接受和认可别人的差异，这种反身的、实践的主体性经历将身份/认同的确立引向了产生意义的主体间的交互作用，有助于包容逻辑取代牺牲逻辑。"③

对海外华人女作家而言，身份问题格外突出。我国不少学者开始以海外华人女作家为研究对象，研究女性的身份认同问题，如黄华的《女性身份的书写与重构——试论当代海外华人女作家的身份书写》④，林丹娅的《华文世界的言说：女性身份与形象》⑤，等等。身份由性别、阶级、种族、族裔、国籍、宗教、年龄等多种因素构成，这一点我国学者已达成共识。黄华认为，在全球化语境下，女性写作也意味着一种新的女性身份的建构，这一新身份"强调尊重差异的女性个体，弱化国家、民族、阶级的界线"；华人女作家在书写时所体现出的身份认同绝非仅局限于"外在身份上的变化"，而是"一个动态的、与时代相连、不断建构的过程"。⑥ 林丹娅则看到了

---

① 在此，写作身份包括对语境的价值取向（例如完全认同顺从、有所保留、拒绝抵抗等），对个人言说身份叙述位置的认定，以及对一个时期的历史、社会、伦理道德、性别的态度等。（相关观点，可参见刘思谦《女性文学的语境与写作身份》，《南京师范大学文学院学报》2004 年第 4 期）

② 刘思谦：《女性文学的语境与写作身份》，《南京师范大学文学院学报》2004 年第 4 期。

③ 蒋欣欣：《西方女性主义理论中的"身份/认同"》，《文艺理论与批评》2006 年第 1 期。

④ 黄华：《女性身份的书写与重构——试论当代海外华人女作家的身份书写》，《中华女子学院学报》2005 年第 2 期。

⑤ 林丹娅：《华文世界的言说：女性身份与形象》，《北京大学学报》（哲学社会科学版）2006 年第 2 期。

⑥ 黄华：《女性身份的书写与重构》，《中华女子学院学报》2005 年第 2 期。

性别身份可能遇到的麻烦,她认为置身于文化、国家、性别"三维"空间中的女性形象,虽然充分展示了兼收并蓄的活力,却有可能陷入混沌难解的尴尬身份中。①

近年来,乔以钢、刘堃开始尝试建构中国女性主体身份。两位学者指出,个体国民身份在政治话语中的确立为近代女性谋求新的身份认同开拓了话语空间和政治空间。正是在这一空间中,近代先进女性通过女性与国家之间责任和权利关系的辩难以及性别角色与国民身份的博弈,确立了独立的个体身份——"女国民"。② 在建构身份认同的同时,也有学者开始探讨女性性别身份的实质。如张玫玫在分析露丝·伊利格瑞(Luce Irigaray)所建构的三种女性主体模式时,明确指出:"女人在父权文化中被赋予的身份都是以男性规范为参照的结果,是男性欲望的延伸和男性身份的增补。"③ 的确,在菲勒斯中心主义的同一性框架里,所有女人(甚至包括女同性恋者)都不可能拥有单独的身份和自主、肯定的女性主体性。

从专著的出版情况来看,性别研究中有关身份认同的著作虽层出不穷,但缺乏原创性理论与纯理论著作。此外,著作水平也是参差不齐。④ 21 世纪初,学者们越来越关注女性的身份认同问题,

---

① 林丹娅:《华文世界的言说:女性身份与形象》,《北京大学学报》(哲学社会科学版)2006 年第 2 期。

② 乔以钢、刘堃:《"女国民"的兴起:近代中国女性主体身份与文学实践》,《南开学报》(哲学社会科学版)2008 年第 4 期。

③ 张玫玫:《露丝·伊利格瑞的女性主体性建构之维》,《国外文学》2009 年第 2 期。

④ 林树明曾从两方面谈到中国当代女性主义文学批评所面临的危机:一是批评观念先行,批评视点及方法较单一,未充分重视作品内部全部的复杂因素,文学批评的"文学性"不足;二是信息大量重复,缺乏沟通与学术尊重,表现出学术态度的轻率浮躁,文学批评的坦诚性不足。他认为不克服这两方面的问题,中国的女性主义文学批评或者说"性别诗学"研究难以持续发展。[相关观点,可参见林树明《论当前中国女性主义文学批评的问题》,《湘潭大学学报》(哲学社会科学版)2006 年第 3 期]

但尚未形成强势语境，有待进一步向纵深拓展。如王岳川在《女性话语与身份书写在中国》[1] 一文中虽提及女性身份，但关注的焦点是女性话语与女性写作，而非女性身份。这篇文章收录在荒林主编的《中国女性主义学术论丛》中，该丛书不少著作涉及了女性身份认同问题，但大都如蜻蜓点水，未展开深入论述。如施旻的《英语世界中的女性解构》[2] 将身份理论作为切入点，以 20 世纪英美女性写作对女性身份的探索为突破，试图构成一种女性对男权文化的解构力量，进而寻绎一种原创的女性意识。

在众多有关女性身份认同的研究中，王宇的《性别表述与现代认同》[3] 无疑将女性身份认同研究推向一个新的高度。该书通过讨论 20 世纪后半叶中国大陆叙事文本对性别的表述，探究了性别的文化象征意义是如何被纳入现代认同的框架中的。在此，"现代认同"指现代主体（包括民族国家主体与个人主体）身份的建构，显然，其论述的重心不在女性的身份认同上，身份认同只不过是其索解 20 世纪后半叶中国叙事文本的工具而已。同年出版的《女性写作与自我认同》[4] 也多处涉及女性的身份认同，如女性写作与自我认同、女性写作中自我认同的精神轨迹以及女性写作文体与自我认同等专题。吴新云的《身份的疆界：当代美国黑人女权主义思想透视》[5] 则从身份认同的角度研究了黑人女权主义思想与各种身份政治话语的关联。令人遗憾的是，这两本书的落脚点也都不在女性身份认同问题上。

此外，女性身份认同问题也逐渐成为学位论文关注的热点。从

---

[1] 王岳川：《女性话语与身份书写在中国》，载魏开琼选编《中国：与女性主义亲密接触》，九州出版社 2004 年版。

[2] 施旻：《英语世界中的女性解构》，九州出版社 2004 年版。

[3] 王宇：《性别表述与现代认同》，上海三联书店 2006 年版。

[4] 王艳芳：《女性写作与自我认同》，中国社会科学出版社 2006 年版。

[5] 吴新云：《身份的疆界：当代美国黑人女权主义思想透视》，中国社会科学出版社 2007 年版。

2004年起,硕士、博士学位论文陆续涉及女性身份认同问题。① 综观近年来的学位论文选题,身份认同往往充当着文本解读的起点或切入点,或被用以辨识女作家叙事文本中强烈的女性意识,或被用以剖析女诗人诗歌文本,或被用以观照女性身份叙事文本,或被用以作为分析影视作品的策略。有关女性身份认同的研究虽是一派繁荣的景象,但研究的落脚点终究不在身份认同理论上。当然,多多少少也涉及了对女性身份认同的历史与现状的思考以及对未来的展望。

在现代性语境下,深陷于现代性旋涡的女性主义者不可能在一个纯客观、绝对安全的平台上考察身份认同问题。通过对女性身份认同研究的历史回顾与未来展望,那些盘旋于脑海模糊而又混乱的问题开始浮出海面。

其一,多年来菲勒斯文化设计了一种变异妇女的形象和一套完美的驯化程序,对此绝大多数妇女只能被动地接受而无力抗拒。如何才能把妇女从那些被强加的再现以及毁灭性的自我认同中解放出来?每一种关于女性身份认同的理论都不可避免地具有历史局限性,经历艰难的反再现斗争与不懈的解构努力之后,还能在流沙之上建构"乌托邦"式的女性身份吗?

其二,女性身份不仅与性别有关,同时还涉及民族、族群、种族、阶级、宗教、职业、性取向等因素,因而女性的性别身份具有不稳定性和流动性,且常常发生自我裂变。在全球化背景下,女性身份如何才能够保证女性主义立场的有效性?

其三,承认在一定程度上有助于建构身份认同。如何使妇女走向自我认同并获得平等的承认?作为身份模式的承认,能够独自支

---

① 2005年,中山大学刘慧姝的博士学位论文《现代性、身体与女性——新时期女性小说研究》涉及新时期女性自我身份认同的历程。2006年,山东大学王淑芹在博士学位论文《美国黑人女性主义文学批评研究》中审视了黑人妇女的种族身份和性别身份的双重边缘性。

撑起性别正义的大厦吗？如果走向承认政治，尚不能实现性别正义，我们还可以期许什么样的未来？

在此，笔者希冀完成以下三个研究目的：首先，把"Identity"这一概念引入女性主义理论及批评实践，反思女性身份认同的历史轨迹，并试图探究女性身份认同未来之可能性。其次，通过对女性身份策略的探讨，在全球化背景中还原一种更贴近真相的女性身份，探索女性与他者更有效的对话机制。最后，对女性主义理论及批评实践的身份策略在中国的发展现状以及未来可能的走向提出一些自己的见解，并为今后女性主义批评的本土研究提供一点新的思路。

在我国，身份认同研究虽蔚然成风，但大多数学者只是理论的传播者与应用者，鲜有人专注于原创性理论。当然，学者们运用身份认同理论研究、分析中国具体问题的努力，还是值得肯定的。作为舶来品，身份认同理论的本土化之路依然漫长。国内学者虽从不同的方面推进了性别研究与身份认同研究的接轨，但还缺乏严格意义上的女性身份认同研究。笔者致力于从本体论视角出发，采用跨学科的研究方法，打通各学科之间的壁垒，以开放的学术视野推进女性身份认同研究。

三　研究方法与基本思路

在对那些把女性作为他者再现的文本进行解构阅读时，我们已经走在女性身份认同的建构之路上。从女性主义的思想背景与理论演变入手，引入再现理论、身份认同理论与承认理论来烛照女性身份认同，至少有助于在诗学层面和意识形态层面揭露性别真相。人们一般认为，女性与女性身份是整齐划一的。但事实并非如此，这种被构建的"整齐划一"遮蔽了女性文化本身所具有的多样性和复杂性，巧妙地规避了整齐划一背后所隐藏的性别真相。在全球化语境中，只有进一步认清性别文化再现的实质，深刻理解同一性与差异性的关系，才能把握女性身份认同的流动性与不一致性所蕴藏的革命性力量。

虽然"再现""解构""身份认同""承认"等概念诞生于不同的历史情境,但在具体的文化语境中,各种批评术语、批评力量往往不会单独发生作用,而是互相缠绕、交织,且作为一种诡计多端的"合力"发生作用。在后现代语境下,身份认同犹如建在流沙之上的城堡,女性只能在具体的话语情境中不断调整策略,谋求一种暂时性的稳定和整一。鉴于研究对象的复杂性,笔者尝试将多种研究方法结合起来,以一种非线性的方式展开研究。

其一,采用文献研究法确定研究课题,尽最大可能地获得有关女性主义、再现、解构、身份认同与承认等理论的中英文资料,全面、正确地把握所要研究的问题。

其二,运用描述性研究法对女性主义研究领域内已有的与身份认同有关联的现象、规律和理论加以描述与解释,并通过对具体案例的分析,阐述女性身份认同为什么会发生以及如何发生的问题。

其三,运用归纳和演绎、分析与综合以及抽象与概括等方法,对获得的各种相关材料进行思维加工,对女性主义的身份认同策略进行厚描(thick description)。

其四,运用跨学科的研究方法,打通文学、哲学、社会学、心理学、政治学等人文社会学科之间的壁垒,以开放的学术视野推进性别研究与身份认同研究。

本书主要以女性身份认同为轴心展开论述,从反再现到解构,从建构到争取再现权,从身份认同到承认政治,努力为女性主义勾勒出一条相对清晰的运行轨迹。身份认同处于一种流动的状态,常常变动不居。从女性作为他者被误现,到女性主义运用解构策略反再现,建构女性自身的身份认同,最后走向承认的政治——女性主义批评经历了无数次艰难的蜕变,至今却仍然未能超越自我,破茧成蝶。

绪论部分主要描述了20世纪以来女性身份认同研究的理论背

景,并对身份认同研究进行了历史回顾与未来展望,明确了研究方法和基本思路。

第一章"反再现:女性身份认同的逻辑起点",主旨在于明确女性身份认同的逻辑起点。在对"再现""身份认同"等核心概念进行梳理、界定的基础上,将女性与这些概念关联起来。一方面,女性身份认同不可能独立于再现系统而存在;另一方面,再现与反再现也是女性身份认同的诉求之一。他者女性是一种有误的再现,当女性被再现为沉默、空白、边缘位置时,往往隐含着一种颠覆性的力量,于是便有了对"误现"的反抗与抵制。

第二章"解构:女性身份认同的必经之'蜕'",主旨在于明确解构与女性身份认同的关系。在厘清解构与女性主义的关系后,根据解构主义批评的相关理论,考察了女性主义反再现的解构轨迹,进而论述解构与女性身份认同的关系,交代解构所引发的女性身份的碎片化以及身份认同的危机。

第三章"女性身份的主体性建构",主要围绕女性主体身份的建构展开论述,试图在菲勒斯中心主义的阴影下为女性主体闯出一条"生路"。从主体的出场到主体的隐退,都是在"女性"主体缺席的情况下发生的。对女性而言,"主体"仍然是(也仅仅是)一个暂时有效的范畴。通过对江永女书进行个案分析,我们认识到了女性书写以及女性身份的可能性及其限度。但在幻象与真实之间,很难为象征秩序之外的女性主体安排或设定一种未来,因此才有了漫长的本质主义与反本质主义之争。

第四章"全球化语境下的女性身份认同",主要将女性身份放到全球化大背景的现代性语境下来观照。在全球化的冲击下,失去传统屏障的个体开始产生身份认同危机,共同体摇摇欲坠。女性身份认同因此受到普遍质疑,并呈现出多元性与异质性。女性身份认同虽然具有更大的包容性,涵盖了阶级、民族、种族、性别等多个方面的因素,但也正是这些因素加剧了身份认同的流动性与碎片化。

第五章"承认：女性身份认同的终点？"，对作为身份模式的承认提出了质疑。把承认理论看成对身份认同理论的修正，虽然能使女性主义从强调差异性转向强调同一性，但承认政治作为正义的一维并不能单独实现其斗争目标。我们不能把承认当成终点，只有将女性身份认同的建构纳入性别正义的事业中去，才有可能完成其奋斗目标。

结语部分对女性身份认同进行了追问。在以菲勒斯为中心的话语中，有关女性主义的命题几乎都是否定性的命题，这些命题常常使女性陷入身份认同的混乱之中。或许，只有通过追问的方式才有可能抵达女性身份认同。

第一章

反再现：女性身份认同的逻辑起点

在以菲勒斯为中心的再现系统中，男性作为标准占据着中心地位，女性作为他者被定义为边缘，且从属于男性。无论是关于自然的知识体系，还是关于历史的知识体系，知识的主体均为男性，女性往往被建构为他者。在女性缺席的表征系统中，男性享有权力或特权，女性被"合法地"置于沉默、边缘、屈从的位置。19世纪中后期，约翰·斯图尔特·穆勒（John Stuart Mill）等学者对这一合法性提出质疑。的确，妇女的屈从地位是一种有误的再现，这一"误现"阻碍了人类的进步。庆幸的是，当女性被再现为空白、沉默、边缘位置时，同时也隐含着一种革命性的力量。

从逻辑上来说，女性身份认同的建构必然要求抵制、反抗[①]菲勒斯文化的再现系统，解除一切有关"他者女性"（the Other Woman）的魔咒。对女性主义来说，保持内心的反抗至关重要，克里斯蒂娃（Julia Kristeva）甚至把反抗上升到"尊严"的高度。

本章试图将"社会性别""再现"与"身份认同"关联起来，通过考察女性在社会性别再现系统中的他者身份以及女性身份认同

[①] "反抗"一词虽然具有某种政治意味，但在这里反抗是对"既存规范、价值观和权力形式的一种质疑"。（相关观点，可参见［法］于丽娅·克里斯特娃《反抗的未来》，黄晞耘译，广西师范大学出版社2007年版，第3页）

的再现诉求，明确女性身份认同的逻辑起点。

第一节　社会性别、再现与他者女性

20世纪70年代以来，斯图亚特·霍尔把原本属于哲学范畴的"再现"逐渐引入文化研究领域，这就为社会性别研究拓宽了视角。在全球化背景下，妇女、移民、少数族裔等过去被忽视的边缘群体，开始作为"他者"成为文化研究的焦点。

在以菲勒斯为中心的社会，社会性别本身就可以被看作一种意识形态，一种与文化再现有关的社会建构。按照阿尔都塞（Louis Althusser）的观点，意识形态本身就是一种具有独特的逻辑性与严谨性的再现（形象、神话、观念或概念）体系。① 如果把社会性别当作一种意识形态来分析的话，核心问题就是他者女性的"再现"问题。20世纪80年代，特里莎·德·劳里提斯探讨了社会性别与再现的复杂关系，主张把社会性别看作一种再现与自我再现。② 斯皮瓦克（Gayatri C. Spivak）、朱迪斯·巴特勒（Judith Butler）等具有后现代精神的女性主义者也纷纷开始关注女性与再现的关系。

本节主要以斯图亚特·霍尔的再现理论、特里莎·德·劳里提斯的社会性别理论作为理论依据，通过对社会性别、再现与他者女性三者关系的考察，揭橥社会性别建构以及他者女性形成的某些真相。

一　社会性别是一种再现

社会性别是人类社会的基本现实，并作为一种现实性的支配结

---

① Louis Althusser, *For Marx*, Ben Brewster (tran.), New York & London: Allen Lane, The Penguin Press, 1969, p.231.
② ［美］特里莎·德·劳里提斯：《社会性别机制》，李素苗译，郑岩芳校，载［美］佩吉·麦克拉肯主编《女权主义理论读本》，广西师范大学出版社2007年版，第204页。

构影响着人类生活的方方面面。20世纪末,社会性别(gender)①取代"妇女"成为一个有效的分析范畴。与"妇女"相比,"社会性别"被认为更具客观性与中立性,因而常常成为"妇女"的代名词。美国历史学家琼·W. 斯科特(Joan W. Scott)从一个历史学家的角度肯定了社会性别作为一个分析范畴的有效性,认为社会性别既是(以性别差异为基础的)社会关系的一个成分,也是权力形成的源头和主要途径。②钱德拉·塔尔佩德·莫汉蒂(Chandra Talpade Mohanty)曾对"妇女"这一分析范畴进行考察,并指出:"同一性别的我们,跨越阶级与文化,在社会组成上多少是先于分析而被证明是同质的群体。"③她认为"妇女"范畴假设了"女人对男人"的二元结构,过于强调女性作为群体的同质性,而忽视了女性群体历史特殊的物质现实,进而将女性作为客体对象置于社会关系之外。

20世纪90年代,社会性别这一术语虽已开始引起国内学者的关注,但学者们并未将之与生理性别严格区分开来。如果说生理性别是人类存在的一种自然状态,那么社会性别则是一种非自然状态,试图用一种特定的、先于个人而存在的、以菲勒斯为中心的社会关系来重新表示每一个人。显然,两者并不能混为一谈,但很多人忽视了两者的差异,把由社会文化形成的男女两性的文化角色等同于生物意义上的男性和女性。社会性别是一个关于男性与女性的差异如何被再现的问题,也是一个男性与女性持续不断地在意义上进行政治斗争的场域。作为具有表意功能的符

---

① 在性别文化研究中,gender一般与sex成对出现,常被译为社会性别(gender)与性别(sex),性别(gender)与性(sex),性别(gender)与生理性别(sex),等等。除引文部分外,本书所出现的"生理性别"与"sex"相对应,"社会性别"与"gender"相对应,不须区别时则用"性别"。

② [美]琼·W. 斯科特:《性别:历史分析中的一个有效范畴》,刘梦译,载[美]佩吉·麦克拉肯主编《女权主义理论读本》,广西师范大学出版社2007年版,第180—182页。

③ [印]钱德拉·塔尔佩德·莫汉蒂:《在西方人的眼里:女权主义学术成果与殖民主义的论述》,王昌滨译,载[美]佩吉·麦克拉肯主编《女权主义理论读本》,广西师范大学出版社2007年版,第141页。

第一章　反再现：女性身份认同的逻辑起点　29

号系统，社会性别正是基于两个生理性别（男性/女性）概念上的严格对立来再现人类的。

作为当代西方文化研究中的一个关键词，"再现"涉及美学、符号学、政治学等人文科学领域，与西方最古老的摹仿理论是一脉相承的，在内涵指向上有重合之处。① 在历史上，"再现"这个范畴常常以"摹仿"的概念出现，而这两个词也常常被等同使用。② 古希腊时期，mimēsis（"摹仿""模仿"或"表现"）一词本身就包含着"再现""再造"和"复制"等义。在柏拉图的"摹仿论"里，摹仿作为联结"虚"与"实"的纽带，仅仅是一种被动的现象。柏拉图是在临摹者模仿原型的意义上来理解摹仿的，其将摹仿看作对外在世界忠实、被动地记录，否定了临摹者的主动性。③ 到了亚里士多德那里，摹仿作为文学区别于自然科学的显著特征，已然"是一种经过精心组织的、以表现人物的行动为中心的艺术活动"。④ 至此，再现开始被视为确定的人类行为，且被赋予了积极、主动的精神。

斯图亚特·霍尔曾对再现进行了明确的界定：

> 再现是借助语言对我们头脑中诸概念的意义的生产。它是联结概念与语言的纽带，能使我们指涉物、人或事的"真实的"世界，甚或虚构的物、人和事的想象的世界。⑤

这一界定不仅揭示了再现的外延和内涵，而且阐明了再现与概

---

① 值得注意的是，一方面，关于再现的思想可能在不同的历史阶段会以不同的名称、概念出现；另一方面，"再现"这一名称也可能产生于相异甚至是对立的意义。
② 朱立元主编：《西方美学范畴史》第3卷，山西教育出版社2005年版，第2页。
③ ［古希腊］柏拉图：《文艺对话录》，朱光潜译，人民出版社1963年版，第84页。
④ ［古希腊］亚里士多德：《诗学》，陈中梅译，商务印书馆1996年版，第213页。
⑤ Stuart Hall, "The Work of Representation", in Stuart Hall (ed.), *Representation: Cultural Representation and Signifying Practices*, London, California & New Delhi: Sage, 1997, p.17.

念、语言的联系。在意义的生产过程中,再现必然涉及一种主客体关系。一方面,社会性别中所暗含的主客体关系为再现理论提供了一个分析领域;另一方面,再现作为联结概念与语言的纽带,直接参与了性别意义的生产和传播。不过,在一般的文化研究中,再现研究重视的是语言符号本身的关系,而女性主义研究更倾向于把语言符号意义与文化、性别观念、传统对女性的建构等联系起来。

在后现代语境下,再现是一个有争议性的词语,女性主义者从不同的角度对再现进行了界定和阐述。自20世纪70年代起,伊利格瑞已经开始关注语言与再现的关系,并深入思考了女性与再现的关系。到了80年代末,特里莎·德·劳里提斯从福柯的性理论出发,把社会性别看作一种再现与自我再现,并指出这种再现"不仅仅是在每个词、每个符号都指代一种物体、一件事情或是一个有生命力的机体这种意义上的再现",也是"对一种关系、一种隶属于某个阶级、团体、类别的关系的再现"。① 劳里提斯创造性地将社会性别与意识形态联结起来,其对社会性别的研究没有停滞在符号学意义的指称功能上。在此,社会性别不仅是经验与现实的再现,而且是意识形态的再现。次年,斯皮瓦克在《属下能说话吗》一文中将再现的两种意义区分开来:一是作为"代言"的再现,如在政治领域;二是作为"重新表现"的再现,如在艺术领域或哲学领域。②

---

① [美]特里莎·德·劳里提斯:《社会性别机制》,载[美]佩吉·麦克拉肯主编《女权主义理论读本》,广西师范大学出版社2007年版,第204页。

② 这两种再现分别对应于马克思在《路易·波拿巴的雾月十八日》所用到的德文"vertreten"(再现)与"darstellen"(重新表现)。斯皮瓦克指出,当这两种意义被搅在一起时,理论仅仅是"行动",理论家也就不再现(代表)被压迫阶级了。实际上,主体也未被看作一种再现性意识(重新充分表现现实的意识)。这两种意义相互关联但却是无法还原的、断裂的:一方面在国家构造和法律内部,另一方面在主体的表述中。用作为证据而呈现的类比掩盖这种断裂又一次反映了一种自相矛盾的主体特权。因此,斯皮瓦克批判了知识分子对属下阶层的再现。(相关观点,可参见[美]斯皮瓦克《属下能说话吗》,载罗钢、刘象愚主编《后殖民主义文化理论》,陈永国等译,中国社会科学出版社1999年版,第105—106页)

在斯皮瓦克区分的基础上，旅美华裔学者周蕾（Rey Chow）尝试运用再现理论来分析社会性别问题。她从美学意义与立法和政治意义这两个层面对再现的定义进行了全面考察，并指出：美学意义上的再现虽然最关注模拟性或相似性的问题，但其内部却存在一个对立结构，在这个结构中，一方被设定为另一方的"复制品"，成为一个被具体化了的"替代物"。①

社会性别是一种再现，劳里提斯所提出的这一观点在女性主义批评界获得了广泛的认同。朱迪斯·巴特勒在政治与语言两个领域进一步揭示了女性与再现的深层关系：一方面，再现作为一个运作的框架，贯穿于作为主体的女性对政治能见度以及合法性的追求的全过程；另一方面，再现是语言的规范性功能，揭露或扭曲了那些关于女性范畴的我们所认定的真实。② 在此，巴特勒把社会性别、再现问题与女性主体关联起来，指出女性获得再现的条件性：女性"必须先符合作为主体的资格才能得到再现"③。换言之，女性必须符合男性社会为之确立的有关主体形成的标准，才能在政治与语言这两个再现领域中得到再现。女性如果不遵守这一再现规则，不是受到错误地再现，就是完全得不到再现。不过，吊诡的是，即使女性遵守了这一规则，也未必能得到完全再现。

二 他者：女性的再现与自我再现

按照斯图亚特·霍尔的界定，再现是借助语言符号进行意义生产的过程，起着联结与指涉的功能。从理论上来说，在意义生产的过程中男性与女性是平等的。不过，作为在特定的历史语境中形成

---

① ［美］周蕾：《社会性别与表现》，余宁平译，马元曦校，载马元曦、康宏锦主编《西方女性主义文学文化译文集》，广西师范大学出版社2008年版，第29页。

② ［美］朱迪斯·巴特勒：《性别麻烦：女性主义与身份的颠覆》，宋素凤译，上海三联书店2009年版，第2页。

③ 同上。

的意义框架,社会性别在"区分"的过程中,男性被奉为人类价值评估的标准,女性则被再现为他者(the Other)。分门别类是人类认识事物的一种基本方法,而区别本身就是一个评估等级高低的过程。作为区分差异的类目,社会性别明确地将人类分为男/女,且将男/女永久性地区隔开来。再现的过程也是一个划分地位高低和价值评估的过程,表达了"对立双方的诸如缺席与出席、首要与从属、原生与派生、真实与假冒等一系列隐讳概念的道德对立"。① 显然,社会性别作为一种分类方式并不是中立的。

从终极意义上来说,再现必然是对原本显现(presence)的扭曲,换言之,每一个显现都是无法再现的。这种再现的思想已经孕育在古希腊哲学家赫拉克利特(Heraclitus)的断简残篇之中了。人们偶尔也能从这些残篇中读到一些有关再现的文字,如:"在我们的心灵进入状态之前,即使视觉上最好的观察结果也可能是一种误现(misrepresentation)。"② 在赫拉克利特看来,所有的再现都是误现。对未开化的灵魂来说,眼睛所看到的、耳朵所听到的都未必是真实的。显然,赫拉克利特的再现不是原原本本的显现,而是经过主体中介的对原本显现的复制式的再现。在这种意义上,我们也可以说,社会性别不是对不同性别的原原本本的显现,而是一种有误的再现。菲勒斯文化所弘扬的正面女性形象遮蔽了女性真实的生存状态,这些女性形象既不能在美学意义上再现女性,也不足以在立法和政治意义上代表女性。简言之,这些女性形象是作为他者得到再现的。

在人类漫长的历史中,未获主体资格的女性只不过是一串串符合男性统治利益的文化想象(cultural imagination),她们常常作为客

---

① [美]周蕾:《社会性别与表现》,余宁平译,马元曦校,载马元曦、康宏锦主编《西方女性主义文学文化译文集》,第29页。
② 译自美国明德学院(Middlebury College)名誉教授威廉·哈里斯(William Harris)编译的赫拉克利特残篇(希腊文与英文的对照本),全文参见 http://community.middlebury.edu/%7Eharris/heraclitus.pdf。

第一章　反再现:女性身份认同的逻辑起点

体被置于一种"想象性的"联系之中,进而以刻板印象的形式沉淀到集体无意识之中。与此相应,再现领域的女性也被长久地固定在他者之位。"由于刻板印象的分离性和多重性特征,它若要使自己站得住脚,就必须不断地重复一系列其他的刻板印象。"① 女性的他者身份往往被定位于一种静止的、恋物式的有关身份认同的再现模式。男性主体对女性的再现并没有按照女性本来的样子来"摹仿",他们违背了亚里士多德的摹仿原则,通过把自己确立为主要者,与作为次要者的"他者女性"② 区别开来。由于菲勒斯文化支配着社会性别的再现机制,故女性被归类为"他者",且被贴上具有特殊文化内涵与联想意义的标签。女性处于非主体位置,无法获得再现权,因此只能被以菲勒斯为中心的主流意识形态建构成作为特殊社会群体的"他者"。西蒙娜·德·波伏娃(Simone de Beauvoir)非常关注女性的他者地位,深信"他性"(Otherness)是人类思维的基本范畴。③ 同时,她也指出,自我/他者这种二元性的表达方式虽然自古有之,但并没有任何事实根据。在这种二元性的表达方式中,作为自我(the Self)或此者(the One)的是男性主体,作为他者被固定在客体位置的则是女性,而男性正是通过把女性再现为他者来确定自身的主体位置的。

自古以来,历史就是男性专属领地,女性鲜有参与其中。为了完成对女性的他者化"定位",历史学家在与女性有关的历史叙事中充分运用手中的再现特权,甚至不惜采用削"足"适"履"的书写

---

① [美]霍米·巴巴:《他者的问题:刻板印象和殖民话语》,张萍译,载罗岗、顾铮主编《视觉文化读本》,广西师范大学出版社2003年版,第227页。

② "他者女性"具有浓厚的存在主义色彩,指的是"那些没有或丧失了自我意识、处在他人或环境的支配下、完全处于客体地位、失去了主观人格的被异化了的人"。(相关观点,可参见陶铁柱《第二性》译者前言,载[法]西蒙娜·德·波伏娃《第二性》,陶铁柱译,中国书籍出版社2004年版,第4页)

③ [法]西蒙娜·德·波伏娃:《第二性》,陶铁柱译,中国书籍出版社2004年版,作者序第5页。

策略，改写文本母本，以适合某种性别意识形态或国家意识形态。进入现代社会以后，也有学者对这种以菲勒斯为中心的主流史学提出质疑，并呼吁重写妇女史。中国台湾学者卢建荣从性别意识、汉族中心主义以及国家意识形态等方面对男性观看女性的方式进行了考察，并揭露了男性为女性立传的文化真相。[①] 罗伯特·麦克艾文（Robert McElvaine）假男人之口揭露了这样一个性别真相："你能生宝宝，我们不能；但是，你或许不能进入只为我们设立的这个俱乐部——我们称之为历史。"[②] 在历史这个俱乐部中，"能生宝宝"的妇女遭到了公然排挤，不可能获得成员资格。当然，我们不能就此断言，妇女对历史的形成完全没有影响力，或者说女性仅仅是受男性操纵的客体。

事实上，史家并不关心女性的常态生活，因此其书写的女性对象和精心讲述的女性故事往往是特例中的特例，直接目的就是要强化女性规范的文化价值，即对丈夫的从一而终。从某种意义上说，传统的中国史学从来就是为男人而设的，女性形象必须符合历史书写旨趣。当然，不同时代的历史书写旨趣也是不一样的，如书写汉代和北魏女性的史家擅长通过生产男性支配女性身体的性别论述，宣扬与国家论述有关的文化价值；书写晋代女性的史家除此之外往往还大力宣扬汉族中心论。这种无视历史真相的再现在以菲勒斯为中心的再现系统中已经完全模式化了，但我们不得不承认，其在性别统治的维护和性别意识形态的建构上是相当有效的。相比之下，文学文本对于社会性别及相关意识形态的再现更加曲折、隐晦。

社会性别本身或许比建立在性别差异之上的社会性别概念更加复杂，历史境遇中的女性比再现领域内的女性具有更多不稳定的因

---

① 卢建荣：《性别、政治与集体心态：中国新文化史》，台北麦田出版社2001年版，第47—48页。

② ［美］麦克艾文：《夏娃的种子：重读两性对抗的历史》，王祖哲译，上海人民出版社2004年版，第8页。

素。在菲勒斯文化中，几乎所有的女性形象都是主流意识形态所建构的、作为特殊社会群体再现的他者，经济结构、政治结构和观念结构的不平等以及菲勒斯主义的运作共同制造了女性的他者地位。英国思想家约翰·斯图尔特·穆勒在《妇女的屈从地位》(*The Subjection of Women*, 1869) 一书中明确指出："规范两性之间的社会关系的原则——一个性别法定地从属于另一性别——其本身是错误的，而且现在成了人类进步的主要障碍之一。"① 由于男性支配着社会性别的再现机制，被归类的女性则毫无选择地沦为从属的"他者"地位，并被贴上具有特殊文化内涵与联想意义的标签。现实中客观存在的女性非但没有得到再现，相反，对他者女性的理解和想象置换了缺席的女性原型。

从符号学角度来看，女性形象是一种象征语言。女性作为他者得以再现，与其在历史现实中的他者地位遥相呼应。男性主体往往通过赋予男性"正面"品质，同时赋予女性相对应的"负面"品质，来将女性边缘化。作为他者，女性的软弱、无知只是验证男性强大神话的工具。对男性而言，他者"是对抗主动性的被动性，是破坏统一性的多样性，是对立于形式的物质，是反对秩序的混乱"②。换言之，对抗男性的他者女性极有可能主动地破坏男性权力的统一性，并导致现有统治秩序的混乱。这种对他者女性的担忧和恐惧，在文本中的再现有两种可能形式：或将女性妖魔化，宣扬"厌女症"(misogyny)；或将女性理想化，鼓吹"女人神话"。无论是苦心经营的"厌女症"，还是精心编织的"女人神话"，实质上都是对女性形象的一种别有用心的歪曲。或贬低、抑制女性形象，厌恶女性、女性气质、女性倾向以及与女性有关的一切事物与意义；或夸大、抬高女性某种

---

① [英] 玛丽·沃斯通克拉夫特、[英] 约翰·斯图亚特·穆勒：《女权辩护 妇女的屈从地位》，王蓁、汪溪译，商务印书馆1995年版，第255页。
② [法] 西蒙娜·德·波伏娃：《第二性》，陶铁柱译，中国书籍出版社2004年版，第75页。

虚构的美德，将女性理想化、神话化，使之永远无法抵达真实的自我。通过对话语权的占有，男性巩固了自我与他者女性的对立，也巩固了菲勒斯文化机制本身。"女人神话"是男性为女性所挖掘的陷阱，可一头扎进去的却是包括男性与女性在内的全人类。

社会性别作为一种再现，既"与意识形态和权力密切相关"，也"与隐含在表现这些形象的话语形式密切相关"①。因此，有关女性的再现不仅与父权制、性别意识形态有关，也与文本中有关女性形象的话语形式密切相关。在有关女性形象的诸多话语形式中，文学作品对女性的再现是最值得关注的。从传播学的角度来看，对女性的再现大致包括过度再现（over-representation）、低度再现（under-representation）和有误的再现（mis-representation）三种形态。在文学作品中，女性形象不是一种有误的再现，就是完全没有得到再现。作为再现的对象，女性要么被代言，因丧失话语权而处于缄默状态；要么被扭曲、丑化，以一种非真实的面孔呈现。这三种再现都是片面的、非理想的，真实的女性自我从未作为"纯洁的"主体获得再现，其中，过度再现对女性的歧视更为隐晦，其后果也更加可怕。在广泛的文化情境中，对再现系统中他者女性的考察是非常必要的。女性能得到真实的再现吗？巴特勒的看法显然并不乐观："真实的基准或基准点已经先于其再现终止了；现在，真实是其再现的结果。"② 女性沦为消费的潜在对象和欲望的潜在客体之后，性别歧视显得更为复杂、隐蔽。

在男性欲望化叙事的文本中，女性处于"被凝视者"的他者位置，对女性的再现主要取决于男性的欲望和兴趣。一直以来，"女性不是被看作有行为能力的主体，而是作为男性欲望的客体"③。如此，再

---

① 王晓路：《表征理论与美国少数族裔书写》，《南开学报》（哲学社会科学版）2005年第4期。

② Victoria Grace, *Baudrillard's Challenge: a Feminist Reading*, London & New York: Routledge, 2000, p. 25.

③ ［德］彼得·毕尔格：《主体的退隐：从蒙田到巴特间的主体性历史》，陈良梅等译，南京大学出版社2004年版，第221页。

第一章 反再现：女性身份认同的逻辑起点

现的客观性与准确性很难得到保证。更令人担忧的是，"几乎所有的现代世界都是由男人统治或控制的，因此女性主义文学必须描绘父权制"①。当然，这并不意味着女性主义文学就认同父权制，描绘父权制的方式有很多种，既可以是赞美的，也可以是解构的。在女性主义文学中，女性虽然暂时性地成为主体言说自身，但在"他者"男性的凝视下，又再度被"召唤"（interpellation）为他者。需要警惕的是，当妇女认为通过自我再现能够把自己从压迫自己的权力下解放出来的时候，可能正好也是她们允许这些权力从自己心灵深处最有效地压迫自己的时候。②欲望化叙事文本中被扭曲、被简化的"女巫"形象已直接满足了男性关于他者女性的想象，但"女人神话"却以另一种形式在女性自我再现的文本中保留下来，并告诫女性："成为"一个"好"女人，首先就意味着要将自己变成一个次要者，一个他者。

男性依然占据着言说主体的位置，并拒绝与女性分享主体性。女性要成为主体，必须经历自我的异化，把自己扮成男性，才有可能获得主体资格。通过"女人神话"，女性把男性虚构出来的理想女性自觉地"强加"给自身，并在创作过程中不自觉地将女性纳入菲勒斯中心主义的权力结构，这就从反面认同了女性自身的他者身份。作为他者，女性真实的自我是不可再现的，所谓真实的"自我"似乎都可以归结为"他者"。雅克·拉康（Jacques Lacan）宣称："女性并不存在。"③ 这里所说的"女性"是一个全称，并不是指具体的、活生生的女人。拉康认为我们所谈论的"女性"是一个丧失了

---

① Hilde Hein & Carolyn Korsmeyer, *Aesthetics in Feminist Perspective*, Bloomington: Indiana University Press, 1993, p. 69.

② 周蕾：《社会性别与表现》，余宁平译，马元曦校，载马元曦、康宏锦主编《西方女性主义文学文化译文集》，第36页。

③ 拉康建议"女性"（women）一词应该加个删除号（bar），因为"女性"作为一个全称的（universal）概念并不存在（There's no such thing as women），"她并非全部"（she is not whole）。（相关观点，可参见刘岩、邱小经、詹俊峰等编著《女性身份研究读本》，武汉大学出版社2007年版，第84页）

表意性的"能指符号"(signifier),真实的女性已经被"事物的本质"(nature of things)——也就是"语言的本质"(nature of words)排斥在外。那么,对女性来说语言意味着什么呢?按照拉康的观点,对于女性来说,那些打上了菲勒斯文化烙印的语言,本身就是异质性的。斯拉沃热·齐泽克如此解释女性的异质性:

> "男性的"普遍性包含了基于某种例外(这个"自由的"主体),在理论上掌握了它的对象,即牛顿物理学意义上的因果普遍性)的普遍的因果链条;"女性"的普遍性是一个无界限的分散和分割的普遍性,正因为如此,女性的普遍性不能整合到普遍性的整体当中。①

在齐泽克看来,女性即使学会了这种语言,在使用时也常常不清楚自己在讲什么。这些论述无疑都在揭示一个令人沮丧的事实:无论是在男性对女性的再现中,还是在女性的自我再现中,女性都是作为他者被言说的。目前,在有关女性再现的论述中,女性真实的自我并没有被再现为一个纯洁的"主体"。在知识话语中,女性的主体性或者被剥夺,或者被湮没。不仅女性成为被"殖民化"的对象,甚至女性主义话语也成了"殖民化"的产物。至今,女性仍未走出菲勒斯中心主义、逻各斯中心主义、西方中心主义等形形色色中心主义话语的陷阱。

在后现代语境中,语言直接关涉权力,人们对这一再现工具似乎已经失去了热情和信任。从某种意义上来说,男性对自我的再现处于建构尚有可能的现代、前现代,而女性对自我的再现则处于具有解构精神的后现代。在反建构的后现代,女性所有建构的努力从一开始就注定是徒劳的。这意味着,社会性别再现系统中的女性已

---

① [斯洛文尼亚]斯拉沃热·齐泽克:《延迟的否定:康德、黑格尔与意识形态批判》,夏莹译,南京大学出版社2016年版,第82页。

经很难通过传统的建构途径来实现自身的身份认同,进而改变自身的他者地位。在语言出现再现危机之际,作为他者的女性对自我的再现愈加艰难。除了选择一种反再现(anti-representation)的解构姿态,女性主义批评似乎也别无他途。头悬解构之剑,女性主义者们也不得不自我拷问:女性文化是不是对男性文化的补充?与男性对立的女性视角的设定是不是一种男性文化霸权的产物?如果说女性作为"他者"被再现的同时,男性的主体位置得到了彰显,那么在女性作为言说者再现"他者"男性的同时,会不会以一种更加隐蔽的形式肯定男性的主体位置?

在此,引入社会性别这一分析范畴是非常必要的。作为历史分析中的一个有效的范畴,社会性别是"从性别的角度对文化意识形态进行发现、辨析和阐释的工具"[1]。对女性主义而言,社会性别就是那个可以撬起地球的阿基米德支点。借助这一"支点",或许可以撬开历史罕为人知的另一面,重建女性的主体地位。

三 社会性别与他者女性

如前所述,社会性别是一种再现。在以菲勒斯为中心的再现系统中,女性不仅被再现为他者女性,而且在自我再现中认同了自身的他者身份。社会性别作为再现系统,也是一种符号系统。如果说符号是在差异中确立意义的,那么社会性别作为一种记载差异的符号,其意义正是由两性之间的差异来规定的。社会性别本身是一种话语权力或符号权力,潜在地规定了性别之间的关系。作为一种符号,社会性别蕴含着某种等级关系,但正如雅克·德里达(Jacques Derrida)所言:"自人们将所有的言语符号尤其是书写符号看成无目的的约定以来,就必须排除能指或能指顺序之间所有的自然等级关系。"[2] 然而,菲勒

---

[1] 屈雅君:《社会性别辨义》,《南开学报》(哲学社会科学版)2006年第6期。
[2] [法]雅克·德里达:《论文字学》,汪家堂译,上海译文出版社1999年版,第61页。

斯文化在性别之间所确立的自然等级关系一直没有被排除。如果说符号是一种显现（present），那么再现则是一种象征。当然，社会性别对生理性别的再现虽然具有相对的任意性，但并非毫无目的。凭借对各种文化资源的占有，菲勒斯文化控制、支配或影响着有关性别的再现，进而使男性构成"符号资本"（symbolic capital）的一部分，并赋予性别关系以隐蔽的象征意义。

至此，我们已经证实了这样一个命题：他者女性在社会性别中并未得到忠实的再现。劳里提斯主张把社会性别看成是一种再现与自我再现，看成是各种社会机制和种种制度化了的话语、认识论、批评实践以及日常生活行为的产物。① 从某种意义上说，整个社会都是在社会性别的基础上建构起来的，甚至这一建构活动从未中断过。对社会性别来说，能指与所指的关系虽然也具有某种任意性，但约定俗成的符号结构却不能被随意改变。一般来说，女性常常被描绘成身体纤弱、曲线玲珑、娇小无力、柔声细语、端庄贤淑、善解人意、温柔多情、神经质、情绪化等，男性则被描绘为高大魁梧、线条刚毅、身强力健、精力旺盛、嗓音洪亮、勇敢果决、足智多谋、性情粗犷、理性化等。不难发现，有关两性差异的描绘大致可以分为两类：一类与生理因素有关，如形貌、体征、功能等特征；另一类则与社会文化有关，如性情、意识、行为方式等特征。② 很显然，男性与女性的生理特征是不可互换的，而其所具有的社会文化特征具有任意性，是可互换的。因此，性别差异并非人类自身差异的一种表现，它不仅包括人类自身的生理差异，而且包括性别间可互换的文化差异。

---

① ［美］特里莎·德·劳里提斯：《社会性别机制》，李素苗译，郑岩芳校，载［美］佩吉·麦克拉肯主编《女权主义理论读本》，广西师范大学出版社2007年版，第202页。

② 相关观点，可参见屈雅君《社会性别辨义》，《南开学报》（哲学社会科学版）2006年第6期。

无论是过度再现、低度再现,还是有误的再现,有关他者女性的再现都与再现者对待性别差异的态度与策略有关。为了获得再现权,女性主义者们从未停止过与社会性别再现系统的斗争。在男性欲望化叙事的文本中,可互换的性别差异具有了"不可互换"的特性,并被以"厌女症""女人神话"等形式自然化、永恒化。在女性自我再现的文本中,女性主义者以各自不同的方式与社会性别再现系统进行斗争,抵抗一切有关他者女性的误现。不过,即使在女性主义内部,女性主义者们对待性别差异的策略也是不同的。以波伏娃为代表的早期女性主义者非常关注两性在生理性别层面上的差异性,希望通过否定、取消性别差异来实现平等。在她们看来,女性应该根据男性模式来改造自己,成为与男性一样完整的人。伊利格瑞、西苏等法国女性主义者则热烈地赞美差异,高扬女性特质。不过,莫尼克·威蒂格(Monique Wittig)批评法国女性主义者所主张的差异的女性主义,主张重新回到波伏娃那里,其论文《女人不是天生的》之名正是取自波伏娃的至理名言:"女人并不是生就的,而宁可说是逐渐形成的。"[1] 威蒂格并没有追随法国女性主义者所开辟的路线,而是冷静地指出,对性别差异的赞美实际上就等于接受了男性精心编织的女人神话。

无视性别差异或重视性别差异,既是建构女性他者地位的两种基本途径,也是实现男女平等的两种基本策略。在这两种策略之间,女性主义者很难做出某种静态的抉择。一直以来,女性主义内部对待性别差异的态度也是含混不清甚至互相抵牾的。作为再现系统,社会性别虽通过性别差异将男性与女性大致区分开来,却难以将一个个具体的女性与普遍意义上的女性区分开来。"女性"这一身份本身就意味着"差异",意味着不同于男性的一类。在这一再现系统

---

[1] [法]西蒙娜·德·波伏娃:《第二性》,陶铁柱译,中国书籍出版社2004年版,第251页。

中，女性之间是没有任何差异的，种族、阶级、宗教、性取向等因素都不在考虑之内，这直接导致了女性主义内部的分裂。知识即权力，如果说女性主义者掌控着女性言说自我的话语权力，那么女性主义者代表的仅仅只是有知识特权的白人中产阶级女性吗？白人女性主义者的再现权受到了黑人女性主义者的普遍质疑。以贝尔·胡克斯（Bell Hooks）为代表的黑人女性主义者指出了黑人女性与白人女性在经验、文化再现等方面的差异。① 在特定的历史文化语境下，女性的性别身份是女性在与种族、阶级、宗教、性取向等范畴的关联中形成的。在后殖民语境下，作为处于底层的属下（subaltern），女性不被允许去拥有为自己说话的主体位置，更不能用自己的语言符号再现自己。

再现的客观性通常是以知识的名义来实现的，在质疑男性的再现权的同时，我们也要拷问自己：女性是否拥有再现自我的绝对权力？从某种意义上来说，占据积极代表者位置的女性既不能在美学意义上完全再现女性，也不能在政治文化意义上代表所有女性。在后现代语境下，具有知识分子传统的女性主义者已经很难代表或再现所有妇女，不同种族、不同阶级的女性的自我再现因而也显得尤为重要。知识分子女性的自我再现虽然不能保证再现的真实性，但在女性作为他者再现这样一个特定的历史情境里，任何女性都不能放弃对自我的再现。在此，暂且不去追问女性主义者在多大程度上能代表女性，但女性再现女性，至少能让我们看到女性再现的另一种可能性。正如斯皮瓦克所指出的："在殖民生产的语

---

① 20世纪90年代以来，贝尔·胡克斯开始从多个角度来探讨文学、文化以及电影中对黑人形象的再现。如《渴望：种族，性别和文化政治》（Yearning: race, gender, and cultural politics, 1990），《黑人的样子：种族与再现》（Black looks: race and representation, 1992），《姐妹们的甜薯：黑人女性与自我发现》（Sisters of the yam: black women and self-recovery, 1993），《不可接受的文化：抵抗再现》（Outlaw culture: resisting representations, 1994），《从影片到真实：电影中的种族，性别和阶级》（Reel to real: race, sex, and class at the movies, 1996）。

境中,如果属下没有历史、不能说话,那么,作为女性的属下就被更深地掩盖了。"① 无疑,他者女性的主体性再现,对促进女性的政治能见度是必要的。

综上所述,社会性别是一种再现,但这一再现系统绝不是客观、中立的。在社会性别再现系统中,女性被再现为他者,不是受到有误的再现,就是完全没有得到再现。社会性别再现系统往往通过将性别差异自然化、永恒化,确立女性的他者地位。不过,他者女性的再现不仅与社会性别密切相关,也与种族、阶级、宗教、性取向等因素相关。当然,这并不意味着我们可以轻易地摆脱社会性别认同。作为一种社会建构,社会性别通过强行施加的同一性构成了女性的身份认同。历史与文本并没有为女性的文化再现与身份认同提供一张可书写的、未被污染的"白纸"。如果说所有的再现都是一种有误的再现,那么女性身份认同就是在这一片有关他者女性的误现之林中展开的。只有突破单一的性别视角,将种族、阶级、宗教、性取向等视角纳入其中,才能全面而真实地再现女性,将女性从他者形象中解放出来,建构具有主体性(subjectivity)精神的女性身份认同。

第二节 性别研究视野下的身份认同与文化再现

自从20世纪70年代以来,再现与身份认同一直是文化研究关注的焦点。从分析范畴上来说,性别研究是一种身份认同研究,与文化研究同声相应,同气相求。在具体的历史情境中,身份认同总是与再现问题交织在一起,人们往往借助再现将某些类别的人们(比如女人)纳入其中或排斥在外,象征地标示不同类别的人们

---

① [英]斯图亚特·霍尔:《文化身份与族裔散居》,陈永国译,罗钢校,载罗钢、刘象愚主编《文化研究读本》,中国社会科学出版社2000年版,第215页。

（比如男人与女人）之间的相同性与差异性。[①] 在标示的过程中，各种身份也被生产出来了。同时，与女性可能采取的身份或认同位置有关的意义也得以生产出来。

在后现代语境中，有关身份认同的种种冲突，开始集中在社会性别上，或以社会性别的话语来表述。这就为性别视野下的身份认同研究提供了某种契机。值得注意的是，在男性中心主义的话语体系中（甚至在某些女性主义话语中），女性身份往往呈现出本质化、单一性的特征。后现代语境中的身份是不断变化、发展的，本质化、单一化的女性身份不过是再现政治的一种假想。身份认同与权力、再现等关系密切，要实现主体性身份，女性必须夺回再现权，诉诸女性写作等一系列再现行为。与此同时，受召唤的女性主体只有在与再现符号形成某种互动关系之后，才能建立起不同于男性的差异性认同。"在再现内部所构成的东西总是要受到延宕、动摇和序列化"[②]，因此，女性需要在一系列再现行动中不断地更新、充实自己的性别身份。

一 Identity：同一性、认同与身份

作为文学研究和文化研究中最迫切、最具争议性的问题之一，"Identity"这一概念几乎涉及哲学、文学、心理学、社会学和政治学等所有人文学科领域。换句话说，身份认同研究正日益成为一门跨学科的综合性研究。自20世纪90年代以来，身份认同问题一直是从事文化研究的理论家和批评家所关注的问题，至今非但没有衰退的迹象，反而愈趋炽热。

最初，identity 是个哲学问题，在某些语境中与 sameness（同

---

① Kathryn Woodward：《认同与差异》，林文琪译，韦伯文化国际2006年版，第7页。

② [英]斯图亚特·霍尔：《文化身份与族裔散居》，陈永国译，罗钢校，载罗钢、刘象愚主编《文化研究读本》，中国社会科学出版社2000年版，第215页。

一)、oneness（一）这两个概念的含义相当。早在古希腊时期就已经有了同一性的观念，这在亚里士多德所创立的形式逻辑三大规律（即同一律、排中律与矛盾律）中就有所表述。作为三大规律之首，"同一律"意指在同一思维过程中，必须在同一意义上使用概念和判断。同一性是某物"是其所是"的特性，我国哲学家赵汀阳先生曾对此作了哲学分析："说一个事物是自身同一的，它就必须能够经历所有可能的变化而仍然保持其同样的唯一性（the sameness in its singleness）"①。也就是说，如果两个或更多的名称指的是在同一时空中具有相同特征的事物，那么这些名称所指代的就是同一事物。追本溯源，我们在亚里士多德那里也可以发现种类意义上的同一性是有别于数量意义上的特殊同一性的。② 一般来说，关于同一性的最标准的定义应该是莱布尼兹在包含与被包含的演算中涉及的定义："词项是同一的或一致的，就是说它们能随便在什么地方，以一个代之以另一个而不改变任何命题的真值。A = B 表示 A 和 B 是同一的。"③赵汀阳认为这一定义还没有涉及严格意义上的同一性，因为同一性必须表现为"个体"（anindividual），不仅是要求"同样本质"，而且还要求存在论上的唯一性④。在此，同一性与个体的唯一性有着映射的（mapping）意义关系。

今天我们所说的 identity 的基本含义与其词根 idem（即 same，同一）密切相关，指的是"物质、实体在存在上的同一性质或状态"⑤。这一概念被引入哲学之外的人文学科领域后，衍生出"身

---

① 赵汀阳：《认同与文化自身认同》，《哲学研究》2003 年第 7 期。
② ［古希腊］亚里士多德：《论题篇》，载苗力田主编《亚里士多德全集》第一卷，中国人民大学出版社 1997 年版，第 360 页。
③ ［英］威廉·涅尔、［英］玛莎·涅尔：《逻辑学的发展》，张家龙、洪汉鼎译，商务印书馆 1995 年版，第 438 页。
④ 赵汀阳：《认同与文化自身认同》，《哲学研究》2003 年第 7 期。
⑤ 阎嘉：《文学研究中的文化身份与文化认同问题》，《江西社会科学》2006 年第 9 期。

份""认同"等概念。身份、认同与同一性、主体性、现代性等哲学问题常常纠缠在一起,难分难解。在笛卡尔那里,主体与同一性就是一种辩证的关系:一方面,主体是一个能够在环境变化的时间进程中构造和维持其同一性的主体;另一方面,在向环境开放的相互作用中,同一性的构造和维持是由主体自身自主地完成的。① 在当代文化研究中,identity 的基本内涵与"同一性"有关,也就是与某物"是其所是"的特性有关。identity 一般被认为具有两种基本含义,即"身份"与"认同"。从词性上看,汉语中"身份"具有名词性质,是指"某个个体或群体据以确认自己在特定社会里之地位的某些明确的、具有显著特征的依据或尺度"②。这些划分身份的依据或尺度,如性别、阶级、种族等都被视为某种特性和本质。汉语中的"认同"则具有动词性质,常常用来描述个体或群体试图寻求或实现某种文化身份的行为。为了表达 identity 的这一含义,也有学者引入"identification"(认同)这一概念。值得注意的是,identity 的这两种基本含义在具体的语境中其实是很难或者说是不可能分解的。

在社会学中,身份认同是一个多侧面的概念,与人们对"我们是谁"以及"什么对我们有意义"的理解相关,其主要来源有性别、性倾向、国籍或民族以及社会阶级。③ 身份认同经常借由相互对立、非此即彼的两极被建构出来。④ 如在男人/女人、黑人/白人、异性恋者/同性恋者、健康的/生病的、正常/偏差等的划分中,往往会建构出某种身份认同。一般来说,身份认同可分为自我认同(self-i-

---

① 李恒威:《意向性的起源:同一性,自创生和意义》,《哲学研究》2007 年第 10 期。

② 阎嘉:《文学研究中的文化身份与文化认同问题》,《江西社会科学》2006 年第 9 期。

③ [英]安东尼·吉登斯:《社会学》,赵旭东等译,北京大学出版社 2003 年版,第 272 页。

④ Kathryn Woodward:《认同与差异》,林文琪译,韦伯文化国际 2006 年版,第 3 页。

dentity）与社会认同（social identity）两种基本类型。从某种意义上说，主体是为了自我及他者而存在的主体，在其投身于社会的那一刹那，就不可避免地卷入社会认同与自我认同的洪流之中。按照吉登斯的观点，社会认同强调社会属性，既可用来指别人赋予某个人的属性，又可将某个人与具有相同属性的其他人联系起来；自我认同强调的心理与身体体验，指在自我发展的过程中所形成的对自身以及对我们同周围世界的关系的独特感觉。[①] 我国也有学者在此基础上将身份认同分为个体认同、集体认同、自我认同与社会认同四种类型。个体认同指的是个体与特定文化的认同，集体认同指的是文化主体在两个不同文化群体或亚群体之间进行抉择。[②] 事实上，这两种认同都可归入社会认同这一类型。[③] 社会认同包括一个集体的维度，标示出个人是如何与其他人"相同"的；而自我认同则把人们区分为一个个不同的个体。身份认同并不能将自我与社会一分为二，虽然从分析的角度可将其区分为社会认同与自我认同，实际上这两种类型是紧密相连的。

在后现代，人们更关注社会认同，确切地说是文化认同（cultural identity）。文化认同使身份认同研究的范围从社会学进入了文化研究领域。在身份认同的形成过程中，文化也是一个非常重要的因素。所有关于文化的现代问题也都可以转换成身份认同问题，因而各种不同的文化研究和社会理论都热衷于研究文化身份问题。文化身份既包括某群体或某种文化的身份，也包括受所属群体或文化影响的

---

① ［英］安东尼·吉登斯：《社会学》，赵旭东等译，北京大学出版社2003年版，第27—28页。
② 陶家俊：《身份认同导论》，《外国文学》2004年第2期。
③ 不过孟樊将个人认同（personal identity）与社会认同（social identity）分得很清，他认为个人认同指的是自我的建构，即我们对自己作为独立个体的自我感，以及我们如何认知我们自己与我们认为别人如何看我们自身；社会认同则涉及作为身体的我们如何将我们自己放置在我们所生存于其中的社会的方式，以及我们认知他者如何摆置我们的方式：它衍生自个人所参与其中的各类不同的生活关系。（相关观点，可参见孟樊《后现代的认同政治》，台北扬智文化事业股份有限公司2001年版，第19页）

个人的身份。霍尔认为至少有两种关于文化身份的观点：一种观点把"文化身份"定义为一种共有的文化，集体的"一个真正的自我"。① 按照这个定义，文化身份反映的是某群体共同的历史经验和共有的文化符码，这一身份往往会给某群体提供了一个"稳定、不变和连续的意义框架"。另一种观点则倾向于把文化身份看成是一种"存在"和"变化"，认为文化身份既有其源头与历史，又在历史、文化和权力之间不断变化、"嬉戏"。值得注意的是，文化身份的含义与社会认同、自我认同的含义虽有部分重叠之处，但并不构成简单的等同关系。

20世纪90年代以来，身份认同研究逐渐"东渐"并开始在我国获得广泛的关注。② 文化身份虽然涉及种族、阶级、历史、语言、审美、族群、国籍、性倾向、社会性别、宗教信仰等多种因素，但目前主要诉诸文学和文化研究中的民族本质特征和带有民族印记的文化本质特征。目前，国内对身份认同这一术语的理解与使用还存在许多争议，但把这一术语引入性别研究领域，对实现女性身份认同的主体性来说具有非同寻常的意义。

二 再现系统中的女性：女儿、妻子、母亲或其他

在对身份认同这一术语进行深入考察与分析后，我们发现，身份认同并不是静态、单一的，而是动态、多样的，具有复数性或杂交性，而这些特性大都与父权制社会的中文化再现密切相关。在社

---

① [英]斯图亚特·霍尔：《文化身份与族裔散居》，陈永国译，罗钢校，载罗钢、刘象愚主编《文化研究读本》，中国社会科学出版社2000年版，第209—211页。

② 1999年，王宁在《文学研究中的文化身份问题》（《外国文学》1999年第4期）一文中将文化身份引入文学研究，后来又发表了《叙述、文化定位和身份认同——霍米·巴巴的后殖民批评理论》（《外国文学》2002年第6期）、《流散文学与文化身份认同》（《社会科学》2006年第11期）等系列论文。2000年，罗钢、刘象愚主编的《文化研究读本》收录了《文化身份与族裔散居》《差异政治与文化身份》等相关论文。2007年，周宪主编的《文化研究关键词》（北京师范大学出版社出版）与汪民安主编的《文化研究关键词》（江苏人民出版社出版）都收录了"identity"一词。

会性别再现系统中,尤其是在女性主义文本中,女性已然成为再现的中心,其身份认同问题也随之受到关注。"他/她从哪里说话?再现实践总是把我们说话或写作的位置——阐述的位置牵连进去。"① 社会性别是一个再现系统,在这一系统中女性并未得到真实的再现,而是被纳入男性的同一性之中,并被再现为他者。在此,女性的身份认同直接受制于社会性别所强加的同一性。性别差异使得女性直接沦为他者,若要分享主体性,女性必须否定或消除性别差异,像男人一样说话。因此,超越男性支配的女性书写文本几乎是不可能存在的,即便是在妇女史的宏大叙事中,有关本性别的论述也难以摆脱男性所代表的主流话语的操控。

社会性别是对男女关系的一种再现。今天我们所看到的历史画卷,是从单一的男性角度所编撰的历史。"事实上,如果从大多数妇女,从贫穷的劳工阶级妇女的角度去看历史,就会发现一幅全然不同的社会画卷,它比现有的历史画卷要全面得多。"② 自从有记载的历史开始,"他们"就对女性这一性别或群体进行思考并撰文描述,不仅试图"确定什么因素使妇女有别于男人",而且"定下了女性行为及外貌的典范"。③ 研究性别问题的历史专家大都认为在远古时代,先民社会中的人们以狩猎、采集为生,男女间是一种自然的平等关系。到了所谓的文明时代,菲勒斯文化开始形成一种固定的制度,两性关系才开始向着不平等的男尊女卑的方向急转直下。④ 随着近现代社会的发展,以菲勒斯为中心的社会又开始向男女平权的社会转变,在这一过程中,男女关系又逐渐趋于平等。不过,男女平权并

---

① [英] 斯图亚特·霍尔:《文化身份与族裔散居》,陈永国译,罗钢校,载罗钢、刘象愚主编《文化研究读本》,中国社会科学出版社2000年版,第208页。

② 余宁平、杜芳琴主编:《不守规矩的知识:妇女学的全球与区域视界》,天津人民出版社2003年版,第305页。

③ [美] 梅里·E. 威斯纳-汉克斯:《历史中的性别》,何开松译,东方出版社2003年版,第112页。

④ 李银河:《两性关系》,华东师范大学出版社2005年版,第15页。

非一朝一夕就能完成,迄今为止,完全平等的性别关系尚未实现。

中国的菲勒斯文化与制度被认为是最典型、发展最完备的。在传统的中国社会,男女关系极不平等,女性比西方女性更缺乏独立意识与主体精神。历史上凡能读书识字的女性绝大多数都屈从于菲勒斯权威,且自愿充当菲勒斯文化的同谋共犯,譬如《女诫》《女论语》等女性所著之书无一不是遵照男性的意愿来规范女性自己的言谈举止、伦理德行。在此,女性获得的是一种与菲勒斯权力同谋的身份认同。与此相应,女性在文学文本与文化文本中往往被再现为符合菲勒斯社会利益的理想角色,如贤妻良母、节妇烈女等。

女性身份是由不同的社会力量塑造的,女性的主体意识和个性特征几乎完全缺席。换言之,在父权制社会中,女性的身份认同被简化成了女性的社会认同,不具备主体性。在西方,从圣经时代开始,女性在生活中就常常被看成是男人的财产和附庸,是男人合法延续后代的工具,是孩子的保姆,是厨娘和女管家。[①] 或为妻子,或为母亲,在父权社会中,女性的身份认同几乎完全等同于社会认同。社会认同虽然具有集体的维度,标示出女性个体是如何与其他女性"相同"的,但由于具有区分功能的自我认同的缺席,女性不能被还原成一个个独具生命情态、性格鲜明的个体。历史的编纂者与文学的虚构者均把女性看成是无差异的群体,在女性作为他者被再现的同时,女性之间的差异也被遮蔽了。与此同时,两性之间的差异却被任意夸大了。女性主义理论家简·盖洛普(Jane Gallop)曾用抒情语调指出:

> 菲勒斯中心主义在我们的文化当中(假如不能将所有的其他文化包容在内的话,起码也是可以包容大部分)将男性气质

[①] [美]玛丽莲·亚隆:《老婆的历史》,许德全、霍炜等译,华龄出版社2002年版,第3页。

抬升为超越于性别之上的泛的人性标准，以至于使女性气质不得不孤独地承受性别差异的重负。①

的确，在男性中心主义社会，女性沦为性别符号，而性别差异则成了女性独自面对的问题。

在对女性生理特征与社会文化特征的再现过程中，被建构起来的只是女性集体身份。无论是中国文学中的"贤妻良母""节妇烈女""红颜祸水""狐狸精"，还是西方文学中的"天使""圣母""妖妇""疯女"，这些形象所凸显的都是一种非主体性的集体身份，主体性的个人身份被藏匿在历史深处。与此相反，在女性被建构成单一范畴的同时，男性之间的差异却得到了强化：男性是作为自我而存在的个体。因此，在对自我进行叙述时，男性常以"我"的口气说话，强调个人的主体位置；女性则倾向于以"我们"的口气来表达自身，强调女性群体的身份。

绝大多数女性在一生中至少拥有女儿、妻子和母亲三重身份。儒家经典《仪礼·丧服·子夏传》在讨论出嫁女子为夫、为父服丧年限时提出了"三从"，即"未嫁从父，既嫁从夫，夫死从子"。后来，"三从"被引申为作为女儿、妻子和母亲的女性应对男性服从，成了菲勒斯文化对女性身份的某种规范。女性作为女儿、妻子或母亲并没有任何实质性的区别，这三种身份都是以男性为纲，不具有主体精神。在以菲勒斯为中心的男权社会里，女性被规定必须依附于男人而存在，关于女性的身份问题鲁迅在《而已集》中也有所涉及："女人的天性中有母性，有女儿性，无妻性。妻性是逼成的，只是母性和女儿性的混合。"② 在菲勒斯文化中，女儿身份与母亲身份因与女性的生理因素有着直接的关联，故女儿性与母性均可视之为

---

① ［美］简·盖洛普：《通过身体思考》，杨莉馨译，江苏人民出版社2005年版，第254页。
② 鲁迅：《而已集》，《鲁迅全集》第三卷，人民文学出版社1981年版，第531页。

"天性"。相比之下，妻性则是在父权制社会中被"逼成"的。以我国现代作家柔石的《为奴隶的母亲》为例。从故事一开始，作为女主人公的"她"就已经是春宝的母亲，作为女儿的"她"在叙事中被隐去了。在柔石讲述的故事中，"她"拥有母亲和妻子双重身份，而母亲和妻子的身份也分别是双重的：作为母亲，"她"既是春宝的母亲，又是秋宝的母亲；作为妻子，"她"既是黄胖的妻子，又是李秀才的典妻。如果说作为母亲的"她"，是一个恒定不变的身份，那么，作为妻子/典妻的"她"则是一个可变的身份。[①] 在菲勒斯文化中，"她"无权选择作为谁的妻子，在特定的文化情境中，"她"甚至是作为"物品"进入流通领域的（如典妻身份的获得）。

与女儿、妻子和母亲这三种身份对应的两性关系分别是父女关系、夫妻关系与母子关系。在菲勒斯文化中，母性大于妻性。一方面，女性被看成生儿育女的工具；另一方面，妻子在两性关系中的地位往往需借助儿子的身份来维护和巩固。南希·乔德罗（Nancy Chodorow）在《母性角色的再生》（*The Reproduction of Mothering*，1978）一书中指出：

> 第一，母亲身份的获得是女性角色培养和角色认同的结果。女儿在成长过程中同自己的母亲产生认同，这种认同的结果便是女儿成长为母亲。
>
> 第二，母亲身份是性别劳动分工的基本构成要素。作为性别分工的要素，母亲身份无论从结构上还是从因果关系上都同其它的机制内容相关，同时也再生性别的不平等。
>
> 第三，母亲身份不是一成不变的跨文化普遍规律。母亲身份包含历史因素、心理因素、生理因素、社会因素、政治因素、

[①] 相关观点，可参见刘俐俐《女人成为流通物与文学意味的产生——柔石〈为奴隶的母亲〉艺术价值构成探寻》，《甘肃社会科学》2006年第5期。

经济因素等诸多相关内容。①

换句话说,母亲身份既是通过自我认同实现的,也是通过社会认同实现的。虽然远古社会的女性作为母亲曾经享有极高的尊敬和威望,但随着文明社会的到来,母亲的社会地位急剧下滑。在这一过程中,"母亲身份的社会进化预示了如下观念并赋予了具体形式,即母亲应该与子女建立慈爱关系,这种关系给孩子的需求以特殊的照顾"②。于是,女性从公共领域退回到私人领域,或者说在公共领域形成之初,女性就已经被关在门外了。然而,私人领域对女性来说并不是一个单一、纯粹的世界,女性所拥有的多重身份的边界其实是模糊的,她们不同身份所承担的责任不仅常常相互重叠,而且往往相互冲突。有趣的是,"任何既是妻子又是母亲的女人都知道她为孩子付出的时间、细心、精力和物质可能正是丈夫所憎恨的"③。

从某种意义上来说在男性与女性的亲密关系中,父女关系与母子关系更侧重于伦理关系,夫妻关系才是最能体现性别政治的两性关系。在中国古代多妻制的社会结构中,妻是男子的正式配偶;妾是男子的非正式配偶,地位低于正妻;妓的社会地位最低,虽非男子配偶,但常常被男子引为知己。笼统地说,妻、妾与妓都属于"妻"的范畴,只不过身份地位有高下之分。传统男性文学中对妻、妾、妓等不同身份的女性形象多有再现,曾有学者对此作了系统的梳理,并对相敬如宾、举案齐眉的发妻,柔和性气、天然慧质的侍妾以及风流品行、缠绵心意的歌妓等女性形象进行了情理兼具的分析。从表面上看,"相敬如宾"再现的是一种理想的夫妻关系,究其

---

① 刘岩:《母亲身份研究读本》,武汉大学出版社2007年版,第66页。
② [英]安东尼·吉登斯:《亲密关系的变革——现代社会中的性、爱和爱欲》,陈永国、汪民安等译,社会科学文献出版社2001年版,第128—129页。
③ [美]玛丽莲·亚隆:《老婆的历史》,许德全、霍炜等译,华龄出版社2002年版,序言第4页。

实质却是一种极不平等的性别关系：丈夫拥有绝对的权力，高高在上；妻子必须无条件地顺从、臣服于丈夫。"在男性文化空间里妻子是一个符号，一个用以显示男性权威的参照物，也是一个任劳任怨为丈夫奉献一生的牺牲者。"① 值得深思的是，在男性文学作品中再现最少的女性形象恰恰是他们"相敬如宾"的"发妻"。即使在苏轼那首悼念亡妻的脍炙人口的《江城子》中，我们看到的也只是一个"正梳妆"的模糊的女性形象。文学作品中理想的妻子形象，不是贤妇，就是节妇烈女，而这些形象无一不是恪守封建礼法的"道德化身"。相比之下，妾的身份地位虽然大大低于妻，但在文学作品的地位却远远高于妻。在菲勒斯文化中，妾不仅仅是"道德化身"，更是审美的对象和欲望的符号，文本中所极力赞扬的无非是合乎男性道德理想和审美理想的"柔顺婉淑"。

与妻、妾相比，妓的社会地位虽然更加低下，但更能体现女性的才能品貌与个性特征。唐宋时期，士大夫、文人均以与歌妓酬唱、交往为风尚，歌妓形象也开始大量出现在文学作品中。如唐传奇《霍小玉传》《李娃传》《杨娟传》中的女主人公都是歌妓身份，元杂剧《救风尘》《金线池》《谢天香》中都描写了妓女的不幸遭遇。不过，这些歌妓的个体生命并没有得到男性特别的关注和尊重，因此她们也只能作为一种性别以群体的身份进入文学视野。在此，歌妓作为文学形象极为模糊，"她们只是作为一种象征，一种载体出现在文人的文学视野之中，男性文人生命的感悟本是人性觉醒的标志，但在客观上却消解了歌妓作为主体的人的意义。"② 在柳永的《雨霖铃》《八声甘州》等一系列描写男欢女爱、离愁别恨的歌妓词中，虽然歌妓是抒情对象或抒情主人公，但其作为生命个体的独特性并没有得到彰显。直到晚明时期，随着近现代社会的萌芽和发展，以

---

① 王晓骊、刘靖渊：《解语花：传统男性文学中的女性形象》，河北人民出版社2001年版，第146页。

② 同上书，第168页。

菲勒斯为中心的传统社会开始向男女平权的社会转变,才开始出现怒沉百宝箱的杜十娘与深明大义的李香君等个性鲜明、栩栩如生的歌妓形象。不过,流芳百世的歌妓形象虽不乏鲜明的个性特征,但其受到推崇和礼赞的原因却又可以归结到女性对道德规范的"内化"和张扬等非性别因素上。

在传统社会中,女性所拥有的身份取决于她们所认同的菲勒斯文化。或为妻,或为妾、为妓,这些身份都是一种主体性缺席的"他者"身份,并无任何实质性差别。事实上,"他者"身份是被建构、被再现的,并非出自"他者"对自我的建构与再现。从性别分析视角来看,女子为妻、为妾,或为妓,均取决于其在社会中的位置,即取决于其与男性的关系。与此同时,"妻子和艺人都被置于'从'的位置,她们'从'的是同一群男性精英,因而一如她们被其争斗所分裂的一样,她们也被其社会性别地位所统一着"[1]。在以菲勒斯为中心的再现系统中,"再现总是伴随着不可避免的虚构与错误,因为再现宣称它指代的事物根本是不存在的"[2]。女性身份绝不是简单意义上的恢复或回归,因为根本就不存在一种在直接意义或终极意义上可以回归的女性身份,理想的女性身份或他者的女性身份都是一种预设的存在。"任何经验主义的个体之身份总是复杂而矛盾的,而不是可以由特点清单来定义的东西,不管这些特点是如何全面又仔细地被界定。"[3] 历史现实中的女性原本是一个多样性的范畴,但男性却通过把这一范畴单一化、永恒化来建构单一的女性身份,从而实现男性的权力与统治。在新的历史条件下,女性势必会要求摆脱男性权力下的身份认同,重新发现自己,在文学作品中再现女性主体性。

---

[1] [美]高彦颐:《闺塾师:明末清初江南的才女文化》,李志生译,江苏人民出版社2004年版,第266页。

[2] 罗钢、刘象愚:《前言:文化研究的历史、理论与方法》,载罗钢、刘象愚主编《文化研究读本》,中国社会科学出版社2000年版,第20页。

[3] [英]约翰·麦克因斯:《男性的终结》,黄菡、周丽华译,江苏人民出版社2002年版,第22页。

三　女性身份认同的再现诉求

在女性社会地位低下的传统社会里，要实现身份认同，女性必须夺回自我再现权，冲破男性中心主义文化的樊篱，培养女性自身的主体意识。妇女虽然以"女儿/姐妹"和"妻子/母亲"的角色，保证了菲勒斯中心主义社会的延续，但自己却"丧失了正常的身份"，沦为了他者。①按照伊利格瑞的观点，他者女性可以被分为两种，即"同一之他者"(the "other of the same") 与"他者之他者"(the "other of the other")。在"同一"的王国里，"同一之他者"指的是生活在父权制下的女人，她们是依照男性标准再现的；"他者之他者"指的是尚不存在的女同性恋经济，是女人回到女人中间，是女人的自我之爱。②在现实世界里，尚不存在"他者之他者"，女性都是"同一之他者"。

不少男性学者也开始关注女性的身份问题，刘小枫就曾指出："在男式的观念、思想、行为、伦理、价值的霸权话语中，女性丧失了自己的身份。"③女人只有将身份认同诉诸文化再现，使自己成为"他者之他者"，才有可能真实地再现性别差异，实现身份认同。在后现代语境中，再现不仅仅是一种符号学问题，更是一种文化问题。以雅克·德里达为代表的解构主义者认为再现是当代最重要也是最富于生产性的问题。对解构主义来说，文本之外一无所有，唯有再现之花永不枯萎。只有当受召唤的女性主体与再现符号形成互动关系时，不同于男性的差异性认同才有可能形成，具有独立品质的女性身份才有可能形成。不过，文学作品不同程度地牵涉到真理与谬误、正确再现与错误再现的问题，很多时候我们甚至无法将正确的

---

① 相关观点，可参见［美］斯皮瓦克《从解构到全球化批判：斯皮瓦克读本》，陈永国等译，北京大学出版社2007年版，第155页。
② 张玫玫：《露丝·伊利格瑞的女性主体性建构之维》，《国外文学》2009年第2期。
③ 刘小枫：《中译本前言》，载［德］E. M. 温德尔《女性主义神学景观：那片流淌着奶和蜜的土地》，刁承俊译，生活·读书·新知三联书店1995年版，第2页。

第一章 反再现:女性身份认同的逻辑起点

再现与错误的再现区分开来。当然,按照社会主义女性主义的观念,在特定的历史条件下,某群体可能完成比另一群体更正确、更公正、更直接的再现。与男性相比,妇女完全可能用一种对于自身以及自身与他者关系来说更加真实、更加正确的再现,去取代男性统治阶级和菲勒斯文化对妇女错误、歪曲的再现。[1]

在文化研究中,再现、权力与身份等问题常常纠缠不清。按照霍尔的观点,身份可以被视为一种"生产","永不完结,永远处于过程之中,而且总是在内部而非在外部构成的再现"[2]。在此,能否拥有再现权直接意味着某群体能否拥有权力,能否实现身份认同。身份是再现的产物,只有在文化再现中才能介入意义的无限推延。如果把再现行为看成是文化内部权力关系的一种体现,那么,只有那些拥有权力的人才能够再现自身和他人,而那些处于无权地位的人非但不能再现自身和他人,而且只能听凭他人来再现自己。反之亦然。男性文化从未放弃用一种单一的、霸权的"身份"来再现具有丰富多样性的女性,女性如果不抵制自我的沉默,天使、妖妇等没有差异的女性个体就会继续被生产,女性仍旧会被再现为性欲化的、可消费的存在。正如劳里提斯所说:

> 女人作为欲望或意义表示的主体是不能够得到再现的;或者,更确切地说,在阳具崇拜的男权文化秩序及其理论中,女人除了作为再现本身之外是不能够得到再现的。[3]

从某种意义上说,女性特征并非女人的品质或属性,而是对阳

---

[1] 罗钢、刘象愚:《前言:文化研究的历史、理论与方法》,载罗钢、刘象愚主编《文化研究读本》,中国社会科学出版社2000年版,第21页。
[2] [英]斯图亚特·霍尔:《文化身份与族裔散居》,陈永国译,罗钢校,载罗钢、刘象愚主编《文化研究读本》,中国社会科学出版社2000年版,第208页。
[3] [美]特里莎·德·劳里提斯:《社会性别机制》,李素苗译,郑岩芳校,载[美]佩吉·麦克拉肯主编《女权主义理论读本》,广西师范大学出版社2007年版,第225页。

具崇拜的欲望和意义的一种再现。单一化的女性身份和共同的男性利益是再现政治的一种假想,作为处于社会边缘的受压迫、受排斥、受支配的群体,女性必须反对这种带有强烈菲勒斯色彩的文化想象。无疑,女性写作是女性自我再现最为重要的一种方式。

作为一种再现行动,写作为女性打开了获得身份认同的另一扇门。要摆脱男性文本造就的女性形象的空洞化,女性必须进行写作,"把自己写进本文——就像通过自己的奋斗把自己嵌入世界和历史一样"[①]。在此,女性写作意味着女性开始放弃被男性话语所界定的角色和特征,也意味着被拘囿于私人领域的女性开始获得进入公共领域的身份。在男性主导的文化再现领域,女性是一块"黑暗的大陆",身体是一个具有女性气质的文本,女性、女性的身体以及女性的存在都是可以被牺牲掉的。然而,身份问题与生命价值问题往往是一致的,身体是一个必须重申的基点。女性的身体,尤其是黑人女性的身体往往在男性的想象中被客体化、性欲化了。"女性要重新发现自己,必须同时重新认识身体的生存论位置。"[②] 西苏一再强调身体的重要性,她认为女性如果没有身体,既盲又哑,就不可能成为一名好斗士,这样的女性只能沦为"好斗的男人的奴婢和影子"。[③] 因此,她将女性的身体置于写作的中心,不仅鼓励女性写自己,而且要求女性必须让人们听到自己的身体。

随着近现代社会的发展,尽管女性的生活状况有了很大的改善,但女性的身份仍然是通过"社会等级制度和文化差异"建构的,通过"精神分析学理论所描述的分化和破碎的过程"建构的。[④] 从这

---

① [法]埃莱娜·西苏:《美杜莎的笑声》,黄晓红译,载张京媛主编《当代女性主义文学批评》,北京大学出版社1992年版,第188页。

② 刘小枫:《中译本前言》,载[德]E. M. 温德尔《女性主义神学景观:那片流淌着奶和蜜的土地》,刁承俊译,生活·读书·新知三联书店1995年版,第2页。

③ [法]埃莱娜·西苏:《美杜莎的笑声》,黄晓红译,载张京媛主编《当代女性主义文学批评》,北京大学出版社1992年版,第194页。

④ [美]科拉·卡普兰:《潘多拉的盒子:社会主义女性主义批评中的主体性、阶级和性征》,载[英]弗朗西斯·马尔赫恩编《当代马克思主义文学批评》,刘象愚、陈永国、马海良译,北京大学出版社2002年版,第103页。

一层意义上说,女性身份始终是危险的和不稳定的,女性所占据的位置也是可疑的,因此女性的身份认同必须诉诸再现行动。身份认同与权力、再现等密切相关,女性要实现主体性身份必须夺回再现权,其身份诉求必然诉诸女性写作等一系列再现行为。只有在女性写作等一系列的再现行动中,女性才能为自己找到合适的位置,才能回答"我是谁"以及"我们是谁"的问题,才能走出菲勒斯文化传统的藩篱,浮出历史地表。

第三节 清白的终结:女性与再现

以菲勒斯文化为中心的社会并没有随着现代性而步入男女平权的社会,男女关系虽然逐渐趋向平等,但短期内亦很难实现真正意义上的平等。在现实生活中,大多数女性所认同的仍然是菲勒斯文化所规定的妻子、母亲等社会身份,其作为个体意义的身份认同在公共领域内或被悬置,或沦为空洞的能指。在菲勒斯中心秩序中,女性身份依旧只能经由母亲的角色来体验。女性被规定在私有领域之内,往往被再现为私人的、与世隔绝的家庭小圈子中的"天使"或"妖妇"。[1] 男人在将主体性位置和价值赋予自己的同时,对女性也进行了"污名化"[2] 的再现,并将其简约为"客体""匮乏"或者"零"。在近现代社会,女性所受的权力压制和排斥虽然在文学作品中有所再现,但再现的媒介却是女性欲摧毁的男性语言。不仅仅男

---

[1] 即便是代父从军的花木兰或挂帅出征的穆桂英,也仅仅是作为菲勒斯文化制度的代言人以男性身份而非女性身份进入公共领域的。这暗示着:女人若想进入公共领域,获得再现权,就必须以失掉女性特征作为代价。

[2] 污名化(stigmatization)最早由埃利亚斯提出。在研究胡格诺教徒时,埃利亚斯发现一种过程现象,即一个群体将人性的低劣强加在另一个群体并加以维持的过程。戈夫曼将污名化解释为,人所拥有的、与他人不同的、令人不愉快的特征。在极端的情况下,这种人是十分坏的、危险的或虚弱的。在他看来,被污名化的人就是降格为有污点的、被打了折的人,污名的这一特征使其具有普遍的令人耻辱的影响。(相关观点,可参见唐魁玉、徐华《污名化理论视野下的人类日常生活》,《黑龙江社会科学》2007年第5期)

性对女性的再现是一种误现，就连女性对自我的再现也极可能是一种误现。在这样一个再现系统，女性没有能力进行自我再现，其女性身份也是"被阉割的"或"有缺陷的"人的形式。

一 "污名化"：男性对女性的误现

在看似中立的文化背后，隐藏着一系列性别意识形态话语。迄今为止，对女性的误现无处不在，女性依旧背负着历史的种种"污名"（stigma）在现实的泥淖中踯躅不前。从某种意义上说，一切关于女性的再现都是错误的再现。正如彼特·杜司所言："一旦意识的表征空间（representational chamber）得以建构，力比多带就不可避免地要失去作用：所有的表征都是错误的再现（misrepresentation）。"[1] 不得不承认，我们身处以菲勒斯为中心的文化与意识建构起来的再现空间，在这一空间中，所有的再现都是有误的再现，菲勒斯文化对女性的"污名化"再现从来就没有削弱过。

从20世纪中叶起，埃利亚斯（Norbert Elias）、加芬克尔（Harold Garfinkel）和E.戈夫曼（Erving Goffman）等社会学家就开始关注"污名化"社会现象，并进行了一系列奠基性研究。在《污名：受损身份管理札记》（Stigma: Notes on the Management of Spoiled Identity, 1968）一书中，戈夫曼将"污名"定义为个体在人际关系中具有的某种令人"丢脸"的特征，这种特征使其拥有者具有一种"受损身份"。作为"自然"的少数剩余物之一，污名的本义指的是身体上的标示残缺或品德邪恶的记号，后来才被解释成一个隐疵、不公正或道德卑鄙行为的可见记号。[2] 污名常常将女性固定在其遭排斥的他者的身份上，某人一旦被打上"污名"的印记，其身份就很难

---

[1] ［斯洛文尼亚］斯拉沃热·齐泽克等：《图绘意识形态》，方杰译，南京大学出版社2002年版，第66页。

[2] 相关观点，可参见［美］戈夫曼《污名：受损身份管理札记》，宋立宏译，商务印书馆2009年版，第11—13页。

受到肯定。因为,"污名的本质强调了差异;这是一种原则上无法弥补的差异,因此有理由永远予以排斥"①。女性的特征在菲勒斯文化中是一个污点、一个令人苦恼的记号,甚至是羞耻的原因,具有这种特征的人——女性,则很容易被当作残缺的、低贱的或者危险的人。女性的污名身份一旦被社会性地建构出来,污名化的标签就将女性同负面的性别特征联系在一起。

在性别文化领域,"污名化"反映了男性群体与女性群体之间一种单向"命名"的权力关系。女性的"污名化"源于一种男性文化的意识形态,受男性群体的意识形态操纵,且具有维护社会性别再现系统的建构与功能。大多数社会学家都认为,污名的本质是一种被贬低了的社会身份,与特定的社会文化环境密切相关。女性的"污名化"正是菲勒斯中心主义社会中各种力量的运用,直接带来了歧视性的后果。在此,女性所遭受的歧视是一种结构性歧视,甚至我们可以说菲勒斯文化已经将女性作为污名群体的劣势地位制度化了。女性的污名体现了女性事实的社会身份与真实的社会身份之间的异质性,暗示着女性地位的丧失或遭受的歧视。对女性而言,"污名化"是享有特权的男性将人性的低劣强加在女性群体之上并加以维持的动态过程。男性话语倾向于将女性群体的负面特征刻板化,并以此掩盖女性的其他特征,使女性成为在本质意义上与负面特征相对应的客体。刻板印象给女性带来了众多的污名,在很大程度上简化、歪曲甚至丑化了女性群体,"女性"因而也被贴上了具有特殊文化内涵与联想意义的标签。

从某种意义上说,对女性形象的污名化与对女性地位的他者化涉及的是同一建构机制。男性话语往往通过再现,将女性群体的形象特征固定化,并以"贴标签"的方式来塑造这一群体的形象。在污名化的过程中,处于强势且不具污名的男性常采用贴标签策略,

---

① [英]齐格蒙特·鲍曼:《现代性与矛盾性》,邵迎生译,商务印书馆2003年版,第102页。

如"红颜祸水""女子无才便是德"等,都是女性"污名化"的标签。自古以来,中国就有"红颜祸水"之说,其虚构性远远高于真实性。在菲勒斯中心社会里,女性处于普遍的无权状态,其自身的命运都难以掌控,更遑论亡国之罪。在此,社会阶级的矛盾公然演变成了两性之间的矛盾。

"女子无才便是德"则强调女性无须有才能,只需顺从丈夫就行。有为的男性皆可德才兼备,而女性则不可。男性对女性惯用的统治策略是神化、愚化、弱化与奴化。女性一旦拥有了学识、才能与文化修养,掌控了话语权,就有可能挑战男性中心主义。在步入现代社会之前的传统社会,绝大多数的女性都被剥夺了受教育权。直到 20 世纪上半叶,中国女性才越来越多地享有受教育权。时至今日,在很多偏远地区,女性仍无法获得与男性同样的受教育权,占有与男性同样的教育资源。女性问题不仅是意识形态领域内的问题,也是社会现实层面上的问题。从这层意义上说,女性主义批评与其说是一种文学批评,不如说是一种文化批评。女性主义批评有其包容与排斥的界限,有其自身的传统和选择性,绝非社会学、政治学、文化分析或文学批评某一单独的领域所能涵盖。[1]

一直以来,女性群体在男性文本中都是一种僵化的、有误的再现,存在诸多的歪曲和不公,并带有男性的主观臆测和强加的价值观念。也许,真实的女性从未得到准确的再现。在男性为女性立法的时代,女性的污名化是一种普遍的社会现象和文化现象,是社会历史文化作用下的一种有误的再现。而女性主义批评则可以看成是抵制女性刻板印象的形成与误现的主要途径之一。

二 镜中之像:女性的自我误现

如果把文本比喻为一面镜子,那么这面镜子或多或少折射出了

---

[1] [英]布赖恩·特纳:《社会理论指南》,李康译,上海人民出版社 2003 年版,第 365 页。

男性统治阶级的性别意识形态。在这面镜子之中，女性很难在菲勒斯话语内召回自己的经验，也很难用这种"异质"的男性语言来再现自己。毋庸讳言，今日的妇女依然处在助成"我"的功能形成的镜像阶段（Mirror Stage）。关于镜像阶段，拉康如是描述：

> 镜子阶段是场悲剧，它的内在冲劲从不足匮缺奔向预见先定——对于受空间确认诱惑的主体来说，它策动了从身体的残缺形象到我们称之为整体的矫形形式的种种狂想——一直达到建立起异化着的个体的强固框架，这个框架以其僵硬的结构将影响整个精神发展。①

对女性而言，镜像阶段是其在菲勒斯话语中寻求完全意义的认同过程。这的确是场悲剧，女性主体在认定一个影像之后自身发生了变化：她们依照男性的标准实行自我控制，进而将这一标准内化，帮助男性完成了对女性的精神统治。在男性主导的话语系统中，女性对自我的再现犹如白色墨水之于白纸，其行为几乎不可能留下任何鲜明的形象或者痕迹，但是女性作为主体在镜子里所看到的自己或他者都是一种错误的再现："从镜子里或是从我脑子里反射出来的图像失去了体积感：我看见的自己只是二维的，我看到的他者是反向的另一个自我。"② 在自我书写的文本中，女性因丧失了主体性而沦为镜中之像，虽映照了男人，却封锁了抵达女性真实的出路。

从精神分析学的角度来说，女性开始由混沌的状态转向自我意识的状态，目前仍处于一个类似于助成"我"的功能形成的镜像阶段。事实上，在没有被再现之前，女性就已经被菲勒斯文化首先制造出来

---

① ［法］拉康：《助成"我"的功能形成的镜子阶段》，载《拉康选集》，褚孝泉译，上海三联书店2001年版，第93页。在此，"镜子阶段"即"镜像阶段"（Mirror Stage）。
② ［法］吕西·依利加雷：《二人行》，朱晓洁译，生活·读书·新知三联书店2003年版，第62页。

了,甚至女性还按照男性为女性建构起来的一个个所谓"自然"的特征,将自己逼进身体和心灵必须与之相符的身份之中。① 对于女性来说,"女人"仅仅是一个被虚构的空洞的符号,其实并不存在,真实地存在于社会关系中的只有那些被意识形态构建为自然群体的"女人们"。要想突破有关女性的精致想象,进而再现自己,女性首先必须把自身同强加给她们的"女人"定义区别开来,并在种种社会关系中保持自身的独立性。因为,"镜像在不靠近别人的迷人形象中捕捉主体,并把它封闭在自己凝视自身的同语反复的密室中"②。即便是进入了象征秩序,女性刚刚建立的主体性也极有可能在男性的凝视下被镜像吞噬掉。从某种意义上说,男性凝视是一种权力运作,在文化再现中能促使性别意义的生成和"伪女性主体"的形成。

在男女平权获得广泛支持的语境下,女性开始将自身称为"我",并通过具有外在统一性的"镜像"与自身认同。女性所认同的镜像既是菲勒斯话语实践的产物,又是其实现身份认同的媒介。女性在与镜像认同的过程中,往往将自身再现为客体化的"镜中之花",因而建立起来的主体功能也很难获得普遍性。当然,镜像也并非总是空洞无用的。通过镜像,女性至少能够证明"镜中形象的种种动作与反映的环境的关系以及这复杂潜象与它重现的现实的关系,也就是说与他的身体,与其他人,甚至与周围物件的关系"③。不过,"镜中形象"与女性的实存并不是同一的。由于受男性文化的牵制,女性像一个处于婴儿阶段的孩子,尚无说话和走路的行动能力,

---

① [法]莫尼克·威蒂格曾在《女人不是天生的》中论述道:"我们已经被扭曲到这样一种程度,以致我们变形的身体被他们称为'自然',即一种被假定是先天存在而不是受到压制的性质。我们已经被扭曲到这样一种程度,以致到最后,压迫似乎成为我们自己这一'自然'的结果(其实所谓'自然'仅仅是一种观念而已)。"(相关观点,可参见[美]佩吉·麦克拉肯主编《女权主义理论读本》,广西师范大学出版社2007年版,第189页)

② [日]福原泰平:《拉康:镜像阶段》,王小峰、李濯凡译,河北教育出版社2001年版,第200页。

③ [德]拉康:《助成"我"的功能形成的镜子阶段》,载《拉康选集》,褚孝泉译,上海三联书店2001年版,第90页。

却"会在一阵快活的挣扎中摆脱支撑的羁绊而保持一种多少有点倾斜的姿态"①。孟悦、戴锦华曾从"物品化"与"欲望权"、性别错指、性别整合等方面揭示了男性扭曲女性形象的种种手段,从而确认了女性形象作为"空洞能指"的存在。② 对女性而言,这种"空洞能指"不仅是一种"倾斜"的姿态,还是一种致命的匮乏。

在镜像阶段,作为主体的女性常常混淆自身与镜像,误现女性自我。女性的自我误现涉及女性主体、镜像以及作为他者的男性的凝视。首先,女性将镜中之像认同为自己,即将其作为自己的一部分之后,有误的镜像也随之进入了主体的内部。从心理学上说,女性之所以将镜像认同为自己,恰恰是由于现实中女性主体的破碎和不完满,是出于完形的需要和倾向。女性自身的边界暧昧不明且支离破碎,只有在镜子面前(即在文本中)显示的女性的"像"才是轮廓清晰的、完满的。其次,女性主体对镜像的认同是在他者男性的凝视下完成的。为了成为真正的自己,女性必须舍弃自己本身,穿上他者男性的外套。换句话说,女性在成为自身时所认同的对象其实并非女性自己,而是他者男性。女性主体作为菲勒斯文化的共谋者,在菲勒斯的凝视下有关自我的想象性认同。

从某种意义上来说,女作家们并不是独立于男性之外、拥有绝对再现权的独立主体,其作品所再现的女性是受男性主流意识形态主导的镜像,类似于柏拉图所说的"影子的影子",与真实的女性隔了两层。以中国现当代女作家对身份的表达和再现为例,作为再现者的女性往往将自己再现为政治符号、伦理符号或欲望符号。在五四启蒙叙事中,作为作者、叙事者与主人公的女性尚不能脱离不成

---

① [德]拉康:《助成"我"的功能形成的镜子阶段》,载《拉康选集》,褚孝泉译,上海三联书店2001年版,第90页。
② 孟悦、戴锦华:《浮出历史地表:现代妇女文学研究》,中国人民大学出版社2002年版,第13—22页。

熟的状态，而呈现出万般"女儿"情态。女儿镜像折射出来的是女作家共同的自我形象，作为新女性的"女儿"实则是"父亲的叛逆之女，母亲的不孝之女，新文化的精神之女"①。在冰心、庐隐、冯沅君、凌叔华等女作家的笔下，都能够捕捉到"女儿"的身影。作为逆子的他性投射，女儿们还没有来得及成长为独立的主体。而且，女儿们虽然在信念与价值上反叛父辈，但在心理与情感上却渴望精神意义上的双亲的庇护，"依恋女儿那种有人保护的、不用承担世界和自己的压力的孩提阶段"②。真正的主体具有独立的主体意识，不经别人的引导就有勇气和决心运用自己的理智达到成熟的状态。独立的主体意识包括批判怀疑意识、自主意识、责任意识、自决意识、个性意识等，女儿们虽然已经具有了一定的批判怀疑意识，并且意识到自己是"独立"于客体的存在，但还缺乏与"孩提阶段"彻底决裂的自决意识与个性意识。男性构建的女性如同东方主义者构建的东方，"是一个被动的（passive）、如同孩子般（childlike）的实体，可以被爱、被虐，可以被塑造、被遏制、被管理，以及被消灭"③。女性的主体意识虽然已经开始觉醒，但尚未成熟，因而女性也只能是未成熟的、需要父亲保护的"女儿"。在女儿镜像中，背后隐藏的男性才是真正起决定作用的启蒙者与拯救者，女性只不过是需要启蒙教育的对象。

在五四时期，女儿们的"弑父"行为几乎都是在以家庭为核心的私人领域内完成的，她们并没有因一场声势浩大的全民启蒙运动而顺利地告别蒙昧状态。经受了五四精神洗礼的女性没有得到预期的自由与幸福，从私人领域到公共领域，女性的个性解放都未能取

---

① 孟悦、戴锦华：《浮出历史地表：现代妇女文学研究》，中国人民大学出版社2002年版，第14页。

② 同上书，第16页。

③ ［英］齐亚乌丁·萨达尔：《东方主义》，马雪峰译，吉林人民出版社2005年版，第9页。

得彻底的成功。如丁玲笔下的莎菲女士——五四浪潮中的叛逆女性，其遭遇在很大程度上体现了女性在私人领域内追求个性解放的失败；在张爱玲的笔下，母女关系剑拔弩张，闺阁之内到处都是刀光剑影，掌权的女性常在男性缺席的场所代替男性扮演压迫者。在丁玲笔下，写作如同自杀，同为一种女性自我拯救的行为。不同的是莎菲选择了自杀，而丁玲选择了继续写作，把女性融入主流意识形态的叙事话语中，在公共领域内寻求突破口。于是，"孤独的女性作为一个整体、一个性别消失于空无，个别人有幸出现在大众斗争中，也是因为她们抹去或被抹去了孤独女性的性别痕迹"[1]。在宏大叙事话语中，女性继续寻找精神上的父亲，并准备重新确定自己的身份，即实践没有性征、具有行动能力的主体身份。如此，女性叙事话语再度被女性自觉地纳入启蒙、革命、社会建设等宏大叙事之中，刚刚苏醒的性别意识也被湮没了。在这类叙事中，女性叙事者自觉地与女性身份决裂，努力保持一种中性的立场与叙事态度。这一决裂是以思想情感的泯灭、性别意识的模糊以及女性身体的缺席为代价的。此外，女性的欲望也被深深地压抑在文本之下。由此可见，从私人领域到公共领域，有关女性的镜像都是破碎的、扭曲的。

20世纪70年代末80年代初，新启蒙主义成为主导性的思想潮流，个体的言说拥有了合法性与主体精神，女性情爱叙事的空间才得到了开拓。这一时期，女性主体意识开始复苏，女作家不仅对"我是谁""人啊，人"[2]等具有普遍意义的问题进行了理性反思与批判，也开始关注女性自我的情感问题。女性在努力寻找自我真相的同时，并没有放弃寻找心中的"男子汉"，即理想的男性形象。无论是一条伤痕累累的大毒虫，还是在黑暗的夜空飞翔的大雁，劫后余生的

---

[1] 孟悦、戴锦华：《浮出历史地表：现代妇女文学研究》，中国人民大学出版社2002年版，第121页。

[2] 宗璞的《我是谁》揭示了女性知识分子对自我与身份的追寻，戴厚英的《人啊，人》表明了一个觉醒的知识分子对人性的领悟和呼唤。

女性都渴望"在爱人肩头痛哭一晚"。在舒婷的《致橡树》、张洁的《爱是不能忘记的》、铁凝的《哦，香雪》等作品中，女性对"爱"的深情呼唤与苦苦追求比比皆然。其中，舒婷的《致橡树》对爱的吟唱在女性读者中间获得了巨大的共鸣与反响：

> 我如果爱你——
> 绝不像攀援的凌霄花
> 借你的高枝炫耀自己；
> 我如果爱你——
> 绝不学痴情的鸟儿
> 为绿荫重复单调的歌曲；
> ……
> 不，这些都还不够！
> 我必须是你近旁的一株木棉，
> 作为树的形象和你站在一起。
> ……
> 你有你的铜枝铁干
> 像刀、像剑，也像戟；
> 我有我红硕的花朵
> 像沉重的叹息，
> 又像英勇的火炬。
> 我们分担寒潮、风雷、霹雳；
> 我们共享雾霭、流岚、虹霓。
> 仿佛永远分离，
> 却又终身相依。
> ……

这首诗一方面可以被看成是女性意识的觉醒之歌，另一方面也可以被看成是平等自主的爱情宣言,以致有人把这首诗称为"一封给天下男子汉的公开情书"①。当然,还有人把这首诗看成是反抗专制的政治宣言。那么,舒婷到底是被迫还是主动卷入宏大的政治叙事呢?这就不得而知了。可以肯定的是,字里行间的确折射出了女性主体对理想爱情的追求与向往。然而,对"爱"的呼唤一方面固然彰显了女性的主体精神,另一方面却再现了女性内心世界的虚空与脆弱。

作为"朦胧诗派"的代表性诗作,《致橡树》最初发表在《今天》1978年12月的创刊号上。在创刊号上,一位知名的男性诗人曾以编辑部的名义在《致读者》的开场白中写下这么一段话:

> 历史终于给了我们机会,使我们这代人能够把埋藏在心中十年之久的歌放声唱出来,而不致再遭到雷霆的处罚。我们不能再等待了,等待就是倒退,因为历史已经前进。②

显然,这里的"我们"是"文化大革命"中受迫害、受压制的、男性的"我们",或者说是"无性"的抽象共同体。如果把这段话中的"我们"置换成女性的"我们",就更加意味深长了。不是任何时代、任何人都有机会去"爱"的,在"文化大革命"期间谈情说爱绝对是一件不合时宜的事情。现在,女性终于有了"爱"的机会,但这机会却并非个人奋斗所得,而是"历史"给予我们的。这就意味着,只有在历史的默许之下,女性作为主体才不至于受到"雷霆的处罚"。舒婷虽然否认了弱者女性对男性社会的依附,但她对女性自主意识的赞颂却是建立在"橡树"这一已然存在的男性主体之上的。也就是说,象征女性的"木棉"是比照着"橡树"成长

---

① 屈雅君:《执着与背叛——女性主义文学批评理论与实践》,中国文联出版社1999年版,第249页。

② 北岛:《致读者》,《今天》1978年第1期。

的，她们的内心深处依然渴望依附男性，故不能称其为独立的主体。"木棉"这一镜像是按照菲勒斯社会对理想女性的设计而塑造的现代女性形象，也正是对男性自我中心意识的肯定。因此，有学者说，成熟的女人可以告别《致橡树》了。①

在这一时期，以舒婷为代表的女作家们的情爱叙事话语中，爱往往只与心的向往、灵魂的渴求有关，女性的身体与欲望被遮蔽了。显然，女性并非没有身体，也并非没有欲望，而是被根深蒂固的菲勒斯文化"销声匿迹"了。值得深思的是，对女性性欲的否认与排斥的想象，恰恰使得女性获得了一种破碎的生活体验与写作体验。女作家们是伊利格瑞想象中的"镜像的残留物"，而女性镜像正是被男性"主体"赋予，并用来反射和复制他自己的。② 在伊利格瑞看来，甚至女性气质也是被男性思辨化/镜像化（specula［riza］tion）来规定的，几乎完全不能与女性的欲望相当，因此，女性的欲望是不可言说的。

20世纪80年代中后期和90年代初，女作家创作呈现多元化的繁荣局面，不少女作家运用男性的话语与叙事方式塑造出一个个可以与男性社会抗衡的女性形象，如王安忆的《小城之恋》就充满了对女性身体、欲望与生命体验的描写。从林白、陈染、铁凝等作家的作品中可以看出，女性的自我意识与性别意识越来越自觉，女性不仅在物质上、精神上都独立于男性，而且开始成为欲望与身体的

---

① 屈雅君曾将这首诗视为"一面假借爱情高扬男女平等的旗帜，一座当代女性精神的丰碑，一只为走向自尊自爱自立自强的中国女性引吭高歌的报春鸟"，但在《告别〈致橡树〉（代跋）》中她看到了该诗的另一面：首先，《致橡树》虽然没有重复老旧的"寻找男子汉"的主题，但却预先设置了一个已知的男子汉——橡树；其次，诗人虽一开始就否认了弱者女性对男性社会的依附，但是开满"花朵"的"木棉"确是参比着橡树的形象成长起来的；最后，《致橡树》强化了新潮知识女性的优越感，并通过意识中对女性主体意识的高扬而曲折地满足潜意识中对男人的依附。（相关观点，可参见屈雅君《执着与背叛——女性主义文学批评理论与实践》，第249—252页）

② ［法］露丝·伊丽格瑞：《此性不是同一性》，朱坤领译，载［美］佩吉·麦克拉肯主编《女权主义理论读本》，广西师范大学出版社2007年版，第348页。

第一章 反再现：女性身份认同的逻辑起点 71

主体。90年代后，文学的市场化运作又推出卫慧、棉棉等新生代女作家，客观上似乎推动了女性写作的事业，实则不然。无论是在乌托邦叙事中，还是在仿真叙事中，字里行走的都是身体，行间流淌的都是欲望。具有讽刺意味的是，女性虽参与了欲望叙事话语的形成，女性话语也被纳入男性主流话语，但女性写作仍然处于边缘化。换句话说，正在写作的女性其实也不能真实地再现自我，我们所看到的女性自我只是叙事交错的镜像。

伊利格瑞曾呼吁女性进行想象，呼吁女性以不同的方式想象女性的身体与快感，但是，我们不得不承认："人们不希望表达女人的欲望的语言与男人的相同；自古希腊以来，女人的欲望无疑就被主宰西方文明的逻辑淹没了。"① 中国也不例外。在所谓的身体叙事中，女人由"人"降格为"物"，沦为被观看的对象与欲望的客体，女性叙事从而被整合进男性欲望叙事话语中。不过，越来越多的女作家和女性主义者已经意识到这一点，如王安忆关于女性追寻自我的寓言《弟兄们》中，就对女性主体提出质疑，这也在一定程度上反映了女性试图突破规范追寻自我历程的矛盾、困惑与艰难。② 与此同时，男性镜像对女性的召唤造成了女性与自我的疏离，这一疏离从未停止过，且愈演愈烈。显然，女性通过男性镜像所确认的自我是一个模糊的、虚幻的符号，要想在男性文化结构中寻找自我的位置、建构女性身份仍然是困难重重。只有打破这种镜像，离开这一幻想的圈套，女性才能走出有误的再现，抵达真正的自我。

三 清白的终结：再现即误现

这是一个清白终结的时代。没有清白的语言，没有清白的文化，

---

① [法]露丝·伊丽格瑞：《此性不是同一性》，朱坤领译，载[美]佩吉·麦克拉肯主编《女权主义理论读本》，广西师范大学出版社2007年版，第344页。
② 相关观点，可参见任一鸣《质疑女性主体的一则寓言——解读王安忆的〈弟兄们〉》，《昌吉学院学报》2003年第4期。

也没有清白的女性主义。后殖民主义批评大师爱德华·赛义德（Edward Said）认为"东方人"被作为人类抹去的知识与权力的联合，并不完全是一个学术问题。他指出，"文学和文化往往被认为在政治上甚至在历史上是清白的；而在我看来正常情况恰恰相反……"① 赛义德在研究东方主义的兴起、发展和巩固的时候所坚持的人文主义和政治关怀，恰恰也是我们研究女性主义时所需要的。在我们谈到"东方人"或"女人"的时候，必须将文学、文化与社会放在一起来理解和研究。其实，不清白的何止文学和文化，我们所使用的语言文字又何尝是清白的？无论是男性对女性的"污名化"再现，还是女性的自我再现，所有的再现都是一种有误的再现。再现的真实与否直接取决于语言符号的性质，既然语言不能如镜子般客观、忠实地反映各类事物，那么我们就无法要求女性被清白地再现。

从深层意义上说，语言是性别意识形态斗争最隐蔽的场所，男性语言的确立过程就是女性语言（或其胚芽）被排斥、被边缘化甚至被消灭的过程。不可否认，性别歧视是语言中普遍存在的问题。虽然语言并非天生就是"男性"的，但在社会中处于优势地位的男性不可避免地对语言进行着性别化的操控和占有，不仅使得语言成为合法的"男性"语言，而且使得语言烙上了性别歧视的痕迹。按照现代语言学的观点，不是我们在说语言，而是语言在说我们。男性语言的特殊编码影响了女性的观察、思维、表达与再现，并规定了女性的思维模式。面对有性别的语言，女性一般有两个选择：一是"拒绝规范用语，坚持一种无语言的女性本质"，二是"接受有缺陷的语言，同时对语言进行改造"。②

---

① ［美］爱德华·W. 赛义德：《赛义德自选集》，谢少波、韩刚等译，中国社会科学出版社1999年版，第27页。

② 张京媛主编：《当代女性主义文学批评》，北京大学出版社1992年版，前言第8页。

第一章 反再现：女性身份认同的逻辑起点

英美女性主义语言学对语言中尤其是在语言结构和语言内容中的性别歧视进行了深入的研究，法国女性主义批评也将矛头指向男性语言，故意打破男性标准语言所设立的种种界限，试图把男性语言改造成另一种语言。西苏在《美杜莎的笑声》（The Laugh Of The Medusa，1975）一书中首次提出一种可以使女性摆脱男性中心语言的"阴性书写"（écriture féminie），鼓励女性拿起笔来，书写自己的世界。女性只有一片千年的荒土有待打破，没有基础建立一种新的话语，因此"阴性书写"至少有两个目的："击破、摧毁；预见与规划"[①]。面对有性别的语言，西苏作了第二种选择，即接受现存的男性语言并将其改造成"阴性书写"，这种改造过的新的语言将"摧毁隔阂、等级、花言巧语和清规戒律"[②]。通过自我书写与书写自我，女性可以在男性领域为自己开辟一个独立的空间，自由自在地再现自己。不过，在人类的多种语言里，"人类"这个词是阳性而非中性的。因此，向往一种平等或中立状态的主体在作品中总被表达为男性。[③]

伊利格瑞主张建立一种与男性理性化语言相对立的一种非理性的女性话语方——"女人腔"（le parler femme），并主张以"女人腔"来颠覆占主流地位的"男性"再现，再现女性自己。"女人腔"并不是白痴讲的故事，而是一种能够将对立的双方包容于一体的、独特的女性语言概念，一旦男性在场就会消失无踪。在此，充满后现代精神的伊利格瑞并没有给"女人腔"一个精确的定义，但她的"女人腔"与西苏的"阴性书写"一样具有革命性，足以抗拒并摧毁所有牢固建立的形式、形象、思想与概念。与此同时，伊利格瑞

---

① [法]埃莱娜·西苏：《美杜莎的笑声》，黄晓红译，载张京媛主编《当代女性主义文学批评》，北京大学出版社1992年版，第188页。
② 同上书，第201页。
③ [法]露丝·依利格瑞：《性别差异》，朱安译，载张京媛主编《当代女性主义文学批评》，北京大学出版社1992年版，第372页。

也认识到，女性的目标如果只是推翻事物的秩序，即使实现了目标，也只不过是历史自身的一种重复，只会重新回到菲勒斯文化的同一性；而她们的性别、关于她们的想象以及她们的语言，都将不复存在。①

法国女性主义批评家几乎都意识到语言的重要性：语言既是控制之场也是抵抗之地，被奴役的女性要想从男性的领地夺回个人权利，就必须借助于语言。不过，相比之下，朱莉亚·克里斯蒂娃走得更远，她径直追溯到前俄狄浦斯阶段来考察语言的结构性与异质性。克里斯蒂娃用"符号态"（semiotics）与"象征态"（symbolic）的区分替代了拉康的"想象"和"象征"的区别，从而建立起反抗男性法则的颠覆性语言。"符号态"是语言的一个维度，具有母性意义，与前俄狄浦斯的原始冲动联系在一起，"作为对于父权象征的破坏创造性力量而活着"②。在此，女性有两种不同的选择：认同母亲或认同父亲。认同前者将强化女性心理的前俄狄浦斯成分，使其边际从属于象征秩序；认同后者将会创造一个从同一象征秩序中获得身份的女人。③ 当然，并不是所有的女性主义者都赞同克里斯蒂娃的观点。朱迪斯·巴特勒对克里斯蒂娃的"符号态"的有效性提出了质疑，她指出，克里斯蒂娃虽然有力地揭露了拉康在语言里普遍化父系律法的做法的局限，但终究还是承认了符号态是屈居于象征秩序之下的，而且"在某种豁免于挑战的等级框架里取得其独特性"④。此外，克里斯蒂娃把母性在本质上划归为一种前文化的真实或对母性身体的自然主义描述，事实上物化了母亲身份，并排除了

---

① Toril Moi (ed.), Sexual/Textual Politics, 2nd Edition, London & New York: Routledge, 2002, pp. 142–146.
② [美]索菲亚·孚卡、[美]瑞贝卡·怀特：《后女权主义》，王丽译，文化艺术出版社2003年版，第60页。
③ Toril Moi (ed.), Sexual/Textual Politics, p. 164.
④ [美]朱迪斯·巴特勒：《性别麻烦：女性主义与身份的颠覆》，宋素凤译，上海三联书店2009年版，第107页。

对母性身体的文化建构性和可变性进行分析的可能。

就在西方女性主义者梦想通过创造一种清白的女性文字来构造一个独立于男性的世界时，殊不知女书①已经在历史的背面上演数百年了。从某种意义上来说，女书的诞生是女性意识的结晶和产物，使女性的自我再现成为可能。在女书的创造与使用中，女性的再现权与男性的缺席使女性暂时地获得了书写自己和自己书写的双重自由。值得注意的是，女书与男性的关系并不是"清白"的，两者近似于殖民者与被殖民者的关系，并不是完全断裂的。② 女性在使用女书时往往会不自觉地掺入男性异质，从而削弱了女书自身构建的权威。

女书的出现并非简单地意味着女性已经夺回了再现权。在理想与现实之间，横亘着一条巨大的、难以消除的沟壑，借用哈贝马斯（Jürge Habermas）的话来说："离开假设的纯洁言语，我们将一事无成；而与此同时，我们也必须容忍'不纯'言语的存在。"③ 在菲勒斯话语系统中，女性不可能拥有一种完全独立于男性的、清白的语言，因为"男性"语言永远也不可能彻底"根除"其潜在的动机和行为压力。女书的诞生与沉寂恰恰从正面消解了女性语言的革命精神与性别意义，宣告了"阴性书写"梦想与"女人腔"神话的破灭。在批评实践中，女性主义者既离不开这样一种具有理想色彩的、假设的"纯洁言语"——女性语言，也不得不忍受一种"不纯"的、男性化的女性话语。令人沮丧的是，女性只能用不清白的男性

---

① 女书，又名女字，是迄今为止发现的世界上唯一在女性中间使用的文字，曾经流传于湖南省江永县上江圩镇一带。"女书"既指"女书"文字，也指"女书"文字撰写的作品。谢志民先生在《江永"女书"之谜》（河南人民出版社1991年版）中粗略统计女书有单字1774个，而1716年印行于世的《康熙字典》总收47035字。

② 从内容上看女书有书信、抒情诗、叙事诗、柬帖、哭嫁歌、歌谣、儿歌、谜语、祷神词和唱本，但作品叙述的故事背后往往隐藏着一个父权的代言人，如包公、玉皇大帝等，无一不暗含着父权的绝对权威。

③ [德]哈贝马斯：《现代性的哲学话语》，曹卫东等译，译林出版社2004年版，第376页。

语言来再现自我、他者与世界,揭示出独特的女性身份,并因此在人类世界中显示女性自身的存在。

第四节 反再现:女性身份认同的革命性诉求

自人类进入现代社会以后,古今中外的文人学者从来没有停止过对"人"与"人性"的思考与追问,女性及女性品质也在一次次人文思潮中受到赞美和提升。与此同时,男性得以再现(或代表)女性的特权也受到普遍质疑。在以菲勒斯为中心的传统社会,所有的男性都是在未授权的情况下俨然以家长自居,再现自我与女性。这种未经授权就获得的再现权使那些菲勒斯主义的描述和对女性形象的歪曲在客观再现的名义下铭刻于历史与文本之中。

如前所述,对女性的再现大致可以分为过度再现、低度再现和有误的再现,而这三种再现都可以归结为有误的再现。对于女性来说,女性主体本身就是菲勒斯文化再现的产物,而不是女性作为原本的显现。几乎所有的女性形象都是一种歪曲的、有误的再现,即使看上去非常中立的再现也可能隐藏着深刻的性别偏见。"将一个低级或贬损的形象投射到另一个人身上,如果这个形象到了深入人心的地步,实际上能够成为歪曲和压迫。"[①] 如果说女性写作是抵抗有误的再现的一种有效方式,那么女性写作作为一种再现也是一种反再现。在误现的丛林之中,抵抗男性中心主义的女性主义话语诞生了。从此种意义上说,女性主义是一种反再现式的再现。

一 反再现:从《女权辩护》开始

到目前为止,日常生活与文本叙事中仍然存在根深蒂固的男性

---

① [加] 查尔斯·泰勒:《现代性之隐忧》,杨文贵译,中央编译出版社2001年版,第54页。

第一章 反再现:女性身份认同的逻辑起点

中心主义思想。受支配性再现所建构的观念影响,男性往往将一些想象的因素强加到处于边缘的女性群体。女性的再现与反再现如一枚硬币的正反面,涉及的是同一对象——各种历史境遇中的女性。如果说再现是女性要求获得自我身份的政治诉求与文化诉求,那么反再现则是一个女性主义无法绕开的逻辑起点,有关女性的再现、身份等都是由此衍生出来的。从表面上看,再现与反再现截然相反,一个从事"建构"活动,一个从事"拆解"活动;实质上,不论是在政治文化诉求上,还是在意义指向、内在目标上,两者都是一致的。

作为一种抵抗策略,反再现是一种有意识的抵抗,蕴含着女性解放、男女平等的革命性诉求。一般认为,18世纪的启蒙思想为西方女性主义提供了最初的思想资源和理论支点。1792年,玛丽·沃斯通克拉夫特(Mary Wollstonecraft)出版了第一部具有国际影响力的女性主义著作《女权辩护》(*A Vindication of the Rights of Woman*, 1792)。在探讨女性容易堕落的原因时,她发现,女性的堕落不仅与女性所受的错误的教育[①]有关,甚至"小说、音乐、诗歌以及男女之间的调情都倾向于使女人变成一种感性的人"[②]。在对女性的误现中,男性建立起一种关于女性行为举止的错误理论,而"这种理论剥夺了所有女人的尊严,不论是美的还是丑的,一概把她们归入只能装扮大地的喜气洋洋的鲜花之列"[③]。于是,"缺乏理智"的女性就陷入形形色色的卑劣、焦虑和忧伤之中,变得虚荣而浅薄、敏感而脆弱、卑贱而愚蠢。

直到18世纪末,女性都不曾拥有再现自己的权力来改变这一糟

[①] 正如玛丽·沃斯通克拉夫特所说:"在这种教育中,女人总是被教导应该依靠男人来维持自身的生存,并且把她们自己的身体看作是男人努力供养她们所应该得到的回报。"(相关观点,可参见[英]玛丽·沃斯通克拉夫特《女权辩护:关于政治和道德问题的批评》,王瑛译,中央编译出版社2006年版,第85页)

[②] 同上书,第69页。

[③] 同上书,第59—60页。

糕的现状。女性需要纯粹意义上的理智，可男性却试图通过自己的论著把女性再现为"家中的天使"，并且"运用那些由卑鄙的欲望（这些欲望由于厌腻而变得吹毛求疵）所支配的观点，竭其所能地来削弱女性的身体并禁锢她们的心灵"①。尤其是在关于女性性格和女性教育的某些出版物中，某些作家貌似客观、准确地将女性再现为怜悯的对象。沃斯通克拉夫特从卢梭开始，对这些男作家将女性视为怜悯对象的近乎侮辱的行为进行了批判和谴责。法国启蒙思想家、浪漫主义作家让-雅克·卢梭（Jean-Jacques Rousseau）在其教育小说《爱弥儿》中为完美的男主人公塑造了一位完美的女性苏菲，并从男性统治出发在教育方面对女性作了种种规范，提出了种种要求。② 事实上，男性在美学与符号学意义上不足以再现女性，在立法和政治意义上更是无权代表女性。沃斯通克拉夫特就卢梭对女性的再现进行了批驳与反抗，鼓励女性做一个有理智的人，摆脱虚幻的想象和被美化的放纵，而诉诸人类出色的判断力。③ 要抵抗男性对女性种种有误的再现，首先必须推翻卢梭提倡的那种教育制度，女性自身也要"通过跟自身的恶性和愚蠢作斗争，从而增强了她们自身的理智"。④ 女性作为人的价值在那个提倡"人人平等"⑤ 的时代虽然首次得到了肯定，但女性并没有获得作为不依附于男性的独立个体的尊严。

无论是在西方还是在中国，启蒙时期都不乏为女性解放呼号奔走的男性知识分子，甚至"女性解放""男女平等"等革命性口号

---

① ［英］玛丽·沃斯通克拉夫特：《女权辩护：关于政治和道德问题的批评》，王瑛译，中央编译出版社2006年版，第73页。
② 如要求女性温驯顺从、谦逊谨慎、美丽纯洁、服从权威而不依赖于理性、具有高尚的品德和忠贞不渝的情操等。
③ ［英］玛丽·沃斯通克拉夫特：《女权辩护：关于政治和道德问题的批评》，王瑛译，中央编译出版社2006年版，第112页。
④ 同上书，第115页。
⑤ 在此，所谓的"人人平等"并不意味着女性可以与男性平等。在女性被排斥在理性之外时，其获得平等权的资格也就被消解了。

也是出自这些男性精英之口。但这些鼓吹"天赋人权""为女权一辩"的启蒙大师们也有其自身的局限性,他们思考与论证的轴心、落脚点仍然是男性,因此他们所提出的"女性解放"也只不过是"为男性"的女性解放,而非"为女性"的女性解放。在特定的菲勒斯文化语境下,女性唯有进行某种"反再现",才能有效地彰显其作为"他者"或"边缘族群"的文化诉求,实现女性在文化认同上的主体性。从某种意义上说,女性反再现是从《女权辩护》开始的。

二 《一间自己的房间》:再现与反再现的迷宫

1928年10月,伍尔夫(Virginia Woolf)以"女性与小说"为主题发表了两次演讲,并在此基础上完成了《一间自己的房间》(*A Room of One's Own*, 1929)一书。作为女性主义文学批评的先驱,伍尔夫率先突破了男性所确立的理性/感性二元对立的传统批评模式,为女性开创了一种超越二元对立、具有反理性色彩的批评传统[①],同时也为女性的精神独立和艺术创造争取了一定的"社会空间"[②],为女性主义批评提供了理论范式和分析方法。伍尔夫用文字建构了一座再现与反再现的迷宫,迷宫里弥漫着男性对女性的再现、女性对自己的再现以及女性对误现的抵抗。阅读《一间自己的房间》,犹如一次精神探险,稍不留心就落入看似漫不经心的文字所编织的陷阱里。

在《一间自己的房间》中,伍尔夫所谈论的女性与小说的关系,其实就是女性与再现或反再现的关系。女性、小说与房间到底有什

---

① 西苏在《美杜莎的笑声》《从无意识的场景到历史的场景》中继承并开拓了这一传统。拉尔夫·科恩(Ralph Cohen)对这一理论写作的方式给予了高度的评价,称西苏是"以一种对写作在她生命中所占据的地位的抒情性的意识而进行理论写作的,不管写作可能为她创造天堂还是营建地狱,它都能使生存成为可能"。(相关观点,可参见[美]拉尔夫·科恩主编《文学理论的未来》序言,程锡麟等译,中国社会科学出版社1993年版)

② 李小江在《女人读书》中是这么评价《一间自己的房间》的:"为女性的精神独立和艺术创造争取社会空间。"(相关观点,可参见李小江《女人读书——女性/性别研究代表作导读》,江苏人民出版社2006年版,第152页)

么关系呢？伍尔夫开门见山地表明了自己的观点："女人要想写小说，必须有钱，再加一间自己的房间。"① 女性的自我再现跟女性的处境以及关于女性的再现有关，女性若要再现自我，就必须争取到与男作家同样自由的再现权。19世纪初，几乎所有的女性都被拒绝在大学图书馆之外，与此同时，女性的头脑也受男性传统力量的支配。在此背景下，女性很难获得小说家所拥有的全部自由和特征。荒唐的是，这一时期，还有男教授写下皇皇巨著来论证女性脑力、体力和品行的低贱，以突出男性的优越。女性的再现仍然在男性的掌控之中，于是伍尔夫才追问："你可知道，一年的时间里，关于女人，会有多少种书问世？你可知道，这些书，又有多少是男人写的?"②

在历史长河中，女性不能再现自己，更不能再现男性。男性能够代表女性，再现女性，但女性的再现与反再现均不被允许。"因为一旦她开始讲真话，镜中的影像便会萎缩；她在生活中的位置也随之动摇。"③ 如此，历史和诗章作为男性文化再现的结晶，自然不能再现真实的女性。在男性书写的文本中，虚构的女性不仅不缺乏个性和品格，而且被想象成一个极其重要的人物：她多姿多彩、崇高或猥亵、明丽或污秽、天姿国色或丑陋无比，甚至比男性还要高贵。"在诗卷中，她的身影无处不在；历史中，她又默默无闻。"④ 即使在文艺复兴那个人性解放的时代，她也是微不足道的，在实际生活中亦然。到了伊丽莎白时代，女性仍处于这样一种"无闻"状态：既不能在美学上再现自己，也不能在政治上代表自己。倘若哪位女性侥幸具有诗人气质，生活在16世纪也是不幸的，正如伍尔夫所说："诗人的心禁锢在女人的身体内，谁又能说清它的焦灼和暴烈。"⑤ 在历史学家的奇

---

① ［英］弗吉尼亚·吴尔夫：《一间自己的房间》，贾辉丰译，人民文学出版社2003年版，第2页。
② 同上书，第21页。
③ 同上书，第30页。
④ 同上书，第37页。
⑤ 同上书，第41页。

第一章 反再现:女性身份认同的逻辑起点

闻逸事里没有女性的踪影,没有人关心女性的生活状况。而女性自己也"只字不提自己的生平,几乎从来不写日记;她只有不多的几封书信存世。她没有留下剧本和诗歌,让我们能够对她作出评价"[1]。

17世纪中后期,贵族阶级女性开始通过写作来再现女性及世界,不过,女性写作在这一时期需承受巨大的压力,不少女作家对利用权力阻止自己写作的男性充满怨恨和恐惧。然而,女性的再现行为并没有拯救自己,极少有人关心女性作者的生平和精神状态。吊诡的是,这些先驱女作家试图再现自我的努力并没有得到肯定,甚至"女作家"也成了用来吓唬聪明女孩子的妖怪。反再现或女性写作在这一时期被大多数女性视为通往疯癫之路,连颇有文学天赋的女性也认为写作是可笑之事,避之唯恐不及。这一时期的女性写作大都是私下进行的,"我们这些寂寞的贵妇人和她们的对开本留在她们的花园里,她们写书不过是为了自娱,没有读者,听不到批评"[2]。随着英国第一个女性职业作家阿芙拉·贝恩(Aphra Behn)的出现,女性写作在现实中才获得了重要性。至此,女性写作不再被认为是头脑的愚妄和疯癫。到了18世纪末,中产阶级女性也开始写作[3],写作不仅为女性带来一定的经济收入,而且逐渐成为广大女性的事业。

19世纪初女性写作开始呈现繁荣的局面,女性写作也获得了一定的合法性,但乔治·艾略特(George Eliot)、乔治·桑(George Sand)等女作家仍然需要"盗用"男子姓名来掩饰自己的女性身份。这就意味着女性还被拘囿在私人领域,不被允许光明正大、理直气壮地反再现或再现自己。倘若女性冒险再现自己,就必须把性别身份隐藏起来,并要有足够的勇气忍受男性挑剔的眼光和不负责任的语调。此外,"她需要抗辩这个,反驳那个,不免精

---

[1] [英]弗吉尼亚·吴尔夫:《一间自己的房间》,贾辉丰译,人民文学出版社2003年版,第38页。
[2] 同上书,第55页。
[3] 如简·奥斯丁、勃朗特三姐妹、乔治·艾略特等一大批优秀的女作家。

神紧张,心灰意懒"①。简言之,女性要获得再现权首先必须抗辩、反驳男子的再现。在男性中心主义社会,隐藏着一种非常有趣的男性情结,"它是一种根深蒂固的愿望,固然要贬低妇女,但更多的是想抬高自己,随便在哪里,都须树立起自己的形象,不仅插足艺术,还要横身挡在通往政治的去路……"②

当然,对女性的再现虽然有不少简化和扭曲之处,但毕竟曲折地反映了女性的一种现实处境。再现的工具与形式都是由男性根据自己的需要制定的,并不适合女性的使用,而女性借以回溯历史的母亲尚未确立一种女性写作的传统。身处这样一个男性价值观占主导的社会,即使女性进行自我再现,也避免不了传达一些扭曲的男性形象或女性形象。

19 世纪是一个女性叙事时代,女性有一股强烈的叙事欲望,写作被看作一种表现自我的方法。但与被男性再现的时代相比,女性的形象已经趋于复杂化、多样化了。到了 20 世纪,"男人不再是她的'对立面';她无须花费时间抱怨他们;她无须爬到屋顶上,思绪烦乱,渴望远行、体验、了解与她隔绝的世界的人"③。此时,女性已经获得一定的再现条件,能够比较自由地再现自我,那么,其应该如何实现对自我的再现呢?伍尔夫认为作家必须具备"双性同体"④(androgyny)的意识,努力克服自身的性别可能带来的偏见。

---

① [英]弗吉尼亚·吴尔夫:《一间自己的房间》,贾辉丰译,人民文学出版社 2003 年版,第 48 页。

② 同上。

③ 同上书,第 81 页。

④ androgyny,又译为雌雄同体、双性同体,指个体在生理上、心理上兼具男性特征与女性特征。伍尔夫在《一间自己的房间》中对"雌雄同体"的思想作了明确的阐述,她认为每个人都受两种力量,即男性的力量与女性的力量的制约:"在男性的头脑中,男人支配女人,在女性的头脑中,女人支配男人。正常和适意的存在状态是两人情意相投,和睦地生活在一起。如果你是男人,头脑中女性的一面应当发挥作用;如果你是女性,也应与头脑中的男性的一面交流。"(相关观点,可参见 [英]弗吉尼亚·吴尔夫《一间自己的房间》,贾辉丰译,人民文学出版社 2003 年版,第 85 页)

她告诫作家们:"任何一个纯粹的、单一的男性或女性,都是致命的;你必须成为男性化的女人或女性化的男人。"① 作为再现或反再现的写作并不是要煽动一个性别去反对另一个性别,一种身份去抗拒另一种身份。要客观、中立地再现自我,女性在写作中就应该超越性别身份,摆脱性别因素的支配,在男性与女性之间取得某种平衡,并创造一种适用于两种性别的叙述语言。不过,伍尔夫所提倡和期待的"双性同体"的叙述语言迟迟没有出现。

三 从《第二性》到《性的政治》：反再现在行动

在女性主义思潮萌动之际,女性对男性的再现权提出了质疑。为了抵制对女性有误的再现,消除与女性的"实在"不相符合的虚假问题,女性主义者采取了一系列行动来抵抗假定的真实,进而提出了再现自我的政治诉求与文化诉求。到了20世纪初,在男性知识体系内部,不少哲学家也对"再现"持怀疑态度,如马丁·海德格尔（Martin Heidegger）、约翰·杜威（John Dewey）以及晚期的路德维希·维特根斯坦（Ludwig Wittgenstein）等。如果再现本身就是用假象代替真实,那么所谓的真实也不过是假定的真实。

20世纪中期,女性主义运动相对比较沉寂,《第二性》（*The Second Sex*, 1949）的横空出世对女性主义运动来说无疑是巨大的福音。波伏娃的《第二性》在当时代表着女性主义理论研究的最高水平,为女性主义批评奠定了坚实的理论基础。在第一卷"事实与神话"中,她从生物学、精神分析学、经济学和哲学的观点对女性的再现问题进行探讨,并对五位男作家作品中所呈现的女人神话进行了猛烈的批判。反再现其实也是对男性话语进行祛魅化（disenchantment）的一个过程,这本书对那些把自我作为中心和主体的男性进

---

① [英]弗吉尼亚·吴尔夫:《一间自己的房间》,贾辉丰译,人民文学出版社2003年版,第91页。

行了彻底祛魅。在女性的再现与反再现的问题上,伍尔夫还是非常乐观的,她坚信20世纪的男性不再是女性的对立面,只要作家具有"双性同体"的意识,就能自由地再现世界,再现自我。波伏娃则从意识形态领域彻底地断绝了这种可能性。在男性的叙事话语中,作为"我们"的男性虽然编造女性神话的方式各不相同,但却反映共同的集体神话:"我们一直把女人视为纯粹的肉体;男人的肉体生自母亲的体内,又在恋爱中的女人怀里得到再造。"① 女性一旦与自然画上了等号,不管男性以何种方式再现女性,"在任何情况下,她都以特权的他者(the privileged Other)出现,通过她,主体实现了他自己:她就是男人的手段之一,是他的抗衡,他的拯救、历险和幸福"②。神话与事实相去甚远,观念中的女性非但不能再现现实中的女性,反而使女性沦为"第二性"。这就从哲学上否定掉了男性对女性自以为是的再现,为女性主义反再现提供了一个必要的理论注脚。

20世纪70年代末,法国女性主义批评开始赞美差异,质疑波伏娃的性别思想,甚至认为波伏娃骨子里接受了萨特的存在主义思想,认同的也是男性中心的启蒙主义。但不论如何,波伏娃与她的《第二性》在女性主义思想史上迈出了至关重要的一步,女性开始有意识地驱除或抛弃已经内化了的他性意识。正如约瑟芬·多诺万(Josephine Donovan)在论述女性主义与存在主义的关系时所说:"那些勇于拒绝他性的人,那些排斥父权社会无所不在的虚假界定和偶像崇拜的人都为揭示新的存在作出了贡献。"③ 以波伏娃为首的存在主义女性主义者对他性的拒绝、对有关女性虚假界定的排斥、对偶像崇拜的批判,丰富了女性主义反再现的理论内容,开掘了女性主义

---

① [法]西蒙娜·德·波伏娃:《第二性》,陶铁柱译,中国书籍出版社2004年版,第232页。
② 同上书,第233页。
③ [美]约瑟芬·多诺万:《女权主义的知识分子传统》,赵育春译,江苏人民出版社2002年版,第179页。

反再现的理论深度。至此，女性主义走出了伍尔夫在《一间自己的房间》里精心设计的再现与反再现的迷宫，开始深入意识形态领域之内来抵抗有误的再现，并开始形成足以震撼男性中心主义的批评力量。

随着民权运动的蓬勃发展，女性主义运动空前高涨，20世纪60年代末70年代初，女性主义批评在第二次浪潮中迎来了它的春天。对女性主义运动来说，这一时期最振奋人心的莫过于凯特·米利特的博士学位论文《性的政治》的发表。挪威女性主义批评家陶丽·莫依（Toril Moi）在《性别/文本政治》（Sexual/Textual Politics, 1985）一书中对《性的政治》给予了中肯的评价，称这本书是女性主义批评之母，"使通向文学的女性主义成为一股不容小觑的批评力量"[1]。米利特在第三部分"性在文学中的运用"中对男性中心文本进行了"抗拒性阅读"（resisting reading）。较之伍尔夫与波伏娃，米利特的革命立场更加激进。为明确反再现的革命目标——菲勒斯中心主义文本，凯特·米利特不惜与美国新批评的意识形态决裂，深入研究文本背后的社会与文化背景。她选择劳伦斯、亨利·米勒、诺曼·梅勒、让·热内这四位为男性提供性描写范例的男作家为研究对象，对作品中性描写的意识形态进行了全面的政治清算。

《性的政治》既是反再现的"革命宣言"，也是反再现的战斗檄文，通篇洋溢着激情、愤怒与浓厚的火药味。米利特以一种义无反顾的革命姿态对菲勒斯文化价值展开了彻底的批判，对再现的抵抗力度超过了历史上任何时期的女性主义。在菲勒斯文本中，"厌女"文学源远流长且相当普遍，几乎所有由男性书写的、涉及女性的文本都在对女性进行有误的再现。在这类再现中，经常出现"女性堕落""女性邪恶"等主题，男性对女性充满敌意，肆意攻击、讽刺女性或干脆将其理想化。女性形象是男性根据自己的需要创造并加

---

[1] Toril Moi (ed.), Sexual/Textual Politics, 2nd Edition, London & New York: Routledge, 2002, p.24.

以再现的，女性断无可能创造自己的形象，再现女性自己。

至此，社会性别作为一种再现已不再拥有纯客观的光环，女性主义批评以男性中心主义文本为批判对象，对社会性别再现系统进行有效的揭示、抵抗或颠覆。这种反再现的文化诉求恰恰与女性的文化身份认同是一脉相承的。在强势的父权话语下，女性作为他者一再被有误地再现，如果不反再现，就只能继续等待他者的歪曲和误现。欲建构自己的身份，实现身份认同，女性主义首先必须解构一切有关女性作为他者的再现，开拓一种属于自己的批评模式。换句话说，女性身份认同的建构是从反再现开始的，反再现是女性身份认同的逻辑起点。

本章小结

在建构女性身份认同之前，我们有必要了解这项工作是在何种基础之上展开的。社会性别是一种再现，女性的他者身份正是在这一系统中得以建构，并不断被巩固、强化的。每一个再现系统都隐藏着一个二元对立结构，社会性别也不例外。在支配社会性别的男/女二元对立结构中，男性主体地位的确立是以女性主体地位的丧失为代价的，这对女性身份认同的建构极其不利。女性身份认同是在再现系统之中确立的，如果女性不能在这一系统中确立自身的主体地位，仅凭他者女性的身份，几乎不可能在社会性别再现系统中为自己谋得一个积极的主体位置。换句话说，女性要确立自身的主体位置，必须抵抗一切有关他者女性的再现。在此，把反再现确立为女性身份认同的逻辑起点，至少出于以下三种考虑：其一，通过反再现，女性直接将菲勒斯中心主义结构确立为革命对象，明确女性身份认同的奋斗目标。其二，通过反再现，女性可以在符号学意义上拒绝被再现为他者女性，培养自身的主体精神。其三，通过反再现，女性可以在政治意义上夺回自我再现的权利，尝试站在女性的立场上为女性自己说话。这就为女性身份认同的建构确定了一个大致方向。

反再现是我们为女性身份认同设定的一个逻辑起点，需要说明的是，这一逻辑起点只是理论上的一种假设，甚至是可疑的。不过，在建构身份认同的过程中，女性提出了反再现与再现自我的诉求，这一点却是确定无疑的。从《女权辩护》到《性的政治》，从女性阅读、女性写作到女性主义批评，反再现从来没有中断过。在本章的论述中，反再现虽然是女性身份认同的逻辑起点，但这并不意味着反再现是女性身份认同的初级阶段。相反，随着女性主义理论的成熟与深化，反再现仍然是一种行之有效的革命姿态或理论策略。

对女性主义而言，反再现是基于这样一个事实：一切再现都是以菲勒斯为中心的再现，都是对女性的错误的再现。在社会性别再现系统中，他者女性的身份认同已经被污名化了。"污名化"是男性对女性的错误再现，"镜中之像"则是女性对自我的错误再现。如果说所有与女性有关的再现，都是有误的再现，那么女性对自我的再现还有可能是完全的再现吗？在本章的论述中，我们遭遇了有关女性身份认同建构的第一个悖论。在谈论悖论之前，有必要首先申明将再现理论引入性别研究领域的合理性。一方面，通过对再现理论的引进，女性身份认同研究打通了文学、符号学、政治学、社会学、历史学等多个学科的界限，使女性身份认同研究呈现出鲜明的跨学科性。女性身份认同的建构并不可能在某一个领域中单独完成，因此，这种跨越对女性身份认同的建构来说是必要的。另一方面，再现理论为后现代语境下的性别研究提供了一种理论视角，有助于女性主义由现代范式向后现代范式的理论转型。

与此同时，我们不得不面对再现理论带给女性身份认同的理论困扰。其一，"再现"本身就是以菲勒斯为中心的文化系统的产物，带有鲜明的菲勒斯文化色彩，甚至"反再现"也可以被视为菲勒斯文化系统自我完善的结果。其二，女性主义对再现结果的怀疑和抵抗，直接导致了对再现过程的不信任，取消了再现行为的合法性。如果说女性作为"他者"被再现的同时，男性的主体位置得到彰显，那么在女性作为言说者再现"他者"男性的同时，会不会以一种更加隐蔽的形式肯定男性的主体位置？其三，再现理论自身也无法摆脱二元对立的刻板模式，在抵抗菲勒斯中心主义结构的过程中，极有可能制造新的二元对立结构。其四，再现或反再现只是女性身份认同建构中的一个特定阶段或一种特定形态，注定要被超越或扬弃。对女性主义而言，反再现的预期结果仅仅是夺取再现权，再现女性自己，而女性身份认同的目标显然不会止步于此。要获得主体的位置，女性主义还必须寻求新的理论资源。在后现代语境下，女性身份认同的建构注定是开放性的，在不同的阶段或不同的形态中都只能无限趋近自身，故不能急于完成对女性主体的建构。

第二章

解构：女性身份认同的必经之"蜕"

随着逻各斯中心主义（logocentrism）的崩溃，一切中心主义话语及其所藏身的二元对立制度均失去了存在的合理性，菲勒斯文化的根基自然也受到动摇。再现自身所暗含的主客对立的二元关系，为菲勒斯中心主义埋下了解构的种子。一方面，再现理论自身无法摆脱二元对立，必然走向解构，并沦为被解构之物；另一方面，解构也是反再现的具体策略之一，能够有效地抵抗有误的再现。

目前，人类尚未发现一种清白的、不受污染的语言供女性主义操作，只有经过一系列的解构活动，女性才可能从菲勒斯中心话语中独立出来，进而建构具有主体性的身份认同和批评范式。一直以来，女性所面临的现实处境是："由男性铸造的社会将女性视为低下的：她只能通过挑战和改变男性的高等地位的途径来改变自身的低下地位。"[1] 作为一种女性身份话语，女性主义批评对菲勒斯中心主义一贯采取的是抵抗、解构的立场或策略。不过，在女性主义批评内部，女性意识一直与菲勒斯中心主义的幽灵纠缠不清。说，则陷入菲勒斯中心主义；不说，则面临着永远被边缘化的困境。

总之，女性主义批评是一种异质的、不稳定的话语，对其而言，

---

[1] 李银河：《女性主义》，山东人民出版社 2005 年版，第 1 页。

"蜕"（解构）是一个必经的过程。建构女性主体身份不仅需要解构一切"他者女性"的再现，而且必须解构有误的女性自我再现。要消解菲勒斯中心主义，女性主义就必须操菲勒斯中心话语，冒着被解构乃至被同化的危险。

第一节 "同声相应"：解构主义与女性主义的关系

在解构主义看来，在以社会性别再现系统（男/女二元对立）为代表的二元对立结构中，"二元"并不是两个"和平共处"的对立项，而是暗含着与传统的逻各斯中心主义相似的"强暴的等级制"。在这个等级制中，一个在价值论、逻辑等方面支配着另一个，或拥有"高高在上的权威"。那么，如何来解构这个"强暴的等级制"呢？对此，德里达提出一个策略："要消解对立，首先必须在一定时机推翻等级制。"[①] 解构主义理论对逻各斯中心主义的消除、对二元对立等级制度的摧毁、对"差异"的关注以及对"多元性"与"异质性"的提倡，成为后殖民主义、女性主义的理论资源与思想资源。

一 "不期而遇"：女性主义与解构主义的相遇

从某种意义上说，任何批评的诞生都不是一个孤立的历史事件，既是文学批评不断发展的结果，又是各种意识形态与社会思潮、运动相结合的产物。女性主义与解构主义的相遇是一次偶然事件，还是某一方的蓄谋已久？

在悠长的历史隧道，女性的声音一直若隐若现地回荡着。法国大革命是"各种历史力量汇集的产物"，在欧洲产生了广泛而深刻的

[①] ［法］德里达：《多重立场》，余碧平译，生活·读书·新知三联书店2004年版，第48页。

影响。① 这是一次政治革命,也是一次社会革命。随着大革命的爆发,女性主义思想开始浮出历史水面。法国妇女运动领袖奥林普·德·古日(Olympe de Gouges)提出与《人权宣言》相抗衡的《女权宣言》,集中宣扬女性的权利。德·古日认为以"平等""自由""人权"自我标榜的《人权宣言》忽视了女性作为"人"的基本权利,归根结底只是一部"男权宣言"。正是因为这部《女权宣言》,德·古日被送上了断头台。

伴随着法国大革命的爆发,玛丽·沃斯通克拉夫特(Mary Wollstonecraft)"带着不安和关切的心情研究了历史记载并且观察了世界现状"②,并在一种极其悲愤的状态下发表了著名的《女权辩护》。沃斯通克拉夫特不仅对当时的教育制度和婚姻进行了无情的批判,而且提出了男女两性权利平等的诉求,并申明女人与男人同样具有理性。值得肯定的是,玛丽从卢梭的苏菲③开始,驳斥了某些作家把妇女看作可怜对象的近于污辱的谬论,此种批判式的阅读为女性主义批评开创了"解构"的先河。

随着女性主义运动的深入,女性主义洞悉到菲勒斯意识形态的虚假性,并开始质疑理性。1968年,法国的五月风暴以失败告终,引起法国知识界对系统性、结构性概念的普遍厌恶,解构主义应运而生。1968年,是一个反叛的年代,一个"质疑权威的年代"。"结构不上街"④,但西方各地受压迫的人们却在这一年纷纷走上街头,要求解放和自由。是什么使人们团结起来,纷纷走向街头?在塔里克·阿里(Tariq Ali)看来,"使我们团结在一起的,首先是我们都

---

① [英]阿克顿:《法国大革命讲稿》,秋风译,贵州人民出版社2004年版,第1页。
② [英]玛丽·沃斯通克拉夫特:《女权辩护:关于政治和道德问题的批评》,王瑛译,中央编译出版社2006年版,作者前言。
③ 苏菲是卢梭名著《爱弥尔》中的女主人公——一个应该完美的女人。
④ "结构不上街"曾流传于欧美学界,曾被用来讽刺五月风暴中结构主义者政治上的保守。

相信质疑权威的时代到来了"①。在质疑权威的时代，政治的、社会的、性别的等所有领域里的清规戒律，都受到挑战并予以打破。

此后，激进的抗议浪潮席卷全球，解放的观点很快传遍全球。受压迫者的普遍抗争，鼓舞了西方女性主义运动向全球的蔓延。女性主义者问道："妇女为什么不可以呢？"② 妇女的联合就是运动的开始。就在这一年的 9 月，西方女性主义运动掀起了争取女性权益斗争的高潮，开始了它的第一次公开抗议活动。她们开始用"公共乌托邦前景"来描绘自己所向往的新世界，即"一个为人民而存在而不是为少数统治者的超额利润而存在的世界；一个个体的自由发展是所有人自由发展的基础的世界"。③ 在这一美好的描绘中，扑面而来的除了浓郁的乌托邦气息，还伴随着解构主义的气息。在"男人"与"女人"、"人民"与"少数"、"个体"与"所有人"的二元对立中，女性主义者所要进行的工作只是拆除和消解，而不是构造一种新的二元对立关系。这种内在于女性主义的反逻各斯中心主义的立场，正是解构所采用的最基本的策略。

在特里·伊格尔顿（Terry Eagloton）的描绘中，解构主义（或称后结构主义）是 1968 年那种"欢欣和幻灭、解放和溃败、狂喜和灾难"等相互混合的结果。④ 从发生时间上看，女性主义批评解构几乎是在同一时间段诞生的。德里达指出：

> "女权主义批评"是在战后——甚至在其时限以西蒙·波夫娃为标志的那个时代之后很久，才发展起来的。不早于 60 年代，如果我没有弄错的话，就最直观最有机的证明来讲，甚至

---

① ［英］塔里克·阿里、［英］苏珊·沃特金斯：《1968 年：反叛的年代》，范昌龙译，山东画报出版社 2003 年版，引言第 3 页。
② 同上书，第 171 页。
③ 同上书，第 182 页。
④ ［英］特里·伊格尔顿：《当代西方文学理论》，王逢振译，中国社会科学出版社 1988 年版，第 206 页。

不早于 60 年代末。与解构的主题、阳物理性中心论之解构同时出现，未必或不总是意味着依赖于它，但至少表示属于同一组合、参与同一运动，属于相同的动机。①

女性主义批评尽管与解构的策略不同，但其作为"一种可鉴定的建制性现象"与现代意义上的解构是同时代的。在一个反叛权威、破除中心的年代，女性主义与解构主义沿着各自的发展轨道相遇了。这一相遇，既具有时间的偶然性，也具有历史的必然性。正如西方学者所问："那么，恰恰是在现代阶段的终结之际兴起了女权主义运动，这种时间上的巧合到底又揭示了一种什么样的东西呢？"② 这种时间上的巧合正好揭示了女性主义与解构主义的内在关联性。

除了德里达之外，罗兰·巴特（Roland Barthes）、米歇尔·福柯、保罗·德·曼（Paul de Man）、J.希利斯·米勒（J. Hillis Miller）等著名理论家也开始转向解构理论。他们以一种理性叛逆者的姿态，在文学批评的世界横冲直撞，有意无意地推动了女性主义批评和解构主义批评的合流。

二 "意气相投"：女性主义与解构主义的相合

毋庸置疑，女性主义批评是近年来最有意义、最广泛的批评流派之一，对文学批评领域乃至思想领域都产生了深远的影响。遗憾的是，女性主义批评却常常遭遇理论界的漠视和非难。乔纳森·卡勒（Jonathan Culler）曾中肯地说：

> 将当代批评描绘为新批评、结构主义，接着，又是后结构

---

① ［法］雅克·德里达：《文学行动》，赵兴国等译，中国社会科学出版社 1998 年版，第 24 页。
② ［美］凯瑟琳·凯勒：《走向后父权制的后现代精神》，载［美］格里芬编《后现代精神》，王成兵译，中央编译出版社 1997 年版，第 96 页。

主义之间的一场纷争,人们将会发现很难公平对待女权主义批评,而女权主义批评对文学规则的影响,比之任何一个批评流派更为深刻。不仅如此,它还是当代批评革新中势头最猛的生力军之一,尽管人们对它不无争议。①

这就意味着,在后现代语境下,一向冷若冰霜的解构主义对女性主义露出了亲和的笑容。显然,处于边缘地位的女性为解构主义提供了另一种可能性,这些与父权制的理性针锋相对的全体,到底暗示着什么样的真理就不得而知了。

> 由于解构试求既从内部也从外部来观察各种系统,它有意为这样一种可能性敞开大门:妇女、诗人、先知和疯人的偏执行为,有可能产生关于他们所在系统的真理,虽然在这些系统中他们是处在边缘地位。②

解构主义者一再留下了形迹可疑、模糊难辨的"踪迹",没有人知道他们何时能揭开"延异"的面纱。但无论如何,理性的"逆子"所把持的解构主义,以其自身的理论张力对当代女性主义批评的发展产生了不可估量的影响。

在德里达的哲学中,"解构"既是贯串其哲学和文学批评活动的主要精神,也是后现代主义哲学的思维风格。从本质上来说,现代性是父权制的,两者内在地交织在一起。无论现代性为女性主义贡献了多少思想资源(如启蒙思想),但随着后现代的到来,情况都已经发生变化。相比之下,反中心、反父权制的后现代与女性主义的关系更为密切。德里达认为,女性主义批评与"解构的主题""阳

---

① [美]乔纳森·卡勒:《论解构:结构主义之后的理论与批评》,陆扬译,中国社会科学出版社1998年版,第20页。
② 同上书,第136页。

物理性中心论之解构"同时出现,两者属于"同一组合"、参与"同一运动",具有"相同的动机"。①

从诞生背景来考察,解构与女性主义批评至少可以断定两者有契合之处。在貌似中立、意指两性区别的符号系统中,暗含着男/女二元对立的等级制度:男性居于统治地位,女性位于从属地位。在这一等级关系中,女性扮演着他者的角色,男性则作为一种自为的存在,通过使自身与女性相关联来确立其主体地位。在这两个对立项中,一个在价值论、逻辑等方面支配着另一个,或拥有"高高在上的权威"。如果说女性主义运动兴起之前,男性在经济、政治和伦理道德等方面对女性的控制还是赤裸裸的,那么在漫长的女性主义运动中,处于优势地位的男性文化在知识、语言、文化等方面对女性文化的控制则是隐蔽的。要推翻这一隐蔽的"等级制",势必要正视二元之间的相互冲突以及上下从属的结构。解构拒绝制造新的二元对立,因此不会满足于简单地颠倒对立项的原有位置。德里达主张进入二元对立系统的内部,通过"双重姿态"在批评实践中打破等级制,即通过"最忠实和最内在的方式"来思考二元对立系统,同时从"不能命名的外部"来规定二元对立系统所"掩饰或禁止的东西"。②

由于解构是从内部与外部同时观察各种系统,这就为妇女、疯子等被排除在"一致意见"之外、处于边缘地位的人们敞开了一扇大门,使他们"有可能产生关于他们所在系统的真理"。③ 解构主义一直致力于对中心性和结构的消解,甚至直接向中心概念本身发难,力图摧毁在场的结构和中心。即使在后现代,结构与中心也无所不在。"对于男性统治的社会来说,男人是基本原则,女人是受排斥的

---

① [法]雅克·德里达:《文学行动》,赵兴国等译,中国社会科学出版社1998年版,第24页。

② [美]乔纳森·卡勒:《论解构:结构主义之后的理论与批评》,陆扬译,中国社会科学出版社1998年版,第7页。

③ 同上书,第136页。

对立项；只要牢牢保持这个区别，整个社会系统就可以有效运行。"① 当然，与现代、前现代社会相比，对待结构与中心最重要的区别在于人们态度的变化。女性主义批评所要批判的对象正是维持这个社会的男/女二元对立结构以及维护这一系统的一系列中心概念和二元对立结构。两者不谋而合，挑战的是同样一种观点，即那种"认为人们应该像一个特殊的、有权威的理性或编程命令一样进行思考和阅读"的观点。② 女性主义要消解的是数千年的传统文化——菲勒斯文化，而解构要消解的是西方数千年传统文化的根本原则——形而上学，即逻各斯中心主义。

对女性主义批评而言，要解构菲勒斯中心主义，首先就要解构菲勒斯中心主义与逻各斯中心主义之间的不可分离性。菲勒斯中心主义正是通过逻各斯中心主义得以维持的，如果离开了必要的解构，离开了对连接逻各斯中心主义与菲勒斯中心主义的内容追根究底的读解，女性主义的话语就会"冒着赤裸裸地重造它旨在进行批判的东西的危险"③。一方面，对解构主义者来说，要消解逻各斯中心主义，从菲勒斯中心主义入手最直接、最便利；另一方面，无论是消解菲勒斯文化，还是摧毁男/女二元对立结构，欲彻底摧毁压制女性的种种中心主义，都需要解构理论和精神的指引。两者互为倚重，正如斯皮瓦克（Gayatri Chakravorty Spivak）所说："与其说解构主义为女性主义者打开了通道，不如说妇女的形象和话语也同样在为德里达指点迷津。"④

德里达对逻各斯中心主义以及菲勒斯中心主义的摧毁与颠覆，解

---

① [英] 特雷·伊格尔顿：《二十世纪西方文学理论》，伍晓明译，陕西师范大学出版社1987年版，第146页。
② [美] 斯蒂芬·哈恩（Stephen Hahn）：《德里达》，吴琼译，中华书局2003年版，第7页。
③ [法] 雅克·德里达：《文学行动》，赵兴国等译，中国社会科学出版社1998年版，第26页。
④ [美] 佳·查·斯皮瓦克：《女性主义与批评理论》，载张京媛主编《当代女性主义文学批评》，北京大学出版社1992年版，第315页。

构批评对文本所宣称的在场的"中心"的揭示以及对文本逻辑的质疑,均有助于女性主义批评达到清除菲勒斯中心主义的目的。在具体运用解构策略时,女性主义批评还从耶鲁学派的解构批评那里受益颇多。解构批评是一种以阅读活动和读者为重心的批评,这就给女性主义批评提供了强大的理论支撑。女性主义批评最初关注的焦点是女性读者和女性读者的阅读活动。经过女性批判式的解构阅读,菲勒斯中心主义的文本很自然地扩散成由多个层面构成的空间:从词语到主题,从观点到修辞,赞美女性的力量与贬抑女性的力量在文本中碰撞、交汇。在具体的文本阅读中,女性主义批评更关注菲勒斯中心话语为什么能够生产意义,如何生产意义,在其生产过程中又涉及什么样的权力结构。

值得一提的是,玛丽·朴维(Mary Poovey)曾在《女性主义与解构主义》一文中讨论了"女性主义"与"解构主义"的关系,认为两者在当前文学批评中的确存在一种关系。当"女性主义"与"解构主义"联系在一起时,要定义两者都变得异常困难。因此,朴维的主要任务是解释解构主义为什么会使女性主义变成疑难,女性主义又是如何利用解构主义的。朴维肯定了解构主义可以拆毁二元对立的逻辑和特征对女性主义批评的意义,并具体分析了解构主义对女性主义的三大积极贡献:其一,对于注重历史和社会决定因素的女性主义者来说,解构主义消除了神秘特征的规划(the project of demystification),揭示了意识形态的虚构性质以及"本性""性别"等范畴的内在轨迹;其二,解构主义向等级制和对立统一逻辑提出挑战,揭露了建立和保持等级式思维所必须依赖的计谋,使我们可以更准确地列出存在于个人的社会位置以及社会权力和压迫之中的多重决定因素;其三,解构主义的"中介物"("in-between")策略可以促使我们重新思考"权力",以便认清权力的不连续的本质。[1]

---

[1] [美]玛丽·朴维:《女性主义与解构主义》,孟悦译,载张京媛主编《当代女性主义文学批评》,北京大学出版社1992年版,第339—341页。

我国学者杨莉馨曾撰文探讨解构主义与女性主义之间存在的影响与互动关系，也肯定了以罗兰·巴特、德里达为代表的解构理论对女性话语建构的借鉴作用。①

在解构主义诞生之初，德里达几乎不谈论政治命题，不过，解构理论却一直被女性主义批评当作思想武器和方法论工具。随着解构思想走出理论的象牙塔，其对女性主义的社会运动及批评实践产生了深远的影响。

三 "分道扬镳"：走向政治实践的女性主义

按照大卫·雷·格里芬（David Ray Griffin）的观点，当前至少有两种完全不同的后现代主义：一种偏重的是解构，另一种偏重的是建构（尽管也施行了很多解构）。生于后现代的女性主义批评与其说是解构的，还不如说是"重构性的"（reconstrutive），其目的在于建构"一种新的宇宙论（它可能成为未来几代人的世界观）的必要性和可能性"②。从此种意义上说，解构主义（后结构主义）不等于女性主义。乔纳森·卡勒明确指出：

> 虽然许多后结构主义者也是女权主义者（反之亦然），女权主义批评却不是后结构主义批评，尤其是当后结构主义被界定为结构主义的对立面之时。欲充分阐说女权主义批评，人们将会需要一个不同的框架，其间后结构主义这一概念是一种产物，而不是某种先入之见。③

---

① 相关观点，可参见杨莉馨《影响与互动：解构理论与女性主义》，《南京师范大学学报》（社会科学版）2003 年第 3 期。

② ［美］大卫·雷·格里芬等：《超越解构：建设性后现代哲学的奠基者》，鲍世斌等译，中央编译出版社 2001 年版，第 1 页。

③ ［美］乔纳森·卡勒：《论解构：结构主义之后的理论与批评》，陆扬译，中国社会科学出版社 1998 年版，第 20 页。

显然，我们不能武断地说女性主义批评就是解构主义批评，女性主义批评在很多方面，尤其是在政治目标上，已经超越了单纯的解构主义。女性主义如果身陷解构的泥淖而不能自拔，将很难屹立于后现代之林。我国不少学者也认识到这一问题的严肃性，正如林树明所言："如果恪守解构主义的方法而不能超越它的话，那只能导致女性主义自身的解构。"[1] 要建构女性身份认同，我们还需要一个不同于解构主义的理论框架。

在德里达看来，只有不可实现之物是不可解构的，比如"正义"（justice）。对解构主义者来说，除"解构"之外，一切事物都可以摧毁。正义亦然。不过，目前还没有找到解构"正义"的"把手"。作为一种反建制的建制，女性主义批评既有破坏力，又有保存力，虽然吸纳了解构主义的某些方法乃至精神，但自身的政治诉求决定女性主义必须以解构的策略来超越德里达以来的解构主义。女性主义批评摒弃了解构主义的乌托邦色彩，从被解构之池中捞回正在被解构的"妇女"。玛丽·朴维指出，质疑与"女性"（woman）相对的"妇女"（women）是否可能存在，是解构主义接受反人本主义的前提条件。[2] 这些在纯粹学术化的语境中发生的解构活动，虽具有乌托邦精神，但忽视了当今世界所处的具体阶段和具体现实，尤其是包括性别压迫在内的基本现实。因此，解构主义即使在理论上完成了解构任务，也不能满足女性身份认同建构及其政治实践的需要。

如果说解构主义是反人本主义的，那么女性主义批评则是坚守人本主义的。女性主义涉及政治、经济、文化、制度等社会现实，其批评实践不仅需要在理论上消解二元对立结构、清除中心话语，更需要满足政治实践的需要和目标。这就要求女性主义批评必须保

---

[1] 林树明：《女性主义文论与解构批评》，《贵州师范大学学报》（社会科学版）2004年第5期。

[2] ［美］玛丽·朴维：《女性主义与解构主义》，张京媛译，载张京媛主编《当代女性主义文学批评》，北京大学出版社1992年版，第332页。

留"妇女"这一"边缘性",继续作为与菲勒斯中心主义作战的武器。换句话说,即使我们能够解构抽象领域中作为概念的"妇女",也无法解构现实生活领域中作为现实存在的妇女。"妇女"不仅是一个理论上的分析范畴,还是一种不能忽视的社会现实。"妇女"不是先天固有的、非历史的、本质的或统一的范畴。在这个世界上,的确存在一个受压迫的群体——妇女,尽管这一群体内部千差万别、是流动变化的,所受的压迫也是千差万别的。按照解构主义的逻辑,女性自身都是可以被解构的,甚至对菲勒斯中心主义的解构也是对"妇女"的解构。

对女性主义批评而言,"妇女"是一个有用的女性主义概念,与德里达的"正义"同为不可解构之物。对"妇女"的坚守,实际上就是对主体性的坚守,这也是女性主义批评的最后一道防线。[①] 值得注意的是,对"妇女"的坚守并不意味着将所有女性都概括为一个同质的"妇女"身份。

与此同时,女性主义批评超越了"语言第一"的观点,力图通过一系列解构为女性主义提供政治分析的工具和政治行动的基础。无论是德里达,还是 J. 希利斯·米勒(J. Hillis Miller),都反对历史和政治的具体实践,坚持"语言第一"的观点。归根结底,还是因为女性主义批评与解构主义的主要目标不一致。解构主义注重纯粹的逻辑推理,主要目标是摧毁二元对立结构,因此在文字的迷宫里乐此不疲;女性主义批评是一种政治实践,主要目标是摧毁特定的菲勒斯文化体系,实现性别正义,因此与女性主义运动紧密结合在一起。清华大学哲学系教授肖巍指出:

---

① 正如林树明所言,尽管屡遭解构批评或后现代主义的嘲讽,对主体性的坚守,却是女性对抗男性中心主义的最后一道防线:后现代学者相信"作者已死"而主体也随之消失的主张,却未必适用于女性,且此主体也过早封杀了能动主体的问题。(相关观点,可参见林树明《女性主义文论与解构批评》,《贵州师范大学学报》(社会科学版)2004年第5期)

从实践层面来讲,女性主义是一场争取妇女解放的社会运动,它以消除性别歧视,结束对女性的压迫,以及各种压迫为政治目标。如果女性主义者真诚地投身到这一社会运动中来,便需要以各种社会实践活动来促进社会政治、经济、道德生活的变革。因为女性主义不仅是一种政治理想,更是一种社会和文化变革的政治实践。①

女性主义不是一种语言游戏,也不仅仅是一种政治理想,而是一种"社会和文化变革的政治实践"。女性主义批评不仅关注话语、文本等意识领域的运作,而且批判矛头指向了历史、生活和实践。

解构主义批评者在政治上的保守是显而易见的,其最根本的局限性就在于其"不愿意检验他们自己实践中的策略和历史的具体性"②。也就是说,解构主义只需忠实于逻辑推理,并不需要对实践许下任何承诺。玛丽·朴维指出:

解构主义是政治工作中的关键组成部分,但是如果解构主义不对自身展开解构主义的批评,它就会使我们再一次跌入推崇"女性"的陷阱中,而不是向我们提供摧毁二元对立的方法。如果解构主义认真对待女性主义,它将不再是解构主义;如果女性主义按照解构主义所说的来认识解构主义,我们就可以开始拆毁把所有妇女都归纳到单一特征和边缘位置的系统。③

解构主义对"颠覆的语言"的强调,虽然为女性主义认识差异

---

① 肖巍:《心远不思归》,上海书店出版社 2016 年版,第 36 页。
② [美] 玛丽·朴维:《女性主义与解构主义》,张京媛译,载张京媛主编《当代女性主义文学批评》,北京大学出版社 1992 年版,第 343 页。
③ 同上书,第 332 页。

的积极作用提供了词汇（如分析边缘性），在某种程度上破坏了消极的结构，但并不能使我们进一步理解女性内部的差异（如妇女与黑人妇女的差异），更不能很好地解释作为"他者"的女性所遭受的具体压迫和颠覆。在解构主义批评中，完全可以从理论上解构"妇女"这一概念，并把妇女这个群体置放在"他者"的位置上，而不须追究妇女为何在历史上被消抹掉，又是如何被放到了"他者"的位置，女性怎样才能摆脱"他者"的位置。其对女性处境的漠视，扼杀了女性再现自我的可能性。按照解构的逻辑，女性"再现"的问题只会被无限地往后推移。①

言而总之，解构主义和女性主义批评的逻辑起点、奋斗目标均不相同，在短暂的相聚之后终归免不了分道扬镳。女性主义批评虽然也重视语言符号的作用，但其政治实践性决定其必须将解构主义纳入自己的政治框架，考察这一理论可能掩盖的性别意识形态。因此，斯皮瓦克在评论法国解构主义理论时，呼吁知识分子必须揭露和认识他者的话语。②

第二节 从"寄生物"到"寄主"：女性主义批评的解构之图

在反再现与争取再现权之间，解构是必不可少的一环，对女性主体身份的确立而言具有重大意义。女性往往被再现为沉默或边缘位置，此种再现本身隐含着一种颠覆性的力量。女性主义批评采用解构策略揭露文学作品中的性别政治，挑战男尊女卑式的权力架构，从而打破了男作家在文学中再现女性的权威地位。至此，女性从作

---

① 林树明：《女性主义文论与解构批评》，《贵州师范大学学报》（社会科学版）2004年第5期。
② ［美］加亚特里·查克拉沃尔蒂·斯皮瓦克：《属下能说话吗?》，陈永国译，载罗钢、刘象愚主编《后殖民主义文化理论》，中国社会科学出版社1999年版，第100页。

为他者获得再现转向了自觉运用解构策略反再现。不可否认，女性主义批评是女性意识高度发展的产物，为女性主体身份的建构清除了障碍。在其诞生之前，女性虽然已经开始批判菲勒斯文化并书写自我，但女性主体的独立精神的彰显是一个漫长的历史过程。本节主要考察女性主义批评具有主体精神的解构活动。

按照 J. 希利斯·米勒的观点，文本中存在一种寄生物（parasite）与寄主（host）的关系，这种寄主兼寄生物"不合逻辑"的关系在每一个单独存在的实体中重新建构自身。[①] 女性主义及女性主义批评本身正扮演着寄主兼寄生物的角色，甚至女性对菲勒斯文本的解读也扮演着双重角色。需要说明的是，这种解读并不是"单义性的"，而是解构主义的。因为"每一种解读在其自身之内部都必然地包含着自己的敌人，本身既是寄主，也是寄生物"[②]。

女性主义批评也存在一种寄主与寄生物的关系：女性主义批评既是寄主，又是寄生物，内部必然地包含着自己的敌人，这个敌人在为其提供养料的同时，也有可能谋杀它。其以一种寄生物兼寄主的方式存在着，对菲勒斯文本既肯定又否定，既修正又模仿，往往通过汲取其营养成分而在其内部繁殖，进而破坏之、颠覆之、解构之。虽然女性主义批评进入菲勒斯文本后，文本内部会慢慢地被分裂、吞噬，但菲勒斯文本不仅仅是一种文字的实体，它像幽灵一样潜藏在隐蔽的角落，扑朔迷离，甚至诡计多端，因此我们很难在文本之内重构女性自身的主体身份。与此同时，作为寄主的女性主义批评也充当着自己的食物，不可能一蹴而就地确定文本或穷尽文本的意义，这就需要不断地调整自身，汲取营养，才能改写、颠覆菲勒斯文本，使曾被遮蔽的"不在场"（女性）现身。

---

① 相关观点，可参见［美］J. 希利斯·米勒《重申解构主义》，郭英剑等译，中国社会科学出版社1998年版，第105页。

② 同上。

一 作为"寄生物"的女性主义批评:解构,从女性阅读开始

对菲勒斯文本而言,女性阅读是德里达所说的解构式阅读,也是米勒所说的"内在的阅读"。在德里达那里,如果我们以解构的方式阅读原有的菲勒斯文本,就会发现菲勒斯文本的界限已不复存在,而成了无限开放的东西:"里面的东西不断涌出,外面的东西不断进来对原有的东西进行替补。"[①] 解构式阅读是反再现的必然要求,但也暗示了菲勒斯文本的"非自足性"和"无限开放性"。的确,菲勒斯文本自身所包含的断裂、不确定性、不一致性以及重复转义,给女性进行内在阅读提供了一个契机。在女性阅读中,新的意义不断生成,无规则、无固定方向地"播撒"。

J. 希利斯·米勒所说的"内在的阅读"与德里达所说的"以解构的方式阅读"是一脉相承的,都是一种寄生性行为:既是文本自身解构所导致的意义的播撒和异延,也是一种增殖、补充的过程。妇女怎样阅读,以及这种阅读的经验和意义,都是进入女性主义文学论争的话题。[②] 在米勒看来,内在阅读着重于对文本的解析,解构本身也只不过是一种好的"阅读方式",探讨解构的最佳场所不仅仅是"纯理论",而是"共同的阅读行为"。[③] 从此种意义上说,女性对菲勒斯文本的阅读行为具有解构的意味。

对女性而言,阅读行为先于批评,甚至可以被视为批评的源头,女性阅读因此也可被视为女性主义批评的源头。按照德里达式的解读方法,菲勒斯文本中有一个非常明显的"边缘",可被分离出来作为暗中破坏文本一致性的轨迹。在解构式阅读中,女性读者往往会

[①] [法] 雅克·德里达:《论文字学》,汪家堂译,上海译文出版社1999年版,译者前言第3—4页。

[②] [英] 玛丽·伊格尔顿:《女权主义文学理论》,胡敏等译,湖南文艺出版社1989年版,第166页。

[③] [美] J. 希利斯·米勒:《重申解构主义》,第279页。

第二章 解构:女性身份认同的必经之"蜕" 105

努力寻找具有颠覆性的概念,力图超越菲勒斯文化传统。如果说文本的一致性本来就是通过一种压制行为来维持的,那么文本敞开后,整个内蕴、流程与意识形态都可在阅读过程中体现出来。如玛丽·沃斯通克拉夫特对卢梭、福代斯等男作家的阅读、波伏娃对劳伦斯等男作家的阅读等,都是一种解构式阅读。

18世纪末,妇女仍被看作可怜的对象。沃斯通克拉夫特等人意识到对女性近乎污辱的谬论(如卢梭认为女性是柔弱的、被动的,生来就应该取悦男人、服从男人,主张女性是爱情的奴隶),贬低了女性的地位和身份。她认为所有男作家的论调如出一辙,而她要抨击的正是那种男人引为自豪的、被称为"专制的铁权杖、暴君固有的罪恶"的、建立在偏见之上的特权。[①] 在女性读者的阅读中,阅读行为非常关注作者的性别意识,其所挑战或修正的是菲勒斯文化阐释文本的约定俗成的权力程式。事实上,对菲勒斯文化文本的解构式阅读只是个别女性的阅读方式,直到女性主义批评诞生之后,解构式阅读才成为女性普遍的阅读方式。

从时间上说,波伏娃的《第二性》不属于女性主义的第二次浪潮,但其对女性主义批评影响深远。她不仅解释了妇女的从属地位,而且控诉了对妇女的传统偏见,并对以神话形式呈现出来的永恒女性进行了解构阅读。波伏娃揭示了这样一个真相:所谓的"女人神话"其实不过是虚假客观性设置的一个陷阱,女性作为第二性在历史和文化中实际上仍处于附属地位。为了探寻菲勒斯文化的罅隙,波伏娃对蒙特朗(Montherlant)、D. H. 劳伦斯(D. H. Lawrence)、克劳代尔(Paul Claudel)等男作家笔下所呈现的女人神话进行了解构阅读。

什么是解构阅读呢?用米勒的话说,解构阅读是异质性的,是

---

① [英]玛丽·沃斯通克拉夫特、[英]约翰·斯图亚特·穆勒:《女权辩护 妇女的屈从地位》,王蓁、汪溪译,商务印书馆1995年版,第128页。

向逻辑前提、逻各斯统一体的力量的挑战,不仅自身并非连贯一致,而且并不因此创造一种有机统一的阅读。① 以对蒙特朗的阅读为例,波伏娃不仅审查了女性在文本中的地位,而且揭示出文本所弥漫的"厌女"情绪:身为女性的母亲和情人都是不祥之物,正是她们把男性限制在了贫困的生活之中。蒙特朗对母亲和情人的"爱"看似一种接纳,究其实质却是一种抗拒:"他这种摆脱责任的态度就是为了抗拒女性;她十分沉重,不堪重负。"② 通过对蒙特朗的解构阅读,波伏娃指出女人处于从属地位的真相,即"优越的地位从来都不是恩赐的,因为把一个人缩小到他的主观性中,他就什么都不是了"。③ 换句话说,女性不被确立为绝对的劣等者——第二性,男性也就无从获得第一性的位置。

那么,理想的女性又是什么样子呢?波伏娃在蒙特朗精心编织的话语网络中,看到的理想女性是"愚蠢透顶,完全顺从"的,完全丧失了主体性和再现自我的权力。劳伦斯看上去似乎好一点,至少把男性和女性还原为生命的真实,但在这一还原中,"女人必须使她的存在服从那个男人的存在","妻子要从丈夫那里证实她的存在"。④ 但在细读之后,波伏娃发现劳伦斯所启动的另外一套程序,即"阳具崇拜"的程序来巩固男人的地位。在这里,阳具是生之意志的体现,是思想和行动的源泉,女性则被界定为缺乏阳具的人:"既非玩物,也非猎物,更非面对主体的客体,而是信号相反的一极赖以存在的一极。"⑤ 按照这种叙事逻辑,女性即便很好,不邪恶,也只能是一个服从者。

相比之下,克洛代尔笔下的女性都明显地献身于神圣的英雄

---

① [美] J. 希利斯·米勒:《重申解构主义》,第 282 页。
② [法] 波伏娃:《第二性》,第 191 页。
③ 同上书,第 199 页。
④ 同上书,第 207 页。
⑤ 同上书,第 203 页。

主义，女性的地位似乎不可能被抬得更高了，但究其实质，女性对男性的关系（如妻对夫，女对父，妹对兄）仍然只是一种"从属关系"。① 在这种与上帝有关的女人神话中，男性对女性的统治与支配愈加牢固、隐蔽了。在布勒东与司汤达那里，女性的地位似乎没有什么变化，女性从未被当作主体来谈论。正如卡勒所说：

> 真理是一个女人，自由是一个女人，缪斯亦是妇女，实是将真正的妇女放逐到了边缘地带。妇女之为真理的象征，唯有当她于真理的实际联系被切断之时，唯有真理的追求者都是男人之时，才有可能。②

男作家再现女性所体现出的伦理原则和特有观念，恰恰暴露了其世界观与个人梦想之间的裂痕，波伏娃在找到这一自我颠覆的罅隙后，并一头钻进去，进而揭露其所隐藏的性别意识。

随着女性主义批评的勃兴，女性主义的解构式阅读呈现燎原之势，首先点燃这把火的正是凯特·米利特的《性的政治》。米利特对男性中心主义进行了全面的清算，揭露虚假的菲勒斯话语是如何不断地歪曲女性的形象和生活的，并批判菲勒斯文本中的"厌女现象"。她认为在现有的社会秩序中，存在一种精巧的"内部殖民"，即"男人按天生的权力对女人实施的支配"。③ 两性间的这种支配已成为文化中最普及的意识形态，比任何种族隔离和阶级壁垒更坚固、更普遍，也更持久。在分析性革命的第一阶段时，米利特考察了性革命在文学中的反映，分析了以《无名的裘德》为代表

---

① [法]波伏娃：《第二性》，第217页。
② [美]乔纳森·卡勒：《论解构：结构主义之后的理论与批评》，陆扬译，中国社会科学出版社1998年版，第148页。
③ [美]凯特·米利特：《性的政治》，钟良明译，社会科学文献出版社1999年版，第38页。

的菲勒斯文本①。米利特发现在《无名的裘德》中,哈代(Thomas Hardy)笔下的女性是作为牺牲品的、不完善的女性,她们在被赋予精神的同时也被剥夺了情欲。反之亦然。

在阐述性政治的理论和性革命的历史背景之后,米利特对菲勒斯中心主义展开了剖析和批判,重点考察了以劳伦斯(D. H. Lawrence)为代表的男作家的性意识形态。在米利特看来,劳伦斯是最"透明"的,自始至终对其文本持反抗性态度,并进行了寄生性的阅读。劳伦斯遵循弗洛伊德之"女性被动,男性主动"的规定,虚构了既非妻子又非母亲的女性形象(如查泰莱夫人),进而在《儿子与情人》中又将身边无用的女人一个个地抛弃。米利特在一步步掀开劳伦斯性意识形态的面纱后,轻而易举地找出了其对"子宫嫉妒"的"病历"。② 之后,米利特注意到劳伦斯在《阿伦的权杖》中刻画阿伦的妻子时所流露出来的鄙视和恶意,以及对曾表达过敬意的子宫的仇恨。通过细微的内在阅读,米利特发现具有恋母情结的劳伦斯虽然在自己的著作中赞美过具有"恋子情结"的母亲,但在此却粗暴地贬斥母亲的身份。③ 公允地说,劳伦斯的性观念比起同时代的男作家还是要进步得多,如亨利·米勒(Henry Miller)虽然把自己看成劳伦斯的门徒,但其性观念却比较传统,粗暴而庸俗,且公然鄙视女性本身。诺曼·梅勒(Norman Mailer)极度崇拜男性,不仅时常为男性狂热辩护,而且把性和暴力联系在一起。

在对让·热内(Jean Genet)的讨论中,米利特将其与劳伦斯、亨利·米勒和梅勒进行了对比,认为在热内身上占末位的女性属性虽然被安排为第一位的、要取得胜利的因素,只不过这种胜利往往

---

① 这些文本分别是哈代的《无名的裘德》、梅瑞狄斯的《利己主义者》、勃朗特的《韦莱特》以及王尔德的《莎乐美》。
② [美]凯特·米利特:《性的政治》,第398页。
③ 同上书,第425页。

也意味着"绝望和导致牺牲的胜利"①。米利特对菲勒斯文本的解读具有明显的寄生性,其策略性地把男作家的男主人公等同起来,不仅假定了作家经验的真实性,而且假定了表达文字的真实性。由此可见,在米利特眼中,菲勒斯文本是透明的,可以任其出入。

当然,菲勒斯文化文本并不是透明的,如何才能做到透明?"透明只有通过看穿作者才能做到,即发掘他在作品中所表达的意识之每一特点的深层原因。"② 米利特非常关注被遮蔽的隐晦的性意识形态,自认为已经"看穿"这些男作家,其阅读完全指向菲勒斯文化,力求辨识文本中最纯粹的意识形态。不过,米利特对文本意识的发掘虽然极具革命意义,但这种阅读多多少少过于莽撞。玛丽·伊格尔顿曾对米利特进行了比较中肯的评价:

> 或以屈从于对本文观点上的攻击,或以对之抵抗为根据去对待阅读和批评行为;作为文化上是革命的文学批评家,力图使本文摆脱其观念负担,使作品和作者都解放,最终能被严格地当作"卓越的道德和智力的完整"的范例。③

从某种意义上说,女性对菲勒斯文本的解构阅读就是女性作为女性来阅读菲勒斯文本。女性作为女性来阅读,虽然存在某种悖论,却暗示着女性从未作为女性来阅读。女性主义批评本身便是一种理论上的冒险与精神上的革命,唯有读者从作为男性阅读的视角转换为作为女性阅读的视角,女性主义批评才有可能。伊莱恩·肖瓦尔特(Elaine Showalter)曾在《迈向女性主义诗学》(*Toward a Feminist Poetics*,1978)一书中把女性主义批评明确分成两个独特的种

---

① [美]凯特·米利特:《性的政治》,第538—539页。
② [美]J.希利斯·米勒:《重申解构主义》,第4页。
③ [英]玛丽·伊格尔顿:《女权主义文学理论》,胡敏等译,湖南文艺出版社1989年版,第313页。

类：女权批评（feminist critique）和女性批评（gynocritics①）。在女权批评中，肖瓦尔特假设了"作为男人创造的文学作品的消费者"②的女性读者的存在，这就改变了我们对一个特定文本的理解，并提醒我们去领会文本中性符码的意味。女性批评主要涉及作为作家的女性，在此就不一一赘述了。显然，肖瓦尔特对"作为读者的女性"的考察与波伏娃、凯特·米利特的解构阅读是一脉相承的，都是对菲勒斯文本的一种女性主义批判。

肖瓦尔特以"女性读者"的身份对哈代的《卡斯特桥市长》进行了女性主义的解读和批判。以文本开端的场景为例，肖瓦尔特认为任何一个女人只要不是受男性文化的影响太深，都不会认为男主人公卖掉妻女的开场是精彩的。③ 在早先的草稿里，男主人公只是卖掉了两个女儿中的一个。而在修订本里，男主人公象征性地卖掉了他在这个世界上的所有女人——妻子和女儿。不过，在菲勒斯文本中，这一情节并不罕见。④

乔纳森·卡勒（Jonathan D. Culler）向肖瓦尔特提出质疑，反问道：如果作为读者的女性是一位有知识的妇女，这"读者的经验"不会没有差异吗？⑤ 显然，即便同为女性，有知识和没有知识的女性的经验也是有差异的。不过，有趣的是，卡勒的质疑恰恰承认了两

---

① "gynocritics" 源于法文术语 "la gynocritique"，肖瓦尔特认为英语中不存在这样一个术语来与"女性作为作者"的专门话语对应，因此生造了 "gynocritics"。（相关观点，可参见 [美] 肖瓦尔特《走向女权主义诗学》（英文），载张中载等编《二十世纪西方文论选读》，外语教学与研究出版社 2002 年版，第 469 页）

② [美] 伊莱恩·肖沃尔特：《走向女权主义诗学》，谭大立译，载周宪等编《当代西方艺术文化学》，北京大学出版社 1988 年版，第 345 页。

③ 同上书，第 346—348 页。

④ 仅在劳伦斯这里就重复了两次：在《儿子与情人》中，保罗·莫雷尔将他生命中无用的女人一一抛弃，包括他的母亲；而在《阿伦的权杖》中，阿伦遗弃了工人阶级的妻子和三个女儿。

⑤ 相关观点，可参见 [美] 乔纳森·卡勒《论解构：结构主义之后的理论与批评》，陆扬译，中国社会科学出版社 1998 年版，第 31—32 页。

第二章 解构:女性身份认同的必经之"蜕"　111

性在阅读时所存在的差异。卡勒曾将"作为女人来阅读"分为三个契机:在第一个契机里,女性主义批评关注的是女性角色的地位和心理,热衷于探究作家、文类或作品中对妇女或"妇女形象"的态度;在第二个契机里,女性并不曾作为女性来阅读,而被引向认同男性的特征,以牺牲作为女性的自身利益为代价,与男性争夺理性;在第三个契机里,女性主义批评不是同男性的批评争夺理性,而是探究理性概念如何维系一体,或如何同男性的利益发生冲突。①

在女性主义批评中,卡勒所划分的三个阅读的契机和层次并非绝对孤立的,而是紧密交织在一起的。显然,在卡勒眼里,波伏娃、凯特·米利特等人对女性形象的发难,以及对"厌女"现象的揭露,尚处于女性主义批评第一个层次,女性只是被要求作为女人来阅读,女性读者认同女性特征。② 那么,作为女性阅读将会怎样? 卡勒提到这样一种可能性,即让女性作为女性来阅读女性作为女性,这种阅读并不是重复某种给定的同一性或经验,而是要求女性去扮演一种参照女性身份而建构起来的角色。③ 值得注意的是,"女性"与"女性"的不一致性揭示了女性内部可能存在的一种间隙和分歧。

女性主义批评设定了一种全新的阅读经验,即女性阅读的经验,这种阅读经验有力地抵抗着有关女性的误现。对女性主义批评而言,女性经验既是内在阅读的出发点和通行证,又是女性身份认同的基石。女性经验不但得到了女性主义批评家的肯定,而且被相信将会引导人们从不同的视角来阅读。不过,这种经验犹如一把双刃剑,

---

① 相关观点,可参见[美]乔纳森·卡勒《论解构:结构主义之后的理论与批评》,陆扬译,中国社会科学出版社 1998 年版,第 33—52 页。

② 海尔布朗(C. Heilbrun)认为在《性的政治》中,我们第一次被要求作为女人来看待文学,作为男人来阅读的居高临下的地位亟须移一移窝。(相关观点,可参见[美]乔纳森·卡勒《论解构:结构主义之后的理论与批评》,陆扬译,中国社会科学出版社 1998 年版,第 38—41 页。)

③ 相关观点,可参见[美]乔纳森·卡勒《论解构:结构主义之后的理论与批评》,陆扬译,中国社会科学出版社 1998 年版,第 52—53 页。

在为女性主义指明出路的同时又给其带来了诸多的麻烦。重建女性阅读经验是必要的,但这种经验阅读极有可能成为"被看的经验",一个被圈定、被发落到边界的"姑娘"的经验。①

当然,要解构菲勒斯中心主义,女性仅仅作为读者还是远远不够的。肖瓦尔特在区分两种女性主义批评的类型时,就已经意识到了女权批评应该转向女性批评。1981年,她又在《荒原中的女权主义批评》②重申了女权批评和女性批评,认为大多数评论者因搞不清这两者的理论潜势,而将它们混淆起来了。肖瓦尔特承认女权批评实质上只是一种阐释模式,她满怀诗意地写道:"在阐释的自由天地中,女权主义文学批评也只能同别的阐释见解决一雌雄,而所有的批评读解注定会成为明日黄花,被更新的读解所取代。"③ 女性主义如果仅仅是一种阐释方法,必然会被新的阐释替代。因此,女性主义应提倡女性批评,不能只是修正、挪用、颠覆和反抗菲勒斯话语,还必须建立自己的话语。

从某种意义上说,女权批评具有寄生性,而女性批评已开始具备寄主性。卡勒是这么评价解构阅读的:"它虽然在一个松散芜杂的构架的内部和周围耕耘,而不是在一块新的地基上建构营筑,却依然试求促生颠倒和移位的效果。"④ 菲勒斯文本往往蕴含着男作家诸多的主观预设,文化传统、社会背景也是菲勒斯文化的同谋共犯。对女性来说,建立主体性身份首先要对歪曲、丑化和压制了女性的菲勒斯文本进行解构阅读。而基于女性经验作为女性来阅读,往往

---

① [美]乔纳森·卡勒:《论解构:结构主义之后的理论与批评》,陆扬译,中国社会科学出版社1998年版,第31—32页。
② 肖瓦尔特认为妇女构成一个"沉默的团体",她们的文化和现实与"男性团体"的文化和现实部分地相互交叠。男性文化之外的妇女文化就是所谓的"荒原",也可以说是"纯女性差异"。
③ [英]伊莱恩·肖尔特:《荒原中的女权主义批评》,韩敏中译,载王逢振等编《最新西方文论选》,漓江出版社1991年版,第258页。
④ [美]乔纳森·卡勒:《论解构:结构主义之后的理论与批评》,陆扬译,中国社会科学出版社1998年版,第138页。

能释放出菲勒斯文本所蕴含的破坏性力量,动摇理性中心主义和菲勒斯中心主义的神话。通过一系列"寄生的"东西,女性开始在菲勒斯文本的废墟之上建立自己的批评话语。

二 嫁接复嫁接:解构在行动

经过解构阅读后,女性开始通过女性主义批评对菲勒斯话语进行吸收和改造,这一系列正在进行的解构活动所遵循的思考模式可以称为"嫁接"(graft)。嫁接是德里达用以思考文本逻辑的一个模式,按照他的观点,"意义产生于一种嫁接的过程,而言语行为,无论是认真的还是不认真的,亦是不同方式的嫁接"①。如果我们把话语看作各种联合或插入的产物,那么女性必须将一种"不受污染"的话语插入菲勒斯文本,才有可能形成自己的话语系统与意义系统。

在不同社会背景和文化背景下,女性主义通过一系列"嫁接"活动衍生出形形色色的女性主义思潮流派。在女性主义的第三次浪潮中,这一"嫁接"特征尤为显著,甚至女性主义批评的源头也被认为是"嫁接之物"。玛丽·伊格尔顿指出:"女权主义者对男性中心论的怀疑是对马克思主义批评家关于文学传统中阶级歧视理论的发展。"② 形形色色的女性主义流派经过改造、融合和重建后,在对菲勒斯文化的批判中发挥着各自的作用。菲勒斯文本的界限被打破后,"男性的"东西不断涌出来,"女性的"东西不断涌进来,将新的意义无规则地撒播在菲勒斯文化之中。当然,不同流派女性主义的理论源头也是有差异的,然其目的都在于批判、改造菲勒斯文化,反抗性和革命性昭然若揭,即从解构菲勒斯文本入手,继而深入社会的权力网络之中,颠覆男女二元对立的等级制度,建构女性主体身份。

---

① [美]乔纳森·卡勒:《论解构:结构主义之后的理论与批评》,陆扬译,中国社会科学出版社1998年版,第117页。
② [英]玛丽·伊格尔顿:《女权主义文学理论》,胡敏等译,湖南文艺出版社1989年版,引言第3页。

作为在菲勒斯文化框架内的女性意识的结晶,"女性主义"本身也不过是一个被贴上标签的嫁接之物。女性主义者们往往根据使用"女性主义"这一术语的策略目的来贴标签,有多少种策略,就有多少种来回答"关于什么"的女性主义,因此我们甚至很难对"女性主义"给出一个稳定的定义。不过,在后现代社会,最完美的定义或许就是像"女性主义"这样能够清楚而自觉地意识到"自身的策略性质"的定义。[①] 女性主义批评不仅清楚地意识到女性主义自身的策略性质,而且大张旗鼓地承认了自己的策略性,对菲勒斯话语进行了策略性的嫁接,贴上了自由主义、社会主义、马克思主义、存在主义、精神分析、后殖民主义、生态主义等标签。波伏娃正是从存在主义的基本理念切入,提出自己的主要论点,并给自己贴上了"存在主义"的标签。

一般来说,贴标签是指对问题不作具体分析,仅根据教条就对人或事物生搬硬套地加上一个名目。在这里,需要说明的是,贴标签只是认识的一种手段和途径,不是为了归类,而这些标签本身就是女性主义批评有益的工具。不过,贴标签这一策略是有风险的。正如艾晓明在谈到女性主义思想的多样性时所指出的:如果我们说自由主义女性主义只是约翰·斯图尔特·穆勒思想的变体,马克思主义—社会主义的女性主义只是马克思和恩格斯著述的完善,精神分析的女性主义只是弗洛伊德观点的补遗,存在主义女性主义只是进一步阐发了萨特的思想,后现代女性主义也只是在简明扼要地重述拉康和德里达的冥想,那么女性主义就是个悲剧。简言之,如果我们因为这些标签而贬低女性主义者们的种种努力,那同样是一种不幸。[②]

尽管女性主义的每一种思潮几乎都能在菲勒斯文化中找到思想

[①] 正如有学者所说:"最完美的定义应是像这样极富生成性,又能清楚地意识到自身的策略性质;同时,这种意识还应当是自觉的而并非不自觉的。"(相关观点,可参见[以色列]布莱恩·麦克黑尔《现代主义文学向后现代主义文学的主旨嬗变》,赵白生译,载[荷]佛克马、[荷]伯顿斯编《走向后现代主义》,王宁等译,北京大学出版社1991年版,第66页)

[②] 艾晓明:《女性主义思想的多样性》,载[美]罗斯玛丽·帕特南·童《女性主义思潮导论》,艾晓明译,华中师范大学出版社2002年版,导言第1页。

第二章 解构:女性身份认同的必经之"蜕" 115

源头,但不能因此而认为女性主义是在阐发、重述菲勒斯文化的理论。早在 1966 年,朱丽叶·米切尔就已经着手将马克思主义与女性主义结合起来,尝试一种新的解释方法。① 传统马克思主义理论以历史唯物论为基础,认为男女不平等的关键在于资本家具体的经济剥削。女性主义者认为马克思的经济决定论过于偏颇,忽略了女性在私人领域的再生产活动以及两性的社会关系。此外,马克思主义理论中的人性、阶级意识、意识形态、异化等概念均被女性主义引用和改写,且在嫁接后显示出了新的生命力。正如斯皮瓦克所指出的:"如果根据妇女的劳作及生育重新审视异化、劳动及创造财富的性质和历史,那么我们则可以从马克思学说中读到某种马克思本人未曾料及的东西。"② 女性主义批评在很大范围上运用了这种"贴标签"的技巧,贴上标签的女性主义批评本身便是与菲勒斯话语的一种交流,虽没有解构男女二元对立的结构模式,却依然达到了一种解构的效果。贴标签也可以说是一种简单的重复和嫁接,"解构一个二元对立命题,不是摧毁它,废弃它,而是将它重新刻写一遍"③。不过,贴标签虽然具有解构的力量,却也暗示了菲勒斯中心的无所不在。

在嫁接的过程中,女性主义批评往往通过不断的重复来模仿菲勒斯话语,并将新的意义移植进来。嫁接的潜在含义虽然较为复杂,但也不过是两种话语在同一页上的并肩相连。④ 埃莱娜·西苏曾坦言道:"我的父亲我的母亲我的国家,它们都失去了,我的语言扮演着

---

① [英]朱丽叶·米切尔:《妇女:最漫长的革命》,陈小兰、葛友俐译,载李银河主编《妇女:最漫长的革命》,生活·读书·新知三联书店 1997 年版,第 8—45 页。
② [美]斯皮瓦克:《女性主义与批评理论》,孟悦译,载张京媛主编《当代女性主义文学批评》,北京大学出版社 1992 年版,第 308 页。
③ [美]乔纳森·卡勒:《论解构:结构主义之后的理论与批评》,陆扬译,中国社会科学出版社 1998 年版,第 116 页。
④ 相关观点,可参见 [美]乔纳森·卡勒《论解构:结构主义之后的理论与批评》,陆扬译,中国社会科学出版社 1998 年版,第 119 页。

我父亲的丧失,我的母亲的海,我的声音模仿着我父辈们的言行。"① 如果说菲勒斯文本是"可重复的",就等于说,这些文本没有"单纯的起源"或"纯粹的独特性",能够即刻地"分解并重复自己",并成为能够"在其根基处被根除的"。② 由此可见,对菲勒斯文本的重复也可导致菲勒斯文本自身的解构。西苏是如何模仿"父辈们"的言行的?以德里达在关于延异(Différance)的分析中提到的阴性书写(l'écriture féminine)和阳性书写(littérature)为例,西苏将之进行对比,并列出了这些二元对立的概念。③ 在这些对立项中,前者积极、主动,优于后者,往往处于中心地位;后者消极、被动,以前者为依据,处于第二位。这些二元对立无一例外,都是按照优劣的等级排列的,其真相都涉及"男/女"。令西苏诧异的是,象征秩序内的文化、艺术、宗教和语言,都在精心阐述着"男/女"的故事。有学者指出,西苏的"女子气"本文是指那些"体现差异"的本文,与德里达对作品差异的分析之间的关系极其密切。④ 而西苏也承认"女子气"的奋斗方向就是差异,其目的在于破坏占统治地位的菲勒斯中心的逻辑,撕毁二元对比的假面具。在对结构的重复中,我们看到的是:女性被压抑了,且降为第二性。西苏认为男/女的划分已经将我们的思维限定在二元逻辑中,菲勒斯文化结构正是从贬低女性开始的,她相信通过重复并摧毁这种二元

---

① [法]埃莱娜·西苏:《从无意识的场景到历史的场景》,伍厚恺译,载[美]拉尔夫·科恩主编《文学理论的未来》,程锡麟等译,中国社会科学出版社1993年版,第25页。

② [法]雅克·德里达:《文学行动》,赵兴国等译,中国社会科学出版社1998年版,第30页。

③ 这些二元对立的概念包括主动性/被动性,太阳/月亮,文化/自然,白昼/黑夜,父亲/母亲,头脑/心灵,可理解的/神经质的,理性/情感,等等。(相关观点,可参见西苏《突围》,载张中载等编《二十世纪西方文论选读》,第509页)

④ [英]安·罗莎琳德·琼斯:《描写躯体:对女权主义创作的理解》,载[英]玛丽·伊格尔顿编《女权主义文学理论》,胡敏等译,湖南文艺出版社1989年版,第406页。

结构,能够动摇菲勒斯中心主义的主体优势的基础。

在多元化的时代,各种不同的阐释模式异彩纷呈,相互宽容。对待复杂的菲勒斯文化,任何单一的阐释角度都是有限的,同时又有其独特的有效性。20世纪70年代,女性主义批评开始运用结构主义、精神分析和马克思主义等多种方法论的工具。

不过,女性主义批评绝不是一种单纯的模仿。单纯的模仿并不能摧毁等级解构,唯有当其包括一种转换或颠倒之时,等级结构才有可能被置换。换句话说,模仿这一策略至少不能单独成为有效范畴,这在很多女性主义者的解构活动中均有所体现。以伊利格瑞为例,她虽致力于把阴性(feminine)从阳性的哲学思想里解放出来,但却运用了一种不同于菲勒斯话语的"反射镜"来揭露"一个对称的古老梦幻的盲点"。① 伊利格瑞虽然借用柏拉图关于洞穴的寓言说明了女性是怎样被贬降到从属的地位,但与此同时又将女性的"他者性"转化为一种反射镜般的关系:女性不是被人忽略,就是被视为男性的对立面。罗斯玛丽·帕特南·童(Rosemarie Putnam Tong)曾对伊利格瑞的解构策略进行了说明:

> 在伊利格瑞的著作中,一直存在着一种张力;她确信,我们必须最终结束给事物贴标签、划分类别的过程;她也同样确信,我们无法阻止这个过程,只能介入其中。这两种态度的矛盾张力,贯穿她的作品。②

伊利格瑞把女性主义话语的破坏性力量置于一种游戏性的模仿

---

① "一个对称的古老梦幻的盲点"为《他者女人的反射镜》第一章的标题。[相关观点,可参见 Luce Irigaray, Speculum of the other women, Gillian C. Gill (tran.), Ithaca & New York: Cornell University Press, 1985]

② [美]罗斯玛丽·帕特南·童:《女性主义思潮导论》,艾晓明译,华中师范大学出版社2002年版,第290页。

中，然而，"玩弄模仿"并不能为女性主义提供权威，女性主义的"模仿"（mesis）也有可能被菲勒斯话语"玩弄"。在模仿菲勒斯话语时，我们不能保证模仿不被理解为"反讽""非暴力抵抗""庸俗下流"，甚或女性主义的差异也会被理解为"单纯的派生物"。[1] 对伊利格瑞来说，自我矛盾本身就是一种反叛形式，是反叛菲勒斯中心主义所要求的逻辑连贯性。有趣的是，伊利格瑞不仅不为写作中的含糊、矛盾感到困窘，反而自得其乐。

同样，克里斯蒂娃也借用了拉康的精神分析框架，并从这一框架的反面来探索女性话语与结构的关系。在菲勒斯文化统治的社会中，女性总是被代表和被界定，而女性作为这一社会秩序的否定力量，并不能在这一秩序中得到完全体现。克里斯蒂娃不仅以其个人术语"符号态"（semiotic）和"象征态"（symbolic）替代了拉康的"想象"和"象征"，并且启用了流动、多义的"记号"来破坏象征秩序。不过，这种"记号"本质上并非女性主义专用，正如特里·伊格尔顿所指出的："记号并非象征秩序的替代物，不是一种我们取代'规范'话语的一种语言：它是我们习用符号系统的界限。"[2]

目前，女性主义批评仍然没有能力解决模仿问题。女性主义对语言本身、菲勒斯话语及相关术语的质疑已经引起了一种内乱，在此，可以借用玛丽·雅克布斯（Mary Jacobus）的语言来描绘："妇女对话语的接触涉及屈服于阳性中心论，男性和象征秩序的问题：拒绝另一方面也会使女性更处于边缘位置，更被视为一种疯狂和胡闹。"[3] 女性主义批评对菲勒斯话语的"重复"和"模仿"从未停止过，悖论在于，拒绝"重复"和"模仿"只能进一步表明女性受压

---

[1] ［美］伊莱恩·肖瓦尔特：《我们自己的批评：美国黑人和女权主义文学理论的自治与同化》，程锡麟译，载［美］拉尔夫·科恩主编《文学理论的未来》，第273页。

[2] ［英］特里·伊格尔顿：《文学理论：导引》，载［英］玛丽·伊格尔顿编《女权主义文学理论》，胡敏等译，湖南文艺出版社1989年版，第377—378页。

[3] ［英］玛丽·雅克布斯：《观点的差异》，载［英］玛丽·伊格尔顿编《女权主义文学理论》，胡敏等译，湖南文艺出版社1989年版，第380—381页。

迫、受压抑的处境。不过，女性主义批评仅仅需要重新刻写菲勒斯文化中的二元对立，而且需要篡改它、颠覆它。当女性颠覆性地挪用菲勒斯话语，并与不同的文学联系起来时，就会产生不同的看法。① 需要反思的是：启用菲勒斯中心主义的概念和范畴来辨识性别偏见，清除文本中男性中心论的臆说是否为一种有效的策略？女性主义批评沿用菲勒斯话语的词汇和方法并不是长久之计，马克思主义和结构主义等理论都把自己视为"有权威的批评理论"，并抢先要求在批评理论的王国里"占有优越的地位"。② 因此，在当前的僵局中，女性主义批评很难寻求"准确的定义和适合的术语"或"在斗争中理论化"。③

三 作为"寄主"的女性主义批评：走向自我解构

在后现代语境下，几乎所有的概念和理论都默认了自身的不稳定性。作为寄主的女性主义批评也看到了自身概念和历史的不稳定性，逐渐意识到在边缘之地还存在边缘：第三世界女性主义批评，同性恋女性主义批评以及不能说话的"属下"。在每一个文本中，总是隐藏着一条寄生性存在的长长的链条——对先前文本（包括菲勒斯文本和女性文本）的摹仿、改写和借喻。这一链条中的每一个先前的环节本身对其先行者来说，也都曾扮演过寄生物兼寄主的角色。"没有寄主就不存在寄生物。寄主和有点邪恶或说具有颠覆性的寄生物是同坐在食物旁边的同桌食客，共同分享着食物。"④ 在女性主义批评作为寄生物"分享"给作为食物的菲勒斯文本的同时，也作为寄主被同桌食

---

① 相关观点，可参见［英］玛丽·伊格尔顿编《女权主义文学理论》，胡敏等译，湖南文艺出版社1989年版，第162页。

② ［美］伊莱恩·肖沃尔特：《走向女权主义诗学》，谭大立译，载周宪等编《当代西方艺术文化学》，北京大学出版社1988年版，第361页。

③ 同上书，第364页。

④ ［美］乔纳森·卡勒：《论解构：结构主义之后的理论与批评》，陆扬译，中国社会科学出版社1998年版，第99页。

客所"分享"。随着成熟期的到来,女性主义批评越来越意识到自身的断裂和不完善。作为寄主的女性主义批评,在面临自身层次的断裂时,不得不一次次与自身进行决裂。正如福柯所言:"每一个层次都有自己独特的断裂,每一个层次都蕴含着自己特有的分割;人们越是接近最深的层次,断裂也就随之越来越大。"[①] 从福柯意义上来说,女性主义批评的断裂正是其自身不断走向成熟的产物。因此,女性主义批评作为女性身份认同的话语模式,一旦完成对自身的建构,内部就会滋生出吞噬其自身的寄生物,从而导致自我解构。

20 世纪 70 年代以来,女性主义批评逐渐关注有色妇女、殖民地妇女以及同性恋妇女,开始呈现出异质性特质和多样化面貌。第三世界女性主义批评和同性恋女性主义批评作为非主流女性主义批评,虽与主流女性主义批评同坐一桌,却充当着"有点邪恶"或"具有颠覆性"的寄生物。第一世界的女性主义者不再野蛮地以自己是妇女而自居,开始对种族歧视、殖民主义和帝国主义等因素加以考虑。不少女性主义者认识到,性别因素并不是唯一导致妇女受压迫的因素,如对第三世界妇女或殖民地妇女而言,妇女受压迫的地位也与当地的殖民结构有关,不能仅仅归咎于性别因素。女性主义批评倘若对这些因素视若无睹,结果只会导致自身的解构。这种瓦解既可能来自外部,也可能来自内部。

到了 20 世纪 70 年代末,被忽视的妇女群体渐渐浮出历史的水平面。黑人妇女和同性恋妇女开始对女性主义批评提出了挑战,认为女性主义批评一直忽视甚至阻止对黑人女作家和同性恋女作家的作品进行研究。最先意识到这一问题的是芭芭拉·史密斯(Barbara Smith),她认识到性别政治与种族斗争、阶级斗争在黑人妇女作品中的密切关联,并质问道:"作为一个开始,我至少想在文章中看到

---

① [法]米歇尔·福柯:《知识考古学》,谢强、马月译,生活·读书·新知三联书店 2003 年版,第 1 页。

白人妇女承认她们的矛盾：她们的研究和创作中究竟是谁和什么被遗忘了。"① 在此，史密斯对女性主义运动的目标和策略进行了重新评估，认为黑人妇女及其存在被遗忘了。因此，黑人妇女应该从自己的经历、自己的历史出发进行思索和写作，既不能套用白人男作家的文学思想和方法，也不能套用白人女作家的文学思想和方法。白人妇女在阅读黑人妇女的作品时，也不太可能理解作品中有关种族政治的复杂内容。用史密斯的话说："白人对黑人女作家的错误态度表现在他们根本无视她们的存在，尤其在女性主义评论方面。"② 在女性主义批评中，黑人女性身份并没有得到显现，开创一种新的黑人女性主义批评是完全必要的。如果不从黑人妇女的角度来看问题，黑人妇女极有可能被主流女性主义批评误解，甚至扼杀。③ 以肖瓦尔特筛选女性主义最佳作品为例，其对黑人女作家、第三世界女作家和女同性恋作家的作品只字未提。

如果我们把主流女性主义批评视为"寄主"，那么同性恋女性主义批评则是邪恶的"寄生物"。在以菲勒斯为中心的社会，异性恋是一套完整的价值系统和结构观念系统，与其说是一种纯粹的个人选择，还不如说是一种涉及权力结构的政治手段。在异性恋问题上，主流女性主义批评往往与男性构成一种无意识的共谋关系，女性主义文学中的异性恋主义与菲勒斯中心主义里的性歧视非常相似，共同起着抹掉女同性恋存在并掩饰谎言的作用，这就意味着"妇女只能从男人中寻求感情的和性的实现，抑或根本就未寻求"。④ 不少女

---

① ［美］芭芭拉·史密斯：《迈向黑人女权主义批评》，载［英］玛丽·伊格尔顿编《女权主义文学理论》，胡敏等译，湖南文艺出版社1989年版，第141页。
② ［美］芭芭拉·史密斯：《黑人女性主义评论的萌芽》，载［英］玛丽·伊格尔顿编《女权主义文学理论》，胡敏等译，湖南文艺出版社1989年版，第104页。
③ 同上书，第103页。
④ ［英］邦尼·齐默尔曼：《前所未有：女性同性爱女权主义文学批评面面观》，载［英］玛丽·伊格尔顿编《女权主义文学理论》，胡敏等译，湖南文艺出版社1989年版，第27页。

性主义者主张应该对强迫妇女接受异性恋的做法进行批评,且充分肯定了女同性恋在历史上的政治使命。如艾德里安娜·里奇（Adrienne Rich）认为,女同性恋的存在不仅包括"打破禁忌和反对强迫的生活方式",还直接或间接地"反对男人侵占女人的权力"。① 她主张女性主义者应该对强迫妇女接受异性恋的行为进行批评,认为强迫异性恋会制造一种偏见:"女同性恋是不正常和可怕的,或干脆认为它不显眼以致看不见。"② 这种偏见直接否定了女同性恋者的存在,忽视了女性没有经济特权、文化特权的事实。作为女性身份认同的话语模式,女性主义批评有必要把女同性恋与男同性恋区别开来,不能把女同性恋者与男同性恋等同起来,或者视为男同性恋的女性变体,否则就再次否定和抹杀女同性恋的存在。

女性主义批评在对旧文本（作为寄主的主流女性主义批评）进行吞噬、改写、移植之后,又将第三世界女性主义批评、黑人女性主义批评以及同性恋女性主义批评等"寄生物"转化为自身的一部分。对女性主义批评而言,旧文本既是其基础,又是其必定消灭的某种东西,而消灭的方式就是使其合并进来,成为女性身份认同话语的基础。20世纪80年代中期,西方知识分子、白人女性主义批评家肖瓦尔特叙述了美国黑人批评和女性主义批评理论的平行历史,重申了黑人女性主义批评的重要性。③ 与此同时,主流女性主义批评作为黑人女性主义、同性恋女性主义的寄主,也被这些异己的寄生物深深吸引,进而在吞噬与被吞噬中不断地改造自己。到了90年代,第三世界女性主义批评、同性恋女性主义批评等不再要求从"边缘"走向"中心",而是承认自身的边缘位置,并站在话语的边

---

① ［美］艾德里安娜·里奇:《强迫的异性爱和女同性恋的存在》,载［英］玛丽·伊格尔顿编《女权主义文学理论》,胡敏等译,湖南文艺出版社1989年版,第39—40页。
② 同上书,第37页。
③ ［美］伊莱恩·肖瓦尔特:《我们自己的批评:美国黑人和女性主义文学理论中的自主与同化现象》,张京媛译,载张京媛主编《当代女性主义文学批评》,北京大学出版社1992年版,第239—267页。

缘位置来言说边缘性本身的双重性。这一策略虽具有浓郁的解构气息，但对寻求身份认同的女性来说具有极强的现实意义。

显然，女性主义批评是异质共生的，在其所阐释的文本中，常常潜藏着寄生物/寄主这种双重对立格局。不同流派的女性主义批评、不同的批评家都被寄生性地联系在一起，甚至同一个批评家在不同时期也会发生一种寄生性的关系。正是这些在其文本内部进行的解构活动，使女性主义批评不断去权威化。各种关于女性身份认同的话语循环往复地交互解构，女性身份认同的边缘和中心的界限不断消融。在不断的批评与自我批评、超越与自我超越、修正与自我修正中，女性身份认同话语模式开始突破边缘与中心的界限，愈演愈烈。克里斯蒂娃认为符号具有革命作用，妇女应该试图打破封闭的结构，破坏象征秩序，将自身的革命潜力理论化。而马克思主义女性主义认为克里斯蒂娃关于符号的概念是荒谬的，符号概念根本不可能把被压制的、前语言的成分与妇女联系起来，她所建造的是一种"混乱的、在政治上并不令人满意的革命的诗学"。[1] 特里·伊格尔顿也不赞成克里斯蒂娃的观点，认为她的摧毁活动并不是"革命姿态"，忽略了"本文的政治内容"以及"理解和运用这些本文的历史条件"，因此在主体观念被粉碎或陷入矛盾中的时候，她的工作往往就止步不前了。[2] 斯皮瓦克则从另一角度解构了克里斯蒂娃，认为她在《中国妇女》(*Des Chinoises*, 1974)[3] 一书中由对中国妇女的顺化策略入手，却不小心地表现出了自身作为第一世界享有特权的白人知识分子的优越感。

---

[1] 马克思主义—女权主义文学团体：《妇女的写作：〈简·爱〉、〈谢莉〉、〈维莱特〉、〈奥萝拉·莉〉》，载［英］玛丽·伊格尔顿编《女权主义文学理论》，胡敏等译，湖南文艺出版社1989年版，第346页。

[2] ［英］特里·伊格尔顿：《文学理论：导引》，载［英］玛丽·伊格尔顿编《女权主义文学理论》，胡敏等译，湖南文艺出版社1989年版，第378页。

[3] 相关观点，可参见［法］朱丽娅·克里斯蒂娃《中国妇女》，赵靓译，同济大学出版社2010年版。

作为寄主，斯皮瓦克一方面不可避免地遭到了其他批评家的寄生性批判，另一方面也作为寄生物吞噬着其他批评家的批评，甚至包括自己先前的文本。在《三个女性文本和一种帝国主义批评》一文中，她批判了西方女性主义批评的帝国主义性，认为新兴的女性主义批评已经开始复制"帝国主义的公理"，甚至在欧洲和英美范围内为女性身份认同话语确立了女性主义规范，这是很不幸的事情。①后来，她批判了国际框架中的法国女性主义，又在十年后修正了自己对法国女性主义批评的批评，认为后殖民主义女性主义和宗主国女性主义之间可以进行交流。② 在此，斯皮瓦克将自己视为寄主，并对自己的观点进行了寄生性批判。她承认自己身份认同的变化，认为法国女性主义批评尽管不认同作为属下的妇女，却一直坚持从底层解构菲勒斯文化及相关理论。

在后现代语境下，差异问题备受关注。女性主义批评作为一种身份认同话语，也在这股大潮中开始关注自身的差异问题，进而作为寄生物消解自我，不断拓展女性身份认同的边界，使自身保持着一种开放性，向未来的世界以及未知的世界敞开。

第三节　女性身份认同的危机

在女性建构主体性的途中荆棘密布，危机重重。综观形形色色的女性主义理论及批评，激进或者保守，姿态并不重要，重要的是她们都看清了这样一个"历史真相"：几乎所有的女性都处于普遍而持久的"第二性"状态。"男/女"二元对立的性别秩序并非自然形

---

① "桑德拉·吉尔伯特和苏珊·古巴仅仅从心理学的角度发现了伯莎·梅森是简的阴暗的另一面。"（相关观点，可参见［美］加亚特里·查克拉沃尔蒂·斯皮瓦克《三个女性文本和一种帝国主义批评》，裴亚莉译，马海良校，载罗钢、刘象愚主编《后殖民主义文化理论》，中国社会科学出版社1999年版，第158—179页）

② ［美］佳·查·斯皮瓦克：《在国际框架里的法国女性主义》，刘世铸译，张照进校，载张京媛主编《后殖民理论与文化批评》，北京大学出版社1999年版，第95页。

成而普遍存在的,而是人为建构的。悖论在于,女性自身往往也不自觉地参与了这一建构活动,在某种程度上扮演了自我坟墓的掘墓者;男性亦不自觉地上演着浮士德式的悲剧,错把挖掘坟墓当作改造世界的伟大活动。

作为一种身份批评,女性主义批评经常遭遇身份问题。在后现代语境下,女性主义批评的重心逐渐转移到女性身份的建构上,成为更具实践性的"女性主义身份批评"[①]。解构主义对女性主义批评的介入,尤其是对批评主体的解构,直接引发了女性主义批评的身份危机。从寄生物到寄主,女性主义批评的内部与外部发生了一系列解构活动,女性主义批评的身份危机迫在眉睫。皮之不存,毛将焉附?这对女性身份认同的建构是极为不利的,倘若放弃了女性的主体身份,也就等于放弃了对话语权的争夺,放弃了女性"是其所是"的那个位置,那么,女性主义批评也就不复存在了。一方面,解构主义为女性主义批评提供了思想武器,为建构女性主义身份认同扫除了菲勒斯文化特权;另一方面,解构策略的运用使女性身份受到质疑,直接危及女性主义批评的合法性,女性主义批评转而加强了对女性身份认同的建构。鉴于此,诞生于后现代语境中的女性主义批评不得不冒着理论上的风险,坚持不懈地为自己的合法性作辩护,坚守女性身份。

一 身份问题的提出:谁在说话?为谁说话?

20世纪60年代末70年代初,身份认同开始成为妇女、有色人种、同性恋等少数人群社会运动的政治诉求与文化诉求,个人身份问题获得了广泛的关注。自从结构出现以来,女性一直处于二元对

[①] "女性主义文学批评在精神分析和后殖民主义方向上的发展,吸收了后现代女性主义理论,把妇女的身份建构作为当代女性主义理论实践的重点,转向了更具包容性和开放性的女性主义身份批评。"(相关观点,可参见黄华《权力,身体与自我:福柯与女性主义文学批评》,北京大学出版社2005年版,第139页)

立结构中被压制的小写状态。如果说对妇女的压制是逻各斯中心主义与菲勒斯中心主义的组成部分,那么女性主义批评是从什么理论出发,发展自己关于女性被排除在外的批评的?是用男人的声音再现妇女的沉默,还是作为女性再现自我?

从某种意义上说,女性主义批评可以被看成是女性身份在文学领域与文化领域内的政治实践。伊莱恩·肖瓦尔特曾从女性身份的立场描述"她们自己的文学",并留下了一段精辟的论述:

> 首先一个较长的时期是**模仿**统治传统的流行模式,使其艺术标准及关于社会作用的观点内在化;其次是**反对**这些标准和价值,倡导少数派的权利和价值、要求自主权的时期;最后是**自我发现**,从反对派的依赖中挣脱出来走回自身、取得身份的时期。①

在这一段论述中,我们至少可以判断女性已经迈入"自我发现"的阶段,女性主义批评突出反映了女性主义的身份诉求:不再模仿男人的声音,也不再停留在反对菲勒斯文化的标准和价值、要求女性自我书写的阶段,而是从菲勒斯文化的中心主义色彩中"挣脱"出来,开创自己的批评话语,确立自我的身份。对女性而言,女性主义是必需的;对女性主义而言,女性主义批评是必需的。女性主义是女性身份诉求的表达,女性主义批评是女性主义身份诉求的表达。无论是对女性而言,还是对女性主义而言,身份认同都是自我意识高度发展的产物。自从女性主义把自己描述为"女性"的立场(即以女性的名义为女性说话)那一刻起,女性身份的必要性也就成了一个无须证明也不能拒绝的假定了。

---

① [美]伊莱恩·肖瓦尔特:《她们自己的文学:从勃朗特到莱辛的英国女小说家》,载[英]玛丽·伊格尔顿编《女权主义文学理论》,胡敏等译,湖南文艺出版社1989年版,第63页。

第二章 解构:女性身份认同的必经之"蜕"

在女性主义批评内部,作为女性说话或为女性说话是一种政治必要性。在后现代主义尤其是在解构主义看来,"话语"是能构成一切的"一元论物质",所有的一切都是"话语";主体消亡了,没有人再能自称为主体;甚至没有现实,所有的一切都是再现。① 如果顺着解构主义的思路,宣告主体的消亡,无疑等于宣告了尚处于襁褓之中的女性主义批评的消亡。谁在说话?为谁说话?这看似最简单的问题也会成为疑难。任何政治理论都需要一个主体,女性主义与女性主义批评也不例外。按照巴特勒的观点,女性主义批评从一开始就需要假定"它的主体、语言的参照性以及它所提供的体制描述的完整性"。② 如果没有这样一个假定的基础和前提,女性主义批评就会成为不可想象之物。因此,女性主义批评必须假定"女性"主体的存在,一旦失去这一"主体",女性身份受到质疑,女性主义批评就会变得岌岌可危。作为一种身份批评,女性主义批评不会轻易放弃来之不易的女性主体。吊诡的是,女性刚刚登上主体的位置,却被宣告主体已经破裂,甚或主体从未存在过。有人认为这是菲勒斯中心主义的阴谋,一个"针对妇女和其他刚开始为自己的利益讲话的被剥夺群体"的阴谋。③

需要注意的是,"身份"作为女性主义批评的出发点,不只是描述性的,还具有排他性。女性主义批评对女性主体的强调,必然意味着为女性开辟一个封闭的政治疆域,将男性排除在外。而且,这种封闭和排除是必要的,我们不能因此而放弃使用"妇女"这个词。对主体的解构虽然在理论上行得通,但在政治上只会给女性主义造成更大的混乱。因为,"离开了对妇女的身体、性的物质性假定,女权主义就难以继续下去"④。在女性主义看来,解构主体或女性身份

---

① [美]朱迪斯·巴特勒:《暂时的基础:女性主义与后现代主义问题》,朱荣杰译,载王逢振等编译《性别政治》,天津社会科学院出版社2001年版,第69页。
② 同上书,第68页。
③ 同上书,第86页。
④ 同上书,第89页。

并不意味着不使用"女性"主体或"女性"身份,而是要"将这个词释放到多重意义的未来,把它从其受到限制的母性或种族主义的本体论中解放出来,是要使之成为一个能够承载未预料到的意义的场所"①。按照巴特勒的逻辑,解构这些术语非但不意味着丢弃它们,反而意味着继续使用它们,重复它们,而且是破坏性地重复它们,进而把它们从"作为压迫性权力工具"的菲勒斯文化情境中置换出来。

二 对再现权的质疑:谁能代表女性说话?

身份在理论上的有效性已经得到了绝大多数女性主义者的拥护,我国学者张京媛也肯定了身份的必要性,认为身份可以作为一种"表述的策略",拓展新的发展渠道。② 不过,从理论上虚幻的女性主体返回到现实生活中的女性主体,我们发现女性主义所假设的"女性"主体指涉的是一个充满差异的、开放的领域,几乎找不出一个能代表所有的女性说话的"女性"主体。

女性的个体性消融在女性这一类别之中,"正是这个类而非个体成员,被设定并被视为文化差异的真正的、超个人的载体"③。换句话说,女性的双肩上担起来的不是她一个人,而是一个类,她所属的那个类。企图摆脱污名的女性个人,凭借其个体的努力很快就会发现自己受到双重制约:如果拒绝与女性联系,就会被指责忽略了女性集体污名的复杂性;如果充当女性集体的代表,就等于承认她依旧是那个自己努力想从中脱身的女性类别中的一员。因此,女性类别的继续存在就会被当作对个体转变的真实性的一个反证。与此同时,"个体对促进作为一个整体的类的解放所作的任何企图,也构

---

① [美]朱迪斯·巴特勒:《暂时的基础:女性主义与后现代主义问题》,朱荣杰译,载王逢振等编译《性别政治》,天津社会科学院出版社2001年版,第88页。
② 张京媛:《〈后殖民理论与文化批评〉前言》,载张京媛主编《后殖民理论与文化批评》,北京大学出版社1999年版,第6页。
③ [英]齐格蒙特·鲍曼:《现代性与矛盾性》,邵迎生译,商务印书馆2003年版,第109页。

第二章 解构：女性身份认同的必经之"蜕" 129

成了这样一个反证"①。悖论在于，"如果你做了什么，那你就输了。如果你什么都不做，那他们就赢了"②。

无论是女性主体，还是女性身份，两者都是在社会和文化中建构的，而不是由性别、肤色、血统等生理因素决定的。人们对女性身份的本质主义理解，往往会忽略女性主体自身的历史性和丰富性。在具体的语境中，尤其是在后殖民知识语境中，如何来界定女性身份？连斯皮瓦克也不禁发问："不仅仅是我是谁，但是，谁是另一个妇女？我如何称呼她？她如何称呼我？"③ 问题的关键不在于谁在说话和怎样说话，而在于对谁说话和代表谁说话。比如，作为白人知识分子的妇女能代表她们（有色人种妇女、第三世界妇女，以及处于底层的妇女等）说话吗？第一世界的妇女和第三世界的妇女能相互理解吗？黑人妇女和白人妇女能相互支持吗？中产阶级和无产阶级能达成共识吗？这不仅是斯皮瓦克的担忧，还是女性主义批评的担忧。不少女性主义批评都表达了这种忧虑，肖珊娜·费尔曼（Shoshana Felman）也曾问道：如果"妇女"的确是任何西方理论中的"另一方"，这样的妇女如何在本书中说话呢？是谁在说话？又是谁在承认妇女"另一方"这一角色?④ 如果"女性"只是西方理论中的"他者"，那么这样一个"女性"，能够"作为女性说话"（Speaking as a woman）来说话吗？如果"女性"只是一种策略和理论上的立场，那么，又是谁给了她代表女性说话的权力？

在女性主义批评经历自我解构之后，谁能代表女性说话？对于不同种族、不同阶级、不同性取向的女性来说，女性主义与女性身份都代表着不同的含义。甚至可以说，有多少种女性，就有多少种

---

① ［英］齐格蒙特·鲍曼：《现代性与矛盾性》，邵迎生译，商务印书馆2003年版，第110页。

② 同上。

③ ［美］斯皮瓦克：《在国际框架中的法国女性主义》，刘世铸译，张照进校，载张京媛主编《后殖民理论与文化批评》，北京大学出版社1999年版，第99页。

④ ［美］肖珊娜·费尔曼：《妇女与疯狂：批评的谬误》，载［英］玛丽·伊格尔顿编《女权主义文学理论》，胡敏等译，湖南文艺出版社1989年版，第63页。

女性主义，就有多少种女性身份。在解构浪潮汹涌之际，我们不可能把女性假定为利益相同、愿望相同，没有阶级、种族之分的统一体。那些正代表女性说话的往往是具有中心主义色彩的西方女性主体，无论是在政治上还是在话语上，这种女性主体都无法摆脱意识形态色彩，甚至她们还正生产着某种霸权话语。在具体的政治实践和话语实践中，西方女性主义对第三世界女性的简约化、客观化的研究受到了第三世界女性主义的质疑和挑战。

> 女性主义理论把我们的文化实践检验为"封建残余"，或把我们标帜为"传统的"，还把我们描写成政治上不成熟的女性，应当根据西方女性主义的精神来接受了解和教导。我们必须持续不断地对她们进行挑战。[1]

作为第三世界女性的"我们"其实也是一种普遍化的、暂时性的联合，这一团体身份同样不能将自身建构为普遍化的、非历史的范畴。换言之，第三世界女性也不能作为一个同质范畴的观念，否则就会把社会阶级中不同女性团体同时存在的复杂情形删改掉，从而最终剥夺第三世界底层女性的发言权。

身份在叙事空间和时间中运动着，涉及种族、阶级、性别、性倾向等多种因素。不同身份会出现冲突，甚至构成矛盾，新的社会身份疆界说（the new geographies of identity）[2] 似乎明显缓解了这一

---

[1] [印]钱德拉·塔尔帕德·莫汉蒂：《在西方注视下：女性主义与殖民话语》，刘燕译，陈永国校，载罗钢、刘象愚主编《后殖民主义文化理论》，中国社会科学出版社1999年版，第422页。

[2] 新的社会身份疆界说是由美国女性主义者苏珊·S.弗里德曼（Susan Standford Friedman）提出的，又译为"新的身份地理学"。这种新的疆界说没有固定的空间或领域，它反映出当今世界各种围绕社会身份问题的对立运动之间的辩证关系。（相关观点，可参见[美]苏珊·斯坦福·弗里德曼《超越女作家批评和女性文学批评》，谭大立译，康宏锦校，载王政、杜芳琴主编《社会性别研究选译》，生活·读书·新知三联书店1998年版，第428页）

矛盾，但参差不齐的声音自身也是自相矛盾的。当女性身份得到凸显时，其他身份必然也会遭到压抑。多重身份不仅冲淡了女性主义者的集体身份，而且在话语网络中互相解构。如此看来，多重身份相互抵消，实质上也就等于什么身份也没有。问题在于，当身份作为一种理论策略时，身为女性也不一定具备以女性身份说话的全部条件。缠绕着我们的依然是同一个问题：谁能代表女性说话？以印度寡妇殉夫为例，斯皮瓦克揭露了白人殖民者和本土父权制对话语的潜在操纵，通过解构"白人在从褐色男人那里救出褐色女人"和"妇女实际想要死"，认为根本"不存在受性歧视的属下主体可以说话的空间"。[①] 当我们把女性看成属下，把女性问题作为属下问题来探讨时，女性连说话的可能性也被剥夺了。当然，这并不意味着女性没有说话的可能性，因为"再现并未枯萎"。[②]

然而，并不是所有的女性都拥有再现权，"作为知识分子的女性知识分子"往往担负着再现女性主体的任务。女性的身份认同问题并没有因为"作为知识分子的女性知识分子"的出现而得到妥善的处理。在殖民主义话语的生产语境中，属下没有历史，也不能说话，作为属下的妇女也就被掩盖得更深了。女性知识分子能真正代表所有的属下妇女说话吗？大多数妇女沉默着，只有少数拥有"知识特权"的女性知识分子在说话。斯皮瓦克能代表属下说话吗？出生于印度，师承于美国解构批评大师保罗·德曼（Paul de Man）的斯皮瓦克能够代表第三世界的妇女吗？少数族裔女性知识分子的身份异常复杂，当斯皮瓦克代表作为属下的妇女说话时，即使其正在批判帝国主义和菲勒斯中心主义，也不能说明作为属下的妇女能够说话。与此同时，作为学者的女性知识分子常常流连于逻各斯中心主义的学术立场，不自觉地偏离女性主义立场（即女性身份），而认同菲勒

---

① ［美］加亚特里·查克拉沃尔蒂·斯皮瓦克：《属下能说话吗?》，陈永国译，载罗钢、刘象愚主编《后殖民主义文化理论》，中国社会科学出版社1999年版，第155页。

② 同上。

斯中心主义的价值标准。具体地说，这种"再现"只是一种局部的抵制，这种"说话"也只是少数人在说话，根本不会触动菲勒斯中心主义的权力结构。

诚然，女性主义批评对解构策略的使用，引发了一系列问题：究竟谁在说话？为谁说话？谁能代表女性说话？这就使得女性主义批评不得不面对女性身份问题以及自身的合法性问题，女性主义批评也呈现出强大的批判能力与反思能力。在前面的叙述中，我们已经阐述了解构对女性身份认同可能带来的困扰与麻烦。在后现代语境下，这些麻烦都是"必要的"，不仅加深了女性主义批评的自反性，而且推进了女性身份认同的建构。如果女性主义批评不对自身展开解构的批评，就会使女性主义再一次落入新的中心主义（如女性中心主义）的陷阱之中。现在，女性主义批评不仅体现出强烈的身份意识，而且已经意识到女性身份所处的限度，如何背负解构危机来建构女性身份，是女性主义不得不面临的难题。

本章小结

在前一章里，我们将反再现确定为女性身份认同建构的逻辑起点，从而确立了女性主义的革命对象——菲勒斯中心主义结构。本章的主要任务是探究摧毁菲勒斯中心主义结构的策略，为女性身份认同的建构开辟一条有效的途径。与反再现策略相比，解构策略走得更远，其目标直接指向对菲勒斯中心主义结构的颠覆与摧毁。解构策略对女性身份认同的建构是必要的，但女性身份认同的建构又注定要超越解构策略。

女性身份认同不是"平地而起"的简单建构，而是包含着一系列拆解活动的建构。在建构这幢身份大厦之前，无论是出于理论上的考虑还是出于政治上的谋划，都必须首先拆解菲勒斯中心主义结构。因此，将解构理论引入女性身份认同研究领域迫在眉睫。首先，解构是反再现的具体策略之一，为构建颠覆策略、批判有误的再现、消解以男/女二元对立为核心的菲勒斯中心主义结构提供了具体的操作策略。通过内在阅读、嫁接、改写、移植等具体的解构策略，女性主义批评为女性拓宽了话语空间，增强了女性自身的身份认同意识。其次，解构为女性主义质疑男性主体提供了强大的理论支撑，深化了女性对自身主体性的追问，表达了女性的身份认同诉求，并使自身成为建构女性身份认同的重要环节。再次，在解构与自我解构中，女性主义批评不但把女性从对菲勒斯权力结构的阴影中解放出来，而且促使女性重新审视男/女二元对立的关系，以及构建中的女性主体。只有在解构活动中，女性身份认同才有可能从菲勒斯中心话语中独立出来。最后，对女性身份认同的建构而言，（对结构与中心的）解构与（对女性身份认同的）建构是相互依存、不可分离的。如果不培养解构精神或借助解构策略，女性主义根本无法清除菲勒斯文化特权的残余，驱除菲勒斯中心主义结构的阴影，更谈不上建构女性的主体性身份。

不过，将解构理论引进性别研究，尤其将解构理解为女性身份认同的一种策略，在理论上也是需要冒风险的。甚至可以说，解构是建构女性身份认同所遭遇的另一个悖论。首先，如果说解构主义的中心任务是"拆解"，那么建构女性身份认同的中心任务则是"建构"，两者构成了无法克服的悖论。女性身份认同只能在"拆解"与"建构"之间寻求某种动态平衡，不能在一个"女性的"位置或立场上固定下来。其次，女性身份认同的政治实践性决定其必须将解构理论纳入自己的政治框架中，并在这一框架中考察解构理论所掩盖的性别意识形态。在理论范畴内，以菲勒斯为中心的男性理论不可能直接解决具有实践意义的女性身份认同问题。再次，女性主义批评对解构的挪用注定其将走向自我解构，女性主义在操作解构策略的过程中动摇了女性身份认同的合法性。在解构主义框架下，女性身份认同沦为无用之物，这就直接否定了女性身份认同建构的意义与必要性。最后，解构虽然能够暂时有效地抵抗一切有关女性的误现，但终究并非长久之计。与反再现一样，解构也只是女性身份认同建构中的一个特定阶段或一种形态，注定要被超越或扬弃。解构主义对主体不加分析地否定与抛弃，恰恰与女性主义建立主体性身份认同的政治诉求互相抵牾。对女性主义而言，解构的预期结果只是推翻菲勒斯中心主义结构，拒绝新的二元对立结构的产生。显然，解构远远不能完成女性身份认同的自我建构，要完成自我建构，女性必须寻求新的理论资源，将注意力由"解构"转移到"建构"上来。

第 三 章

女性身份的主体性建构

在文化研究的理论与实践中，身份认同与主体、主体性往往缠绕在一起。主体、主体性是西方女性主义发展的一个重要支柱。从认识论层面看，"主体"[1]（subject）是指作为历史和社会本质的人，即作为认识主体的人。自笛卡尔以降，人类越来越意识到成为"我思"主体的必要性，"为了征服世界，主体必须担当导演的角色"[2]。相比之下，"主体性"（subjectivity）作为现代哲学的概念，其内涵则比"主体"要小得多。如果说个体是借助身体与主体性的实践被绘制为主体，那么主体性则是"以反映为前提的，将经验的一种再现作为经验自身"[3]。莫尼克·威蒂格强调了抛弃女人神话、实现主体性的必要性和复杂性：

---

[1] 在《形而上学》中，亚里士多德就多次使用"主体"一词。如在第十一卷第十二章中谈论"运动"时亚里士多德一再强调运动与变化只可能凭附在某一主体上进行。（相关观点，可参见［古希腊］亚里士多德《形而上学》，吴寿彭译，商务印书馆1995年版，第233页）

[2] ［德］彼得·毕尔格：《主体的退隐：从蒙田到巴特间的主体性历史》，陈良梅等译，南京大学出版社2004年版，第34页。

[3] 相关观点，可参见 Steve Pile & Nigel Thrift, "Mapping the Subject", in Steve Pile & Nigel Thrift（eds.）, Mapping the Subject: Geographies of Cultural Transformation, London & New York: Routledge, 1995, p.45；斯拉沃热·齐泽克等《图绘意识形态》，方杰译，南京大学出版社2002年版，第63页。

这种真正的必要性对于每个人作为个人的存在，对于每个人作为一个阶级成员的存在，都是实现革命的首要条件，没有了它，就不会有真正的斗争或变革。但是另一方面也不无道理：没有阶级和阶级意识，就不会有真正的主体，只会有异化的个人。①

身份认同与主体性这两个术语在文化研究的实践中存在大量的重叠，在很多时候甚至可以交替使用。作为意识形态的产物，文化身份与主体的建构紧密相关，研究身份认同问题必然涉及"我"（主体）与"他者"（客体）的关系。澳大利亚学者克里斯·巴克（Chris Barker）指出，研究主体性的问题，其实就是研究我们如何看待自己以及他者如何看待我们的问题。② 英国学者伍德华（Kathryn Woodward）认为主体性包括我们对自我的观感，涉及意识与无意识的思维与情感，这些思维与情感又构成了我们对"我们是谁"的判断与感受，而这些判断与感受也为我们带来了在文化中的各种认同位置。③ 显然，在伍德华的论述中，主体性直接关涉主体的身份认同。

时下，主体已经声名狼藉，对主体性哲学的批判更是此起彼伏。男性作为隐退的主体，仍然无处不在地影响着女性主体身份的建构。在未获得主体性之前，女性身份认同往往被简化为社会认同，个人认同则被深深地埋藏在社会认同之下。甚至我们可以说："女人在父权文化中被赋予的身份都是以男性规范为参照的结果，是男性欲望的延伸和男性身份的增补。"④ 身份认同是虚构之物，必须不断地被

---

① ［法］莫尼克·威蒂格：《女人不是天生的》，李银河译，载［美］佩吉·麦克拉肯主编《女权主义理论读本》，广西师范大学出版社 2007 年版，第 197 页。
② ［澳］Chris Barker：《文化研究——理论与实践》，罗世宏等译，台北五南图书出版股份有限公司 2004 年版，第 199—200 页。
③ ［英］Kathryn Woodward：《认同与差异》，林文琪译，韦伯文化国际 2006 年版，第 65 页。
④ 张玫玫：《露丝·伊利格瑞的女性主体性建构之维》，《国外文学》2009 年第 2 期。

确定为"真理"。实际上,在身份被当作真理的时候,权威的惯例也被揭露了,甚至完全忘记自己是被授权的。要想拥有一种有尊严的身份,女性首先必须获得主体的资格,作为主体言说自己。我们不得不承认:"对于一种被塑造出来的、具有多种可能的主体(alternative bodied subjects)而言,身份政治作为确立其合法性的方式,依旧具有诱惑力。"① 一方面,女性主体是女性实现身份认同的一个阿基米德点;另一方面,女性身份是一种与女性主体息息相关的主体性建构。

按照米歇尔·福柯(Michel Foucault)的观点,女性只有在一种成片段的语言的空隙中才能构成自己的形象。② 在伊利格瑞看来,如果女性的类属、单个性、差别不能被如其本身地划分出来,她们就仍然有可能被拒于语言之外而不能创造出自己的身份。③ 对女性主义而言,语言并不是第一位的;但主体需要在语言中占据一个战略性的主导位置。目前,女性主义批评仍然不可能放弃女性主体性的观念。女性只有作为主体进入以菲勒斯为中心的语言系统,才有可能实现自我身份的建构。

第一节 路在何方:女性主体的建构

随着现代性的诞生,人类对自身的意识进入一个崭新的阶段,

---

① Steve Pile & Nigel Thrift, "Mapping the Subject", in Steve Pile & Nigel Thrift (eds.), Mapping the Subject: Geographies of Cultural Transformation, London & New York: Routledge, 1995, p. 45.

② "人曾经是语言的两种存在方式之间的一个形象;或确切地说,语言在被置于表象的内部并似乎在表象中消解之后,只有当语言通过把自己分成小块,才能摆脱表象时,人才能被构建起来:人在一种成片段的语言的空隙中构成了自己的形象。"(相关观点,可参见[法]米歇尔·福柯《词与物——人文科学考古学》,莫伟民译,上海三联书店2001年版,第505页)

③ [斯洛文尼亚]波拉·祖潘茨·艾塞莫维茨:《露西·伊利格瑞:性差异的女性哲学》,金惠敏译,《江西社会科学》2004年第3期。

但女性意识的发展相对缓慢滞后。女性身份的主体性建构依赖于女性主体意识的觉醒，相对于人类（女性并未被包含在内）的觉醒而言，女性的觉醒是一个艰苦而漫长的过程。早在古希腊时期，普罗泰戈拉（Protagoras）就发表了伟大的宣言："人是万物的尺度"①。自此，走出神性光辉的人类将自我提升到了万物尺度的高度，人类的自我意识也达到了空前的高度。到了文艺复兴时期，人类的自我意识与理性精神又经历了一次大觉醒，人类的自我意识再次得到肯定和提升。人性的解放为近代哲学主体性原则的重新确立创造了条件，不过，这绝非普遍意义上的解放，女性作为人类的另一半并没有随之走出那片"黑暗的大陆"。

直到18世纪末，女性终于开始主动争取平等的社会地位与政治权力，女性的主体意识在历史上终于得到充分的彰显。从女性对男性文本的革命性阅读、女性对自我的书写到女性主义批评的诞生，女性的主体意识逐渐得到了加强。在女性主义批评诞生之后，女性主义作为一股批评力量出没于文学研究、文化研究等意识形态领域，女性开始对自己进行有意识的反思与追寻活动。

一 主体：从出场到隐退

一般来说，主体常常意味着一种不依赖于他者的、自足的自我，指的是一种"有着主观体验或有着与其他实体（或客体）有关系的存在"②。不过，主体常常被当作"人"的同义词，正如黑格尔所说："人是万物的尺度，——人，因此也就是一般的主体。"③ 谈到主体，不可避免地要涉及主体认知的对象：客体。在人类的实践和认识活动中，主客体关系是一种普遍存在的本质关系，如果说主体

---

① 在此，作为万物的尺度的"人"，是有性别的人，即作为人的"男性"。
② 汪民安：《文化研究关键词》，江苏人民出版社2007年版，第500页。
③ ［德］黑格尔：《哲学讲演录》第2卷，贺麟、王太庆译，商务印书馆1983年版，第28页。

是感知者、观察者,那么客体就是被感知、被观察的对象。

在西方哲学中,主体性思想起源于古希腊哲学,但直到笛卡尔时代才正式确立。作为近代哲学的第一人,笛卡尔(René Descartes)以"我思"作为起点,重新阐释和确立了主体性原则,并通过确立主体确立了认识的客体与对象。对他来说,主体是自我灵魂或心灵,是内在性自我。"我思故我在"(Cogito, ergo sum)注重主体自我的经验,意味着现代性思想的开端。"我"即思想者,"思"是指"一切在我们心里、被我们直接意识到的东西"①。

作为近代反思哲学的主体性原则,"我思"相当于一般意义上的自我意识。当然,"我思"自明的确定性也表明了笛卡尔主体性原则的不彻底性。他的主体停留在认识论的层面上,主体是思考着的、认知着的行为者,优于被思考、被认知的客体。康德(Immanuel Kant)在批判和继承笛卡尔的基础上,进一步拓展了笛卡尔的主体性原则,并在认识论领域内确立了理性的主体地位。1784年,康德在答复"什么是启蒙运动"时曾表明:"启蒙运动就是人类脱离自己所加之于自己的不成熟状态"。② 康德的主体自我虽然是一个先验的自我,但也是一个充满理性精神且能自由运用自己理智的主体。

在此,人由"我思"的经验主体性被构建成主体,主体与主体性被康德赋予了完全的先验性内涵。在强大的理性力量之下,人也获得了空前的主体性,人在认识过程中开始作为主体占据着主动。不过,康德的主体尚局限在个人自我或个体之内。

1807年,黑格尔在《精神现象学》中为启蒙主体勾勒出一条清晰的路线图,途径意识、自我意识、理性与精神,直抵绝对精神。黑格尔从"实体即主体"出发,走向了绝对精神。他认为一切问题的关键在于"不仅把真实的东西或真理理解表述为实体,而且同样

---

① [法]笛卡尔:《谈谈方法》,王太庆译,商务印书馆2000年版,第84页。
② [德]康德:《答复这个问题:"什么是启蒙运动?"》,载[德]康德《历史理性批判文集》,何兆武译,商务印书馆2005年版,第23页。

理解和表述为主体"①。这里的"主体"是指具有自我意识的、抽象的"人",既是集体的又是个体的,而且指涉"有自我意识的、自我调节的社会行为者"。② 斯拉沃热·齐泽克(Slavoj Zizek)在解读黑格尔时指出,能指的主体与幻象的客体密切相关,甚至完全一样:"主体是空白,是他者中的洞穴,而客体则是用来填补这一空白的惰性内容;主体的全部'存在',都寄身于用来填补其空白的幻象客体之中。"③ 在此,主体是敏感的,主客体虽然相互对立,但在不断的反思中能够实现同一,直至达到主客体完全同一的绝对知识。

与其他哲学家不同,马克思将主体性原则与历史实践联系起来,从而将主体视为具体的人、历史的人、现实的人。而在实际生产中,"主体是人,客体是自然"④。在具体的历史语境中,男性基本上充当着主体的角色,女性则常常被等同于自然,成为受动的一方。相对于客体而言,主体必须有能力从事认识活动与实践活动,而且能够在具体的历史语境中担当事件有意识的设计者。值得注意的是,主体是生成中的主体,主体性与主体地位也是一个不断的生成过程。

随着主体性原则的羽翼丰满,人们对笛卡尔以降的主客二元对立的认知模式提出了质疑。不过,笛卡尔主体性的幽灵依然在回荡。拉康在批判笛卡尔主体观的基础上,明确地把"自我"跟"主体"区分开来,并指出,个体只有由镜像阶段进入象征秩序才能确立其主体地位。在拉康看来,自我根本上是分裂的,自我的同一和自主只不过是一种虚构和妄想,甚至连主体本身也是分裂的、自我消除的。"真实的主体不是意识的自我,而是无意识

---

① [德]黑格尔:《精神现象学》(上卷),贺麟、王玖兴译,商务印书馆1979年版,第10页。
② 汪民安:《文化研究关键词》,江苏人民出版社2007年版,第500页。
③ 严泽胜:《拉康与分裂的主体》,《外国文学评论》2001年第4期。
④ 《马克思恩格斯选集》第2卷,人民出版社1995年版,第3页。

的主体；不是实在性的在场，而是能指表征的不在场。"① 由此看来，自我进入象征秩序的过程是一个主体分裂和异化的过程，主体进入社会文化体系必遭审查、阉割和驯化。

按阿尔都塞（Louis Althusser）的主体理论，主体属于意识形态，个人正是被意识形态召唤或质询为主体的。② 他通过把意识形态与主体联结在一起，清除了主体在认识中发挥的作用。不过，他对主体的拒绝并没有拉康那么彻底，因此他在宣称"历史无主体"的同时又把主体抛入结构当中，让人尚能看到主体获救的希望。在《意识形态与意识形态国家机器》（*Ideology and Ideological State Apparatuses*，1969）一书中，阿尔都塞阐明了主体的先在性："个人总是已经（always-already）是一个主体，甚至在出生前他就已经是主体了。"③ 从某种意义上说，阿尔都塞式的主体最后只可能是有差别的历史个性形式。

福柯干脆把主体从历史中排除出去，并使其与权力联结起来，通过研究权力关系来研究主体。如果说话语本身就是一种权力，那么人正是在权力关系中被主体化，并获得身份的。换句话说，话语在生产知识与意义的同时，也生产了居于发言位置的主体。福柯曾如此总结自己二十多年的工作目标："我的目的是要创立一种据以在我们的文化中把人变为主体的各种方式的历史"，"我的工作是研究将人转变为主体的三种客体化方式"。④ 这位后结构主义大师言必称权力，其研究的总题目恰恰是被遮蔽的主体问题。

---

① ［斯洛文尼亚］斯拉沃热·齐泽克：《意识形态的崇高客体》，季广茂译，中央编译出版社2002年版，第269页。

② 庞晓明：《结构与认识：阿尔都塞认识论思想解读》，中国社会科学出版社2006年版，第50页。

③ Louis Althusse, *Lenin and Philosophy and Other Essays*, Ben Brewster (tran.), New York & London: Monthly Review Press, 1971, p. 176.

④ 《福柯的附语》，载［法］L. 德赖弗斯、［法］保罗·拉比诺《超越结构主义与解释学》，张建超、张静译，光明日报出版社1992年版，第271页。福柯将人转变为主体的三种客体化方式分别是：力图给予自身以科学地位的探讨方式，研究"分离实践"中主体的客体化，人把自己转变为主体的方法。

在《疯癫与文明》(Madness and Civilization: a History of Insanity in the Age of Reason, 1965) 一书中，福柯竭力使非理性的疯狂成为言说的主体。他发现，"疯癫尚属一种未分化的体验，是一种尚未分裂的对区分本身的体验"①。而要让疯癫以自己的语言说话，势必令疯癫陷入沉默。德里达认为，没有理性语言的疯癫对自身的言说只是一种"自言自语"，既无说话主体又无说话对象的语言往往自我压抑，犹如扼制在喉咙，"尚未完全构成自己就已分崩离析，然后无声无息地回到它从未出发的沉默原点"②。如果说在拉康那里，主体还是被符号"阉割"的主体，那么到了齐泽克这里，主体则成了疯狂躲避符号的、"被假设为相信的主体"（Subject Supposed to be Believe）。

从古希腊、文艺复兴时期主体意识的高涨，到后现代语境下主体意识的支离破碎，人们的主体观经历了一次次蜕变，主体性已经失去了昔日的荣耀。正当女性开始围绕主体性问题奔走呼号之际，曾经高扬的主体性已经走向了穷途末路。虽然主体已经声名狼藉，可拯救女性乃至人类的唯一途径仍然必须借助主体意识与主体性的建构。正如法兰克福学派阿多诺（Theodor W. Adorno）所言："如果主体意识被消灭而不是在更高的形式中被扬弃，其后果将是倒退——不仅是意识的倒退，而且是倒退到真正的野蛮状态。"③ 由此可见，不论主体是以何种姿态悄然退隐，主体性都是女性主义必须坚守的阵地，否则隐匿于历史褶皱之中的女性只会永远停滞在未开化的野蛮状态。对女性主义而言，女性正处于主体性的建构阶段，需要摒弃的是以男性为中心的主体性观念。从某种意义上说，男性主体的死

---

① [法] 米歇尔·福柯：《疯癫与文明：理性时代的疯癫史》，刘北成、杨远婴译，生活·读书·新知三联书店 2003 年版，前言第 1 页。
② [法] 雅克·德里达：《书写与差异》，张宁译，生活·读书·新知三联书店 2001 年版，第 57 页。
③ [德] 阿多诺：《主体与客体》，张明译，邵水浩校，载上海社会科学院哲学研究所外国哲学研究室编《法兰克福学派论著选辑》（上卷），商务印书馆 1998 年版，第 210 页。

亡对于言说的女性自我来说是一种解放，女性随着主体之死或许还能从那没有赋予她们可以生存之处的菲勒斯文化构架中解放出来。①

二 女性主体：行走在幻象与真实之间

女性主体是一个尚未界定的主体，处于女性阅读、写作与批评的过程之中，与现实生活中的女性并不是简单的对应关系。主体是在语言中建构的，因此，女性主体一旦离开再现系统就会烟消云散。正如莫尼克·威蒂格所说："当我们发现女人是压迫或赞美的对象时，就在我们能够感觉到这种压迫和赞美的一瞬间，我们就通过抽象概括的过程，成为认知意义上的主体。"② 显然，在威蒂格这里，主体并不是真实的妇女，而是抽象概括出来的认知意义上的主体。女性成为主体的过程，以及女性作为人的存在条件，都直接关涉女性的主体性。那么，女性究竟是如何被建构成为主体（constituted as subjects）的？国外有学者指出：

> 个体通过身体与主体性的实践活动被绘制为主体；实践活动通过空间坐标系（spatial referents），如位置、运动、惯例、相遇、视觉（以及我们所领悟到的美感）等，被视为自然；对思想、感情和行为来说，空间是消极的、客观的、中立的背景，空间性的所指物因而被认为是"自然的"。③

---

① 彼得·毕尔格曾宣称："主体的死亡，对于言说的我仿佛是一个解放，将之从没有赋予他可以生存之处的构架中解放出来。"（相关观点，可参见［德］彼得·毕尔格《主体的退隐：从蒙田到巴特间的主体性历史》，陈良梅等译，南京大学出版社2004年版，第6页）

② ［法］莫尼克·威蒂格：《女人不是天生的》，李银河译，载［美］佩吉·麦克拉肯主编《女权主义理论读本》，广西师范大学出版社2007年版，第196页。

③ Steve Pile & Nigel Thrift, "Mapping the Subject", in Steve Pile & Nigel Thrift (eds.), Mapping the Subject: Geographies of Cultural Transformation, London & New York: Routledge, 1995, p.45.

在消极、客观、中立的空间里,建构主体的坐标系是"自然的",围绕其所进行的实践活动也是自然的,那么,在实践中生成的主体就一定是自然的吗?作为起点的"自然"已经被打上了可疑的引号,由是观之,通过身体与主体性的实践活动绘制而成的女性主体既非完全真实,也非完全虚构,而是处于幻象与真实之间。换言之,作为个体的女性是在非自然的空间及空间坐标系中被"绘制"成主体的,在这一前提下,传统的女性形象都是作为男人的附庸而设立的。曾有学者如此描绘女性的从属性:

> 犹如珀涅罗珀从属于奥德修斯一样,甘泪卿从属于浮士德。以男性的眼光设计出的她们,被封锁在这样的框架内,她们自己是不可能轻易从中解脱出来的,因为这一框架在她们的态度和行为上都打上了烙印。①

在主体形成的镜像阶段,女性主体基本符合男性价值标准,不仅认同于虚幻的镜中之像,并努力与之保持某种虚假的同一性。进入象征秩序之后,女性逐渐获得主体资格,不仅动摇了能指与所指的确定性,而且开始质疑男性所虚构的女性形象。在经历了自在自然、自知自觉与自我质疑之后,行走在幻象与真实之间的女性是否还能坚守其独立的主体意识与主体性呢?这是女性身份认同迫切需要面对与解决的问题,女性如果不能占有主体性地位,单凭他者身份根本不可能建构主体性的身份认同。

(一)走出"幻象":女性意识的觉醒

步入现代性社会以来,人类的个体意识受到普遍关注,女性意识也备受关注。女性主体意识是激发女性追求独立自主、发挥

---

① [德]彼得·毕尔格:《主体的退隐:从蒙田到巴特间的主体性历史》,陈良梅等译,南京大学出版社2004年版,第16页。

主动性、创造性的内在动机。从广义而言，女性意识指的是女性作为直接经验的个人对客观世界的主观感受、认识与思考，表现为知、情、意三者的统一。① 从狭义而言，女性意识是一种姿态、一种立场，以争取女性的自由、平等、独立为旨归，肯定女性的主体地位与独立价值。需要强调的是，"女性意识"不同于"女性想象力"，它侧重于"女作家表现女性人物在自我发展中的内心生活的方法"。②

在壁垒森严的封建等级社会，女性意识是黑暗的、混沌的，缺乏主动精神与主体意识，其思想和行为无不受各种清规戒律的束缚。正如乔以钢所指出的："长期的男权社会迫使女性丧失独立的人格，她们压抑自己的生命欲求去顺从男性本位的伦理道德规范，无数妇女被吞噬在无边的黑暗中。"③ 这一时期的女性意识尚处于沉睡状态，有如处于镜像阶段的婴儿，对自我的辨认相当艰难。不同的是，婴儿最初没有意识到镜中之像就是他自身，而女性从一开始就把镜中之像"误认"为自己。在男性的世界里，女性很难看清处于镜子中的自己。女性从镜子中看到的形象似乎是自己，但影子中的形象却并不是真的自己。因此，女性首先必须意识到："男性世界的镜子中的自己，虽然很清楚，但是真正的自我却看不到了，看到的只是反射罢了。"④

按照拉康的理论，自我是想象秩序的一部分。通过一系列阅读行为，女性将文本中的"幻象"确认为一个现实的事物，努力使自

---

① "知"指人类对世界的知识性与理性的追求，它与认识的内涵是统一的；"情"指情感，是指人类对客观事物的感受和评价；"意"指意志，是指人类追求某种目的和理想时表现出来的自我克制、毅力、信心和顽强不屈等精神状态。

② [英] 西德尼·詹妮特·卡普兰：《女性主义批评面面观》，陈晓兰译，载柏棣主编《西方女性主义文学理论》，广西师范大学出版社2007年版，第27页。

③ 乔以钢：《中国的风流才女》，台北国际文化出版公司1993年版，第154页。

④ [美] 贝尔·胡克斯：《激情的政治：人人都能读懂的女权主义》，沈睿译，金城出版社2008年版，第270页。

己成为符合"幻象"的形象。在男性文化为女性提供的这面镜子中，女性"误认"了自己，并将自己破碎的形象拼凑成一个统一的整体。这一系列的活动都是在想象中完成的，因此女性所辨识出的自我也只是"幻象"的一部分。

此外，女性与自然、女性与社会、女性与男性，甚至女性与自我的关系也是一种虚幻的想象性关系，而这种想象关系"由于其基于自恋认同的侵略性而总是一场与他人的永久战争"①。

随着女性意识的觉醒，女性开始把自己的"视界"表达出来，将自我与男性区别开来，发出自己的声音，但此时的女性主体仍然是虚弱的、不稳定的。经过启蒙运动的洗礼后，菲勒斯中心主义对女性的规范有所松动。女性获得部分主体性，开始作为主体来阅读、写作与批评，参加各种社会活动。这一阶段的女性尤其关注自己的镜像，且深深认同于男性文化所虚构的女性镜像。随着个体意识的强化，镜像阶段的婴儿最终认识到镜中之像其实就是他自己，但女性最终认识到镜中之像其实并不是她自己。在此，婴儿为自己虚构了一个完整的"自我"，将真实的碎片拼贴成虚假的整体；女性则为自己摧毁了一个"完整"的自我，粉碎了镜中之像虚假的同一性和整体性。如果不穿越"幻象"与"误认"所编织的层层迷雾，进入象征秩序，女性断然不可能呈现出新的面目和意义，遑论将主体意识从"幻象"中召回。

不过，女性意识的觉醒并不是一蹴而就的事情。"身份意识和它的政治要求只有在特定的社会和意识形态条件下才能形成。"② 女性早就存在于父权社会之中，但提出男女平等、文化身份和女性历史这类问题却是近两百年来的事。直至19世纪，西方社会对性别的规定依旧遮蔽着女性的自我，女性融入了妻子、母亲等社会性角色以

---

① 严泽胜：《穿越"我思"的幻象》，东方出版社2007年版，第60页。
② 徐贲：《走向后现代与后殖民》，中国社会科学出版社1996年版，第184页。

第三章 女性身份的主体性建构 147

及妓女、圣女的幻象性角色之中。① 显然,女性的社会身份吞噬了女性的个人身份,女性"幻象"遮蔽了女性的实存。在女性意识未充分觉醒之前,作为读者的女性阅读的是男性价值观念主导的文本,作为作者的女性书写的是菲勒斯阴影下的"幻象"。与此同时,女性在未获得普遍的教育权之前,其女性意识尚处于沉睡状态,遑论作为一种集体力量参与阅读、写作、批评等文学活动。进入20世纪以来,女性逐渐获得广泛的权力,包括教育权在内,但这并不意味着女性意识从此就落地生根了。"女权主义者摧毁了旧式的女性形象,但是她们却无法消除仍然存在的偏见、歧视和敌对态度。"② 因此,在强大的菲勒斯话语体系中,女性意识异常脆弱,并没有迅速成为女性主体性的生长点。

与社会历史的发展一样,女性主体意识的觉醒也是一个曲折、反复的过程。20世纪50年代中期,不少美国女性或主动或被动地放弃了前辈为之奋斗终生而赢得的工作权利,从"事业型妇女"转变为"幸福的家庭妇女"。这一时期,美国教育对女性的培养目标是有知识、温顺的贤妻良母,女性的当众讲话甚至也是被禁止的。如20世纪女性主义运动最重要的领袖之一贝蒂·弗里丹(Betty Friedan),作为女性与公共世界的联系再次被阻隔,她"被禁锢在家里,成了自己的孩子们中的一员,处处被动,她的存在没有一丝一毫是出于她自己的意思,她们只能靠讨好男人才能生存下去"③。然而,这些奉献出独立意识与主体性、沦为男人附属品的女性获得幸福了吗?以弗里丹为代表的女性渐渐发现,对家庭主妇而言,"幸福"是一件根本不存在的"皇帝的新装",弗里丹就是那个喊出了"他什么也

---

① [德]彼得·毕尔格:《主体的退隐:从蒙田到巴特间的主体性历史》,陈良梅等译,南京大学出版社2004年版,第223页。
② [美]贝蒂·弗里丹:《女性的奥秘》,程锡麟等译,北方文艺出版社1999年版,第111页。
③ 同上书,第84页。

没穿"的孩子。正是在此背景下，美国女性主义运动掀起了第二次浪潮，女性主义文学批评应运而生。从此，女性开始踏上了走出"幻象"的艰难历程。

在我国，随着晚明资本主义经济的萌芽与发展，传统的价值观念受到极大的挑战，张扬个性、肯定人欲的思潮开始在思想文化领域涌动，个体意识在文学领域内亦是呼之欲出。不过，这一时期的女性依然处于依附地位，女性意识如幽暗的火光，难以形成燎原大火。直到五四时期，女性意识在新文化运动中才逐渐被唤醒，中国女性作家首次以群体的形象登上了文学舞台。值得关注的是，中国女性意识的觉醒并不是自发的，而是在男性的倡议与引导下进行的。因此，中国女性意识的觉醒并不是完全意义上的觉醒。正如袁曦临所言："中国女性的思想观念一直游移在新与旧、传统与现代之间，表面上已很现代了，骨子里仍不免缠着小脚。即使被解放了，到底还是残留着许多旧观念的痕迹。"① 在解放叙事的宏大话语中，中国女性的解放运动是民主革命运动的组成部分，女性的解放也是民族革命的产物。新中国成立后的女性虽然拥有话语权，但在心理结构上尚未真正建立起自觉的主体意识。与此同时，女性话语也因女性意识的匮乏而长期附着于政治话语，难以再现女性自我。直到20世纪80年代之后，女性意识才在真正意义上走向觉醒。随后，女性意识进入中国文学研究的视野，孟悦、戴锦华合著的《浮出历史地表》就是这一时期女性意识的结晶。② 至此，女性主体虽然尚未形成，但已开始走出混沌，并作为心理化的个体浮出历史的水平面。

（二）进入象征秩序：分裂的女性主体

按照拉康的理论，镜像阶段只是主体的初步形成时期，主体形

---

① 袁曦临：《潘多拉的匣子：女性意识的觉醒》，上海译文出版社2005年版，第122页。
② 相关观点，可参见刘钊《女性意识与女性文学批评》，《妇女研究论丛》2004年第6期。

第三章　女性身份的主体性建构　✤✤　149

成的真正入口是在俄狄浦斯阶段。无论是想象性认同，还是象征性认同，都是对自我的建构。目前，人类的语言都是"男性"的，女人如果要说话，就必须借助主宰阶级的语言说出来。对女性而言，必须接受象征意义上的"符号性阉割"，才能进入具有"父亲之名"和"法"的性质的象征秩序。换言之，进入象征秩序是建构女性主体的前提，尽管女性主体极有可能是一种理论上的构想。实际上，进入象征秩序仅仅意味着女性具备了成为主体的资格。女性主体尚未出生就已处于父权制象征秩序的支配之下，这一主体注定了是分裂的。在父权制象征秩序内用一种男性语言来表达女性经验，这一再现行为本身就是"疯狂"的，而在此基础上建立起来的女性主体必然是"分裂"的。女性主体生成的过程是女性不断分裂自己的过程，女性的主体性与自我同一性则是散落在语言中的碎片。值得注意的是，这一分裂的女性主体并不是自然赋予的，更不是菲勒斯中心主义所恩赐的，而是女性自我行动的产物。在谈论主体性的"历史"时，我们会发现："女性越来越迫切地提出另外一个、女性的主体性问题"①。

如何才能将真实的女性与虚构的"幻象"区分开来，从而走出男性话语所生产的女性"幻象"呢？这就涉及语言和权力的问题。

> 在无意识层次上，失声的集团和主宰集团生成了各自的信仰或赋予社会现实以秩序的观念，但是主宰集团控制了能使思想、意识得到清晰表达的形式或架构。于是，失声集团必须通过主宰架构许可的形式调节自己的信仰。换言之，一切语言都是主宰阶级的语言，女人如要说话，须通过主宰阶级的语言才能说出。②

---

① [德]彼得·毕尔格：《主体的退隐：从蒙田到巴特间的主体性历史》，陈良梅等译，南京大学出版社2004年版，第15页。

② [美]伊莱恩·肖沃尔特：《荒原中的女权主义批评》，韩敏中译，载王逢振等编《最新西方文论选》，第622页。

在以男性为中心的历史和文化中,男性作为主宰集团控制了"能使思想、意识得到清晰表达的形式或架构",女性作为失声集团必须通过这一形式或架构所许可的形式(比如礼仪形式、艺术等)来实现自己的诉求。因此,女性首先必须学习语言,进而通过语言进入象征秩序。对婴儿来说,语言也许是异化的开端,但对女性来说却是认识自我的开端。在女性进入象征秩序之前,语言、语法结构以及象征秩序就已经存在了,其只有接受语言法则的控制与塑造,才能与自我强行分离,像男性那样说话,从而进入父权制象征秩序。

在拉康看来,象征是对话的场所。如果逃避象征秩序(The Symbolic Order),女性就会出现精神疾病。在女性通过语言进入象征秩序的同时,"父亲"也以潜意识的方式进入象征秩序。在象征秩序内,女性的声音是必要的,甚至对男性的强迫性认同也是必要的。男性成为女性学习、模仿和认同的对象,不再被视为女性的对立面。在此,女性不仅接受了象征性的男性法规,并在这一法规的认可下获得了自己的主体地位,由一种自然状态进入了社会文化的象征秩序中。倘若不进入象征秩序,女性就会退回到沉默的躯体中去,继续自己的无言状态。进入象征秩序是一次精神冒险,女性主体必须承受言说所带来的蜕变之痛与分裂之苦。不过,女性一旦开口说话,就会挑战男性的权威、拒绝第二性的附属地位,进而使自己从一个"欲望的被动客体"转变成一个"具有阴谋和自我意识的主体"[①]。

走出"幻象"之后,女性开始把自己当成自己的主体,不再是附属于男性的客体形象。进入象征秩序之后,女性需要做的首先是重新发现自己,让女性经验进入象征秩序。如果不掌握男性语言,女性不仅不能再现自身的经验,甚至连性别差异也不能再现。自菲勒斯中心主义确立以来,女性由于失去了言说的权力,被拒斥于公众社会

---

① 罗婷:《克里斯特瓦的诗学研究》,中国社会科学出版社2004年版,第113页。

之外，沦为"种族繁衍的工具或象征秩序中的一个空洞的符号"①。

在男性符号编织的意义之林中如何才能发现自己呢？伊利格瑞曾指出，女性发现自己，"不是通过作品或家谱，而是通过已经沉淀在历史中的妇女形象，以及男人作品赖以产生的各种条件"②。也就是说，女性作为主体阅读或写作并不能发现自己，还必须对男性文本进行女性主义批判。18世纪的女性还不被允许自由地表达自己的思想和经验，但玛丽·沃斯通克拉夫特却旗帜鲜明地在《女权辩护》中发掘文学作品中的女性形象，对以卢梭为代表的男作家进行猛烈批判，这无疑为女性开始作为批判主体进入父权制象征秩序敲开了大门。

到了19世纪，西方的女作家开始以群体的形象驰骋于文坛之上，并开创了女性写作的传统。伍尔夫认为《傲慢与偏见》《呼啸山庄》等19世纪女性写作的名著并不是孤立地、凭空地产生的，"它们是漫长岁月里共同思维的产物，是广大民众思维的产物，是众多人的经验汇集成的一个独立的声音"③。在此，女性经验被提到了一个非常重要的位置。不过，伍尔夫本人拒绝有意识的女性意识，她认为女人一方面应该"像女人一样写作"，另一方面又得"忘记自己身为女人"，因为只有在人意识不到性别时，那种"性的质感"才会跃然纸上。④ 在此，女性意识被安置在潜意识层面。或许，唯有如此，女性才可以以自由的姿态飞翔。不过，伍尔夫却忽视了一个重要的事实：潜意识也具有语言的结构，同样受菲勒斯文化结构的制约。

与客体相对，主体本身就具有积极、主动、进取的精神，女性如果一直停留在消极的潜意识层面，就很难建立起女性主体。女性意识如果不脱离潜意识层面进入象征秩序，女性主义也不可能作为

---

① 罗婷：《女性主义文学与欧美文学研究》，东方出版社2002年版，第58页。
② ［法］露丝·依利格瑞：《性别差异》，朱安译，载张京媛主编《当代女性主义文学批评》，北京大学出版社1992年版，第377页。
③ ［英］弗吉尼亚·吴尔夫：《一间自己的房间》，贾辉丰译，人民文学出版社2003年版，第57页。
④ 同上书，第81页。

一股批评力量进入文学领域,而女性主义批评的诞生在很大程度上也标志着女性主体的成熟。1968年以前,深受启蒙主义影响的女性主义者对象征秩序一直抱有美好的幻想,希望能够通过自己不懈的努力获得与男人平等的权利,并成为与男人一样的主体。按照克里斯蒂娃的说法,"如果女性主体置身于'男性'价值的构建之中,那么,就某一时间概念来说,女性主体就成了问题"[1]。的确,如果在父权制象征秩序内用"男性"的符号来表达"女性"的经验,那么女性所建构的主体一定是破碎的、分裂的。事实也正是如此,女性所苦心经营的主体如同沙滩上用沙子堆起的房子,随时都可能被狂风吹倒或被海浪卷走。如何才能走出男性语言的樊篱呢?对此,女性主义者并没有停止思考。

直至女性主义批评诞生,女性主体才逐渐成熟起来。1968年以后出现的新一代女性主义者以实现女性的文化认同为己任,"试图赋予那种过去文化充耳不闻的内在主观性的、有形的经验以一种语言"[2]。女性自由地表达自身,开始作为经验主体、思维主体、审美主体和言说主体进入象征秩序,并以自己的批评实践奠定了女性的主体地位。至此,被男性文化压制的女性经验进入父权制象征系统,成为女性与之作战的有力武器。比如,以肖瓦尔特为代表的英美女性主义批评作为一种典型的经验主义批评,尤其强调女性经验的重要性。但这种经验主义批评也令人担忧,肖瓦尔特曾表达了她的忧虑:"迄至最近,女权主义批评始终没有理论根基,在理论的风雨中它一向是个经验主义的孤儿。"[3] 在象征秩序中,女性经验受到了父权制理论的挑战,凭借经验在父权制象征秩序中建构起来的女性主体也受到了质疑。

---

[1] [法]朱莉娅·克里斯多娃:《妇女的时间》,程巍译,载张京媛主编《当代女性主义文学批评》,北京大学出版社1992年版,第351页。

[2] 同上书,第353页。

[3] [美]伊莱恩·肖沃尔特:《荒原中的女权主义批评》,韩敏中译,载王逢振等编《最新西方文论选》,漓江出版社1991年版,第256页。

稍后，肖瓦尔特在《女性主义文学批评的革命》(The Feminist Critical Revolution, 1985)一书中阐述了女性主义批评在不同阶段所承担的任务：在第一个阶段，女性主义批评主要揭露了文学实践中的"厌女形象"，即在文学作品中把妇女描绘成天使或怪物的模式化形象、在古典和通俗的男性文学中对妇女进行文学虐待或文本骚扰以及把妇女排除在文学史之外的事实；在第二个阶段，女性主义批评发现了女作家拥有她们自己的文学，只不过文学中历史和主题的连贯性以及艺术的重要性一直被那些主宰我们文化的父权价值观所淹没；在第三个阶段，女性主义批评不再只是要求人们承认妇女作品，而是号召从根本上重新思考文学研究的基本概念、重新修正完全基于男性文学经历的有关阅读和写作的现存的理论假定。① 无论是揭露"厌女形象"、发现女性文学史，还是重建文学理论，女性都是鲜明的活动主体，是积极的行动者。不少女性主义者认为主体从诞生之初就是男性的，但肖瓦尔特还是在该书中为女性主体的成长勾勒了一条清晰可辨的轨迹，尽管这一主体是分裂的。目前，女性主体性主要体现在有关阅读和写作的理论的积极重构上。

（三）坚守还是放弃：从"女性写作"到"我不是女作家"

身份问题是女性主义理论必须解决的首要问题，面对麻烦、不定的"女性"概念与女性身份，是坚守还是放弃呢？女性主义批评是理论风暴中的经验孤儿，女性主体地位的奠定与主体身份的建立对其有至关重要的意义。莫尼克·威蒂格非常重视女性的身份，她认为："当某人已经丧失了身份，没有作斗争的内在需要时，我们就不可能为他而战，因为虽然我可以为他人而战，但我首先应当为自己而战。"② 按照威蒂格的观念，女性只要还有"作斗争"的内在需

---

① [美]埃琳·肖沃特：《女性主义文学批评的革命》，刘涓译，荣超英校，载王政、杜芳琴主编《社会性别研究选译》，生活·读书·新知三联书店1998年版，第134—138页。
② [法]莫尼克·威蒂格：《女人不是天生的》，李银河译，载[美]佩吉·麦克拉肯主编《女权主义理论读本》，广西师范大学出版社2007年版，第195页。

要，就必须坚守自己的身份，为自己而战。一旦失去了主体身份的支撑，女性主义就不可能再为女性而战。因此，女性必须拥有坚实的女性身份，成为不依赖于男性而自足的主体。不过，在象征秩序内，女性只能暂时性地将自身建构为一个符号性主体，努力压抑另一个欲望的无意识的主体。

从建构方式来说，女性主体是去主体化（desubjectivezed）了的主体，稍不留神这一主体就会被摔成碎片坠入客体的万丈深渊。是坚持还是放弃？这场围绕着女性主体身份的论争直接促成了"女性写作"这一概念的诞生。"女性写作"是法国女性主义批评提出的一条重要理论，最初指女性的身体与差异刻入语言和文本的行为。[①] 稍后，英美女性主义批评的重心也转向了女性写作。肖瓦尔特指出，女性写作主要使用了四种差异的模式：生物学的、语言学的、精神分析学的和文化的。不论是法国女性主义批评还是英美女性主义批评，都在奋力寻求一个术语，一个"能将女性从固定不变的卑贱的意义中解救出来"[②] 的术语。女性写作基于女性这一性别，重申女性价值，试图赋予写作以革命性意义，为人们谈论女性作品提供了一种新的方法。

在20世纪70年代中期到80年代中期的十年间，女性写作蔚然成风，在文学创作、文学理论及其批评实践上一呼百应。一般来说，女性写作以女性为中心，常常被定义为由女人书写的、关于女人的、为女人书写的作品。在女性写作中，女性获得双重的自我主体身份的确证，不再被动地等待男人来确定自己的身份与位置。不过，女性写作依然走不出菲勒斯文化的樊篱。男性虽然不再被视为中心，但在其中心地位坍塌之后，菲勒斯权力对于女性来说仍然是在场的。从某种意义上说，"女性写作得到了男权文化的默认，确立了自己的

---

① [美] 伊莱恩·肖沃尔特：《荒原中的女权主义批评》，韩敏中译，载王逢振等编《最新西方文论选》，第262页。

② 同上。

文化身份，从此女性书写自己的历史才成为可能"①。当女性主义批评家们认为自己的任务就是研究女性写作的时候，肖瓦尔特就已经认识到"那许诺给我们的国土并不是一切文本无差异大一统的宁静境界，而恰恰是动荡喧嚣、盘根错节的差异之荒原"②。女性主体不仅与男性权力对抗，而且与男性无所不在的影子对抗。这是一场更艰苦的对抗，女性虽然不再与男性直接对抗（直接对抗似乎也失去必要性了），却也不再信任男性，因为男性曾占据的中心位置一直留有痕迹。作为一种有着双重声音的话语，女性写作体现了男性与女性共有的社会、文学和文化的传统，而这一双重性恰恰也暗示了女性主体的分裂。很快，"女性写作"这一革命性的概念与实践也被纳入菲勒斯中心话语，进而失去其最初的革命意义。

其实，就在男性批评家们追捧"女性写作"的神话、欢呼"她"世纪的到来时，女性内部已经开始分裂，不少女作家开始倒戈相向了。在女性主义的理论建构上，女性作为一个共同基础的身份没有任何疑义，但在具体的话语实践中，一些女作家非常反感频频出现的女性特征与性别差异。娜塔丽·萨洛特（Nathalie Sarraute）③、莱辛（Doris Lessing）④等女作家纷纷否认自己的写作与性别差异有关，甚至宣称从没有见过什么女性写作。在女作家们看来，修辞"写作"的定语"女性"不但没有解放女性，反而贬低了女性经验

---

① 佘艳春：《女性主体性确认的历史循环》，《山东师范大学学报》（人文社会科学版）2005年第2期。该文认为女性自我身份认同在中国当代的女性书写中不但没有获得确认的自由，反而出现了大面积的驯服与溃退。笔者并不赞同这种历史循环论，女性的主体性确认虽然面临着女性审美趣味与理想被男权话语同化、中国女性话语被西方女性主义殖民化的双重危险，但"被同化""被殖民化"其实具有某种主动精神，并非一味被动地接受。女性话语只有作为"寄生物"进入各种中心主义话语，才能更彻底地摧毁"中心"。

② [美]伊莱恩·肖沃尔特：《荒原中的女权主义批评》，韩敏中译，载王逢振等编《最新西方文论选》，第282页。

③ 娜塔丽·萨洛特（1900—1999），法国新小说派的作家及理论家。

④ 莱辛（1919— ），当代英国最重要的作家之一，2007年获得诺贝尔文学奖。

在文学世界的地位和作用。刚刚建立起来的女性主体如美丽的肥皂泡,很快就在写作实践中消解了。

的确,"女性"写作并没有成为真正的文学实践,而只是描绘了一种乌托邦式的想象。为什么这些杰出的女作家拒绝自己或自己的作品被贴上"女性"的标签呢?从女性作为女性来写作的那一刻起,女作家们就已经接受了"符号性阉割"(symbolic castration)。按照齐泽克的说法:

> 女人想成为女人,必须要承担的损失不是放弃男性,而是永远阻止她成为女人的东西——"女人"是一种伪装、一种弥补、一种失败,即不能成为女人的伪装。[①]

显然,这是一个悖论。如果我们用"女作家"替换"女人",情况就是这样:女作家要想成为女作家,必须要承担的损失不是放弃男性,而是永远阻止她成为女作家的东西。那么,阻止女作家成为女作家的是什么呢?是不确定的、善于伪装的"女性"吗?或许,正如陶丽·莫依所说,"女人"这个词在理论上是不可靠的。[②] 性别差异是一种对抗的实在,而不是一种差异对抗的符号。按照齐泽克的理论,女性身份的确立恰恰意味着一种一般性的丧失,这种丧失是内在的而非外在的。

一个人为了假定性别差异(作为一种公认的符号对抗,这种对抗符号确定了"男性"和"女性"这种互补性的角色),

---

① [斯洛文尼亚]齐泽克:《敏感的主体:政治本体论的缺席中心》,应奇等译,江苏人民出版社2005年版,第312页。

② Toril Moi: "I am not a woman writer"——About women, literature and feminist theory today, http://www.eurozine.com/pdf/2009-06-12-moi-en.pdf.

他的损失是作为不可能/真实（impossible/real）的性别差异本身。①

20世纪90年代以来，女性主义理论已经不再关心女性与写作了。不过，玛丽·伊格尔顿仍然在强调女性主义应关注女性为争夺作家身份和权威所进行的斗争。2008年，美国女性主义理论家陶丽·莫依（Toril Moi）在南京大学的一次讲座上深入探讨了女性与写作的关系，并分析了"我不是女作家"的声明。陶丽·莫依认为，"我不是女作家"是防御性言语行为的特殊情况，这一声明应该是对某种挑衅的回应。显然，这一挑衅的来源与性别有关。究其实质，那是因为在当今社会，"男性或者男性特征仍然是规范，女性或者女性特征仍然是对规范的偏离"②。当人们宣称某人是女作家，落脚点仍然是女人，而女作家也只不过是能写作的"女人"罢了。或许，对女作家而言，"只有当她们从性别秩序中走出，或是抵制这一秩序时，她们才会被注意到"③。

无独有偶，不少女性主义者也拒绝承认自己是女性主义者，纷纷发表"我不是女性主义者"的声明。中国也不例外。20世纪70年代末，女性写作获得前所未有的机遇，新一代的中国女作家崛起。不过，一心为获得男性主流话语认可的女作家、女批评家们，常常不承认自己是"女作家"或"女性主义者"。1985年，张抗抗公开表达了自己对"女作家"身份的反感，说这一称谓容易让人产生不愉快的联想。她认为妇女文学（女性写作）这片天地过于狭隘，女作家只有不需要在"一块被特别划分出来的空地"上来体现自身的

---

① ［斯洛文尼亚］齐泽克：《敏感的主体：政治本体论的缺席中心》，第313页。

② Toril Moi: "I am not a woman writer"——About women, literature and feminist theory today, http://www.eurozine.com/pdf/2009-06-12-moi-en.pdf.

③ ［德］彼得·毕尔格：《主体的退隐：从蒙田到巴特间的主体性历史》，陈良梅等译，南京大学出版社2004年版，第221—222页。

价值时，不需要被特别指明性别时，才能真正与男作家平等。① 戴锦华也在一次访谈中提到，直到 20 世纪 80 年代中后期她还没有勇气承认自己是女性主义者。尽管她否认自己是一个"女性主义者"，却承认由于自己生而为"女人"，"女性主义"已经成为其"内在的"组成部分。② 在现代主体性的场域中，女性主体的退隐是自我设计的退隐，那些否认或拒绝女性身份的女性是"以毁灭自我来达到自我实现"③，即通过毁灭女性来实现女性身份。

三 女性主体的未来

在后现代的解构氛围中，是否存在统一的女性主体呢？对女性主义而言，"女性"是其存在的前提条件和假设根基，但对"女性"身份的拒绝并不意味着对主体性的拒绝。从主体的出场到退隐，女性主体刚刚显示出生命力就不得不面临着悄然退场的命运。在男性作为主体上演了数千年的历史舞台上，在女性准备着手建立自己的主体性并提出要拥有自己的主体性之时，主体却被宣告死亡了。这对女性主义来说，并不是一个福音。因此，肖瓦尔特坚持女性主义批评不能放弃女性主体的观点，她认为我们可以考虑把女性主体看作是社会建构或形而上学的。④ 但是，统一的女性主体又不得不承受后结构主义的批判。当我们谈论妇女写作（即女性写作）时，不仅假定了单一的"妇女"范畴，而且指向了统一的或整一的女性主体（female subject）。吊诡的是，女性主义不能放弃对女性主体的建构，

---

① 张抗抗：《我们需要这个世界》，载李小江主编《女性主义——文化冲突与身份认同》，江苏人民出版社 2000 年版，第 181—185 页。

② 戴锦华：《个人经验与女性主义立场》，载李小江主编《女性主义——文化冲突与身份认同》，江苏人民出版社 2000 年版，第 183 页。

③ ［德］彼得·毕尔格：《主体的退隐：从蒙田到巴特间的主体性历史》，陈良梅等译，南京大学出版社 2004 年版，第 45 页。

④ ［美］伊莱恩·肖瓦尔特：《我们自己的批评：美国黑人和女性主义文学理论中的自主与同化现象》，张京媛译，载张京媛主编《当代女性主义文学批评》，北京大学出版社 1992 年版，第 266 页。

女性"要想能够写作，要想能够取得一点什么成就，你首先必须属于你自己，而不属于任何别人"①。换言之，在菲勒斯话语系统中，女性能否成为主体，直接关涉女性能否作为主体书写自己，能否实现自己的独特价值，甚至关涉女性主义批评及理论存在的合理性。

何为女性主体？特里莎·德·劳里提斯曾借用"女性主义的主体"（feministic subject）一词来思考或理解女性主体，她说：

> 我认为（女性）主体不仅仅有别于第一个字母大写的、抽象意义上的女人——这种女性的主体是对于所谓的所有妇女都具有的某种内在本质的再现：这种本质通常被看作自然、母亲、神秘、邪恶化身、（男人）欲望与知识的对象、适当的女人气质、女性特征等等。②

显然，这里的"女权主义主体"处于形形色色的女性主义批评文本中，是一个正处在形成中、尚未被界定的主体。与现代性一样，女性主体也是通过不断的自我批判来建构自身的，故其在思想文化上具有自我建构的潜力。在劳里提斯的表述中，女性主体既有别于作为再现、作为再现的客体和再现的条件的抽象意义上的女人，也有别于作为历史存在和社会主体的、由社会性别机制所界定的、在实际社会关系中产生的现实生活中的女性。③她一再强调，"女权主义的主体"只是一种理论建构，不同于阿尔都塞式的主体。劳里提斯所看到女性主体是正形成于目前女权主义文本和辩论中的主体，这一主体同时处于社会性别意识形态的"内和外"，能意识到一种

---

① ［法］蒙·德·波伏娃：《妇女与创造力》，郭楼庆译，载张京媛主编《当代女性主义文学批评》，北京大学出版社1992年版，第144页。

② ［美］特里莎·德·劳里提斯：《社会性别机制》，李素苗译，郑岩芳校，载［美］佩吉·麦克拉肯主编《女权主义理论读本》，广西师范大学出版社2007年版，第211页。

③ 同上。

"双向的牵引",一种"分裂",一种"双重的视角"。① 女性主义不能将自己装扮成超越意识形态,超越社会性别意识形态的科学、话语或事实,女性主义主体也不可能将自己装扮成社会性别超越意识形态的主体。

在女性主义批评内部,一方面建构主体性的诉求非常强烈,另一方面主体自我解构的欲望仍在蠢蠢欲动。与此同时,女性主体性内部也存在悖论:女性一旦成为世界的主体,也就成为这个世界的客体。主体与客体就像两个邻近的同心圆,只有通过一种轻微而神秘的滑动才能将两者区分开来。主体与客体的这种联盟也许是使我们能够理解女性与他人的关系的东西,不过,倘若女性想直接接近他人,这种联盟就会像一堵无法接近的"陡峭的悬崖"②。从这种意义上说,女性主体只能建构在从主体到客体的"轻微而神秘"的滑动区间。于是,主体这一术语就轻易地被"主体位置"(subject position)所取代。这也符合后结构主义者的精神与观点:"主体不再是一个人而是一个位置。就妇女而言,女性意味着边缘性。"③ 被"主体位置"所取代的主体消融在语言的结构之中,这就暗示着,主体是从属性的、有条件的、时间性的,只能出现在话语结构中。

大多数女性主义者相信保留女性主体概念是可能的,至少是必要的,但女性主体的未来却不容乐观。玛丽·朴维也对"女性"进行了深入思考,在谈论女性主义与解构主义的关系时,她曾经坦言:"'女性'反映不了完整的'自我',因为特征是有所

---

① [美]特里莎·德·劳里提斯:《社会性别机制》,李素苗译,郑岩芳校,载[美]佩吉·麦克拉肯主编《女权主义理论读本》,广西师范大学出版社2007年版,第212页。

② [美]弗雷德·R. 多尔迈:《主体性的黄昏》,万俊人等译,上海人民出版社1992年版,第152页。

③ [美]伊莱恩·肖瓦尔特:《女性主义与文学》,戴阿宝译,载柏棣主编《西方女性主义文学理论》,第9页。

联系的,'女性'仅仅是同'男性'(man)相对照时获得的临时定义的一个位置。"① 事实上,人们不仅质疑女性主体是否存在,也质疑与女性(woman)相对的妇女(women)是否存在。尽管女性的躯体是有性别的,但缺席的女性主体却在话语结构中被无穷尽地延搁。比如,在法国女性主义批评那里,"女性"一词并无确切的定义,常常被加上可疑的引号。"女性"是瓦解菲勒斯再现系统的一个漂浮不定的"能指",一个让人捉摸不透的"隐喻"。我们很难将妇女与"女性"的意识形态和文化的决定因素区分开来,女性主体因此也变得神秘莫测、难以把握。当妇女在实际上和比喻上都无法存在的时候,我们拿什么来谈论女性主体?显然,无论是出于理论上的建构,还是出于政治上的筹划,都还没有到要放弃、摧毁女性主体的关口。

一些学者开始认为主体不再有固定的、生理上决定了的身份,主体在不同时期甚至还会采取不同的身份,但这些身份常常缺乏统一性,有时甚至相互矛盾、无法统一。此外,女性的身份危机与主体性危机还是一种共时性的存在,主体性危机必然会被当作"身份的危机"和"自我感的危机"来感受、来体验。② 如何才能确立女性的主体身份呢?"在遭遇他者的领域之内,主体既形成也衰落。但在这里,主体是被自发的、不同的权力关系所刻画的(striated)。"③ 从一开始,女性的身份认同实践就处于一个动态的过程,且因无法摆脱男性经验与历史框架的制约而更加复杂。

欲建构主体性的女性身份,至少需要从以下四个方面努力:首先,承认书写所使用的语言是非中性的语言,女性只能尝试用"单

---

① [美]玛丽·朴维:《女性主义与解构主义》,张京媛译,载张京媛主编《当代女性主义文学批评》,北京大学出版社1992年版,第333页。
② [英]拉雷恩:《意识形态与文化身份:现代性与第三世界的在场》,戴从容译,上海教育出版社2005年版,第205页。
③ Steve Pile & Nigel Thrift, "Mapping the Subject", in Steve Pile & Nigel Thrift (eds.), Mapping the Subject: Geographies of Cultural Transformation, London & New York: Routledge, 1995, pp. 36 – 37.

性的话语"发表评论，阐释更适合男性或女性的现象。[1] 其次，承认自己是有性别的现实的人，并在保持这种性别身份的同时跟直接感觉保持距离，形成一种有关差异和相互主体性的思想。承认自己的性别现实，是建立女性主义主体的基本前提，我们既不能将性别差异邪恶化，也不能将性别差异神圣化。[2] 再次，关注作为他者的男性或女性，坚持与他者说话，并且尊重他者的"纯洁性"。在这里，"纯洁性"是可以使每个性别尊重他者、忠实自身的别名，既不是一种"自然的现实"，也不能被仅仅归结为女性或中性。[3] 最后，着手构建"相互主体性"。在某种意义上说，他者已经是"过去式"，女性主体并不适合这个过去的法律和习俗。[4] 只有关注并超越他者，我们才能走出主客二元对立的关系，建立"相互主体性"。[5]

女性身份的特性也有待进一步探讨。不过，这种探讨不应该建立在男性主体的粗暴行为上，而应该通过"培养一个女性，一个可能引导男人回到自我的女性主体"来实现。[6] 如果不能培养出这样一个忠实于自身的、纯洁的女性主体，"让被压抑的女性重新找到一个主体的位置，重新寻到一个发言的位置"，就不可能建立"相互主

---

[1] 自然与语言并非对立，不存在中性的语言。正如伊利格瑞所说："从他者的角度，中性话语的错误最为明显。"（相关观点，可参见［法］吕西·依利加雷《二人行》，朱晓洁译，生活·读书·新知三联书店2003年版，第155页）

[2] 正如伊利格瑞所说，女性思考和传递现实的机制必须重建在性差别上，"没有这个基础，话语只是一个不真实的、虚假的权力形式，一种忘记了现实、忘记了尊重他人的诱惑方式"。（相关观点，可参见［法］吕西·依利加雷《二人行》，朱晓洁译，生活·读书·新知三联书店2003年版，第154页）

[3] ［法］吕西·依利加雷：《二人行》，朱晓洁译，生活·读书·新知三联书店2003年版，第164页。

[4] 同上书，第160页。

[5] 目前，我们依然处于二元对立的主客关系之中，这种相互主体性正是我们所欠缺的。随着哲学研究的深入，主体性哲学逐渐向交互主体性哲学转变。20世纪以来，西方哲学的主流就是倡导一种交互主体性理论，如胡塞尔、海德格尔、哈贝马斯等人都倡导这种理论。

[6] ［法］吕西·依利加雷：《二人行》，朱晓洁译，生活·读书·新知三联书店2003年版，第106页。

体性"。① 现代工业社会所建立的是一种以男性为中心的"内向主体性",这种主体性正在走向黄昏,逐渐隐退。一切坚实的东西都开始烟消云散,男性主体亦逃不脱这消散的命运。如今,我们应该放弃以男性为中心的"内向性的"主体性概念,把自己的目光朝向外部的世界,关注"他者"女性的存在及利益。

如何在现代性语境下培养出一个理想的女性主体呢？中国的女性主义者也在行动。随着"兴女学"被建构为民族国家话语,受教育的妇女纷纷拿起笔来书写女性,在无法摆脱的男性经验与历史框架的制约下,开始了建构女性主体的艰难历程。目前,女性主义虽然作为一股批评力量为日益萎缩的文学批评打了一针强心剂,但尚不足以在关于人的近代传统之外建立一套属于女性的知识体系的话语。虽然如此,这种批评行为本身却是"具有发现并提出问题的意义的"②。作为舶来品,女性主义批评要实现本土化还需要走很长的路。如果我们把女性主义批评及理论对女性主体的建构划分为三个阶段,那么这三个阶段分别对应着三种女性主体,即通过表达自我而建构的现实的女性主体,通过选择和补充自我而建构的理想的女性主体以及通过自由自觉地创造自我而建构的自由的女性主体。

目前,中国的女性主义批评对女性主体的建构刚刚进入第二个阶段,而西方女性主义批评也尚未走出第二个阶段。换言之,在中国,女性主体性建设的道路还很漫长。正如劳拉提斯所说,目前最紧要的是为女性主体找到"一条超越符码的路、一条避开表现的路、一条不被逮住的路"③。只是,不要问我们路在何方,我们正在路上。

---

① [挪威]陶丽·莫依:《性与文本的政治》,林建法等译,时代文艺出版社1992年版,第134页。
② 乔以钢:《"人"的主体性启蒙与女性的自我追求——20世纪80年代女性文学创作侧论》,《中山大学学报》(社会科学版)2007年第2期。
③ [美]特瑞莎·德·劳拉提斯:《从梦中女谈起》,王小文译,载柏棣主编《西方女性主义文学理论》,第55页。

第二节　扑朔迷离：女性身份的多种面向

近年来，学术界对身份认同研究甚为关注，但关于文化身份研究兴起的时间目前尚无定论。可以肯定的是，身份认同问题在20世纪90年代已经成为文化研究的中心主题。自从人类一脚跨进现代性的门槛，身份认同便凭借其"普遍性"与"恒常性"，构成了人皆有之的自我概念的核心。[①] 因此，身份认同也就成为各种社会运动的核心词汇。不过，在呈多元化的后现代语境下，身份认同是"极为复杂且具有多种面向的"[②]。

20世纪60年代以来，女性主义、黑人民权、少数族群、同性恋争取权利的一系列社会运动都跟身份认同有关。马歇尔·伯曼（Marshall Berman）认为各种文化运动和政治运动其实都是同一个过程的组成部分。"在这一过程中，现代的男男女女肯定自己现在——即便是悲惨的受压迫的现在——的尊严和自己控制自己未来的权利；努力在现代的世界里为自己争取一块地方，一块自己能够作为家的地方。"[③] 步入现代社会以来，女性从来没有放弃在现代的世界里为自己争取"一块地方"的努力。因为，如果不能开垦出这样"一块自己能够作为家的地方"，女性就不可能拥有具有主体性的身份。

在女性主义批评诞生之前，人们所标榜的"双性同体诗学"（an androgynist poetics）实际上是一种单性的诗学，只是以一种普遍的、男性的批评标准来衡量女性作家与作品，完全否认了女性文学与创造意识的独特性。20世纪末，女性主义运动发起了针对男性文化的

[①] ［澳］Chris Barker：《文化研究——理论与实践》，罗世宏等译，台北五南图书出版股份有限公司2004年版，第201页。

[②] Kathryn Woodward：《认同与差异》，林文琪译，韦伯文化国际2006年版，第11页。

[③] ［美］马歇尔·伯曼：《一切坚固的东西都烟消云散了——现代性体验》，徐大建、张辑译，商务印书馆2003年版，第10页。

女性主义批评，颂扬女性文化的"女性美学"①（Female Aesthetic）出现了，女性身份才开始成为女性主义运动的关键问题。如果说女性主义运动是女性群体以自身的特殊身份和文化来争取平等认可（或承认）的运动，那么女性主义批评则是女性群体以女性身份来批判男性文化、实现平等政治的批评。

一 本质主义与反本质主义之争

从20世纪60年代开始，在性别研究领域内就掀起了一场本质主义（以生理决定论为代表）与反本质主义（以社会建构论为代表）的论争。半个世纪过去之后，本质主义渐渐失去了影响力，非本质主义逐渐占了上风。

作为一种身份政治，女性主义大致有三种立场，即本质主义（essentialism）、反本质主义（anti-essentialism）以及策略本质主义（strategic essentialism）。女性主义批评作为一种身份批评，对女性身份也持多种立场，在其内部本质主义与反本质主义的争论从未停止过：或把女性看作一个群体，主张"女性"就是一种实实在在的生理和社会身份；或主张解构"女性"这一身份；或认为身份是由话语建构的、必要的，但保留"女性"身份只是策略需要，最终还是应当解构掉。本质主义认为身份认同是固定不变、超越历史的，反本质主义认为身份认同是流动的、偶发的，策略本质主义则在两种看法之间滑动，试图找到一个最佳的位置。

20世纪60年代初，新社会运动开始在西方兴起，这场运动强调个体特定的身份认同与集体身份，对现存的一切制度提出质疑。身份政治与被压迫、被边缘化的群体有关，对身份认同有着深层的关

---

① "通过女性美学，妇女尝试在批评话语中书写女性语言，以女性经验来界定女性主义批评文体。"（相关观点，可参见［美］伊莱恩·肖瓦尔特《我们自己的批评：美国黑人和女性主义文学理论中的自主与同化现象》，张京媛译，载张京媛主编《当代女性主义文学批评》，北京大学出版社1992年版，第257页）

怀。在这一语境下,人们常常会追问:身份意味着什么?如何被生产出来?如何发挥作用?20世纪60年代末,在这场被称为"身份政治"的社会运动中,激进女性主义者卡罗尔·汉尼斯克(Carol Hansich)提出"个人的即政治的"(the personal is political)①的口号。这一观念对凯特·米利特的《性的政治》产生了直接的影响,米利特从性别差异入手,以女性特有的生活经历、审美体验和批评视角对男性文本进行了解构式阅读,强调了性别身份的重要性。从此,"女性"本身就成为一种政治身份,一种政治武器。

在新社会运动中,身份认同可以通过两种截然不同的方式提出诉求,即本质主义立场与反本质主义立场。在女性主义运动中,女性的身份认同也是通过这两种方式提出诉求的,而本质主义与反本质主义的争论一直困扰着女性主义批评。对女性主义批评而言,本质主义的立场是女性身份认同上最常见的立场之一。本质主义者认为女性身份是由生理、心理和社会确定并决定的,不存在任何变化的可能性。②而这种本质主义的身份观正是男性中心主义巩固和强化性别统治的工具。在以菲勒斯为中心的传统社会,女性被再现为不完整的、被阉割的男人,并被赋予一系列与男性"正面"品质相对应的"负面"本质。如柔弱、敏感、被动、无知、神经质、富于依赖性等。从某种意义上说,菲勒斯中心主义正是通过对女性身份的"自然化""本质化""永恒化"进行的。因此,要推翻菲勒斯统治,首先就要冲破这些有关女性身份的本质主义观点。

---

① 这是一种从20世纪60年代新左派运动中分离出来的女性主义观念,强调女性个人和私人生活领域的问题,具有和社会问题同样重要的意义,并认可父权制或男性统治(而非资本主义)才是妇女受压迫的根源。
② 李银河曾认为性别问题上的本质主义(essentialism)是一种把两性及其特征截然两分的观点,它把女性特征归纳为肉体的、非理想的、温柔的、母性的、依赖的、感情型的、主观的、缺乏抽象思维能力的;把男性特征归纳为精神的、理性的、勇猛的、富于攻击性的、独立的、理智型的、客观的、擅长抽象分析思辨的,并且认为,这些两分的性别特征是与生俱来的。(李银河:《关于本质主义》,《读书》1995年第8期)

第三章 女性身份的主体性建构

女性主义批评从诞生起就注定是一种身份批评，"女性"身份的合法性直接关乎女性主义批评存在的合法性。新社会运动之后，身份政治受到广泛的关注。本质主义的立场不再只是男性中心主义的巩固统治的方式，转而成为某些女性主义者抵抗男性中心主义的手段。在法国女性主义批评那里，女性身份得到前所未有的强化和解放，她们颂扬女性群体的独特性，赞美女性特质。按照本质主义的观点：

> 个人及其隶属的群体的 Identity 都是内在的、同一的、确定的、整全的、统一的、总体性的、有边界的，是人们把握自我和根植于社会的基点，换句话说依然存在一个古典哲学中所谓的"自然人"。①

这一立场假定人们对自身的描述如实地反映了自己的本质、根本的身份认同。因此，无论是女性特质、男性特质、亚洲人、青少年或是其他的社会分类，都有其固定的本质。②

以本质主义的立场观来看，女性主义批评作为女性主义运动的若干成分之一，是"以女性的身分，以及男性本身所无法拥有的、独一无二的特性为基础，也就是将男性与女性加以区隔的分离主义（separatism）"③。这种身份观与既定的生物特性、女性经验、女性文化以及女性历史有关，常常求助于生物学的或普遍性的观点来解释女性身份。法国女性主义批评所提出的"阴性写作""女人腔""符号态"等术语以性别差异之名否定了男性秩序，女性本质在此获得

---

① 潘建雷：《"身份认同政治"：研究回顾与思考》，载张静主编《身份认同研究》，上海人民出版社2005年版，第47页。
② [澳] Chris Barker：《文化研究——理论与实践》，罗世宏等译，台北五南图书出版股份有限公司2004年版，第201页。
③ Kathryn Woodward：《认同与差异》，林文琪译，韦伯文化国际2006年版，第42页。

了革命性的力量。一些女性主义者认为要打破男性中心的二元对立、同一逻辑，建立新的两性秩序，就必须恢复女性本质的合法性与神圣性。不过，在肯定女性本质的同时她们又重新肯定了二元对立的性别结构，而且忽视了女性内部可能存在的差异。

  本质主义往往与普遍主义交织在一起，互为支撑，反本质主义要挑战的就是具有普适性、固定性和决定性的身份概念。本质主义强调的是"人的生理和遗传决定论"；普遍主义则以为"用自然或人性可以解释一切，而且认为自然和人性是不会改变的"。[①] 这两种思维模式巩固了所谓的女性本质，把男性与女性看作根本不同甚至互相对立的性别，认为两性之间存在不可改变的差异。在此，女性主义者同样犯了男性中心主义的错误，陷入本质主义的生物决定论，建立了新的性别等级制度。

  与此同时，女性主义批评内部也有不少人采取了反本质主义的立场，对"女性"作为单一类别为基础的这一预设提出了质疑。身份认同具有自我调节的功能，在不同的文化条件下能够重建自己。因此，我们不能把女性看成是禁锢在性别差异之中的某种固定本质，或永恒存在的某种事物。事实上，早期的女性主义一直坚守着社会建构论的立场，这在女性主义批评的先驱波伏娃那里体现得尤为突出。波伏娃宣称女性不是"天生的"，而是"造就的"，直接挑战了生物决定论的预设。她指出："在生理、心理或经济上，没有任何命运能决定人类女性在社会的表现形象。决定这种介于男性与阉人之间的、所谓具有女性气质的人的，是整个文明。"[②] 在波伏娃看来，女性气质也是被社会建构的，决定女性在社会的表现形象的是整个文明。如果用唯物主义女性主义的观点来解释，可以这样表述："将女人作为客体与男人区分开来是一种政治的产物，它表明，我们是

---

  ① 李银河：《女性权力的崛起》，中国社会科学出版社1997年版，第128—129页。
  ② [法] 西蒙娜·德·波伏娃：《第二性》，陶铁柱译，中国书籍出版社2004年版，第251页。

被意识形态重新构建为一个'自然群体'的。"①

由于身份认同是在特定的历史环境中形成的，本质主义的身份认同受到质疑。到了20世纪70年代末80年代初，一些女性主义者开始采取更加激进的反本质主义的立场。她们拒绝形而上学的男女二分法，反对生理决定论和本质主义。不少女性主义者都质疑那种有生物基础的、永恒的性别差异，并开始采用有别于生理性别的"社会性别"一词来指称女人被"造就"的方式。②莫尼克·威蒂格则对作为个人的"女人"提出质疑，重申了波伏娃的观点，强调"女人不是天生的"。

按照反本质主义的观点，身份认同始终是文化性的、可塑造的，因时、因地而有殊异。也就是说，"身份/认同的形式是可变的，并且与特定社会与文化的局势相关"③。反本质主义者主张解构"女性"这一身份，不再将"女性"视为天然固定的身份，而将其看作一种表演行为、一种状态抑或一种过程。可问题的关键是，如果女性这个类别都不存在了，女性主义批评为谁而战？还会有女性主义批评吗？于是，当代女性主义批评在身份问题上陷入了一个两难窘境：一方面有建造"女性"身份并赋予它坚实的政治意义的需要，另一方面要打破"女性"这一类别和粉碎它的过于坚实的历史。④

我国不少学者赞赏后现代女权主义的反本质主义观点，认为这一立场暂时性地从西方哲学二元对立的思维模式中逃逸了出来，虽超脱

---

① [法]莫尼克·威蒂格：《女人不是天生的》，李银河译，载[美]佩吉·麦克拉肯主编《女权主义理论读本》，广西师范大学出版社2007年版，第189页。

② [英]琳达·麦道威尔：《性别、认同与地方》，徐苔玲、王志弘译，台北群学出版有限公司2006年版，第19页。

③ [澳] Chris Barker：《文化研究——理论与实践》，罗世宏等译，台北五南图书出版股份有限公司2004年版，第201页。

④ 李银河：《李银河自选集：性、爱情、婚姻及其他》，内蒙古大学出版社2006年版，第217页。

于以往的一切论争之上,却为理解性别问题开启了一个新天地。① 如何才能逃离本质主义陷阱,且又避免相对主义错误?按照杰奎琳·罗斯(Jacqueline Rose)的观点,无论是选择本质主义立场,还是选择反本质主义的立场,女性难逃"被动"的厄运。她认为生物学的先天论和社会学的作用论都表现出完全被动的特点:"妇女要么听其自然命运的摆布,要么就是被一个同样难以抗拒的社会打上它的印记。"② 坚持本质主义立场的女性主义者或许仅仅是把女性看作一个群体,但大多数女性主义者在女性身份问题上都是持反对生理决定论和本质主义的立场的。以李银河为例,她指出:"身份应当被视为由话语建构的、必要的,但永远是偶然的和策略性的。"③ 显然,李银河也只是策略性地承认了女性身份。

二 法国女性主义批评:以"女性特质"为名

到了20世纪70年代,以西苏、伊利格瑞以及克里斯蒂娃为代表的法国女性主义者基本继承了波伏娃对文化压迫的批评的主线,并提出各自的方法与策略来确立女性特质(femininity)的主体性地位。不过,她们三人虽然常常被相提并论,但在具体的理论主张上却有很大的差异。西苏与伊利格瑞都关注女性的身体,正视身体在女性的自我再现以及主体建构中的重要作用。她们认为女性特质与女性的身体密切相关,建构于身体之上的女性主体性是多元的、流动的。西苏将女性特质与女性"力比多"(libido)联系起来,认为女性的身体、力比多与无意识都是无边无际、四处弥漫的。伊利格瑞则将女性特质与女性身体各器官的感受,尤其是与女性的性欲联

---

① 李银河:《关于本质主义》,《读书》1995年第8期。
② [英]杰奎琳·罗斯:《女性主义与心理》,李宪生译,载张京媛主编《当代女性主义文学批评》,北京大学出版社1992年版,第392页。
③ 李银河:《李银河自选集:性、爱情、婚姻及其他》,内蒙古大学出版社2006年版,第217页。

系起来。很显然,她们两人都将女性特质与女性的生理特征联系起来,在女性身份认同上倾向于生物决定论的本质主义立场。克里斯蒂娃反对这种本质主义的立场,转而将女性特质安置在具有女性特质的"符号态"上。但是,这一"符号态"虽与生理性别差异无关,却也一头栽进了本质主义的陷阱。总之,法国女性主义批评家们都相信女性特质的存在,并诉诸一种肯定性的女性特质形象。

(一) 以身体之名:"阴性书写"

西苏曾经一直以"犹太妇女"(Jewoman)这单一的字眼定义自己,直到1968年以后的某一瞬间,她才"突然感到自己已置身于女性的历史中"[1],不得不承认自己的女性身份:"我是母亲,是女儿,我无法不让自己做一名女人……"[2] 后来,西苏以"女人"的身份写下了《美杜莎的笑声》,明确承认自己所写的就是妇女,并且强调"妇女必须写妇女"。[3] 对于女性来说,自我写作与书写自我具有重大的意义,甚至妇女的解放也需要借助这种基于身体的阴性书写来实现:"只有通过写作,通过出自妇女并且面向妇女的写作,通过接受一直由男性崇拜统治的言论的挑战,妇女才能确立自己的地位。"[4] 换句话说,只有把女性写进作品,才能挑战长期以来由菲勒斯文化所统治的语言,并由此进入再现的象征系统,进而建构自我认同的主体意识,确立女性的主体地位。在此,身体是构建女性主体身份的一个出发点。对西苏来说,肉体是一个位置(site),它设定了"我们是谁"的界限,同时也提供了认同的基础。[5]

---

[1] [法]埃莱娜·西苏:《从潜意识场景到历史场景》,孟悦译,载张京媛主编《当代女性主义文学批评》,北京大学出版社1992年版,第227页。

[2] 同上书,第228页。

[3] [美]玛丽·朴维:《女性主义与解构主义》,张京媛译,载张京媛主编《当代女性主义文学批评》,北京大学出版社1992年版,第336页。

[4] [法]埃莱娜·西苏:《美杜莎的笑声》,黄晓红译,载张京媛主编《当代女性主义文学批评》,北京大学出版社1992年版,第195页。

[5] Kathryn Woodward:《认同与差异》,林文琪译,韦伯文化国际2006年版,第23页。

值得一提的是,西苏提到的"妇女"不仅指"在同传统男人进行不可避免的抗争中的妇女",而且指"必须被唤醒并恢复她们的历史意义的世界性妇女"①。最可贵的是,她看到在女性话语之中也存在他者妇女(the Other Women),即处于学术界之外的"现实世界"或第三世界的妇女。② 但是,这些妇女尚隐蔽于黑暗之中,因此,"目前还不存在妇女独立的整体,不存在典型妇女"③。显然,西苏在谈"妇女"时,谈论的是她们的共同点。而真正打动西苏的则是妇女无限丰富的个人素质,在其看来甚至我们无法整齐划一、按规则编码、分等分类地来谈论女性特征。④ 西苏强调女性的身体、性与欲望,试图打破二元对立的本质观,但在颠覆二元结构的同时,反过来主张女性具有本质的自我,结果又落入了本质主义的陷阱。不过,西苏虽然强调女性的生理特征,但她一头扎进去的并不是生理上的本质主义,而是文化上的本质主义。

此外,西苏认为人类的天性中蕴含有"双性同体"(bisexuality)的特质。西苏的"阴性书写"就是基于双性同体的。伍尔夫、克里斯蒂娃都对"双性同体"的概念有过论述,但内涵并不完全相同。在西苏这里,"双性同体"是一种文化定位,既尊重女性特征也尊重男性特征,追求的是"差异""多样性",而不是"对立""单一性"或"中性/无性"。⑤ 虽然西苏自己坚持以女性躯体来写作,并声称对男性的愉悦(jouissance)一无所知,但她却认为男女两性是可以交流的,因为"人类的心脏是没有性别的,男

---

① [法]埃莱娜·西苏:《美杜莎的笑声》,黄晓红译,载张京媛主编《当代女性主义文学批评》,北京大学出版社1992年版,第188页。
② [法]埃莱娜·西苏:《从潜意识场景到历史场景》,孟悦译,载张京媛主编《当代女性主义文学批评》,北京大学出版社1992年版,第241页。
③ [法]埃莱娜·西苏:《美杜莎的笑声》,黄晓红译,载张京媛主编《当代女性主义文学批评》,北京大学出版社1992年版,第189页。
④ 同上。
⑤ 乔以钢、林丹娅:《女性文学教程》,河北教育出版社2007年版,第364页。

人胸膛中的心灵与女人胸膛中的心灵以同样的方式感受世界"①。不难看出，西苏的"双性同体"与"阴性书写"一样，都是以本质主义为出发点，为"女性特质"的合法性进行辩护的。

(二) 以差异之名："女人腔"

"女人腔"是一种具有鲜明的女性特质、完全不同于男性话语的言说方式。伊利格瑞强调性别差异，认为女性经验要比男性经验更具多元性、差异性与丰富性。性别差异早已经被消灭在"男性主体"可以自我再现的体系之中，在男性作为主体自我再现的文化体系中，人们使用的往往是一种以男性为中心的单向性语言，女性则被认为是"反复无常、不可理喻、狂躁不安、任性多变……"② 伊利格瑞从女性身体和性欲的独特性出发，肯定了女性特质的多元性、包容性与丰富性。

不过，伊利格瑞的"女人腔"并没有得到精确的表达，我们所看到的只是关于"女人腔"的描述。一方面，她没有明确描述或规定女性特质的内容；另一方面，她也拒绝用描述性的语言来定义"女人腔"。数千年来，女性一直游离于父权话语机制之外，伊利格瑞相信："如果想让女人为她们所说的话给出一个准确定义，让她们重复自己的话，以便把意思表达得更清楚，那将是徒劳的。"③ 在男性话语的重重包围中，女性主义者单凭一己之力几乎不可能给"女人腔"另辟一片天地出来。虽然如此，但不论是作为女性自我言说的话语方式，还是作为言说女性自我的话语体系，"女人腔"都可以被视为一种有效的身份标签。

在《此性不是同一性》(*This Sex Which Is Not One*, 1977) 一书

---

① [法] 埃莱娜·西苏：《从潜意识场景到历史场景》，孟悦译，载张京媛主编《当代女性主义文学批评》，北京大学出版社1992年版，第232—233页。
② [法] 露丝·伊丽格瑞：《此性不是同一性》，朱坤领译，柯倩婷校，载 [美] 佩吉·麦克拉肯主编《女权主义理论读本》，广西师范大学出版社2007年版，第346页。
③ 同上书，第347页。

中，伊利格瑞重新定义了女性性欲，描述并肯定了女性不同于男性的差异，宣称女性应该用"女人腔"来说话。在她看来，男性性征是以单数"一"为标志的，而女性性征则是非"一"之性，是复数的。男人性欲仅集中在身体的一个器官上，女性性欲却是多重的、复数的，因为"女人却全身都是性器官"。①而男性文化对女性的想象往往是单一的、雷同的。伊利格瑞运用女性经验的差异性，对女性性征进行了创造性的描述和建构。从女性的身体与欲望出发，我们不仅看到菲勒斯话语所描述的女性世界的单一与匮乏，而且看到了女性无限的丰富性与复杂性："她在进行自我编造，她既能不断地拥抱词语，同时又要抛开它们，以避免使意义在词语中固定和凝结下来。"②"女人腔"是一种与男性理性化语言相对立的非理性的女性话语方式，如果不借助第三只耳朵，我们甚至无法听懂。

不论如何界定"女人腔"，我们不得不承认，其对女性的身体和性别经验的关注，为女性的自我再现开拓了空间。在20世纪80年代的一次演讲中，伊利格瑞再次强调了性别差异的重要性，并且提出了美好的愿望："为了给两性差别定立一套伦理道德，我们就必须建造一个地方，使两性都可以在此居住，不管是身体还是肉体。"③要建造这样一个地方，首先就要为女性建造一个独立的空间。由此，我们可以看出伊利格瑞提出"女人腔"的用意之所在。没有"女人腔"的世界，人类语言只能是某种单一性别的传声筒。在此，性别差异作为经验范畴得到了肯定，而"女人腔"却在性别差异的名义下掉进了本质主义的陷阱。

---

① [法] 露丝·伊丽格瑞：《此性不是同一性》，朱坤领译，柯倩婷校，载 [美] 佩吉·麦克拉肯主编《女权主义理论读本》，广西师范大学出版社2007年版，第346页。

② 同上书，第347页。

③ [法] 露丝·依利格瑞：《性别差异》，朱安译，载张京媛主编《当代女性主义文学批评》，北京大学出版社1992年版，第373页。

20世纪末,伊利格瑞在《二人行》(*To Be Two*, 1997) 一书中继续探讨男女两性之间的关系,强调人的主体性,并再次肯定了性别之间的差异。无论人们是否承认,性别差异都存在着,这既不需要凭空创造,也不容人视而不见。关注这种已然存在的性别差异是非常重要的,尤其是在无法相互转换的男性主体和女性主体之间存在的那种"无法超越的沉默"[①]。菲勒斯文化具有某种盲目性,常常忽视性别差异,但女性主义者自己必须保护并忠实于这种差异。时下,伊利格瑞正酝酿着一种全新的思想:"它重视性差别,拒绝把我们看作无性的主体,把我们简化为先验(胡塞尔)或思想的变化(黑格尔)。"[②] 这是一种新的女性主义,旨在建设一种主体相互尊重差异的两性文化。只有在双方互相尊重性别差异、尊重主体性的基础上,不同性别之间相互协作、相互交流,人类才能发展出真正的自我,创造真正的自由和幸福。

(三) 以母亲之名:"母性空间"

伊利格瑞、西苏主张采用女性写作并鼓吹描写女性身体,试图为女人确定某种基于身体的女性特质。在克里斯蒂娃看来,女性特质与生理特征并无必然的联系,"阴性书写"和"女人腔"都不能从根本上脱离父权社会的象征秩序。甚至"妇女"这个词也只是表面上获得了连贯性,"本质上具有抹消在此词之下起作用的不同功能或结构之间的差别的负面效果"[③]。女性主义者不能寻求单一的女性话语,更不能抹杀女性自身的差异性与多元性。

按照克里斯蒂娃的思路,女性在象征秩序之内永远也无法抵达主体性。不过,她也没有打算在象征秩序内建构女性主体,而是直

[①] [法] 吕西·依利加雷:《二人行》,朱晓洁译,生活·读书·新知三联书店2003年版,第96页。

[②] 同上书,第152页。

[③] [法] 朱莉亚·克里斯多娃:《妇女的时间》,程巍译,载张京媛主编《当代女性主义文学批评》,北京大学出版社1992年版,第352页。

接从符号学入手（符号是先于象征秩序而存在的），把柏拉图模糊含混的"chora"（处所、容器或空间）①改造成了具有女性特质的"chora"（母性空间或阴性空间）。柏拉图在《蒂迈欧篇》中把宇宙生成之前的事物分为三类，即被模仿者、生成者和接受者。②其中，接受者是永久存在且不会毁灭的"chora"，它为一切被造物提供了存在的场所。这一空间是宇宙生成之前、万物被授予秩序之前，准备其基础的场所或空间，接纳所有实体的宇宙本质。在此，"chora"意味着一种可以容纳一切运动和矛盾的"母体"，因以一种类似母亲的方式承受一切生成的事物而获得了母性。因此，克里斯蒂娃把柏拉图的空间称为"母性空间"（或"子宫空间"），认为它"富于滋养，不能命名，先于唯一、上帝，继而否定形而上学"③。

在男性中心主义话语中，妇女常常被排挤在时间之外，但却被当作空间来对待。④在克里斯蒂娃看来，"母性空间"是身体作为主体形成过程的场所，它存在于每个女人身上，是"母亲与孩子共有的躯体空间"⑤。换句话说，"母性"是性别差异的"真正载体"⑥。

---

① 有人认为，"chora"不宜译成"space"（空间）。因为柏拉图的"chora"虽然令人捉摸不透，但与亚里士多德的"topos"（处所）意思差不多，只不过主要用于宇宙创生之前。

② 这三类事物分别被比喻为父亲、子女与母亲。第一类是有理智的、始终同一的模型；第二类是对原型的摹本，有生成变化并且可见；第三类则以一种类似保姆的方式承受一切生成的事物。（相关观点，可参见［古希腊］柏拉图《柏拉图全集》第3卷，王晓朝译，人民文学出版社2003年版，第300—304页）

③ ［法］朱莉亚·克里斯多娃：《妇女的时间》，程巍译，载张京媛主编《当代女性主义文学批评》，北京大学出版社1992年版，第352页。

④ 伊利格瑞也看到了这点："女性总是被当作空间来对待，而且常常意味着沉沉黑夜（上帝则是空间和光明，反过来男性却总是被当作时间来考虑。"（相关观点，可参见［法］露丝·依利格瑞《性别差异》，载［英］玛丽·伊格尔顿编《女权主义文学理论》，胡敏等译，湖南文艺出版社1989年版，第374页）

⑤ ［英］索菲亚·孚卡、［英］瑞贝卡·怀特：《后女权主义》，王丽译，文化艺术出版社2003年版，第61页。

⑥ ［法］朱莉亚·克里斯蒂瓦：《恐怖的权力——论卑贱》，张新木译，生活·读书·新知三联书店2001年版，第103页。

不过,"母性空间"是不可言说的,它无形无性,不仅先于象征秩序而存在,而且是象征秩序之可能性的基础,同时也是动摇象征秩序的破坏力量。这一空间不可能用纯推理的方式来把握,其存在本身就是对父权制象征秩序的一种威胁。

克里斯蒂娃虽然没有在象征秩序内为女性确定某种单一的本质,但却通过"母性空间"把身体拉回到原始混沌、不确定的状态,进而把女性特质看作流动多变、超越了性别差异的"特质"。她所说的"女性特质"并不等同于生物学意义上的女人,虽然女人拥有与男人不一样的性别身份,但这并不意味着这一身份是由每一个"女性"以完全相同的方式实现的。① 在此,克里斯蒂娃已经对单一的女性身份提出了质疑,并承认了女性身份的多元性。

我们虽然是从"女性写作"出发展开分析的,但却不得不承认女性主义批评自身的分裂:并不是每个女性主义者都对"女性写作"持肯定态度。如朱丽叶·米切尔就声称自己不相信有所谓的女性写作或"女人的声音",她认为女性只是在用"妇女的男性语言"歇斯底里地谈论女性的经验。所谓的女性写作既是"妇女小说家对妇女世界的拒绝",又是"来自男性世界内的妇女世界的建构"。②

三 斯皮瓦克:"策略本质主义"

既然本质主义与反本质主义的立场都受到了质疑,那么女性身份究竟何去何从? 在后现代语境下,女性主义者们仍然在身份问题上争论不休,至今尚未达成统一的认识。从某种意义上说,女性身份也暂时被"悬置"起来了。

作为一种激进的话语模式,西方女性主义批评虽然保留了具有

---

① [美]罗斯玛丽·帕特南·童:《女性主义思潮导论》,艾晓明译,华中师范大学出版社2002年版,第300—301页。

② [英]朱丽叶·米切尔:《女性·记叙体与精神分析》,载[英]玛丽·伊格尔顿编《女权主义文学理论》,胡敏等译,湖南文艺出版社1989年版,第181页。

西方色彩的菲勒斯主体，但多元化的主体身份却受到了质疑。以不支持多元化的主体身份的斯皮瓦克为例，她认为多元化"主体效应"（subject-effects）的理论在给人一种"破坏主体自主权"的幻觉的同时，也往往为这种知识提供一种"掩盖"。① 男性作为主体的历史已经被叙事化了，对自主性主体（Sovereign Subject）的批判实际上创立了一个主体。可是，具有普遍意义的主体实际上不存在，因此，一种社会中的主体或身份往往不能简单地转换到另一个社会中去。作为一个女人，斯皮瓦克首先感到了她在给她提供的客体/他者角色之间的犹疑，并感觉到她对一种艰难自由的主张——既作为女儿，又作为哲学化的母亲，女性如何才能作为主体在菲勒斯中心主义话语中占据自己的一席之地，拥有有效的身份呢？为了解决这一问题，斯皮瓦克创造性地将"策略本质主义"这一术语引入性别研究范畴。

在纷繁复杂的后现代语境之中，女性很难找到一条可以引导她们走出菲勒斯文化迷宫的"阿里阿德涅之线"（Clew of Ariadne）②。不少女性主义者把女性身份看成是可以引导女性走出迷宫的那根"阿里阿德涅之线"，但寄生于菲勒斯文化之中的女性身份却注定是分裂的、破碎的。换句话说，女性主体的建构并不能沿用菲勒斯中心主义的二元建构模式。因此，斯皮瓦克的策略本质主义不妨可以看成是对女性主体的挽救，只不过在她试图为女性主体身份的建构指明出路的同时，不可避免地将女性主体引入了语言的迷宫之中。作为历史的"主体"，女人总是同时出现在几个地方。正如斯皮瓦克本人所指出的："在女人身上，所有女人的历史都与她个人、历史、

---

① ［美］加亚特里·查克拉沃尔蒂·斯皮瓦克：《属下能说话吗?》，陈永国译，载罗钢、刘象愚主编《后殖民主义文化理论》，中国社会科学出版社1999年版，第99页。

② 阿里阿德涅（Ariadne）是古典神话中克里特岛国王米诺斯（Minos）的女儿，与雅典王子忒修斯（Theseus）一见钟情。忒修斯为拯救苍生，入迷宫杀死半人半牛的怪兽米诺陶（Minotaur），聪明的阿里阿德涅用一个线团帮助他走出迷宫。"阿里阿德涅之线"常被用来比喻引路的线索和摆脱困境的妙计。

第三章　女性身份的主体性建构　※※　179

民族和国际的历史混合起来。"① 因此，女人不可能是一种纯性别意义上的存在。斯皮瓦克虽然承认了"女性"身份，但这种承认实际上只是一种暂时的策略。斯皮瓦克反对男性/女性的二分法，反对一切基于性别的压迫，甚至反对女性本质，其所持的立场究其实质是一种超越了反本质主义的反本质主义立场。有学者认为，女性主义批评能够以"女性主义"作为自我描述的范畴，这本身就是一种处于菲勒斯社会的女性对自己所做的策略性的本质描述，也反映了一些身处菲勒斯社会中的女性主义者对自己生存环境中的主要压迫形势的认识，以及她们为对抗这种压迫而为自己设定的共同斗争的主体位置。②

与此同时，我们也应该注意到，斯皮瓦克不仅是一个女性主义者，也是一个解构主义者，她对"策略本质主义"的拥抱有着深厚的学术背景。作为女性主义者，斯皮瓦克需要"女人"这一具有本质主义色彩的概念，否定这一概念也就等于推翻了女性主义存在的根基；作为解构主义者，"女人"这一具有本质主义色彩的概念最终也将成为其解构之物。问题在于，人们很难将一般意义上的"女人""女性"或"妇女"的各种意义与女性主义者所提出的"女人""女性"或"妇女"的意义区分开来。

对斯皮瓦克来说，本质主义是一个诱惑，更是一个陷阱。以对女人的定义为例，它虽然是危险的，却又是不可避免的。从个体上来看，女性是一个复杂、多元、充满差异的概念，但相对于男性来说却是一个可以成立的概念。为了降低来自本质主义的风险，斯皮瓦克对女人的定义十分简单，认为女人往往"取决于在各种文本中所使用的'男人'这个词"③。在这里，斯皮瓦克没有给"女人"勾

---

① [美] 斯皮瓦克：《从解构到全球化批判：斯皮瓦克读本》，陈永国等译，北京大学出版社 2007 年版，第 227 页。
② 徐贲：《走向后现代与后殖民》，中国社会科学出版社 1996 年版，第 185—186 页。
③ [美] 佳·查·斯皮瓦克：《女性主义与批评理论》，孟悦译，载张京媛主编《当代女性主义文学批评》，北京大学出版社 1992 年版，第 303 页。

勒一个自足、独立的定义，只是根据"男人"一词对"女人"进行了简单的规定。她坦言自己能够确立的只是一个临时性的、出于争论需要的定义，即，

> 不是根据一个女人假定应有的本质，而是根据通常使用的词语来构筑我作为女人的定义的，男人便是这样的通用词语，而且不是某个通用词语，而是唯一的通用词语。①

显然，斯皮瓦克无心为女人确立一个永久性的定义，她的定义仅仅与词语有关，而与所谓的女人的本质无关。策略本质主义实际上把关于对抗主体的辩论重点从某种抽象的、完全一致的女性主体的认识能力转移到批判理论在具体社会环境中的运用上来。女性作为个体虽然存在普遍的差异，但仍属于同一个群体——妇女。换句话说，"女性"不应当被理解为一个自然形成的阶级，而应当被看作类似于"阶级"、有特殊目的的政治联盟。虽然在女性内部，妇女之间千差万别，但在与菲勒斯中心主义话语作战时，女性主义需要"女性"这一身份。作为有社会意义的对抗主体，"女性"都是集体性的，在理论表述上必然具有某种全称命题的意味。需要注意的是，女性身份在后现代语境下具有偶然性和策略性，"女性"的全称说法对斯皮瓦克来说只不过是一种策略性姿态。进一步说，"女性"的全称说法是出于女性对抗菲勒斯中心主义的共同利益和需要的一种"策略"姿态，我们不能忽略所谓的女性内部的差别、冲突以及压迫关系。女性主义不仅需要女性身份，更需要策略性地使用"女性"身份，不能用某种超历史、社会或阶级的固定本质将特定主体普遍化。此外，女性主体必然是个性与共性的结合，用我国学者徐贲的

---

① [美]佳·查·斯皮瓦克：《女性主义与批评理论》，孟悦译，载张京媛主编《当代女性主义文学批评》，北京大学出版社1992年版，第304页。

话说："即使每一个妇女都是个别的，她都会在话语表现和政治实践中与其他一些妇女表现出某种限度的共性。"①

当然，对策略本质主义也有不少批评意见，国外学者对策略本质主义的批判大致可以分为三类：第一，相信策略本质主义仍然是一个本质主义的概念，认为斯皮瓦克走向第一世界女性与第三世界女性的二元对立，其观点是建立在"倒转的种族中心主义"之上的；第二，批判策略本质主义的适用性，认为策略本质主义的设想过于理想化，其不可能成为政治斗争的武器；第三，认为斯皮瓦克反本质主义还不够彻底，策略本质主义过分局限于规范化的性别区分，没有考虑到不同性取向者的差异性。② 我国女性主义者在女性身份认同问题上大多数持积极态度，没有放弃建构女性主体的努力，因此对斯皮瓦克的策略本质主义也持一种否定态度，认为斯皮瓦克对女性主体的消解，不利于女性主义政治目标的实现。

不过，也有少数学者热情地称赞斯皮瓦克的策略本质主义，并为策略本质主义作辩护。在李银河看来，处理性别身份的异同问题其实可以遵循这样一个简单的原则，即从战略和策略两个层面来处理身份问题：

> 在短期的策略层面上，强调男女两性的同一性，以争取现实生活之中两性的平等权利；在长期的战略层面上，消解男性与女性的性别身份，保留个人的差异，为丰富多彩的个性的实现创造充分的条件。③

可以说，这是一种中国式策略本质主义的表达。显然，李银河

---

① 徐贲：《走向后现代与后殖民》，中国社会科学出版社1996年版，第185页。
② 相关观点，可参见李平《策略本质主义述评——后现代女性主义的"阿里阿德涅之线"》，《中国人民大学学报》2008年第1期。
③ 李银河：《女性主义》，山东人民出版社2005年版，第14页。

对斯皮瓦克的策略女性主义持赞成态度,她相信只要策略性地运用女性身份,在女性之间就有可能形成一个求同存异的集体——妇女。

此外,也有学者对策略本质主义给予了高度的评价,认为上述三种批评意见对策略本质主义的挑战未必成立,策略本质主义不仅对于后现代女性主义来说不会过时,而且依然是中国女性主义者的一种"好的选择"。[①]另外,还有人认为斯皮瓦克的策略本质主义是某种性别本体的回光返照,从某种意义上又回到了女性主体。[②]总之,策略本质主义的提出本身就是斯皮瓦克的一种策略,这一策略让我们看到女性主体在男性再现体系中的回归或显现的可能性,为建构主体性身份认同开辟了一条新的道路。

四 超越"差异僵局":定位式女性主义的诞生

空间是人类生存的基本范畴之一,人类无时无刻不处在空间的包围之中。一直以来,时间是一种占主导地位的思维方式,空间则被认为是一种中性、静止和均质的客观存在。我们从哪里来?到哪里去?身在何处?从地理学意义上来说,对身份的追寻也是一个空间定位的问题,"不论是在真正还是比喻的意义上,人们打哪里来、到哪里去的空间定位对其身份认同具有建构作用"[③]。20 世纪 70 年代晚期以降,女性主义研究对地理学造成明显冲击。西方马克思主义地理学的空间结构分析方法为女性主义研究提供了新的理论视角和分析工具,使得在公共空间内探讨身份认同的地缘政治成为可能。随着女性主义地理学的兴起,"姊妹情谊"(Sisterhood)很快烟消云散,女性在阶级、种族、年龄、性征等方面的分歧造成了女性身份

---

① 相关观点,可参见李平《策略本质主义述评——后现代女性主义的"阿里阿德涅之线"》,《中国人民大学学报》2008 年第 1 期。

② 相关观点,可参见王进、张颖《反本质主义与女性主义批判》,《北京理工大学学报》(社会科学版)2007 年第 3 期。

③ [美]苏珊·斯坦福·弗里德曼:《图绘:女性主义与文化交往地理学》,陈丽译,译林出版社 2014 年版,第 252 页。

的差异性与多样性，空间成为理解性别结构与历史变迁的关键所在。第三浪潮女性主义开始致力于各种空间批评与空间实践，正是在这一背景下苏珊·斯坦福·弗里德曼提出了"定位式女性主义"（locational criticism），希冀能以一种崭新的空间化方式向女性主义回归。

（一）女性主义：从"越界"到"定位"

目前，女性主义已经陷入形形色色的僵局之中。当女性主义遭遇多元文化主义，能否"超越"性别、肤色等二元思维模式，寻求一种更为自觉的定位式女性主义批评，突破女性主义的僵局？当女性主义遭遇全球主义，如何在"本土"将女性主义国际化，如何用地缘政治的思维将空间看作身份认同和社会体系的构成部分？当女性主义遭遇后结构主义，能否借助女性主义学术之外的理论框架，打破学院派女性主义内部的僵局，使"女性主义参与"成为可能，并创造"多元的"女性主义历史？为了回答这些问题，弗里德曼从"边界"出发，以一种空间化的身份变迁话语为轴心，考察了女性主义与多元文化主义、全球主义、后结构主义的结合，并以此为分析轴线揭橥话语之间的越界与杂合。"个人、性别、群体和国家间的边界在各种身份之间竖起了高墙。"[1] 在女性主义文化交往的图景中，边界既是一种真实的存在，也是一种想象性的存在。吊诡的是，恰恰是边界的存在使身份成为可以想象之物。

20世纪70年代末，女性主义内部出现了深刻的分歧，多元化政治使女性主义之间的差异性得到承认，多元文化的、国际化的、超越国界的女性主义的诞生有效阻止了个别女性主义霸权化的倾向。20世纪90年代，女性主义已经从一元化转向多元化。随着现代性与全球化的高度发展，越"界"[2]似乎变得越来越容易，女性主义开

---

[1] ［美］苏珊·斯坦福·弗里德曼：《图绘：女性主义与文化交往地理学》，陈丽译，译林出版社2014年版，第1页。

[2] 这里的"界"既可指国家疆界，亦可指个人边界；既可是字面意义的，亦可是比喻意义的；既是真实存在的，亦是象征性的。

始关注"定位"问题。边界作为地位和处境的标志物受到广泛关注,弗里德曼关注的即为女性主义与其他知识领域之间相互作用、相互联系和相互交流的"中间地带"。她认为只有在充满差异的边界地带,才有可能探查身份认同问题,挑战二元对立的思维模式,进而寻求一种对话的立场,因此她进一步提出自己的观点:女性主义应由多元化女性主义转向一元化的定位式女性主义。弗里德曼在《图绘:女性主义与文化交往地理学》(*Mappings*: *Feminism and the Cultural Geographies of Encounter by Susan Staford Friedman*,1998)一书中所要做的就是跨越存在于我们与他们、白人与他者、第一世界与第三世界、男性与女性、压迫者与被压迫者、固定性与流动性之间的传统界限甚至包括学科之间的界限,并且围绕性别、人种、族群、阶级、性征、宗教和国别等定位差异的坐标轴,发展出一种新型的、接受差异又不使其物化或异化的一元化女性主义,即定位式女性主义。

弗里德曼的定位式女性主义有如下特点:一是采取一种定位式认识论,认为历史和地理特性的不断变化催生了形态各异的女性主义;二是具有地缘政治意识,包含多种多样的女性主义形态,鼓励研究差异的各种表现形式;三是关注时间和空间的特异性,并不仅仅局限于某一种女性主义形态。当然,弗里德曼并不是想回到一个消除差异性、普适性的女性主义虚假概念中,而是要创造一种能够包容全球范围内相互冲突的文化和政治形态的女性主义。在文学研究与人类学之间的跨文化交往中,弗里德曼倡导的是一种定位/空间思维,致力于将叙事诗学空间化。她并未将空间视为一种"静态或空虚的特性",而是将其视为"人类社会的空间组织,也即历史上在具体的空间定位中,或经历空间定位的变化时,产生的文化意义和体制"[①]。简言之,弗里德曼的"空间"既非静止不变,也非先验性

---

① [美]苏珊·斯坦福·弗里德曼:《图绘:女性主义与文化交往地理学》,陈丽译,译林出版社2014年版,第155页。

的存在；相反，它是在历史中产生并建构的。此外，在女性主义与多元文化主义、全球主义以及后结构主义的文化交往中，话语之间的越界与杂合随处可见。在这种背景下，显然需要对女性主义进行重新定位。

(二) 突破僵局：新的身份地理学的提出

20世纪70年代到90年代末是女性主义研究与人文地理学的重要时期，也是地理学与女性主义彼此交往、相互渗透的时期。从女性主义内部来看，肖瓦尔特于20世纪80年代提出女性批评（gynocriticism）与女性本原批评（gynesis），她认为这两种理论和实践均强调社会性别及其作为身份的构成成分。不过，弗里德曼认为对社会性别的强调也会造成一定的盲目性，使得女性主义"面临着丧失其独特政治目标与能量的潜在危险"[1]。在差异轴线的纵横交错中，如何来定位女性、定位女性主义？对阶级、种族等差异的关注是否会威胁到女性的团结？就此，南茜·弗雷泽明确表示："只有抓住性别之外的从属轴线，才能将我们与围绕在我们周围的其他政治斗争的关系理论化。"[2] 弗里德曼则提出游移于"差异的边界"和"间隙的地带"之间的"新的身份地理学"（the new geographics of identity），从发展性思维方式转向地理型思维方式，不再把性别视为决定身份的唯一因素。

20世纪下半叶，空间问题日益突出，"空间转向"（spatial turn）成为学术界关注的热点领域。遭遇"空间转向"的女性主义开始尝试打破时间的线性思维方式，转向一种空间化的身份变迁话语。显然，弗里德曼的新的身份地理学带有环境与时代的独特印记，其所强调的正是空间在身份定位中的重要性。在这一大背景下，弗里德曼格外关

---

[1] ［美］苏珊·斯坦福·弗里德曼：《图绘：女性主义与文化交往地理学》，陈丽译，译林出版社2014年版，第21页。

[2] ［美］南茜·弗雷泽：《正义的中断：对"后社会主义"状况的批判性反思》，于海清译，上海人民出版社2008年版，第190页。

注处于人文学科与社会科学、所谓的本质主义与建构主义、身份政治与联合政治之间的交界地带。空间是人类生存的基本范畴之一,"常常起到比喻修辞的功用,喻指文化定位——喻指在空间和历史上产生的身份认同与知识"①。既然种族歧视、阶级压迫、性别偏见等非正义现象均关涉空间且在空间中展现,那么对身份问题的追寻归根结底都可视为空间问题。后现代地理学家爱德华·W. 苏贾(Edward W. Soja)在重申批判社会理论中的空间时,也明确指出:"我们生活的空间维度,从来没有像今天那样深深关牵着实践和政治。"② 人与人之间的区隔,如有色人种/白色人种、有产阶级/无产阶级、男人/女人等,在二元对立的结构中均存在一道潜在的空间界限:中心/边缘,而妇女无一例外均处于同一位置:边缘。如何才能把空间从性别的宰制中解放出来?这也是女性主义者目前所面临的现实困境。

20世纪90年代中期,女性主义陷入"差异僵局",身份问题再次成为性别研究中最迫切的问题之一。弗里德曼多次围绕身份所内含的差异性与同一性展开讨论:一方面,她认为身份意味着同一性,涉及对共同品质的理解,"肯定了某种共性,一种共有的立场";另一方面,她也承认身份是通过"参照他人与自身之间的差异"建构出来的,对差异性的理解有助于对同一性的认知。③ 身份不仅意味着个体与他者的相异、与所属群体的相同,而且意味着个体与所属群体的相异。"每一个人都属于不同的社会性别、年龄、民族,而且这些身份会同时体现在一个人身上。"④ 女性之间存在的种种差异使得

---

① [美]南茜·弗雷泽:《正义的中断:对"后社会主义"状况的批判性反思》,于海清译,上海人民出版社2008年版,第195页。
② [美]Edward W. Soja:《第三空间:去往洛杉矶和其他真实和想象地方的旅程》,陆扬等译,上海教育出版社2005年版,第1页。
③ [美]苏珊·斯坦福·弗里德曼:《图绘:女性主义与文化交往地理学》,陈丽译,译林出版社2014年版,第22—23页。
④ 蔡一平:《跨越彩虹——苏珊·弗里德曼谈多元文化下的女性写作》,《中国妇女报》2001年8月13日。

以"女性"范畴为中心,将所有女性联合起来、统统纳入旗下的目标陷入"僵局"之中。身份是不同轴线的交叉点,"差异僵局"是一场与身份有关的"僵局",身份日益呈现出复数性、杂交性的特点,故很难在线性的时间内来把握或建构。为了突破僵局,首先必须"超越"那些"陈陈相因且经常无效的思维模式"[1]。弗里德曼分别沿着女性主义/多元文化主义、女性主义/全球主义、女性主义/后结构主义这三条轴线展开分析,主要使用了结合主义、跨学科、文本分析等研究方法将定位式女性主义理论化。弗里德曼的新的身份地理学在突破身份僵局方面进行了有益的探索,不过,女性主义与多元文化主义、全球主义、后结构主义并非完全对接,这四种话语虽互有重叠但各有所指,甚至指称各个话语的术语本身也有很大的争议。据此,弗里德曼又采纳结合主义研究方法,对多元文化主义、后殖民主义、后结构主义等话语进行吸收和改造,游走于不同话语之间,既关注女性主义,同时又具有广泛的可比性。这种结合主义类似于德里达的"嫁接",具有明显的后现代精神特征。在第三浪潮女性主义中,女性主义话语的"嫁接"特征尤为显著。按照德里达的观点,意义产生于一种"嫁接的过程",言语行为则是"不同方式的嫁接"[2]。在此意义上,一元化定位式女性主义可以看成是女性主义与其他话语交往、嫁接、结合的产物,甚至女性主义本身也可被视为"嫁接之物"。不过,"嫁接"是一项复杂的系统工程,往往需要借鉴其他学科的理论框架,如族裔研究、后殖民研究、社会理论、后结构主义、全球化研究等,来透视女性主义者争论的问题,从而实现各种理论话语和学科的杂合、融会和交叉。

值得关注的是,弗里德曼并没有停留在女性主义与其他理论框

---

[1] [美]苏珊·斯坦福·弗里德曼:《图绘:女性主义与文化交往地理学》,陈丽译,译林出版社2014年版,第11页。

[2] [美]乔纳森·卡勒:《论解构:结构主义之后的理论与批评》,陆扬译,中国社会科学出版社1998年版,第117页。

架、学科话语的结合图景上,叙事始终是其描绘女性主义论战态势之时的中心话题,各种话语之间的越界与杂合也都指向叙事。叙事文本是弗里德曼的试验场地,在其看来,身份作为变化不已的现象,只有在叙事中才可以被想象,"身份其本身即为人为建构的叙事,是穿越了时间与空间,经历过发展、演变与革新的系列事件"①。

(三)"超越"性别:女性主义的未来

20世纪80年代,后结构主义主宰了人文学科旗下学院派女性主义的活动领域。不过,后结构主义对主体不加分析的否定与抛弃,与女性主义的政治诉求互相抵牾。目前,女性主义仍需要一块"超越"性别、差异等范畴的地带,以解释身份的矛盾性、流动性和复杂性。以弗里德曼为代表的后女性主义者既要"超越"基要主义的身份政治,也要"超越"绝对论式的后结构主义理论。到了20世纪90年代中期,弗里德曼开始表明:女性主义的未来在于超越性别,承认并强化那些业已发生的变化。

在以往的女性主义理论中,"超越"一词意味着摆脱先前的、已经落后或不再具有进步性的线性变化模式,弗里德曼则把这种"超越"视为不断重写的过程,并认为这是对历史进行空间化的隐喻。在此,女性主义不是要放弃性别和差异等范畴,而是主张对其加以补充,超越以单一性别为支点进行批判的性别论。弗里德曼认为性别和差异等范畴的存在本身是必要的,但女性主义理论之所以陷入僵局,正是这些范畴的霸权造成的。② 按照霍米·巴巴(Homi K. Bhabha)的观点,"超越"是一种探索性的、躁动不安的运动。因此,在"超越"中,女性主义会产生一种迷向感。弗里德曼用"超越"这一术语是想描述在各种尝试理解差异和图绘差异间隙空间的努力之间进行的霍米·巴巴式的"忽此忽彼、来来回回"的运动。

---

① [美]苏珊·斯坦福·弗里德曼:《图绘:女性主义与文化交往地理学》,陈丽译,译林出版社2014年版,第9页。

② 同上书,第11—12页。

女性主义要走出僵局,既需要"超越"性别、肤色等二元对立思维模式以及存在于二元之间的传统界限,还需要"超越"差异僵局的边境以及对差异的理论探讨,进而探索差异之间的间隙空间。

与此同时,弗里德曼也认识到"超越"的危险之所在:一是动摇女性、女性群体或女性特征等范畴所蕴含的政治主张,二是促使人们取消社会性别这一陈旧过时的范畴。因此,要走出僵局,还必须肯定历史书写的意义,鼓励以叙事形式创造"多元的"女性主义历史。换言之,在解构象征秩序的同时还需重构象征秩序。然而,重构之路更是危险重重,危险一方面来自女性主义内部对单一性别分析角度的质疑,另一方面来自外部后结构主义对女性主义历史书写的质疑。吊诡的是,正是这些危险捍卫了对女性主义进行的女性主义叙事。与此同时,对女性主义及其相关概念的质疑也将有助于女性主义参与建构多元的历史,使其不再重复阳具逻各斯中心主义(phallogocentrism)的象征秩序的二元对立结构。此外,还需要警惕提倡多元的女性主义历史所可能面临的多元主义危险。对女性主义而言,历史书写是一种积极参与的政治行为,但在历史书写的过程中如何才能避免落入宏大叙事的窠臼,也是其所面临的危险。尽管身陷悖论之林,女性书写仍然表现出越界和革命的潜力,毋庸置疑,女性对历史和神话的重新书写在不同程度上"超越"了受菲勒斯宰制的象征秩序。

从自由主义女性主义到后结构女性主义,美国女性主义思潮每个派别的产生均与其所产生的那个时代的社会发展、理论思潮密切相关,弗里德曼所倡导的一元化定位式女性主义也不例外。定位式女性主义丰富了女性主义方法论的内涵,打破了学院派女性主义内部的僵局,开启了女性主义理论和实践的新视野,但作为一种新型的女性主义,这种女性主义还需为自己的合法性进行辩护:女性主义如何才能超越真实与想象的二元对立,在充满差异性的边界地带寻求一种对话的立场?"我们"是谁,谁在与"我们"对话?当

"我们"一词仅仅指称学院派女性主义者这一群体时,女性主义洞见了什么,又遮蔽了什么?形色不一、见解分歧的学院派女性主义者能否聚集在"我们"的麾下,这一聚集是否会催生新的精英女性主义?如果说女性主义彼时的多元化转向是一种历史进步,那么弗里德曼此时的一元化转向会不会是一种历史的迂回?这些对女性主义来说都是悬而未决的问题。

弗里德曼借鉴多种相互交叉的理论资源,以其开放、包容的姿态为女性主义勾画未来的发展路线,推出了一种新型的女性主义,但其过于倚重学院派女性主义的启示教导,而忽视了被"我们"排除在外的其他女性群体的政治诉求。在多元化背景下,性别不再是分析女性问题的唯一视角,其核心作用只有在特定的情境下才发生作用,并且永远与文化中诸如人种、族群、阶级、性征、宗教和国别等其他因素纠缠、交叉在一起。因此,女性主义需要一种包含了多种多样的形态、鼓励研究差异的各种表现形式的定位式研究。

第三节 女性身份的主体性建构
——以江永女书个案分析为例

在菲勒斯文化中,社会生活的空间维度受在场的男性话语支配,几乎所有的文本再现的都是有关男性这一单一性别的现实。现实中的女性或干脆被排除在话语之外,或在话语中不断地被歪曲。如果女性拥有自己的文字,是否能完成自身的主体性建构呢?又或者,当女性以"我们"的身份言说时,是否意味着女性已经从菲勒斯中心社会中剥离出来,成为言说主体?当西方女性主义者梦想通过创造女性文字来构造一个独立于男性的世界时,女书[①]正悄然淡出江永

[①] "女书",又名"女字",既指女书文字,又指用女书文字书写的作品。

女性的生活。

1982年，宫哲兵发现了女书文字，次年公开发表《关于一种特别文字的调查报告》①，女书文字首次在国内外引起广泛关注。2002年，在江永女书国际研讨会上，宫哲兵明确指出：女书是一种女人创造、女人使用，专门写女性生活、女性感情的文字。② 女书是一种神秘而原始的文化现象，流传于湖南省江永县上江圩镇一带。在上江圩镇一带，汉、瑶两族长期混居，瑶区汉化，汉人瑶化，女书正是在这片特殊的文化土壤上孕育出来的一枝奇葩。女性（主要是结拜姊妹）经常聚在一起研习女书文字，吟唱女书作品，以此来倾诉自己的才情与苦乐。迄今为止，女书仍是世界上唯一发现的、在女人中间使用的女性文字。目前，学术界对于女书的起源尚无定论。书写、传唱女书曾是瑶族女性极其重要的一种生活方式，与其闺楼生活、婚恋生活、家庭生活、休闲方式以及宗教仪式等息息相关。女书作为女性专用文字，历来只为瑶族女性所掌握。在女书作品里，瑶族女性试图以一种不同于男性的性别身份来讲述女性自身的故事，不仅强化女性身份、颂扬姊妹情谊、重塑女性形象，而且再现了女性眼中的社会、历史与文化。

从女书的"偶然"诞生到女书的"自然"消失，女性的身份认同经历了怎样的变迁？在女书濒临灭绝之际，这一问题尤其值得人们关注和深思。

一 "君子女"：女性身份的自我建构

作为世界上唯一的女性文字，女书是女性意识高度发展的产物，是女性身份建构的途径之一。女书作品一般写在纸片、布帕、扇面

---

① 宫哲兵：《关于一种特别文字的调查报告》，《中南民族学院学报》1983年第3期。

② 宫哲兵：《抢救世界文化遗产——女书》，时代文艺出版社2003年版，第83页。

或"贺三朝书"① 上,作者是一群被剥夺了受教育权的小脚女人,往往以"君子女"自称。在孔孟之道中,女子显然与君子不同类,故孔子有云:"唯女子与小人为难养也,近之则不孙,远之则怨。"(《论语·阳货篇第十七》)在此,由"君子"与"女子"嫁接而成的"君子女"具有"双性同体"的特点,兼具男性特征与女性特征。

从表面上看,"君子女"作为女性自我建构的身份,既有别于男性"君子",也有别于被男性语言命名的"女人",甚至有别于《诗经》中的"君子女"。《诗经》中的"君子女"不论是"绸直如发""谓之尹吉",还是"卷发如虿"(《诗经·小雅·都人士》),都是对"都人士"形象的一种补充说明。究其实质,女书作者仍然无法挣脱男性话语编织的意义之网。

在以菲勒斯为中心的传统社会,"二元论固有的内在本质是将男性的政治理论严格认同于理性、秩序、文化和公共生活,而女性则与自然、情感、欲望和私人生活密切相关"②。按照这种男权文化逻辑,女性被理所当然地拒绝在理性、秩序、文化和公共生活之外,女性的价值也不可避免地遭到贬损。不难理解,"君子女"为何会在《贺三朝书》中不断吟唱"女人没用多"③。或是为了摆脱菲勒斯话语的影响,或是为了消磨沉闷乏味的深闺时光,总之,沉寂了数千年的女性终于拥有了属于自己的文字,并用这种文字著书立说,倾诉衷肠。在此,女书是女性身份建构的一个新起点,其出现标志着女性意识的提升与女性身份的建立。在菲勒斯话语居于统治地位的文字世界里,女书作者终于"构建起了压迫下的一片蓝天,对于男

---

① "贺三朝书"是一种线订的小纸本子,常用来夹藏彩线、花样、剪纸、鞋样子等。按照旧时当地风俗,结婚第三天,新娘的女性亲友要带着"贺三朝书"前来祝贺。前几页用女书写上些祝贺的话,后几页则留给姊妹婚后书写心情。

② [加]巴巴拉·阿内尔:《政治学与女性主义》,郭夏娟译,东方出版社2005年版,第9页。

③ 谢志民:《江永"女书"之谜》,河南人民出版社1991年版,第167页。

权社会的高压统治提出了发自内心的最强烈的反抗"①。

对以"君子女"自称的女书作者而言,女书"既是无聊孤苦生活的一种慰藉,更是对男女平等的向往,一种同男权社会对等的身份识别系统的建立"②。在历史文本与话语实践中,女性被占绝对统治地位的男性表述为"她们";在女书作品中,女性终于成为叙事和言说的主体——"君子女"。从这种意义上说,女书的出现打破了"男书"(汉字)一统天下的局面。借助女书文字,女性开始采用女性独有的视角观察、思考问题,建构并实践女性的身份和立场。遗憾的是,这一女性身份识别系统尚未完全成熟就已处于崩溃的边缘。

二 女书:女性作为女性构建女性身份

女书专家谢志民根据作品内容的不同类型特点,把传统女书作品分为书信、抒情诗、叙事诗、柬帖、哭嫁歌、歌谣、儿歌、谜语、祷神诗、唱本③等十类。这些女书作品不仅表现出了强烈的女性意识,回答了"我是谁"的问题,而且表明了自身是如何认同于女性而区别于男性的。

如前所述,身份认同在社会学研究领域是一个多侧面的概念,与我们是谁以及什么对我们有意义的理解有关,性别、民族、阶级等都是认同的主要来源。对女性或男性来说,身份认同都是必要的。我国有学者指出:"认同总是给予我们一个在世的定位,展现出我们和我们所生活的社会之间的联系。"④ 的确,"君子女"作为一种身份认同给予了女性"一个在世的定位",为女人作为女人言说自我提供了一个契机。

---

① 宫哲兵:《抢救世界文化遗产——女书》,时代文艺出版社 2003 年版,第 51 页。
② 同上。
③ 谢志民后来在论文《中国女书作品的文体特点及其分类》(载于《世界文学评论》2007 年第 1 期)中也将女书作品分为十类,但用"译文"替换掉了"唱本"。
④ 周宪编著:《文化研究关键词》,北京师范大学出版社 2007 年版,第 219 页。

按照吉登斯的认同观，我们可以把女性身份认同区分为女性的社会认同和女性的自我认同，前者往往包括一个集体的维度，能够标示出个人是如何与"其他人"相同的，后者把"我们"（女性群体）区分为不同的个体。在湖南江永一带，女性出嫁后"不落夫家"，婚后三天就住回娘家，直到生产后才能回到夫家。在此期间，已婚女性不能与其他男性交往，女书的存在也正是"以封建礼教隔绝男女之间正常交往为前提的"①。这一特定的历史背景加强了女性之间的姊妹情谊，促成了相对封闭的女性群体。作为一个群体性的再现系统，女书所呈现的女性世界并非作为菲勒斯文化的一个附属而存在，"它有着自己独立的思想与人格，有着独特的看问题的眼光与视角"②。女书作者通过对女性历史、经验与生活的再现，完成了对女性身份的确认，传达了女性集体或个体的经验，并赋予女性生活以普遍的价值与意义。

在回答"我是谁"这个问题时，女性往往"通过对我从何处和向谁说话的规定，提供着对我是谁这个问题的回答"③。女书作品为我们呈现了两个截然相反的世界：写实的女性世界与虚构的女性世界。在写实的女性世界，女书作品是女书作者生活的真实写照，再现了真实的女性形象，表达了她们在生活中的喜怒哀乐与酸甜苦辣。旧时江永一带的女性都是三寸金莲，整日在闺楼上做女红消磨时光，因而被称为"楼上女"。按照查尔斯·泰勒的观点，"知道我是谁，就是知道我站在何处"④。几乎所有的女书都是在"冷楼"上完成的，故女书作品中不断出现"冷楼"二字。如："冷楼修书将三日，奉到远乡相会。"⑤ "眼泪双飘全不静，冷楼无安写信来。"⑥ 不少女

---

① 宫哲兵：《女书：中国女性为自己创造的文字》，《中国民族》2005年第7期。
② 宫哲兵：《抢救世界文化遗产——女书》，时代文艺出版社2003年版，第50—51页。
③ ［加］查尔斯·泰勒：《自我的根源：现代认同的形成》，韩震译，译林出版社2001年版，第51页。
④ 同上书，第37页。
⑤ 谢志民：《江永"女书"之谜》，河南人民出版社1991年版，第41页。
⑥ 同上书，第96页。

书作品再现了"楼上女"出嫁前的楼上生活,如歌谣《女子成长歌》就生动地记载了女子出嫁前的成长经历:"六岁和姥养蚕蛹,七岁拿篮绩细锭,八岁上车纺细纱,九岁裁衣又学剪,十岁拿针不问人,十一织罗又织锦,十二抛梭胜过人。"① "君子女"以其独有的女性视角,为后人展现了不同于男性书写的女性世界。

与此同时,女书作品中的女性常常自喻为"红花""好花",以此来强化自己的女性身份。在以菲勒斯为中心的传统社会,女性不能凭借智慧和才能来改变自身的命运,只能做"树上红梅无用枝"②。"红花"虽好却娇弱无力,在现实世界往往不能左右自己的命运,因此反复吟唱自己的"无用"。结拜姊妹有时也会因其女性身份而面临生离死别:"设此投着男儿子,几个同凭不拆开。"③ 如果像"男儿子"一样自由,姊妹几个就可以长相厮守、永不分离了。母亲并没有为女儿们留下一座可资利用的花园,或者女儿们已找不到通往花园的路径了,于是将目光投向身边的姊妹,建立姊妹情谊。

旧时,江永一带的女性盛行结拜之风,名曰"结老同"(或"结老庚")。不论姓氏异同,年龄大小,已婚未婚,只要意趣相投即可结为姊妹,终生友爱。作为结拜姊妹的文化媒介,女书再现了姊妹之间的深厚情谊。其中,"贺三朝书"里不少篇章表达了结拜姊妹对自由生活的向往以及与对方长相厮守的愿望。如"若是世间由咱们曰,一世同凭不分居。"④ "若是由咱们心上话,一世娘楼不分居。才咱们四个逍遥乐,好义结交长日凭。"⑤ 此外,有些作品再现了结拜姊妹一起度过的幸福时光。如《天开南门七姊妹》就描绘了高银先与结拜姊妹同吃、同住、同生活的喜悦之情。⑥ 七

---

① 谢志民:《江永"女书"之谜》,河南人民出版社1991年版,第843—845页。
② 同上书,第115页。
③ 同上。
④ 同上书,第63页。
⑤ 同上书,第79页。
⑥ 同上书,第485—491页。

姊妹在一起生活，就像鸳鸯戏水一样开心、快乐；姊妹之间相亲相爱，就像刘海戏蟾的传说一样流传万古。在此，结拜的七姊妹被喻为从南天门走出来，骑着凤凰飞下凡间的七仙女。又如《大齐命轻来结义》，胡慈珠、义年华等人共同回忆了姊妹一起生活的快乐时光和生活情态："几个园中逍遥乐，又摘仙桃又折花"①，想折几枝桃花插在头上，但又担心"老插红花不尚时，亦怕人家来取笑"②。

在当地，姊妹情谊也有可能上升为同性之间的爱情，不少结拜姊妹之间都有类似情人或胜似情人的关系，这在宫哲兵的《女书与行客——亲密女性间的情歌与情感》一文中有翔实的论证。③从一般意义上说，行客是结拜姊妹，你行到我家里做客，我行到你家里住几天，所以称为行客。不过，行客也可指结拜姊妹中有亲密情人关系的女子，她们同吃同住，形影不离，感情至深。故一个出嫁后，另一个会顾影自怜，哀叹"实在可怜我一个，好比深山孤鸟形"④。

儿歌《面前狗吠有客来》更是证实了结拜姊妹之间超乎寻常的关系，姊妹间的一问一答甚至流露出了强烈的妒恨之情。"姊"出嫁前来到"我"家，闷闷不乐地说："他家求亲求得忙，拆散一对好鸳鸯。"⑤"我"则不慌不忙地说："不要紧，不要忙，买对蜡烛去求福。我去求福求得准，保起他家死一屋。大大细细都死了，给我两人行得长。"⑥显然，"好鸳鸯"不是指即将成亲的青年男女，而是指相亲相爱的结拜姊妹。姊妹被拆散，除了求福、诅咒男人，又能

---

① 谢志民：《江永"女书"之谜》，河南人民出版社1991年版，第520页。
② 同上书，第521页。
③ 宫哲兵：《抢救世界文化遗产——女书》，时代文艺出版社2003年版，第205—214页。
④ 谢志民：《江永"女书"之谜》，河南人民出版社1991年版，第107页。
⑤ 同上书，第1044页。
⑥ 同上。

如何？姊妹再好，终归还是要嫁人的。而女子出嫁历来是"男家欢喜女家愁"①，哭嫁歌描述了新娘出嫁前夕的凄凉心境，或哭嫁妆少，或哭别亲友，或哭别闺房，或哭上轿。出嫁前的生活是自由而幸福的，正如歌谣《哪个做女不风流》所吟唱的："唱头歌崽解忧愁，哪个做女不风流。"② 相比之下，姊妹们出嫁后的生活是艰难、凄苦的。从一月到十二月，不管是过新年节还是过年终节，在婆家都没有在娘家快乐，"做女风流真风流，做媳风流眼泪流"③。这种强烈的怨嫁情绪在女书作品中体现得淋漓尽致，"伤心""可怜"和"眼泪"是女书中使用得最多的字眼。

此外，还有一些女书作品真实地再现了江永一带女性的悲惨遭遇，谱写了一曲苦难与抗争的悲歌。一位佚名女性在从娘家永明县（今江永县）回婆家道县的途中受歹人欺负，不但没有得到安慰，反而受尽世人讥笑。悲愤之情难以化解，只好借女书来抒怀："珠泪流，诉女亏，把笔愁言传世知。"④ 如果说这位佚名女性的苦难是一次偶然的不幸，那么唐宝珍一生所面临的灾难则犹如挥之不去的梦魇，接踵而至。由高银先所代笔的《自己修书诉可怜》记载了唐宝珍一生所经历的种种变故，如五个弟弟相继病逝、子女夭折、几任丈夫先后离世等。在唐宝珍看来，世上没有比她更可怜的人了，"一日三餐四顿到，好比深山孤鸟形"⑤。老人想"自缢"，但"又气命中不尽头"⑥，所以"静坐宝房无思想，自己修书诉可怜"⑦。由此可见，女书不仅是女性苦难生活的精神慰藉，而且是她们与命运抗争的精神武器。

---

① 谢志民：《江永"女书"之谜》，河南人民出版社1991年版，第1033页。
② 同上书，第849页。
③ 同上书，第877—889页。
④ 同上书，第552页。
⑤ 同上书，第497—498页。
⑥ 同上书，第504页。
⑦ 同上书，第492页。

198　❋❋　从"反再现"到"承认的政治"：女性身份认同研究

在传统社会中，包括瑶族女性在内的所有女性均难以驾驭自己的命运，这在女书的写实性作品中已经体现得淋漓尽致。相比之下，在女书虚构的女性世界中，我们看到的却是一系列具有独立精神的女性形象，如自强自立、坚贞不屈的张氏女，女扮男装、一心求学的祝英台，等等。在虚构的女性王国里，女性自强自立、敢爱敢恨，不再作为男性的附庸而存在。与此同时，女性的经验和日常行为也被嵌入过去、现在和未来的延续之中，女性开始尝试开创一种新的女性传统。然而，"传统并不完全是静态的，因为它必然要被从上一时代继承文化遗产的每一新生代加以再创造"①。女书中的女性主体虽然还坚守着传统的道德，但已开始具有某种独立精神了。如《卖花女》中的张氏女出嫁后，由于天灾人祸，家道中落，准备上街去做卖花女。但家里人都劝她说："宁可饿死家中坐，不能去做露面人。"② 但张氏女自己坚持"剪起纸花卖钱文"③，踏入女性的禁地：公共领域。如果女性继续被排除在社会生产劳动等公共领域之外，只能在私有领域从事纺织、绣花等家务劳动，那么女性的解放也就只是一个神话。正如马克思、恩格斯所论述的："妇女的解放，只有在妇女可以大量地、社会规模地参加生产，而家务劳动只占她们极少的工夫的时候，才有可能。"④ 从私人领域走向公共领域，是迈向妇女解放的第一步，也是最关键的一步。由此看来，张氏女"做露面人"这一举动已具有非比寻常的历史意义。

不过，张氏女严词拒绝国丈的威逼利诱所采取的誓死不从的姿态，一方面维护了女性作为个体的尊严，另一方面她所坚守的又恰恰是菲勒斯文化所确立的女性价值观："好马不配双鞍子，好女不配

---

① ［英］安东尼·吉登斯：《现代性的后果》，田禾译，译林出版社2000年版，第33页。
② 谢志民：《江永"女书"之谜》，河南人民出版社1991年版，第1188页。
③ 同上书，第1190页。
④ 《马克思恩格斯选集》第4卷，人民出版社1995年版，第162页。

二夫君。"① 由此可见，女性对自我的价值评判在很大程度上依赖于菲勒斯文化并受其支配，她们虽然已经开始运用主体身份进行自由选择，但其思想、行动、言语却无不受制于男性所确立的价值观。的确，女性是依赖于男性语言和意识形态来看待自己的个人身份与社会身份，并内化为一个"女性"主体的，拥有自己文字的瑶族女性也不例外。"身份不是某种深藏于个人内心的东西，而处于个人与社会的交互作用之间。因此，身份总是处于过程之中。"② 这就意味着，女性身份的建构既不可能在女性内部完成，也不可能一蹴而就。女性身份虽然是一种内在于女性的心理过程，是女性关于自我的固定的核心意识，但这一身份的实现却发生在特定的文化背景之中，且依赖于个人与社会的交互作用。因此，要实现女性的身份认同，我们不仅需要女性的自我认同，也需要男性话语以及男性社会的肯定性承认。

遗憾的是，就目前发现的女书作品而言，绝大多数尚停留在日常生活叙事层面，极少有作品能深入父权文本背后解构性别神话，亦不能提出具有实践性的、可操作的女性身份认同策略。

三 身份诉求：从自我"认同"到他人的"承认"

作为一种仅在女性内部使用的文字，女书致力于建构一种女性集体身份，尤其强调使用者的性别身份。对于诸如女性这些"因受制于个体拥有的明显的资源不足而居于个体末端且还不能像个体一样自主的人类"来说，"集体主义"仍然是第一选择。③因此，女性身份仍然是女性不得不坚守的策略和立场。不得不承

---

① 谢志民：《江永"女书"之谜》，河南人民出版社1991年版，第1215页。
② [美] 克里斯汀·艾斯特伯格：《身份理论——女同性恋和双性恋的重要性》，载[美] 葛尔·罗宾等《酷儿理论》，李银河译，文化艺术出版社2003年版，第236页。
③ [英] 齐格蒙特·鲍曼：《流动的现代性》，欧阳景根译，上海三联书店2002年版，第50页。

认,在女性被普遍剥夺了受教育权的传统社会,瑶族女性借助女书在女性内部建构的具有集体主义维度的女性身份,极大地丰富了女性身份的内涵。

作为一种文化身份,女性身份与女性乃至全人类共同的历史经验和共有的文化符码相关。如女书中的《清朝不太平》《解放人民大翻身》《抽丁怨》等作品再现了女性亲历的历史事件,这种叙事既是一种私人叙事,也是一种宏大叙事。以《抽丁怨》为例,从内容到风格都与当时全国流行的抗日歌曲迥异。远藤织枝在《女书创作中的抗日歌》一文中对此有详细的论述和比较。① 女书有着为感叹人生而唱的传统,因此,抗日歌曲的内容不是直接歌唱抗日,而主要表达了家里的劳动力被征去当兵,一家人长吁短叹的情景。在宏大的历史叙事中,女书依然坚持自己独立的品格,以独有的语句、问题与格调来再现历史事件。

在菲勒斯文化中,女性以任何公开的方式凭借女性身份来说话,其结果都有可能是毁灭性的。因此,女书最初只在女性之间传播,女性也只能以"独白"的方式与父权制抗衡。值得关注的是,女书作品一般只在女性内部咏唱和流传,而《抽丁怨》却是个例外,不仅女性会咏唱,而且不少男性也会咏唱。在鲍曼看来,如果现代的"身份问题"是如何建造一种身份并且保持它的坚固和稳定,那么后现代的"身份问题"首先就是如何避免固定并且保持选择的开放性。② 从《抽丁怨》的流传来看,女书作品本身就是一个开放的系统,并没有将另一性别完全拒之门外。甚至我们可以说,在女性回答"我是谁"这个问题时,潜在的对话者已经被规定为拥有特权的男性。

---

① [日] 远藤织枝:《女书创作中的抗日歌》,载 [日] 远藤织枝、黄学贞主编《女书的历史与现状:解析女书的新视点》,中国社会科学出版社2006年版,第127—150页。

② [英] 齐格蒙·鲍曼:《生活在碎片之中——论后现代的道德》,郁建兴等译,学林出版社2002年版,第86—87页。

第三章　女性身份的主体性建构

从"沉默"的无字时代到"独白"的女书时代,女性在自我书写与书写自我的过程中增强了身份认同感。但在世界多元文化互动的时代,女性身份不仅需要自身的"认同",而且需要他人的"承认"。正如泰勒所言,"没有承认,大多数人什么也不能做"[1]。女性身份部分地是由他人的承认构成的,如果得不到他人的承认,或者只是得到他人扭曲的承认,会对女性身份构成显著的影响。这就是说,身份认同并不仅仅是"我如何定义我是谁"的问题,而且是"他人如何定义我是谁"的问题。[2] 显然,在女书所建构的独白式的、呓语般的女性世界,女性不可能实现自己的身份认同。瑶族女性早已意识到这一点,因此才在女书中呼吁:"天下女人要出乡"[3]。这或许可以看成一种隐喻:女性只有走出女书所建构的纯女性世界,进入由男性主导的公共领域,才有可能获得"他者"男性的认同与承认。

作为女性书写的一种范例,当时的历史环境与社会现实条件都不允许女书在男性中间流传,甚至不允许其在女性群体中使用,因此,女书不可能成为女性或人类普遍书写的文字。虽然女书完成了在女性内部建构女性身份的历史使命,让我们认识到了女性书写以及女性身份的可能性及其限度,但性别平等与性别正义尚未实现,女性依然需要为"承认"而斗争。"寻求承认的斗争只有一种令人满意的结局,这就是平等的人之间的相互承认。"[4] 在后现代语境下,身份蕴藏了权力,人人都可以参与互相界定的游戏。对女性而言,必须接纳一个"有意义的他者",获得男性的认同,才能最终实现男女之间的平等以及相互承认。

---

[1] Charles Taylor: *A Secular Age*, Cambridge & London: Belknap Press, 2007, p. 137.
[2] [加] 查尔斯·泰勒:《承认的政治》,董之林、陈燕谷译,载汪晖、陈燕谷主编《文化与公共性》,生活·读书·新知三联书店 2005 年版,第 290—291 页。
[3] 谢志民:《江永"女书"之谜》,河南人民出版社 1991 年版,第 167 页。
[4] [加] 查尔斯·泰勒:《承认的政治》,董之林、陈燕谷译,载汪晖、陈燕谷主编《文化与公共性》,生活·读书·新知三联书店 2005 年版,第 311 页。

本章小结

本章主要围绕女性主体身份的建构展开论述，试图在菲勒斯中心主义的阴影下为女性主体闯出一条"生路"。如果不能在菲勒斯文化中确立自身的主体位置，女性绝无完成主体性身份建构的可能。问题在于，当女性主义将建构女性主体确定为奋斗目标时，主体已经被菲勒斯中心主义的话语宣告消亡了，于是主体也就成了永不可抵达的主体。

女性主体的建构之路注定是荆棘密布的漫漫长路。从主体的出场到主体的隐退，都是在"女性"主体缺席的情况下发生的。因此，在幻象与真实之间，我们很难为象征秩序之外的女性主体安排或设定一种未来。这种"不知所措"直接导致了女性主义内部的本质主义与反本质主义之争，以及女性身份认同建构的多种面向。无论是本质论，还是反本质论，都有自身的合理性。

要建立女性身份认同，必须求助于一系列主体性建构活动。在经历反再现与解构之后，女性身份认同的建构似乎水到渠成，其实不然，将主体理论纳入身份认同建构出于多方面的考虑。首先，女性主体是女性实现身份认同的阿基米德点。只有在建立主体性的过程中，"他者"女性才能把握自己所在的位置，才能在与"男性他者"的互动中构建自我，回答"我是谁"。其次，男性主体的衰落恰恰为女性身份认同的建构提供了历史性的契机。女性主义所建立的女性主体本身就是分裂的，不同于以菲勒斯为中心的整齐划一的男性主体。最后，女性主义仍然不可能放弃女性主体性的观念。要想拥有占据积极位置的身份认同，女性首先必须获得主体的资格，作为主体言说自己。无疑，女书为女性言说自我提供了一种可能。只有作为主体进入以菲勒斯为中心的语言系统，女性才有可能实现自我身份的建构。从某种意义上说，男性主体的死亡对于女性来说并不完全是一件坏事，反而将女性从菲勒斯中心主义结构中解放出来。

事实上，定位式女性主义并未真正超越"差异僵局"，女性身份问题在此被悬置了。显然，女性身份认同的建构并不是一项简单的事业，在建构的同时也必将面临一系列解构性悖论。首先，建构女性主体身份需要主体理论的支撑，但主体已经声名狼藉，对主体性哲学的批判更是此起彼伏。因此，在对主体理论的嫁接过程中，往往顾此失彼，前后矛盾。其次，主体男性作为隐退的主体，仍然潜在地影响着女性主体身份的建构。我们很难从菲勒斯中心主义结构中逃逸出来，更不容易保证女性主体的纯洁性。再次，女性主义陷入本质主义与反本质主义的无穷论争中，在建构女性主体方面投入的精力严重不足。至今，女性身份的社会建构论与生理决定论的争论仍然没有中断。复次，随着主体的分裂，女性身份认同的建构目标也不甚明了。在建构女性集体身份时，如何才能保证个体身份不被遮蔽？女性主义很难在分裂的个体身份与集体身份之间做出抉择。最后，女性如果在象征秩序中看不到自我，又如何在象征秩序之内建构自身的主体性呢？至于女性身份认同应该如何，能够到何种结果，就更是不得而知了。在后现代的解构氛围中，几乎不可能建构统一的女性主体，这就对女性主体的建构提出了新的要求。

第 四 章

全球化语境下的女性身份认同

现代社会是一个契约社会，早在1861年，英国著名的法律史学家梅因（Henry S. Maine）就提出了一个著名的论断：所有进步社会的运动，到此为止，都是"从身份到契约"的运动。① 作为独有的前现代现象，身份等级制在现代社会是不合法的，已经随着"契约"的出现而消失，但各种形式的身份服从关系引发的问题在今天却非常突出。弗雷泽因此也提出自己的预想："身份不公正是现代资本主义社会结构的、包括在其全球化阶段所固有的。"② 身份概念虽产生于前现代社会，但随着现代社会的到来才成为论争的焦点。

随着全球性的发展与现代性的流动，国家、民族、性别、阶级等疆界开始松动，这就导致了现代身份认同的断裂，也使得个人身份认同与社会身份认同变得异常艰难。马克思早在《共产党宣言》（*Manifest der Kommunistischen Partei*，1848）一书中就捕捉到了现代性的主要精神："一切等级的和固定的东西都烟消云散了，一切神圣的东西都被亵渎了。"③ 这既是"全球化"（globalization）带来的后果，也是

---

① ［英］亨利·梅因：《古代法》，沈景一译，商务印书馆1995年版，第97页。
② ［美］南茜·弗雷泽、［德］阿克塞尔·霍耐特：《再分配，还是承认？：一个政治哲学对话》，周穗明译，翁寒松校，上海人民出版社2009年版，第43页。
③ 《马克思恩格斯选集》第1卷，人民出版社1995年版，第275页。

"现代性"（modernity）的典型特征。在全球化的现代语境下，这些身处不同位置的女性，如何想象、再现自己才能把握几近"烟消云散"的身份？当包括身份在内的一切坚固的东西都烟消云散之后，女性身份能否逃脱"被亵渎"的命运？在历史与现实相互交错的性别空间，身份认同问题常常令人头疼不已，女性的身份认同尤其如此。

本章主要讨论全球化语境下妇女内部的身份认同问题，关注女性身份认同不同面向的冲突与矛盾，探寻建构女性共同体的可能性及其限度。全球化是加剧了性别间的不平等，还是减少了性别间的不平等？是加强了妇女的团结，还是加剧了妇女的分裂？总之，不论全球化是推进还是阻滞了性别正义的追求，女性主义者实现目标的能力都不可避免地受到影响。女性主义者不得不面对这样一个事实："全球化并没有正在取代传统的社会冲突和合作路线，而是在重新描绘它们。"① 换言之，全球化为传统的延续提供了新的土壤，传统并没有在全球化的进程中走向消亡。与此相应，性别差异、性别歧视以及性别冲突等并没有随着全球化的加剧而减缓，以菲勒斯为中心的性别关系在全球化语境下重新得到了描绘和刻画。如何认清这种比以往传统中更隐蔽、更深刻也更具普遍性的性别歧视呢？这就需要考察全球化语境下的女性身份认同。

第一节 现代性、全球化与身份认同

在前现代性社会，通过对权威符号及其规则体系的认同，作为个体的人尚可获得确定性的虚假身份认同。随着流动现代性的到来，固定、连贯、稳定的事物被流动、脱节、动荡的碎片所取代，身份认同自身也成了问题。在全球化背景下，个体的身份认同开始呈现出高度不确定性，而这一不确定性恰好成了革命的口号和力量，后殖民

---

① [英]戴维·赫尔德等：《驯服全球化》，童新耕译，上海译文出版社2005年版，前言第2页。

主义、女性主义等近年来影响深远、发展迅速的学术思潮几乎都与身份认同有关。身份政治是女性主义批评中最为活跃的话语策略之一，从本质主义立场、反本质主义立场到策略本质主义立场，女性主义批评自始至终都没有放弃身份认同政治。此外，当今西方哲学对主体的解构，消解了统一、连贯和本质的主体，也引发了女性身份认同的理论危机。不过，身份认同或许是一种"理论上的虚构"，但它却是"必要的错误"。① 至少在今天，身份认同问题依然是学者们关注的焦点，与之相关的"承认"也成为当今政治的一个热门话题。

一 现代性的幽灵

在全球化语境下，现代性是全球共同面对的基本问题之一。现代性（modernity）如幽灵一般，可以有许多副面孔，也可以只有一副面孔，或者连一副面孔都没有。② 作为一个总体性的多元概念，现代性既具有统一的、完整的某种属性或特征，同时也充满了差异、矛盾和内在冲突。马泰·卡林内斯库（Matei Calinescu）在《现代性的五副面孔》（*Five Faces of Modernity*，1987）一书中清晰地勾勒了现代性这个关键概念的复杂历史。③ 由此可知，现代性概念的诞生并不是无条件的："只有在一种特定时间意识，即线性不可逆的、无法阻止地流逝的历史性时间意识的框架中，现代性这个概念才能被构想出来。"④

现代性是一个含义丰富、值得深思且极具争议的概念，迄今为止，学术界尚未在其定义问题上达成共识。第一个比较准确地使用了现代性一词的是法国19世纪著名的现代派诗人、批评家波德莱尔

---

① ［英］朱迪斯·巴特勒、［英］欧内斯特·拉克劳、［斯洛文尼亚］斯拉沃热·齐泽克：《偶然性、霸权和普遍性：关于左派的当代对话》，胡大平等译，江苏人民出版社2003年版。

② ［美］马泰·卡林内斯库：《现代性的五副面孔》，顾爱彬、李瑞华译，商务印书馆2002年版，序言第3页。

③ 同上书，第18—102页。

④ 同上书，第18页。

(Baudelaire),其以他以其艺术家的直觉和敏锐对现代性进行了最初的界定:"现代性就是过渡、短暂、偶然,就是艺术的一半,另一半是永恒和不变。"① 这一描述性的定义虽然强调了现代性的变化特征,但尚未给现代性划出明确的边界。不过,后来研究现代性的学者们几乎都接受了波德莱尔对于现代性的描述,如齐美尔(Georg Simmel)、克拉考尔(Siegfried Kracauer)、本雅明(Walter Benjamin)等。齐美尔、克拉考尔、本雅明虽以各自不同的方式探讨现代性,但他们的中心关怀都是"过渡、飞逝和任意的时间、空间和因果性这三者的不连续的体验"②。显然,这与波德莱尔关于现代性的界定是一脉相承的。或许我们今天所能看到的仍只是现代性的碎片,但现代性的过渡性、飞逝性、任意性或偶然性已经得到了普遍的承认。

与传统相对,现代性既是人类历史发展的一个阶段,也是一种(或多种)精神特质或思维方式。③ 福柯建议把现代性想象为一种"态度",既不是一种当下的想象,也不是一个特定的历史时期。他所说的"态度"接近于希腊人的 ethos(精神气质),是与当代现实相联系的模式:一种由特定人民所做的志愿的选择,一种思想和感觉的方式,一种行为和举止的方式。④ 这种"态度"既是一种标志性的属性,也是一种无法逃避的命运。英国学者艾伦·斯温伍德(Alan Swingewood)也强调了现代性的精神特质,他认为:"现代性意味着一种创新的文化,一种以批判性思维、经验知识和人文主义的名义挑战传统和礼仪的理性精神特质。"⑤

---

① [法]波德莱尔:《波德莱尔美学论文选》,郭宏安译,人民文学出版社 2008 年版,第 439—440 页。
② [英]戴维·弗里斯比:《现代性的碎片》,卢晖临等译,商务印书馆 2003 年版,第 8 页。
③ 现代性是一个充满矛盾的复合体,笔者无意探究这个错综复杂、包罗万象的术语,只是在一般意义或总体意义上使用这个概念。
④ [法] M. 福柯:《什么是启蒙?》,汪晖译,《天涯》1996 年第 4 期。
⑤ [英]艾伦·斯温伍德:《现代性与文化》,载[德]哈贝马斯等著、周宪编《文化现代性精粹读本》,中国人民大学出版社 2006 年版,第 56 页。

值得一提的是，美国学者沃格林（Eric Voegelin）用灵知主义（gnosticism）来解释西方现代性的起源，认为现代性的本质是灵知主义。何为灵知（gnosis）呢？

> 灵知就是这样的知识，也就是知道我们曾经是谁、现在成了什么、我们曾经在何方、现在又堕落到了何方、我们去向何方、我们在何处被拯救，什么是生，什么是重生。[①]

这个灵知主义纲领性的表达式与女性主义批评在思想底蕴与精神追求方面有某些惊人的相似之处，其关于灵知的表达不仅揭示了现代性的某些本质，而且揭示了女性主义批评及其实践的某些本质。灵知关心"我们"的曾经、现在与去向，女性主义则关心女性的历史、现状与未来。"我是谁""我们是谁""我在何处说话"等问题对女性主义批评而言至关重要。"女性"的立场与身份一旦失守，女性主义批评也就不复存在。

"现代性"虽发轫于西方，但在全球化语境下，早已跨越空间界限而成为每个现代人必须面对的、世界性的现象与问题。在"现代性研究译丛"的总序中，周宪、许钧于1999年从历史分期、社会学、文化或美学、心理学等方面对现代性概念进行了全面的界定和阐述。[②] 2001年，谢立中对"现代性"及其相关概念进行了辨析，

---

① ［美］沃格林：《没有约束的现代性》，张新樟、刘景联译，谢华育校，华东师范大学出版社2007年版，第19—20页。

② 周宪、许钧认为，作为一个历史分期的概念，现代性标志了一种断裂或一个时期的当前性或现在性；作为一个社会学概念，现代性总是和现代化过程密不可分，工业化、城市化、科层化、世俗化、市民社会、殖民主义、民族主义、民族国家等历史进程，就是现代化的种种指标；作为一个文化或美学概念的现代性，似乎总是与作为社会范畴的现代性处于对立之中，这也就是许多西方思想家所指出的现代性的矛盾及其危机；作为一个心理学范畴，现代性不仅是再现了一个客观的历史巨变，而且也是无数"必须绝对的现代"的男男女女对这一巨变的特定体验。这是一种对时间与空间、自我与他者、生活的可能性与危难的体验。（相关观点，可参见［美］卡林内斯库《现代性的五副面孔》，总序第2—4页）

并将广义的现代性界定为"新奇性"与"飞逝性",将狭义的现代性界定为"17世纪以来的新文明"。① 其中,广义的界定直接继承了波德莱尔所把握的现代性的某些主要精神。近年来,尤西林对"现代性"及其相关概念进行了梳理,将"现代性"与"现代化""现代主义"进行了区分。他认为"现代性"是"现代(含现代化的过程与结果)条件下人的精神心态与性格气质,或者说文化心理及其结构"。② 与此同时,尤西林明确指出"现代性"是一个指向主体自身的人文科学概念。作为心性及其结构概念,"现代性"是关于现代人自身的属性。③ 这一界定不仅强调了现代性在精神结构与心理层面的内涵,并且将现代性与作为主体的人联结起来,使现代化语境下的身份认同研究在理论上获得了合法性。

在现代性社会,一切坚固的东西都烟消云散了,人类开始将自身作为反省、思考和总结的对象。现代性是一种体验,也是一种全世界的男女们都共享的经验,一种"关于时间和空间、自我和他人、生活的各种可能和危险的经验"④。在不断的批判与自我批判之后,现代性对自身也充满了怀疑精神,不再相信任何确定性的知识和教条。鲍曼曾这样描述成年后的现代性(即后现代性):

> 现代性在一段距离之外而非从内部反观自身,开出详细的得失清单,对自己做深层心理分析,发现以前从未清楚地说出过的意向,并感到这些意向彼此抵消,不具一致性。⑤

---

① 谢立中:《"现代性"及其相关概念词义辨析》,《北京大学学报》(哲学社会科学版)2001年第5期。
② 尤西林:《"现代性"及其相关概念梳理》,《思想战线》2009年第5期。
③ 同上。
④ [美]马歇尔·伯曼:《一切坚固的东西都烟消云散了——现代性体验》,徐大建、张辑译,商务印书馆2003年版,第15页。
⑤ [英]齐格蒙特·鲍曼:《现代性与矛盾性》,邵迎生译,商务印书馆2003年版,第401页。

从批判对象上来说,现代性意味着一个反思过程的开始,人类自身开始作为认识对象替代了历史,而成为一种"反思性的存在"(reflexive—being)。与此同时,现代性的反思性使其不断反对自身的传统,否定并超越自身。

2000 年,鲍曼阐述了流动的现代性思想,并用"固态的现代性"与"流动的现代性"分别替代了"现代性"与"后现代性"。为了抓住现代性"新奇"的实质,鲍曼选择了"流动性"(fluidity)一词来对现代性进行类比。在《流动的现代性》(*Liquid Modernity*,2000)一书中,他用"流体"来比喻现代性历史中的一个阶段——"现在",认为"现在"像流体一样轻易地流动着,或"流动",或"溢出",或"泼洒",或"溅落",或"倾泻",或"渗漏",或"涌流",或"喷射",或"滴落",或"渗出",或"渗流",千姿百态,不一而足……①在鲍曼看来,现代性是一种具有非凡流动性的流体,轻灵、流动且多变。不论我们是否准备好了,"流动的"现代性已经到来,并且在改变人类的状况。"液化"已经开始,其力量已经从宏观层次转移到微观层次。于是,"编造模式的重担"和"失败的责任",都首先落在了"个体"的肩上。②而这一模式不再是已知的、预先假定的,在其内部甚至可能有许多相互冲突、相互矛盾的力量。身处现代性的洪流之中,我们既不能窥见现代性碎片的所有秘密,也不能从现代性的命运中逃逸出来。现代性如幽灵一样,无所不在,却又难以捕获,全球化就是其根本性后果之一。③ 现代性的普遍性虽然没有获得广泛的承认,但却没有人能够忽视或否认现代性的全球化倾向。

---

① [英]齐格蒙特·鲍曼:《流动的现代性》,欧阳景根译,上海三联书店 2002 年版,第 3 页。
② 同上书,第 12 页。
③ 相关观点,可参见[英]安东尼·吉登斯《现代性的后果》,田禾译,译林出版社 2000 年版,第 152 页。

二 全球化的神话

全球化是我们所在世界的知识语境，从表面上看与现代性各为一体，实际上却如同一枚硬币的两面。如果说现代性是一个无所不在的幽灵，那么全球化就是这个幽灵撒播的神话。可以用张京媛的话来概括两者最基本的关系，即"现代性的特征就是全球化"[①]。从理论上说，全球化是现代性的根本性后果之一，其产生与现代性的发展有密切的联系。如前所述，波德莱尔、福柯等人对现代性的界定主要体现在对内涵的探索上，而吉登斯对现代性的界定已经开始由内涵向外延扩展："现代性指社会生活或组织模式，大约17世纪出现在欧洲，并且在后来的岁月里，程度不同地在世界范围内产生着影响。"[②] 这一定义既从社会学意义上对现代性的内容（社会生活或组织模式）进行了界定，又从时间（17世纪以后）与空间（欧洲—世界范围）上对现代性进行了规范。显然，在外延方面，现代性已经确立了全球化的社会联系方式。

20世纪六七十年代，政治、经济、文化等研究领域提出"全球化"的概念。美国学者罗兰·罗伯森（Roland Robertson）认为全球化概念所讲述的故事在很多个世纪里一直发生着，但"全球化"这一名词的使用，直到20世纪80年代后期才获得学术界的广泛承认。[③] 20世纪80年代末，"全球化"开始演化成描述未来世界总体特征的名词。随着对全球化认识的深化，学者们开始突破对政治、经济、文化、科学等领域内具体现象的研究。意大利学者康帕涅拉（M. L. Campanella）曾明确提出，全球化不是一种具体、明确的现

[①] 张京媛：《后殖民理论与文化批评·前言》，北京大学出版社1999年版，第1—2页。
[②] ［英］安东尼·吉登斯：《现代性的后果》，第1页。
[③] ［美］罗兰·罗伯森：《全球化：社会理论和全球文化》，梁光严译，上海人民出版社2000年版，第11页。

象，而是在特定条件下思考问题的方式。① 20世纪90年代以来，越来越多的人开始用"全球化"这面棱镜来观察、解释和思考我们身处其中、瞬息万变的世界。正如吉登斯所说："全球化不仅意味着经济变革，而且意味着范围广泛的结构和制度变迁，它对日常生活产生着深刻影响。"② 这种深刻影响直接体现在"全球化"这个字眼的风靡一时。如今，"全球化"已迅速成为"一个陈词滥调，一句神奇的口头禅，一把意在打开通向现在与未来一切奥秘的万能钥匙"③。

不过，关于全球化的争论一直没有停息过，学者们从不同角度、不同层面对全球化概念进行了界定。与现代性一样，学术界至今没有在"全球化"的定义问题上形成统一、公认的共识。④ 我国学者对全球化的定义也有着各自不同的理解，俞可平对国内有代表性的三种观点进行了总结：第一种观点认为全球化就是人类生活的一体化过程，是超越地区尤其是民族国家主权的一种全球整体性发展趋势；第二种观点认为全球化就是资本主义化，是资本主义的一种新的形势或新的发展阶段；第三种观点认为全球化就是西方化或美国化。⑤

三 现代性、全球化与身份政治的兴起

（一）全球化：现代性的后果？

正如吉登斯所言，现代性正内在地经历着全球化的过程。无论

---

① 相关观点，可参见［意］M. L. 康帕涅拉《全球化：过程和解释》，梁光严译，《国外社会科学》1992年第7期。

② ［英］安东尼·吉登斯、［英］克里斯多弗·皮尔森：《现代性：吉登斯访谈录》，尹宏毅译，新华出版社2000年版，第96页。

③ ［英］齐格蒙特·鲍曼：《全球化：人类的后果》，郭国良、徐建华译，商务印书馆2001年版，第1页。

④ "一切流行之词往往都具有相同的命运：它们试图透明化的经历越多，它们本身就会越来越晦涩难解。"（相关观点，可参见［英］齐格蒙特·鲍曼《全球化：人类的后果》，第1页）在此，笔者无意对"全球性"进行界定，只是引入"全球化"这一术语来阐明女性身份认同问题的研究背景。

⑤ ［德］赖纳·特茨拉夫：《全球化压力下的世界文化》，吴志诚、韦苏等译，江西人民出版社2001年版，第94—95页。

是在外延上还是在内涵上，现代性所卷入的变革与传统变革相比都显得意义更为深远。在外延上，现代性确立了"跨越全球的"社会联系方式；在内涵上，现代性正在改变我们日常生活中"最熟悉和最带个人色彩的"领域。[1] 显然，现代性的外延所确立的其实是一种全球化的发展趋势，内涵所关涉的则是与个人的身份认同息息相关的领域。事实上，吉登斯也看到了这样一个事实，即现代性的显著特征之一就在外延性（extensionality）（全球化的诸多影响）与意向性（intentionality）（个人素质的改变）这两"极"之间不断增长的交互关联。[2]

在对现代性进行制度性的分析之后，吉登斯把全球化与现代化紧密地联结在一起，并一再强调现代性的根本性后果之一就是全球化。全球化不仅是现代性在全球范围内的扩张，也是现代性自身的内在要求。在全球化不断加强的时期，现代性所产生的效应比以往更为明显了。吉登斯在《现代性的后果》（The Consequences of Modernity，1990）的"结语"部分强调了现代性与全球化的辩证关系："现代性的全球化倾向，既是客观的也是主观的，它们在地方和全球两极所发生的变迁的复杂辩证法中，把个人同大规模的系统联结起来。"[3] 在此，吉登斯把个人与现代性、全球化联结起来，为全球化语境下的身份认同研究提供了理论资源。

全球化与现代性虽有着千丝万缕的联系，但两者并不是可以互换的概念。阿尔布劳曾对"全球的"（global）一词与"现代的"（modern）一词的所指意义进行了区分：

"现代的"首先是一种时间上的称谓，它强调革新和废弃、

---

[1] ［英］安东尼·吉登斯：《现代性的后果》，第4页。
[2] ［英］安东尼·吉登斯：《现代性与自我认同：晚期的自我与社会》，赵旭东等译，生活·读书·新知三联书店1998年版，第1页。
[3] ［英］安东尼·吉登斯：《现代性的后果》，第154页。

筛选并剔除无用的旧事物、称许意志和控制并由此称许扩张。它的空间上的称谓是它的时间上的生产和消费带来的一种结果。

"全球的"首先是一种空间上的称谓，是地球在空间的位置的产物，是对生存的具体完整性和完善性的召唤，它不是把人类区分开来，而是使人类抱成一团。①

显然，阿尔布劳也认为"全球化"（空间上的称谓）是"现代性"（时间上的称谓）的一种结果。与其他学者不同的是，阿尔布劳提出要用超越"现代时代"（the Modern Age）的"全球时代"（the Global Age）来代替被随意滥用的"全球化"，描述当前发生的历史性变革。他认为，在全球时代，对全球化的渴望不再是一种扭曲了的意识，个人不再企图通过把全球性的事物变成最新的时尚或时髦来将全球性事物同化到现代性事物中去。②

不过，有的学者也不赞成将全球化简单地等同于现代性的后果。如罗伯森认为，全球化在特定意义上指的是"不同生活形式之间常有争议（conjunction）的结合"，并不一定是现代性的直接后果，并用图（图4—1）呈现了全球化在20世纪的发展模式。③ 这个名为"全球场"（global field）的图，显示了全球性概念所包含的四种主要成分（社会、个人、国际关系、全人类），并展示了"弄懂"全球性的基本方式以及全球化在过去实际推进的形式④。值得注意的是，自我认同也被纳入全球化的过程中。在"全球场"的底端，

---

① ［英］马丁·阿尔布劳：《全球时代：超越现代性之外的国家和社会》，高湘泽、冯玲译，商务印书馆2001年版，第130页。
② 同上书，第130—131页。
③ ［美］罗兰·罗伯森：《全球化：社会理论和全球文化》，梁光严译，上海人民出版社2000年版，第39页。
④ 弗里德曼曾对罗伯森的全球化模式进行了批判，认为它只是详述了一种认识，并没有阐明相对化过程的本质。（相关观点，可参见 ［美］乔纳森·弗里德曼《文化认同与全球性过程》，郭建如译，商务印书馆2003年版，第296—298页）

第四章　全球化语境下的女性身份认同　215

"自我认同的相对化"与包括了所有人的个体认同的表达有关。个体的自我意识在日趋全球化的世界中不断增强,人们渴望在世界历史和全球前景中"定位",身份认同问题的重要性日益凸显。

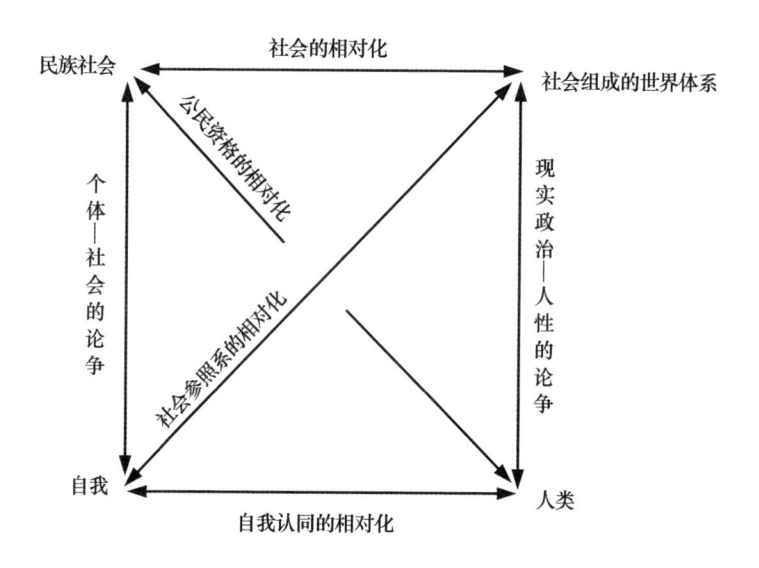

```
                    社会的相对化
        民族社会 ←——————————————→ 社会组成的世界体系
           ↑ ╲         ╱ ↑
           │  ╲公民资格的相对化 │
         个 │   ╲     ╱     │ 现
         体 │    ╲   ╱      │ 实
         ― │     ╲ ╱       │ 政
         社 │      ╳        │ 治
         会 │     ╱ ╲       │ ―
         的 │    ╱   ╲      │ 人
         论 │   ╱社会参照系的相对化│ 性
         争 │  ╱     ╲     │ 的
           │ ╱       ╲    │ 论
           ↓╱         ╲   ↓ 争
          自我 ←——————————→ 人类
                 自我认同的相对化
```

图 4—1　全球场

从某种意义上说,全球化与现代性的遭遇非常相似,并不是每个人都会为现代性与全球化欢欣鼓舞。马丁·阿尔布劳(Martin Albrow)认为现代性没有未来,妨碍了我们对全球化的认识,扭曲了知识分子的想象力。他的担忧似乎不无道理,当全球成为一个"正规的参照点"之后,所发生的种种变革使日常生活也具有了全球性(globality),但这些具有现代性的变革却没有为未来确定方向。[①] 如

---

① [英] 马丁·阿尔布劳:《全球时代:超越现代性之外的国家和社会》,高湘泽、冯玲译,商务印书馆2001年版,第170页。

果把现代性与全球化的结合视为一次联姻,那么,这未必是一件幸福完美的婚姻,因为我们看不见未来的方向。

(二) 现代性与身份认同

作为指向主体的概念,现代性注定与身份认同有着千丝万缕的联系。对各种身份政治与身份运动而言,"现代性"具有非同寻常的意义。现代性的当代意义与启蒙运动的理性、对进步的虔信等交织在一起,当我们责难现代性所带来的严重后果时,往往忽视了以人的价值为本位的自由、平等、民主、正义等观念正是现代性所确立的基本美德。不可否认,现代性完全改变了日常社会生活的实质,甚至影响到了我们的经历中最为个人化的那些方面。① 从制度层面来理解和考察现代性,吉登斯发现:"由于现代制度的导入所引起的日常社会生活的嬗变,从而与个体生活进而也与自我以一种直接的方式交织在一起。"② 现代性与个体生活息息相关,在黑格尔将主体性的自由确立为现代世界的原则之后,"个体主义"(individualism)就作为主体性在现代世界中最主要的内涵之一受到广泛关注。在日益碎片化的现实社会中,个体化③已成为一种难以抗拒的趋势,现代性以更直接的方式与个体生活(包括个体的身份认同)交织在一起。

在现代性条件下,个体既是现代化的主体,也是现代化的对象。换句话说,现代性既赋予人们改变世界的力量,同时也在改变人自身。④ 这里的现代性用马歇尔·伯曼(Marshall Berman)的话说,就是发现我们自己身处一种环境之中,这种环境允许我们去历险,去

---

① 相关观点,可参见〔英〕安东尼·吉登斯《现代性与自我认同:晚期的自我与社会》,赵旭东等译,生活·读书·新知三联书店1998年版,第1页。
② 同上。
③ 简单地说,个体化是指人们的身份(identity)从"承受者"(given)到"责任者"(task)的转型,和使行动者承担完成任务的责任,并对他们行为的后果(也就是说副作用)负责。(相关观点,可参见〔英〕齐格蒙特·鲍曼《流动的现代性》,欧阳景根译,上海三联书店2002年版,第48页)
④ 〔美〕马泰·卡林内斯库:《现代性的五副面孔》,总序第4页。

第四章　全球化语境下的女性身份认同　※※　217

获得权力、快乐和成长，去改变我们自己和世界。① 一言以蔽之，现代性为个体的身份认同提供了一种可改变自我、塑造自我的环境。不过，这种环境并没有为身份认同提供一个绝对安全的平台，甚至它还"威胁要摧毁我们拥有的一切，摧毁我们所知的一切，摧毁我们表现出来的一切"②。显然，在这样的环境中确立的身份也是不稳定的。

随着现代性的高度发展，固定的身份已经成为无法实现的梦想，我们不能奢望通过自身的努力来获得固定的身份。在前现代，身份认同直接是由人们所在的阶层决定的，几乎没有变更的可能性，因此身份认同也就不成其为问题。直到现代，身份认同才成为问题。到了后现代，身份认同的问题又发生了变化。

> 从后现代来看，identity 本身变得既不确定、多样又流动，正需要有一个"认同的过程"去争取。换言之，身分（或正身）来自认同，而认同的结果也就是身分的确定或获得（"验明正身"也有此意）。③

如今，无论什么时候提起身份，都只会在脑海中唤起一个"和谐性、条理性和一致性的模糊的"镜像。④ 在鲍曼看来，"身份"只不过是一件"我们想要用易碎的生活原料塑造的"艺术品，对身份的追寻也只不过是一场"抑制和减缓流动、将流体加以固化、赋予无形的东西以有形的持续性的"斗争。⑤ 令人绝望的是，我们甚至

---

① ［美］马歇尔·伯曼：《一切坚固的东西都烟消云散了——现代性体验》，徐大建、张辑译，商务印书馆 2003 年版，第 15 页。
② 同上。
③ 孟樊：《后现代的认同政治》，台北扬智文化事业股份有限公司 2001 年版，第 16 页。
④ ［英］齐格蒙特·鲍曼：《流动的现代性》，欧阳景根译，上海三联书店 2002 年版，第 126 页。
⑤ 同上书，第 126—127 页。

不能减缓身份的流动,"身份更像是火山熔岩顶部上一再被固定化的表层部位,在它有时间冷却和固定下来前就再度被熔化"①。换句话说,身份的固定是暂时性的,所有因暂时的冷却而固定的身份终究还是会被"火山熔浆"再度熔化。虽然从外部看上去,身份好像是固定的,但身份内部从来就不是固定的,外部的定型只不过是一种迷惑人的假象而已。

在流动的现代性阶段,现代性开始表现出各种流动的态势,具有现代意义的身份不可避免地具有了流动性。无论"身份可能的固定性"是什么,当从个体的历史体验内部来凝视这一"固定性"时,身份都会显得脆弱易碎,并会不断地被"剪应力"(它把自己的流动性显露出来)和"逆流"(它威胁要将它们可能获得的任何形状撕成碎片并将之卷走)撕开。② 至今,我们仍然没有发现"身份可能的固定性"是什么,而身份内部的脆弱易碎也已经宣告了固定身份的不可能。诚然如此,我们却不能因此而放弃对身份的追寻——追寻的意义并不在于其结果如何,而在于追寻的过程及追寻行为本身。为了适应流动的现代性,身份必须保持一种变通性与适应性,不给自己预设固定的终点,且让自身处于永久的摇摆之中。

(三) 全球化与身份认同

在全球化时代,人们之间的横向联系进一步加强了,几乎所有的问题都可以转换成身份认同问题,身份认同(尤其是与民族或地方有关的文化认同)的主题比以往任何时候都更为凸显。20 世纪 90 年代初,罗伯森肯定了在全球化已加速的条件下关注身份认同的必要性。他认为在关注身份认同的同时,可以考虑应该在多大程度上把这种"经验性关注"(对身份认同的关注)看作"全球化的一个

---

① [英]齐格蒙特·鲍曼:《流动的现代性》,欧阳景根译,上海三联书店 2002 年版,第 127 页。

② 同上。

方面"或"一种抵制它的形式"。① 简单地说,身份认同既有可能成为全球化的一个方面,也有可能成为一种抵制全球化的形式。20世纪90年代后半期,阿尔布劳注意到,随着社会等级结构的崩溃,身份政治学(identity politics)已经开始取代古老的阶级政治学成为当代辩论的焦点。不过,与阶级政治学不同的是,身份政治学集中注意的是"由于全球性的社会变化过程而使其存在成为问题的那些集团的相对地位"。只有集团身份成问题的地方,才会出现"难以给个人确定集团成员资格的问题"。②

在步入现代社会之前,封闭性(尤其是思想封闭性)是社会最显著的特征。随着经济、文化的迅速发展,主流意识形态的逐渐消解以及传统文化的断裂破碎等,个人或群体的身份才开始成为问题。在全球化语境下,个体在历史的前台占据越来越重要的位置,在个体生活领域内的许多变化都带有全球性质。在乔纳森·弗里德曼(Jonathan Freedman)看来,全球化的本质特征就是对全球的意识,而这种意识正是"处于全球情境中的个体所拥有的意识"(重点号为笔者所加),它让我们相信"世界是我们参与其中的舞台"。③

作为一种个体所拥有的意识,全球化对人们(个体与群体)的身份认同影响深远。一方面,世界的多样化使身份认同的空间更加广阔;另一方面,在全球化的冲击下,失去了传统屏障的人们面临着更多的迷惘与困惑,常常会产生身份认同的危机。在全球化条件下,个人身份可选择的领域越来越多,但每一次却只能从同时共存的多种选择中选取很少的几个。阿尔布劳则看到了正在进行选择的

---

① [美]罗兰·罗伯森:《全球化:社会理论和全球文化》,梁光严译,上海人民出版社2000年版,第8页。
② [英]马丁·阿尔布劳:《全球时代:超越现代性之外的国家和社会》,高湘泽、冯玲译,商务印书馆2001年版,第237—238页。
③ [美]乔纳森·弗里德曼:《文化认同与全球性过程》,郭建如译,商务印书馆2003年版,第295页。

那些个人的多元性可能带来的结果："每个人都建立起了一个与别人的节目单有所不同的节目单，别的任何人对这个节目单所包含的全部范围都不得而知。"① 如果把这个与别人的"节目单"有所不同的"节目单"看成区别于他人的自我身份，就会发现个人的身份认同在全球化的语境中是不可通约的。身份认同不但没有因为选择的增多而更加纯洁、清楚，反而更加混杂、模糊。换句话说，身份认同的混乱、暧昧和模糊化从某种意义上说正是全球化的产物。

通过对现代性、全球化与身份认同的考察，可以得出这样一个结论：身份问题是一个有关现代性的问题，身份认同的模糊化是全球化的文化产物，现代性、全球化与身份认同常常作为同一个问题或同一个问题的不同方面被提出来。乔纳森·弗里德曼把身份认同的建构比喻为一个精致、严肃的"镜子游戏"，认为这面镜子是"多重的识别实践的复杂的时间性互动"，其识别实践发生在作为主体的个体或群体的内部和外部。因此，为了理解身份认同的构成过程，最好将这面镜子置于空间以及具有时间性的运动中。② 简单地说，要理解身份认同，必须具有现代性的视角与全球化的视野，并将其置于特定的时空中来考察。最后，用一个简单的坐标系（图4—2）来阐述身份认同与现代性、全球化的关系。

在这个坐标系中，现代性位于时间轴的一端，表征社会发展的历时性方向；全球化则位于空间轴的一端，表征社会发展的共时性内容；身份认同建构的过程正是个体或群体在现代性的时间维度与全球化的空间维度中不断给自己定位的过程。需要注意的是，现代性对不同性别的身份建构的影响是不一样的。正如马丁·阿尔布劳所言："对于现代性而言，男人们（比女人们更甚一些，女人们只是

---

① ［英］马丁·阿尔布劳：《全球时代：超越现代性之外的国家和社会》，高湘泽、冯玲译，商务印书馆2001年版，第237—238页。

② ［美］乔纳森·弗里德曼：《文化认同与全球性过程》，郭建如译，商务印书馆2003年版，第213页。

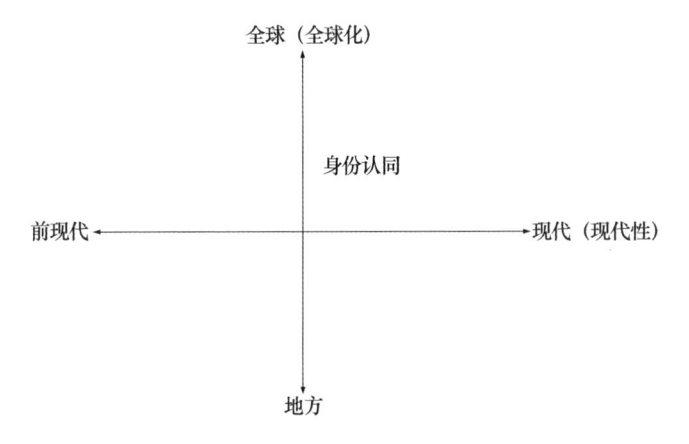

```
        全球（全球化）
              ↑
              │
            身份认同
              │
前现代 ←———————┼———————→ 现代（现代性）
              │
              │
              ↓
            地方
```

图4—2　身份认同与现代性、全球化关系

生孩子）成了极受尊重的人。"① 因此，我们不能简单地将现代性理解为女性建构身份认同的契机，为现代性歌功颂德。在现代性内部，性别差异（或性别歧视）不仅依然存在，而且影响着女性生活的方方面面。

第二节　全球化了，"我们"在哪里？

随着全球化备受关注，人们看待女性身份的视野越来越开阔了，女性身份认同的内涵也越来越丰富了。然而，"在有关全球化的话语中，存在着妇女/性别的失缺；而在妇女/性别研究领域，对全球化的忽视也是明显的"②。全球化了，作为世界图景"另一面"的女性在哪里？女性边缘化不仅意味着女性在广袤的地理空间意义上的"边缘"，也意味着在任何一种文化内部的"边缘"。在现代性语境下将女性身份认同纳入全球化视野，有助于人们对女性身份的深入

---

①　[英]马丁·阿尔布劳：《全球时代：超越现代性之外的国家和社会》，高湘泽、冯玲译，商务印书馆2001年版，第23页。
②　闵冬潮：《全球化与理论旅行：跨国女性主义的知识生产》，天津人民出版社2009年版，第14页。

理解和思考。

全球化是一个神话，也是一种命运。无论我们愿意与否，都已深陷此境，并不得不在此语境下寻求身份认同。正如罗伯森所说，个人认同的问题，不仅可以针对某个特定国家、民族提出，而且可以针对全球状况提出。① 在全球化条件下，女性的身份认同更成问题。大量的群体，如处于第三世界的妇女，已沦落为或将沦落为新的流散者。妇女作为一个假想群体进一步分裂，部分妇女开始走出私人领域，获得进入公共领域的资格。如果一直蜷居于私人领域，对女性来说身份认同则永远不可能实现。如今，另一部分"呆在家里"的妇女仍然被拒绝在全球化之外，被动地处于一种与外界隔绝的状态。在一个全球化的世界中，被拒绝本身就意味着被社会剥夺和公开贬黜，非常不利于女性身份认同的建构。正如阿尔布劳所说："处在种种已全球化的条件之下，对个人来说，要想按照民族、性别、年龄或其他任何类别区分等等的严格限制来断定自己的身份，是越来越困难了。"② 在流动的全球化世界里，身份已经不再拥有永久的固定性、边界性和连续性，女性也不可能为自己勾勒出理想的身份认同。如何才能既把女性个体编织在集体身份这张网络里，又让每个女性都谋求独立的个体身份？首先，我们还是必须从业已碎片化的女性入手。

一 碎片化的女性

在全球化语境下，女性越来越碎片化、流动化，使得性别问题日益复杂。全球化是一柄双刃剑，在给女性身份认同带来机遇的同时，也带来了巨大的挑战。随着个体化趋势的加强，以"第二性"

---

① 相关观点，可参见 [美] 罗兰·罗伯森《全球化：社会理论和全球文化》，梁光严译，上海人民出版社 2000 年版，第 105 页。
② [英] 马丁·阿尔布劳：《全球时代：超越现代性之外的国家和社会》，高湘泽、冯玲译，商务印书馆 2001 年版，第 240 页。

第四章　全球化语境下的女性身份认同

的集体身份隐身在历史背后的女性逐渐被分割为碎片。如今，对女性主体的绘制，已经"由内到外不断地展现了断裂、裂缝和瓦解"[1]。从一般意义上说，成为人就是成为个体，女性在现代语境中成为个体，并据此来确定自己的身份认同。在全球化语境下，个体分化与其说是一种命运，还不如说是一种选择。正如鲍曼所说："在个体的自由选择中，要想逃避分化过程，拒绝加入分化活动是绝对不可能的。"[2] 作为个体，女性不是出于本人自主的选择，而是出于客观的必然。无论女性是否自愿做出选择，都无法逃避或拒绝个体分化的活动与过程。

对刚刚浮出历史水平面的女性来说，假定的共同经验是其身份认同的主要依据。女性经验是女性共同时间的集体结晶，但在现代性语境下，女性经验已经越来越不可靠，很难再充当女性身份的"黏合剂"。从女性内部来凝视，整齐划一的外部只不过是一种假象，女性集体身份从来都是脆弱易碎、不稳定的。换句话说，女性经验也未必能将女性身份固定，这一体验的身份只能在行动实践中获得短暂的固定。用鲍曼的话来说："集体用以把它们的成员联结在一个共同的历史、习俗、语言或教育中的铠甲，正在逐年地变得越来越破旧不堪。"[3] 在流动的现代性时期，不论何种身份都面临着解体的危险，作为联结女性的铠甲，女性集体身份也不例外。女性主体不再拥有恒定不变的身份认同感，而"第二性"本身并非具有积极力量的正面身份，因此女性集体身份也就分裂为一堆残缺不全的碎片了。

男性集体身份是自然地、实际地"被给予"的，但女性集体身

---

[1] Steve Pile & Nigel Thrift, "Mapping the Subject", in Steve Pile & Nigel Thrift (eds.), *Mapping the Subject: Geographies of Cultural Transformation*, London & New York: Routledge, 1995, p. 45.

[2] [英]齐格蒙特·鲍曼：《个体化社会》，范祥涛译，上海三联书店2002年版，第45—46页。

[3] [英]齐格蒙特·鲍曼：《流动的现代性》，欧阳景根译，上海三联书店2002年版，第263页。

份现在却必须与经验联系起来,人为地生产出来,这就使得女性身份比任何时候(包括"污名"时代)都不稳定。女性作为被污名留下印记的类别不再藏匿自己的身份,但也无法表达一个稳定的身份。因为,"在行动之前或行动之外,这个自我没有身份;他是分裂的、不连贯的、不突出的,而且最肯定地说是没意思的"①。在全球化时代,自我身份是由集团成员资格和独一无二的社会生活经验构筑起来的,不再可能通过同化到女性的集体身份而构筑起来。女性个人身份是由个人复杂的经验锻造而成的,它的公开表现不再是特定的、简单的性别身份,而是阿尔布劳所说的世界上每个人都拥有的那种"独特的标识符"。身份是一种独一无二的个性,是在"成为一个与众不同的人的权利"的共性中得到确认和识别的。② 霍尔则认为至少有两种文化身份:一种文化身份藏身于许多其他的、更加肤浅或人为地强加的"自我"之中,与共有的文化以及集体的"一个真正的自我"有关;另一种文化身份是既有源头与历史,又不是已经存在的、超越时空、历史和文化的东西。③

从某种意义上说,个体身份是短暂的,集体身份是永恒的,但两者是一种互相依存、互为条件的关系;一方面个人身份是集体身份的具体体现,没有个人身份的实现,集体身份将不再真实可靠,也失去存在的意义;另一方面,若没有集体身份的凝聚作用,个人身份永远都要受"命运"左右,只有形成一个大于各部分之和的"整体"(totality),女性才能勇敢地坚持寻求自我的身份。但在全球化背景下,女性个体尚不能完全自主,其身份认同的实现也仍然受外部局限性制约。这是一个"自主"(self-determination)代替"他

---

① [美]B. 霍尼格:《提倡一种争胜性女性主义:汉娜·阿伦特和身份政治》,朱荣杰译,载王逢振等编译《性别政治》,天津社会科学院出版社2001年版,第163页。
② [英]马丁·阿尔布劳:《全球时代:超越现代性之外的国家和社会》,高湘泽、冯玲译,商务印书馆2001年版,第239页。
③ [英]斯图亚特·霍尔:《文化身份与族裔散居》,陈永国译,罗钢校,载罗钢、刘象愚主编《文化研究读本》,中国社会科学出版社2000年版,第209—211页。

主"(heteronomic determination)的时代,僵化的性别等级结构正在被打破,无论是男人还是女人都面临着"自我认同"(self-identification)的难题。对女性而言,个体拥有资源明显不足,要实现女性个体化就必须浓缩进集体性立场和行动中去,因此集体身份仍然有其存在的必要性。当然,在个体化压力的冲击下,女性要保持集体身份并不是一件容易的事情。

在全球化世界里,女性身份涉及阶级、民族、性别等多种因素。对女性身份建构而言,生活在一个充满机会的世界,是一件激动人心的事情,因为"每一个机会都比前一个机会更加刺激和诱人,每一个机会都会为最后一个机会提供补偿,并为向下一个机会的转变提供基础"[1]。多样性的女性身份的确具有更大的包容性,但对女性个体而言,个体身份的多重选择性是否会抵消女性性别身份?身份认同既是处于永久的摇摆之中,亦无一个固定的终点存在,对女性身份构建的过程远远要比抵达身份的终点更为激动人心。身份不论是真实的还是虚构的,或许都不重要。"设想的身份建设和重建的必要性是如何受到影响,它如何被'内心'(inside)认识、理解和感觉,它如何被经历和度过。"[2] 这才是真正重要的。妇女既不是自然形成的阶级,也不是固若金汤的政治联盟,那么女性身份是如何被"内心"认识、理解和感觉的,又是如何被经历和度过的?

个体在全球化前景中的定位存在种种制约因素,但全球化本身已经包含个体身份认同的诉求。在日趋全球化的世界中,女性个体的自我意识有所增强,与此同时,妇女作为一个破碎的群体也在进一步分裂。当然,这种分裂也未尝不是一件幸事,用赖纳·特茨拉夫(Rainer Tetzlaff)的话说:"如果人类社会的社会分裂和排外不断加剧的话,指日可待的便是受害者的自我反省,这也是对自身认同

---

[1] [英]齐格蒙特·鲍曼:《流动的现代性》,欧阳景根译,上海三联书店2002年版,第95页。

[2] 同上书,第134页。

的自我保护。"① 如此看来，女性身份的自我碎片化也是对女性身份自身的一种保护。如果辩证地看，寻求身份认同本身就意味着作为统一体的妇女的更大的分裂。在流动的现代性中试图寻求一种整齐划一、稳固不变的身份认同似乎就显得不切合实际了。此时，妇女只能把自己定位于身份认同的分裂冲突中，建构一种"既是个人的也是体制的"② 身份。

二 流动的女性

在日趋全球化的现代社会里，几乎所有的封闭空间都被打通了，世界的樊篱和边界开始松动，时空秩序、时空经验与时空意识都经历了一场全面的、根本性的改变。"全球"指的是某些更抽象更虚拟的事物，虽然与特定的金融资本、竞争市场有关，但处于可交涉的状态。③ 而"全球性"指的是一个自我推动、自然闲适和游移不定的过程，无人端坐指挥台或出谋划策，更不会有人对全部结果负有责任。④ 总之，在全球化阶段，流动性已经成为不可抵挡的趋势，个体对自身位置的寻求必然会形成一种身份的流动性现象。"当群体间交融混合时，个体之间则进行频繁的相互交流和相互适应。影响身份建构的力量是不稳定的，因此身份本身总是处于流变中。身份随情境改变而具有流动性和转化性。"⑤ 因此，要寻求女性的身份认同，就必须将其置于全球化这一具有流动性的特定时空来认识，基

---

① [德] 赖纳·特茨拉夫：《全球化压力下的世界文化》，吴志诚等译，江西人民出版社2010年版，第11页。
② [美] B. 霍尼格：《提倡一种争胜性女性主义：汉娜·阿伦特和身份政治》，朱荣杰译，载王逢振等编译《性别政治》，天津社会科学院出版社2001年版，第174页。
③ [美] 詹妮·夏普：《斯皮瓦克访谈：政治与想象》，载 [美] 斯皮瓦克《从解构到全球化批判：斯皮瓦克读本》，陈永国等译，北京大学出版社2007年版，第399页。
④ [英] 齐格蒙特·鲍曼：《个体化社会》，范祥涛译，上海三联书店2002年版，第27页。
⑤ [美] 简·罗伯森、[美] 克雷格·迈克丹尼尔：《当代艺术的主题：1980年以后的视觉艺术》，匡骁译，江苏凤凰美术出版社2012年版，第65页。

第四章 全球化语境下的女性身份认同 227

于其所处的环境来探寻身份认同的种种可能性。

正是针对全球化状况，苏珊·斯坦福·弗里德曼提出的"新的身份地理学"，描述了六种相关联的不同身份认同话语表现。在此，社会性别差异只是身份认同的各种决定成分之一，弗里德曼致力于探讨社会性别是如何同身份认同的其他组成成分相互交叉、相互作用的。① 在全球化语境下，新的身份地理学试图超越女作家批评和女性文学批评，从"用有机体（organism）、稳定中心、核心和整体这样的语汇形象地比喻自我"，转换成"代表不断变化的体现空间的各种社会身份的话语表现（discourse）"。面对具有流动性的"全球民族景观"，弗里德曼开始把身份认同视为载入历史的场合，一种位置、立场或交叉点。其所提出的"新的身份地理学"具有动态性，适合于全球化状况，从某种意义上说甚至反映了当今世界各种围绕身份认同问题的对立运动之间的辩证关系。一方面，强调人与人之间存在历史或生理的差异和界限，成为统治或抵抗的形式；另一方面，强调对物质和理想的共同追求。这种辩证关系本身就存在于"i-dentity"（同一性，身份认同）的双重含义之中，"identity"虽然代表了某种共性或一致性，却是通过与他者的不同而建构的。以集体身份为例，以社会性别、种族或自然性别等为基础的集体身份，主要通过与他者的不同来确定自己的身份认同。这种身份认同往往包含着参差不齐甚至互相矛盾的声音，在"差异的边界"和"模糊边境地带"之间游弋、流动。② 如果把女性身份比作一件"轻便的披

---

① 这六种话语表现分别是多重压迫论（multiple oppression）、多重主体位置论（multiple subject positions）、矛盾主体位置论（contradictory subject positions）、主体社会关系论（relationality）、主体情景论（situationality）与异体合并杂交主体论（hybridity）。（相关观点，可参见［美］苏珊·S. 弗里德曼《超越女作家批评和女性文学批评》，谭大立译，康宏锦校，载王政、王芳琴主编《社会性别研究选译》，生活·读书·新知三联书店1998年版，第429页）

② ［美］苏珊·S. 弗里德曼：《超越女作家批评和女性文学批评》，谭大立译，康宏锦校，载王政、王芳琴主编《社会性别研究选译》，生活·读书·新知三联书店1998年版，第428页。

风",我们甚至可以早上穿上,晚上就脱掉。反之亦然。

在全球化语境下,身份认同是多种因素所决定的多重主体位置,强调各种各样的差别。20世纪七八十年代女性身份认同强调的是妇女之间的差别,将性别压迫视为身份认同的主要因素,忽视了其他压迫形式(如基于种族、阶级、宗教、族裔、性取向的压迫)。80年代中后期,身份认同作为互不相同甚至互相对抗的文化结构的交叉点,往往被作为许多互相依赖的可变系统的产物来进行交叉分析。到了90年代,身份认同则被置于种族、阶级、宗教、族裔、性别、性取向等互相冲突的系统之中。身份认同虽然依赖于一个参照点,但这个点本身却在波浪般地运动,我们很难将其身份固定在某个点上。只有从女性所处的具体位置出发,才可能颠覆有关性别既定的理论、陈规与偏见。以斯皮瓦克为例,这位出生于印度、后定居美国的学者作为西方后殖民理论思潮的主要代表时,她是印度作家,还是美国作家呢?张京媛主编的《当代女性主义文学批评》(1992)、《后殖民理论与文化批评》(1999)中均以"美国"来标注斯皮瓦克的国别身份,陈永国、赖立里、郭英剑主编的《从解构到全球化批判:斯皮瓦克读本》(2007)、杨乃乔主编的《比较诗学读本(西方卷)》①(2014)等也是;在译林出版社的"人文与社会译丛"推出的《后殖民理性批判:正在消失的当下的历史》②(2014)一书中,扉页上赫然标注着斯皮瓦克的国别身份——"印度"。显然,斯皮瓦克的国别身份是个比较麻烦的问题,我们很难用"美国"或"印度"来标记具有多重身份的斯皮瓦克。正如我国研究斯皮瓦克思想的学者陈庆所言:"她是女性,来自第三世界国家,是第一世界国家中的学者,同时还是人权倡导者,是第三世界妇女运动的倡

---

① [美]盖亚特里·查克拉沃蒂·斯皮瓦克:《跨界》,李新德译,载杨乃乔主编《比较诗学读本(西方卷)》,首都师范大学出版社2014年版,第224页。

② [印]佳亚特里·C. 斯皮瓦克:《后殖民理性批判:正在消失的当下的历史》,严蓓雯译,译林出版社2014年版。

导人,也是投身于底层的教育家。"① 作为一个印度裔美国学者,斯皮瓦克所处的位置并不稳定,其身份的流动性不仅仅体现在国别上,还体现在学术研究上。她不仅是一个女性主义者,还是一个马克思主义者,一个解构主义者,在每一种身份背后都是一种言说立场。她以流动的甚至互相冲突的身份抵抗着固定模式的自我想象,甚至她所拥有的女性身份也可以被看作流动的位置,而非稳定的固定本质:主体的各种身份认同在不同的情境中流动着,从一个位置流动到另一个位置。

2002 年,弗里德曼在中国的一次讲演中再次强调了女性主义理论中的身份认同问题,主张建构一种多元的主体身份。她认为每一个人都有自己的社会性别、年龄、民族,这些身份会同时体现在一个人身上。② 一个人可以同时拥有性别、年龄、民族等多种身份,不过,国家、民族拥有各自不同的社会性别体系,因此,当国家的、民族的问题落在女人身上,就不仅仅是国家和民族的问题了。正经受着种种互相冲突的文化的妇女,必须认识到女性自身身份认同问题的复杂性。同样地,当性别问题遭遇阶级问题时,我们也不能因此而忽略工人的性别身份,因为"女性身份的意义,从来不是固定的而是一直流动的,这样我们就不必为了使她们成为真正的工人而把妇女说成没性别的"③。女性身份的意义是流动的,也只有赋予身份认同以流动性,女性才可能处理好多种身份认同之间的关系,策略性地使用她们的身份。

不过,女性主义所面临的困难在于:女性如何在恰当的时机运用恰当的身份。女性身份一次次被固化,又一次次被熔化。"随着时

---

① 陈庆:《斯皮瓦克思想研究:追踪被殖民者的主体建构》,上海世界图书出版公司 2015 年版,第 2 页。
② 相关观点,可参见蔡一平《跨越彩虹——苏珊·弗里德曼谈多元文化下的女性写作》,《中国妇女报》2001 年 8 月 13 日。
③ [美]维姬·舒尔茨:《法律"之前"的妇女》,朱荣杰译,载王逢振等编译《性别政治》,天津社会科学院出版社 2001 年版,第 235 页。

光流逝,所有的身份都可以改变,特别是当身份是集体性的时候,特别是当身份是根据由类别和群体来界定的时候。"① 对于流动性的妇女而言,变化无常的身份认同已经使得对身份的追寻迫在眉睫了。追寻身份,也就是拒绝已有的、固定的、僵化的身份,以流动性的姿态建构自我。在特定的时空下,身份已失去了固定的根基,女性如何才能以一种合理而又连贯的方式把对未来的设想与过去的经验联结起来?正如鲍曼所说:

> 任何人通过勤勉与努力就能获得的身份,也是可以随意摆脱掉的身份。这种可穿上、可脱去的身份作为维系群体安全存在("整合性")的基础,则显得过于不牢固。②

在全球化的现代语境下,"可穿上、可脱去"的身份认同是一种不牢靠的表演。在汉娜·阿伦特(Hannah Arendt)看来,身份的流动具有积极意义:"如果一个政治团体成立的基础是一个先有的、共有的和稳定的身份,它便威胁着关闭政治空间、压制政治行动所要求的多元性和多义性,或者将其同质化。"③ 由此看来,女性如果不摆脱稳定的身份,主动投入身份认同的流动中去,就面临着被同质化的威胁。无论作为生理性别还是作为社会性别,女性都是流动的。这种流动性既有从内向外的异质性的抵抗,也有从外向内的消化。本质论、普遍化的身份观已不断受到挑战和解构,流动的身份观已经成为当代文化研究的主流。

---

① [法]阿尔弗雷德·格罗赛:《身份认同的困境》,王鲲译,社会科学文献出版社2010年版,第10页。
② [英]齐格蒙特·鲍曼:《现代性与矛盾性》,邵迎生译,商务印书馆2003年版,第103页。
③ [美]B. 霍尼格:《提倡一种争胜性女性主义:汉娜·阿伦特和身份政治》,朱荣杰译,载王逢振等编译《性别政治》,天津社会科学院出版社2001年版,第176页。

三 女性共同体与身份认同

（一）身份认同：共同体的替代品

一般来说，共同体（Community）① 是指拥有共同的历史传统、文化背景或共同信仰、价值目标、规范体系，关系稳定而持久的社会群体。② 德国现代社会学的奠基人之一斐迪南·滕尼斯（Ferdinand Tönnies）对"共同体"所做的界定被公认为最权威的，他认为共同体是建立在如下基础之上的："本能的中意""习惯制约的适应"或"与思想有关的共同的记忆"③。在滕尼斯看来，共同体的类型主要是在建立于自然的基础之上的群体里实现的，但也可能是在小的、历史形成的联合体以及在思想的联合体里实现。④ 按照滕尼斯的分类标准，女性共同体既属于任何类型，也不属于任何类型。

如果说滕尼斯所考察的传统共同体是建立在个人无法选择的血缘关系与地缘关系之上的，那么鲍曼所考察的当代共同体则是与流动的现代性、个人的自由选择有关的归属空间。在滕尼斯对传统共同体考察的基础上，鲍曼提出了对当代共同体的独特理解。不过，当代共同体并非真正意义上的共同体，而是人为创造出来的现实的共同体，即真正共同体的替代品。随着真正共同体的瓦解，身份认同的建构才有了可能性和必要性。鲍曼认为："身份认同是在共同体的坟墓上生根发芽的，但它之所以能枝繁叶茂，是因为从它身上，能看到死者复活的希望。"⑤ 换句话说，身份认同是在共同体瓦解之

---

① Community 一词的原义是"团体"，基本释义包括社区、社会、团体、大众、公众、共有、共享等，卢梭第一次将其用在了"共同体"这一意义上。

② 相关观点，可参见吴玉军《共同体的式微与现代人的生存》，《浙江社会科学》2009 年第 11 期。

③ ［德］斐迪南·滕尼斯：《共同体与社会：纯粹社会学的基本概念》，林荣远译，商务印书馆 1999 年版，第 i–ii 页。

④ 同上书，第 ii 页。

⑤ ［英］齐格蒙特·鲍曼：《共同体》，欧阳景根译，江苏人民出版社 2003 年版，第 13—14 页。

后才被创造出来的，其出现本身就意味着共同体的解散。

作为共同体的一个替代品，身份认同在全球化的今天获得了普遍的关注。虽然身份认同必须否认自己只是一个"替代品"，但身份认同与共同体并无实质性的区别。无论是对身份认同的追寻，还是对共同体的建构，都是在寻找可以"归属于其中的团体"。著名的马克思主义历史学家霍布斯鲍姆（Eric Hobsbawm）曾指出："在一个其他所有东西都在运动和变化，其他所有东西都不确定的世界中，男人和女人们都在寻找那些他们可以有把握地归属于其中的团体。"① 在这个流动性的现代世界里，人们都在继续寻找自己的共同体。如果说共同体是人们在共同条件下结成的集体，那么任何共同体从本质上说都是利益共同体，女性共同体当然也不例外。值得注意的是，这个利益既可以是经济、政治等方面的利益，也可以是文化、心理等方面的利益。

在女性共同体中，女性的力量可以变得更加强大。共同体是一个温暖而舒适的场所，像是一个温暖的家（roof）：在家里我们可以遮风避雨、彼此信任、互相依赖；但在家外却潜伏着种种危险。然而，对女性而言，这样一个温暖的"家"是她们梦寐以求却从未实现过的世界。约翰·罗尔斯（John Rawls）相信："一个民主社会不是而且也不可能是一个共同体（community）"②。身份认同相似，共同体往往是短暂、多变的，方向单一或目标单一，但共同体的力量却源自它们的不稳定性与不确定性。在后现代状况中，我们只能得到众共同体的"片片云雾"，而不是舒适和自然（因自然而舒适）的"一致意见之家"（homes of unanimity）。一旦共同体明白自己是

---

① [英]齐格蒙特·鲍曼：《共同体》，欧阳景根译，江苏人民出版社2003年版，第12—13页。

② 约翰·罗尔斯所谓的共同体是指"由个人组成的统一整体，这些人们认可同一种统合性学说（comprehensive doctrine）或部分统合性学说"。（相关观点，可参见[美]约翰·罗尔斯《作为公平的正义：正义新论》，姚大志译，上海三联书店2002年版，第6页）

共同体并为之激动,"从这一刻起,共同体不再是有保障的安身之处;它完全是困苦的劳作,是艰难的挣扎,是无尽道路之视域的恒定后移;它绝不具有自然性和舒适性"①。共同体只可能存在于自身的想象之中,而且其一旦意识到自身的存在就立即蒸发了。按照鲍曼的观念,包括女性共同体在内的所有共同体都是假定的(postulated),需要通过个体的选择来确保生存。在此意义上,女性共同体是在现实中产生的"计划的东西而非现实的东西"②。正如共同体需要求助于其成员的个体选择来延续下去,女性集体身份也需要女性个体身份的选择来确保其生存与延续。不过,共同体与身份认同虽然都被想象为一个"充满确定性与信赖的舒适的庇护所"③,而这两者似乎都是不可能实现的。

(二)妇女:理想的共同体?

女性主义理论假设在女性中间存在某种一致的利益与目标以及建立在此一致性之上的某种身份——妇女,并常常援用妇女一词来建构一种身份的团结意识。女性是有性别的"妇女"中的一名,但"妇女"这个词并不能囊括女性的所有身份,因此女性也不仅仅是性别化的"妇女"。在不同历史语境中,性别的建构并不是一致的,性别身份往往与由阶级、种族、族群和地域等范畴所建构的身份形态交相作用。作为女性主义的主体,"妇女"并非现实的共同体。甚至,巴特勒本人也对"妇女"这个词能否作为一个共同身份提出了质疑:"妇女绝不是一个稳定的能指,充分得到了它要描述和再现的对象的同意;即使在复数的情形,它也是一个麻烦的词语、一个争

---

① [英]齐格蒙特·鲍曼:《现代性与矛盾性》,邵迎生译,商务印书馆2003年版,第378页。
② [英]齐格蒙特·鲍曼:《流动的现代性》,欧阳景根译,上海三联书店2002年版,第263页。
③ [英]齐格蒙特·鲍曼:《共同体》,欧阳景根译,江苏人民出版社2003年版,第13页。

论的场域、一个焦虑的起因。"① 显然,这也是对妇女能否作为一个现实的共同体的质疑。令人头疼的是,在与菲勒斯文化斗争的过程中,女性主义需要把妇女看成某种具有先天特质的、有机统一的利益共同体。这一理论上的必需也带来了现实的麻烦,因为妇女所涉及的活生生的女性是千差万别的个体:"社会的、有时是政治的身份认同,使社会性别的认同复杂化,并产生了内在的差别。"②"妇女"作为一个共同身份虽然关注女性的团结,却也掩盖了群体和个人的差异。在现实状态中,女性的生活经历、经验感受等可能都是截然不同的。任何试图在全球范围内建立统一的女性身份的努力,几乎都需要借助共同体与身份认同的形式,将处于中心位置的西方白人中产阶级女性的意愿强加在其他民族、种族、阶级的女性身上,故忽视了处于边缘位置的女性的主体感受。

早在 20 世纪 80 年代末,女性主义历史学家琼·W. 斯科特（Joan W. Scott）就意识到了作为共同体的妇女范畴与实际存在的妇女之间的分裂,她指出,在妇女之间存在千差万别,"妇女"不可能是一个固定不变、内涵一致的统一体。③ 然而,作为一种身份或共同体的"妇女"必须具有连贯性和单一性,并将女性个体之间的差异描绘成先于存在的本质。因此,斯科特质问道:"生活环境和行为的意义与我们根本不同的妇女,能和我们具有同一'妇女'的身份认同吗?"④ 不管在女性之间是否存在一种共同体或共同的身份,为达到服务于女性主义的政治目的,女性主义史学也参与了这个本质先于存在的妇女共同的身份的制造。⑤ 在女性共同体与身份认同中,女

---

① [英]朱迪思·巴特勒:《性别麻烦:女性主义与身份的颠覆》,宋素凤译,上海三联书店 2009 年版,第 4 页。
② [美]琼·W. 斯科特:《女性主义与历史》,徐午译,吴钊校,载王政、杜芳琴主编《社会性别研究选译》,生活·读书·新知三联书店 1998 年版,第 369 页。
③ 同上书,第 360 页。
④ 同上书,第 364 页。
⑤ 同上书,第 365 页。

性暂时性地化为同一。这种同一性或许仅仅是一种虚构的共同性,模糊、不安定,且在女性的体验中严重缺乏,但其依然有存在的必要,女性至少可以通过这种同一性团结在一起,以"妇女"之名而战。按照滕尼斯的观点,共同体先于所有的一致与分歧,内在于本体而存在,不需要刻意去追求。① 女性并非在每个方面都完全相同,除了共同点还有差别,只不过"我们"之间的相似性中和了"我们"之间的差别,并赋予共同点以重要的意义。用鲍曼的话来说:"我们之间都相同的那个方面,比起那些使得我们和另外的人彼此分开的任何东西,确实无疑,都要更具意义,更为重要;当它开始表明立场时,其重要意义足以压倒差异所带来的影响。"② 在女性共同体中,女性之间的差异(如种族、阶级、宗教、性取向等差异)被缩减成一个与菲勒斯制度相对立的共同身份——妇女。作为一种身份认同政治,女性主义仍需借助"妇女"之名,把妇女看成一个"永久的、明显地区别于其他群体的社会群体"③。

值得注意的是,"妇女"不能被看成非历史性的、整齐划一的单一范畴。"妇女"虽然强调了女性的共同点,压抑或削弱了女性内部的某些差别,但并不能消灭实际存在的差别。此外,对女性内部差异的强调并不是为了排除在女性中形成共同体的可能性,而是为了加深女性对自身的认识,并在承认女性内部差异的基础上,探索发展女性共同体的可能。在现实层面,女性共同体从未出现,或许永远也不可能出现。如果说真正的共同体是"想象的共同体"(imagined community),那么作为共同体的妇女与作为实际存在的妇女则属于两个不同的范畴。而且,想象的共同体即使实现了,也将处于

---

① [英] 齐格蒙特·鲍曼:《共同体》,欧阳景根译,江苏人民出版社 2003 年版,第 5 页。
② [英] 齐格蒙特·鲍曼:《流动的现代性》,欧阳景根译,上海三联书店 2002 年版,第 274—275 页。
③ [美] 琼·W. 斯科特:《女性主义与历史》,徐午译,吴钊校,载王政、杜芳琴主编《社会性别研究选译》,生活·读书·新知三联书店 1998 年版,第 365 页。

一种"脆弱的、易受伤害的状态",永远需要警戒、强化和防御。[①] 事实上,已有不少人对"妇女"这一想象的共同体提出了质疑。女性之间的确存在根本差异,这种差异对在女性之间制造一个持久的、共同的身份而言,具有潜在的摧毁性。[②] 吊诡的是,对女性个体的探索虽然生产了女性共同体的单一性,但同时也摧毁了女性共同体的单一性。

既然妇女作为共同体如此脆弱、不堪一击,那么这一范畴是否还有存在的必要呢?答案是肯定的。在全球化语境下,女性内部的争论与冲突已经将女性共同体撕裂得残缺不全、面目全非了。女性共同体与其说是女性主义的奋斗目标,还不如说是一种美好的愿望。妇女可能只是鲍曼笔下的一个地图纸上的"美好王国":"是一个纯粹的世界,人们在过一个有意义和有价值的生活时,它能提供其所需要的所有东西。"[③] 换言之,在女性共同体内,"妇女"至少能够为女性提供生活所需要的意义与价值。对女性主义而言,女性共同体是必要的虚构之物。尽管我们很难将女性主义清楚地界定为一个实体,但在这个"各种差别相互冲突而又携手并进的"[④] 场所,不仅女性的共同利益得以表达和争论,而且作为共同体替身的身份认同也获得了暂时的稳定。[⑤] 另外,对于资源贫乏、选择机会少的女性而言,她们不得不通过"数字的力量"(power of number),即通过

---

① [英]齐格蒙特·鲍曼:《共同体》,欧阳景根译,江苏人民出版社2003年版,第11页。

② [美]琼·W. 斯科特:《女性主义与历史》,徐午译,吴钊校,载王政、杜芳琴主编《社会性别研究选译》,生活·读书·新知三联书店1998年版,第365页。

③ [英]齐格蒙特·鲍曼:《流动的现代性》,欧阳景根译,上海三联书店2002年版,第268页。

④ [美]琼·W. 斯科特:《女性主义与历史》,徐午译,吴钊校,载王政、杜芳琴主编《社会性别研究选译》,生活·读书·新知三联书店1998年版,第376页。

⑤ 对女性而言,最大的"共同利益"就是实现女性个体的解放与自由。在解放与启蒙普遍遭到质疑的今日,启蒙话语对女性而言仍然有效,女性解放依旧是一个遥不可及的神话。

紧密团结并从事集体行动，来弥补个体的脆弱。①

（三）女性共同体的未来

如上所述，"妇女"只是想象的共同体，并不是现实存在的共同体。按照挪威人类学家弗里德里克·巴思（Frederick Barth）的解释，表面上共同的"集体的"身份认同，是"永远完成不了的边界划定（并因此而越发狂热而令人生畏）所产生的后果与影响"。② 乌托邦式的共同体理想与现代性的反思性、短暂性是对立的，作为共同体的妇女，其未来又是如何一番景象呢？在后现代语境下，知识分子刻意解构主体性、把玩身份流动、去历史深度，又使得任何身份认同都变得不可能。时下的情形是，"要加以保护的、用来防止他人并保卫已经存在的、身份的独特性（distinctiveness）的边界还没有划定"③。如果说身份认同作为共同体替代品的边界尚未划定，我们就很难来确定女性共同体的未来。

最初，共同体主要是指民族共同体。弗里德曼认为，在谈到民族问题时，有两种共同体模式是针锋相对的：一种是大熔炉（melting pot），另一种是马赛克（mosaic）。④ 不过，这两种模式都是有缺陷的，大熔炉模式过于强调共同性，而抹杀了成员之间的区别；马赛克过于强调不同，而忽视了成员之间的共同性。因为"如果说'差别'实施了权力关系，它们也创造了能被策略地用来反抗和产生变化的身份认同"⑤。在这两种共同体模式的基础上，弗里德曼建议采用人类学家提出的第三种共同体模式——跨文化，即通过建立多

---

① ［英］齐格蒙特·鲍曼：《流动的现代性》，欧阳景根译，上海三联书店2002年版，第49—50页。

② ［英］齐格蒙特·鲍曼：《共同体》，欧阳景根译，江苏人民出版社2003年版，第15页。

③ 同上。

④ 蔡一平：《跨越彩虹——苏珊·弗里德曼谈多元文化下的女性写作》，《中国妇女报》2001年8月13日。

⑤ ［美］琼·W. 斯科特：《女性主义与历史》，徐午译，吴钊校，载王政、杜芳琴主编《社会性别研究选译》，生活·读书·新知三联书店1998年版，第375页。

元的文化与身份来弥补熔炉和马赛克这两个模式的缺陷。①

法国社会学家米歇尔·马费索利（Michel Maffesuoli）曾用"新部落主义"（neo-tribalism）来描述一个"对共同体有着鬼使神差般的追求这样一个显著特征的"世界。②按照马费索利的描述，妇女既是女性个体自身定义的载体或假象的沉淀，也是个体自身建构的努力的结果。不过，这种努力很容易导致妇女自身的分解和更换。作为新部落的妇女与现代性一样，其存在都是暂时的，处于流变之中。③这种新部落很贴近康德的审美共同体（aesthetic community），注定始终只是一种观念，一种允诺，一种对不可能存在的一致意见的希望。这种允诺虽然是虚假的，但如果没有这样的允诺，女性个体无法作出自己的选择。正是这种对不可能存在的一致意见的希望以及未能实现的希望，使共同体自身得以存在下去，并充满活力。④

继滕尼斯将"共同理解"（common understanding）、"自然地出现"（coming naturally）作为共同体的特征之后，瑞典学者罗森伯格（Göran Rosenberg）用"温馨圈子"（warm circle）描绘了处于人类和睦相处中的天真状态。按照罗森伯格的描绘，作为"温馨圈子"的妇女应该是不证自明、自然而然的。换句话说，女性不必证明任何东西就能够实现共同体内"自然而然的""不言而喻的"共同理解。女性曾经梦想能够形成这样一个"温馨圈子"来改变世界，但在今天，可以改变女性未来的"温馨圈子"依然不太可能在现实的层面上获得实现，那种曾经可能是人们的普遍状态的天真，或许只有在梦中才有可能重现了。不过，女性共同体这一概念所折射出来

---

① 蔡一平：《跨越彩虹——苏珊·弗里德曼谈多元文化下的女性写作》，《中国妇女报》2001年8月13日。
② ［英］齐格蒙特·鲍曼：《现代性与矛盾性》，邵迎生译，商务印书馆2003年版，第375页。
③ 同上书，第376—377页。
④ 相关观点，可参见［英］齐格蒙特·鲍曼《现代性与矛盾性》，邵迎生译，商务印书馆2003年版，第377页。

的理想主义精神仍引导、照耀着女性主义的未来……

第三节　女性身份认同的异质多元性

　　作为想象的共同体,"妇女"从未存在过(似乎也永远不可能存在)。随着共同体神话的破灭,女性身份认同日益走向多元化,女性之间的差异也获得了新的意义。在女性主义第一次浪潮和第二次浪潮中,女性内部的差异尚未获得广泛的关注,身份认同基本上采用单一的性别视角。以美国女性主义为例,学者们一直以来虽然都非常强调性别概念,但却忽视了种族和阶级的作用,并把白人中产阶级妇女的经验误当作所有妇女的经验。直到20世纪七八十年代,美国的有色人种妇女、工人阶级妇女和第三世界国家的女性主义者才提出异议,她们认为:

　　　　妇女的经验是由其阶级、种族、民族和文化等连同性别一起共同建构的,阶级、种族等甚至有时比性别的作用更为明显。除非不同女性之间的这些差异获得充分的认识和重视,否则社会性别不能作为一个独立的类别来讨论,妇女之间也谈不上所谓的姐妹情谊(sisterhood)。[①]

　　此后,女性之间的差异才获得充分重视。身份认同是通过差异来建构的,女性身份认同也不例外。要考察女性身份认同,就必须具体分析女性内部的差异,关注第一世界或第三世界的有色人种妇女或受阶级压迫的妇女,将大多数贫穷的劳动阶级妇女的经验,黑人妇女、亚洲妇女、印第安妇女以及移民妇女的经验等都纳入视角,

---

[①] [美]格温·科克、[美]玛戈·奥卡查娃-雷:《理论和理论化:理解的一体化框架》,郑丹丹译,余宁平审校,载余宁平、杜芳琴主编《不守规矩的知识:妇女学的全球与区域视界》,天津人民出版社2003年版,第298页。

而不能仅仅停留在对白人中产阶级妇女的关注上。与此同时,我们还需要将女性个体千差万别的主观经历编织到一体化的妇女经验里,因为"贫困妇女、奴隶或劳动阶级妇女往往没有留下日记"[1]。

一 阶级与女性身份认同

在碎片化的现代世界里,妇女经验的一体化受到普遍质疑。人们不再相信妇女之间拥有共同的经验,也不再相信女性内部存在一种具有全球性的姐妹关系。在此语境下,国际女性主义也受到质疑:女性主义仅仅是白人中产阶级妇女运动吗?在全球化语境下,阶级、种族、性别等因素相互关联,阶级结构虽然发生了巨大的变化,但阶级关系仍然处于核心地位。

对大多数人来说,尤其是对西方中产阶级的人来说,阶级是一种典型的"被动的认同"(passive identities),他们几乎不会因阶级而联想到自己,即使他们承认阶级不平等的现象依然存在。在特定的历史阶段,阶级压迫是其他形式压迫的核心和根源,后者是从前者衍生和发展出来的。在恩格斯的论述中,阶级压迫与性别压迫几乎是同时发生的,正是阶级对立导致了性别压迫:"最初的阶级对立,是同个体婚制下的夫妻间的对抗的发展同时发生的,而最初的阶级压迫是同男性对女性的奴役同时发生的。"[2] 迄今为止,同质化的无阶级社会还未实现,阶级仍然存在。在劳动阶级获得某种解放的同时,跨国资本家阶级作为全球统治阶级却正在形成。

阶级依然存在,只不过是一种潜藏式的存在,个人对此不会有特别的感受,除非阶级问题显露出来。学术界虽然有必要对"阶级"进行再认识,但却不能无视阶级的存在。土耳其裔美国学者阿里

---

[1] [美]格温·科克、[美]玛戈·奥卡查娃-雷:《理论和理论化:理解的一体化框架》,郑丹丹译,余宁平审校,载余宁平、杜芳琴主编《不守规矩的知识:妇女学的全球与区域视界》,天津人民出版社2003年版,第302页。

[2] [德]恩格斯:《家庭、私有制和国家的起源》,人民出版社1999年版,第66页。

夫·德里克（Arif Dirlik）曾借助"后殖民性"这一术语毫不留情地提醒人们："阶级关系在理解当前文化发展中继续起着重要作用，不过这种作用在全球的基础上换了一付模子罢了。"① 事实上，第三世界②已经成为西方人心中理想的底层阶级，这是一个心知肚明、不言而喻的事实。随着跨国资本的发展，剥削业已全球化，不再限于一国之内。

随着现代社会的高度发展，国际劳动分工已经取代了19世纪的地域帝国主义，资产阶级开始越过国家、种族的边界去压迫另一种族的无产阶级，第三世界的无产阶级则被迫变成赤贫的无产阶级。但在国际分工的叙事中，女性剥削的文本被深深掩盖了。其中，被掩盖的第一世界或第三世界的有色人种妇女或受阶级压迫的妇女尤其值得关注。第三世界国家绝大多数过去是帝国主义的附属国或殖民地，妇女深受多重压迫。一方面，第三世界妇女被第一世界确定为"他者"，另一方面又被菲勒斯文化确定为"他者"。作为异质的他者，第三世界妇女与第一世界妇女可能结成任何联盟吗？"国际女性主义"（或全球女性主义）只是西方女性主义者的幻觉，我们不可能通过"国际女性主义"将某一种女性主义模式普遍化。全球联盟政治合理吗？位于社会统治集团的妇女可信吗？"在底层阶级主体被抹去的行动路线内，性别差异的踪迹被加倍地抹去了。"③ 对第三世界妇女而言，其不仅要受帝国主义的压迫，而且要受本国统治阶级的压迫。更为不幸的是，新兴

---

① [美]阿里夫·德里克：《后革命氛围》，王宁等译，中国社会科学出版社1999年版，第145页。

② 第三世界（Tiers Monde）原本是指法国大革命中的 Third Estate（第三阶级），最初由经济学家阿尔弗雷德·索维（Alfred Sauvy）在1952年8月14日的法国杂志《新观察》（Le Nouvel Observateur）中提出。冷战时期，一些经济发展比较落后的国家开始用"第三世界"一词界定自己。1973年9月，不结盟国家正式使用了"第三世界"这个概念。

③ [美]斯皮瓦克：《底层人能说话吗？》，陈永国译，载[美]斯皮瓦克《从解构到全球化批判：斯皮瓦克读本》，陈永国等译，北京大学出版社2007年版，第107页。

的女性主义批评早在多年前就已经开始复制帝国主义的公理。① 女性身份认同的问题随着帝国主义的侵略而复杂化了。

到了 20 世纪七八十年代，第一世界妇女和第三世界妇女在妇女解放的问题上仍然无法对话。

> 西方的女性主义者作为一个霸权集体的成员，却常常对这个成员身份及其对她们的位置带来的影响视而不见；而第三世界的妇女则强烈地感受到自己是受压迫的集体的一分子，常常看不到以女性主义者名义进行组织会创造独立空间。②

对西方知识分子而言，第三世界妇女只是被第一世界妇女当作"观看"与研究的对象；对第三世界妇女而言，第一世界妇女所发动的女性主义运动对其没有任何贡献和意义。西方女性主义对第三世界妇女的描绘与第三世界妇女的自我描绘之间，存在巨大的差异。以克里斯蒂娃对中国妇女的研究为例。1974 年，克里斯蒂娃和罗兰·巴特等人受中国政府的邀请访问了中国。之后，她写了一系列关于中国女性的文章，并且出版了《中国妇女》（*Des Chinoises*，1974）。在她眼里，中国是一个"谜"。不过，第三世界妇女既不能被当作可欣赏的异国风光，也不能被一概描绘成受害者。克里斯蒂瓦虽然力图客观地再现中国妇女，但在发明和挪用"中国妇女"的身份时，却误读了中国与中国妇女，忽视了当时中国妇女的复杂情

---

① 斯皮瓦克重新解读了西方女性主义的三个经典文本，考察了被称作"第三世界"的"世界化"这一概念。她指出，在对"第三世界妇女"的构建过程中，作者实际上已经流露出了帝国主义情绪。（相关观点，可参见 [美] 斯皮瓦克《三个女性文本和一种帝国主义批评》，裴亚莉译，马海良校，载罗钢、刘象愚主编《后殖民主义文化理论》，中国社会科学出版社 1999 年版，第 172 页）

② [英] 伊瓦-戴维斯：《妇女、族裔身份和赋权：走向横向政治》，秦立彦译，陈顺馨、陈敏娟校，载陈顺馨、戴锦华选编《妇女、民族与女性主义》，中央编译出版社 2004 年版，第 43 页。

境，有意或无意地把中国妇女"理想化""东方化"了，甚至把中国妇女塑造成了"他者"。① 显然，西方女性主义把第三世界妇女之间的差异同质化了，其关于第三世界妇女的论述隐藏着西方中心主义与种族中心主义。

在反封建反帝国主义的漫长革命过程中以及长期的阶级斗争中，中国形成了独特的妇女解放理论，不过，妇女利益总是在阶级斗争的名义下变成次要的或是被忽略的。② 近30年来，阶级分析的方法显然已经不再能解决社会性别议题。早在1988年，李小江在有着中国女性主义宣言之称的《夏娃的探索》一书中就已经认识到："在今天，一个女人要想真正做人，首先必须在人的含义中正视自己的女性性别身份。"③ 在此，她力图把妇女从阶级中分离出来，这就为中国此后的妇女研究提供了一个理论基础。中国妇女解放理论的前提是对整个妇女的抽象，即"对妇女的国家、民族、时代、阶级、年龄进行扬弃而获得的观念上的一般。"④ 难能可贵的是，李小江在论及性别身份时，虽然强调女性的构成和发展在本质上是先于和超越阶级的，但也否定了抽象人类的存在："除了性别差异之外，人，总是他的特定的种族群体的延续，总是他的民族文化的产物。"⑤ 简言之，身份认同与性别、种族、民族等因素有关。显然，这一论断在当时的历史情境中是具有进步意义的。中国女性在人类生活中占

---

① 罗婷：《克里斯特瓦视域下的中国与中国妇女形象》，《文艺理论与批评》2002年第5期。

② 中国妇女解放理论的主要论点包括：妇女的被压迫是由于私有制，因此它也是阶级压迫的一部分；妇女参加社会主义和共产主义革命是使她们彻底解放的唯一正确道路；社会主义国家实行男女平等，但妇女的彻底解放只能由更高级的人类历史阶段——共产主义才能实现。（相关观点，可参见王政《当代中国妇女研究》，蔡凌平译，王政审校，载余宁平、杜芳琴主编《不守规矩的知识：妇女学的全球与区域视界》，天津人民出版社2003年版，第192—200页）

③ 李小江：《夏娃的探索》，河南人民出版社1988年版，第2页。

④ 同上书，第32页。

⑤ 同上书，第7页。

据的位置自然是"中国的",这就注定其无法摆脱"中国的"这一群体身份。另外,值得肯定的是,李小江不仅批判了"西方中心论",而且对克里斯蒂娃所幻想的"中国妇女"进行了回应:

> 在西方人看来,东方仍然是"谜",东方女性乃"谜中之谜"。当然,"谜"并不是什么国宝,它是封闭的一种表现。而今,揭示这"谜中之谜",恰恰是我们义不容辞的职责。①

显然,只有揭开东方女性这个"谜中之谜",才有可能促成人类全方位的自我反思,建构具有主体精神的女性身份认同。

不管意识形态如何,第三世界国家大都受到过殖民统治,不过,各国的女性运动却又各不相同。简言之,被殖民者不是一个主体,而是多个不同的主体。以韩国为例,其女性运动既不同于西方,也不同于许多第三世界国家。韩国不仅受到殖民统治,而且经历过国家分裂和独裁主义。韩国的女性运动与其特定的历史背景有关,是伴随着国家独立的需要而产生的。直到19世纪末韩国的主权受到威胁时,妇女被限制在家里、禁止受教育的僵化模式才获得了被打破的可能性。吊诡的是,"危机状态使固有的习俗沿承变得困难,它也为批判传统的生活方式创造了空间"②。从结果来看,帝国主义的侵略加速了韩国妇女的解放。不过,在实现了外观上的"现代化"之后,韩国父权制的家庭虽有所松动和改变,但观念上仍沿袭着父权制的一套,认为女性的身份特征仍然是以家庭为主。③

随着苏联的解体、跨越国家和地区界限的人口流动以及国际格局的巨大变化,第二世界已是明日黄花,第三世界的概念开始受到质疑。阿

---

① 李小江:《夏娃的探索》,河南人民出版社1988年版,第8页。
② [韩]张必和:《韩国的妇女学》,蔡凌译,余宁平审校,载余宁平、杜芳琴主编《不守规矩的知识:妇女学的全球与区域视界》,天津人民出版社2003年版,第175页。
③ 同上书,第176页。

里夫·德里克认为在当代资本主义语境下必须进行新的世界划分,有必要记住并忘掉昨日的三个世界。① 作为全球资本主义的产物,"后殖民"② 开始取代"第三世界"。后殖民话语逐渐掩盖了第三世界的声音,成为第三世界国家反西方的文化与政治话语。在全球化语境下,超阶级的女性身份认同是不存在的,而且,对阶级与性别冲突进行"地方的、民族的和国际的"③ 区分比以往任何时候都更加困难。弗雷泽明确指出,阶级从属地位与身份从属地位不能孤立于另一方而被充分理解,"只有当身份和阶级被协同思考时,我们当前的政治分裂才能被克服"④。

二 族裔/民族/种族与女性身份认同

在以现代性为显著特征的全球化世界里,女性、少数族裔和同性恋群体等边缘群体要求改变菲勒斯文化结构,对主流文化身份进行重写,并重新建构自己的身份认同。在地方性语境中,文化身份或文化认同问题有时会被简约为民族文化认同问题。⑤ 关于性别因素

---

① 他认为第三世界概念存在难以克服的分析和政治问题:首先,这一概念是个松散的建构;其次,第三世界社群属于残余范畴,暂时处于过渡阶段;最后,这一概念掩盖了社群之间的复杂多样性以及种种差异。(相关观点,可参见[美]阿里夫·德里克《后革命氛围》,王宁等译,中国社会科学出版社1999年版,第66、77页)

② [韩]张必和:《韩国的妇女学》,蔡凌平译,余宁平审校,载余宁平、杜芳琴主编《不守规矩的知识:妇女学的全球与区域视界》,天津人民出版社2003年版,第176页。

③ 后殖民(postcolonial 或 post-colonial)有两种含义:一是时间上的完结,即从前的殖民控制已经结束;二是意义的取代,即殖民主义已经被取代,不再存在。但是第二个含义是有争议的。如果说殖民主义是维持不平等的政治和经济权力的话,那么我们所处的时代仍然没有超越殖民主义。"殖民化"表现为帝国主义对第三世界国家在经济上进行资本垄断,在社会和文化上进行"西化"的渗透,移植西方的生活模式和文化习俗,从而弱化和瓦解当地居民的民族意识。(相关观点,可参见张京媛《后殖民理论与文化批评》前言,北京大学出版社1999年版,第1—2页)

④ [美]南茜·弗雷泽、[德]阿克塞尔·霍耐特:《再分配,还是承认?:一个政治哲学对话》,周穗明译,上海人民出版社2009年版,第55页。

⑤ 我国学者王宁将身份认同与文化身份等同起来,认为文化身份主要诉诸文学和文化研究中的民族本质特征和带有民族印迹的文化本质特征。(相关观点,可参见王宁《文学研究中的文化身份问题》,《外国文学》1999年第4期)

的重要性，斯皮瓦克曾在《流散之新与旧：跨国世界中的妇女》(*Diasporas Old and New: Women in the Transnational World*, 1996) 一书中有所论述，她指出："妇女在族裔、种族、阶级、年龄、能力、性爱和其他社会分类上的不同位置，都跟性别分类交叉在一起。"[①] 我国学者王岳川也指出，在当代西方文论研究中，性别政治问题与种族修正主义同样引人关注。[②] 不过，以往的西方女性主义者根本没有注意到种族等级制度，除了有西方中心主义倾向之外，也有种族中心主义倾向。以美国社会为例，美国社会的阶级结构本身就是由白人至上的种族政治构成的。因此，要想彻底了解美国的阶级关系，就必须分析种族主义及其在资本主义社会中所起的作用。贝尔·胡克斯也断言："阶级斗争与结束种族主义的斗争是不可分割的。"[③]

随着全球化进程的加快，三个世界之间的界限正在日益被各个社群内部的界限所取代，民族国家的支配地位开始受到挑战，种族问题再次引人注目。被殖民的除了第三世界的妇女，还包括第一世界的有色人种妇女。在考察种族因素所造成的女性内部差异时，首先必须承认这样一个事实：并非所有的女人都是白人，也并非所有的黑人都是男人。在女性中间，有黑人女性；在黑人之中，也有黑人女性。有很多证据表明这样一个事实："种族和阶级地位会导致产生于妇女们共同经历之前的生活质量、社会地位和生活方式的差异。"[④]

---

① [美] 斯皮瓦克：《流散之新与旧：跨国世界中的妇女》，凌渝、冯芃芃译，肖娜校，载 [美] 斯皮瓦克《从解构到全球化批判：斯皮瓦克读本》，陈永国等译，北京大学出版社2007年版，第286页。

② 相关观点，可参见王岳川《"后理论时代"的西方文论症候》，《文艺研究》2009年第3期。

③ [美] 贝尔·胡克斯：《女权主义理论：从边缘到中心》，晓征、平林译，江苏人民出版社2001年版，第4页。

④ 同上书，第5页。

事实上，在分析女性身份认同时，很难进行阶级的或种族的区分，如有色人种女性主义与亚非等第三世界的解放运动往往紧密地联系在一起，对两者的分析都可以将反帝国主义思潮整合进来。只不过，对第三世界的有色人种妇女来说："跟大部分的白人（犹太人除外）不同，第三世界的人们已经遭受过种族灭绝的威胁，自从第一次欧洲扩张以来便一直如此。"① 无论是伍尔夫的《一间自己的房屋》、波伏娃的《第二性》，还是贝蒂·弗里丹的《女性的奥秘》(The Feminine Mystique, 1963)，其所关注的仅仅是白人中产阶级妇女的状况，有色人种妇女或受压迫妇女是一种被遮蔽或受忽视的存在。国外有学者指出："一个女权主义者的立场观点问题一旦与种族、社会性别和民族问题挂钩，立即变得复杂起来。"② 对受压迫的有色人种妇女来说，有了自己的房间也未必能进行独立的文学创作。

在《三枚旧金币》(Three Guineas, 1938) 一书中，伍尔夫谈到女性与祖国（民族）的关系时，说道："作为女人，我没有祖国。作为女人，我不需要祖国。作为女人，我的祖国是整个世界。"③ 这一说法获得了西方女性主义者的普遍认可，但第三世界妇女与第一世界的有色人种妇女却持有异议。西方女性主义者作为真理讲述者，企图将自身的经历虚构成全球女性的共同经历，并以此来编织全球姐妹情谊的梦想。这一想法虽然强调了妇女之间的某些共性，但却忽视了她们之间的差异，而这些差异是不可抽象、不可删减的。对西方女性来说，尽管这个"祖国"剥夺了"我"的种种权利，至少

---

① ［美］帕特里夏·莫拉瓜：《来自漫长的贩卖线：奇卡诺女人与女权主义》，黄利荣译，冯芃芃、陈静梅校，载［美］佩吉·麦克拉肯主编《女权主义理论读本》，广西师范大学出版社2007年版，第122页。

② ［韩］金承庆、［美］卡洛里·麦克肯：《女权主义理论的国际化》，郑新华译，余宁平审校，载余宁平、杜芳琴主编《不守规矩的知识：妇女学的全球与区域视界》，天津人民出版社2003年版，第164页。

③ ［英］弗吉尼亚·伍尔芙：《三枚旧金币》，载乔继堂等主编《伍尔芙随笔全集2》，中国社会科学出版社2001年版，第1141页。

还有这一个"我们"可以去热爱或憎恨的完整的"祖国"。但对有色人种妇女来说,甚至连一个可以憎恨的"祖国"也没有,即便有了一间"自己的房间"与一年"五百英镑"的收入,也未必能自由地进行文学创作。白人中产阶级妇女看不见黑人妇女,正如帕特里夏·莫拉瓜(Cherríe Moraga)所描述的:"平等凝视的冷酷游戏让我感觉自己像是一块纤薄的玻璃片:白人能看到世界上所有的事物,但却看不到我。"① 令人绝望的是,"他们"朝我走过来却看不见"我"。虽然可能面临着被粉碎的命运,但"我"仍然努力地让他们注意到"我"的存在,并努力地将"真实的我"展现在他们的视野范围之内。因为"如果我躲开,如果我让道,那他们就将永远不会知道我曾经存在过"②。

事实上,妇女所承受的压迫也并不是"同一"的:第三世界妇女所受的压迫与第一世界妇女有不同之处,有色人种妇女与白人妇女所受的压迫也有不同之处。当性别身份遭遇民族或种族问题时,女性的身份认同问题的确令人头疼。贝蒂·弗里丹在《女性的奥秘》中所持的基本立场和观点虽然与在美国蓬勃兴起的第二次女性主义浪潮是一致的,但其所揭露的"女性的奥秘"只是作为"幸福家庭主妇"③的白人中产阶级妇女所遭遇的"无名的问题"。显然,这个"无名的问题"并不具有普遍性,对有色人种妇女或受阶级压迫的妇女而言,这些白人中产阶级女性所厌弃的"幸福"正是其所渴望拥有的。难怪美国黑人女性主义者贝尔·胡克斯抱怨,作为当代女性主义思想的主要创建者之一的贝蒂·弗里丹,似乎从来没有考虑受过大学教育的白人家庭妇女的状况是否足以成为一种参照,且武断地用之来衡量性别

---

① [英]帕特里夏·J. 威廉斯:《论成为财产的对象》,黄利荣译,冯芃芃、陈静梅校,载[美]佩吉·麦克拉肯主编《女权主义理论读本》,广西师范大学出版社2007年版,第97页。
② 同上。
③ "幸福家庭主妇"是20世纪五六十年代流行于美国并被千百万妇女效仿的典型女性形象。

歧视或性压迫对包括有色人种在内的所有美国妇女的影响。[1]

尽管女性主义运动对有色人种妇女有所贡献,但这一运动通常被认为是白人中产阶级的运动。的确,有色人种妇女和其他少数群体妇女与白人妇女以及其他有特权的妇女看待世界的方式不太一样。每一个人都有自己的身份和位置,为了寻找自己的身份和位置,帕特里夏·莫拉瓜选择了与她所属的奇卡诺人[2]分道扬镳:"我逐渐变得英美化,因为我认为这是唯一的选择,只有这样才能使我得到个人自主权,而不会受到性别歧视。"[3] 在青少年时代,莫拉瓜就已经认识到身份认同的联盟是同顽固的种族阵线与性相关联的。在特定的情况下,民族性的建构一般与有关"男性"和"女性"的特定观念有关,只不过在这一建构过程中女人被"隐藏"起来了。[4] 对奇卡诺妇女(Chicana)而言,不主动英美化,就意味着要接受性别歧视。悖论在于:只有接受英美化,她们才有可能对抗充满性别歧视的陈规和陋习;可如果选择了接受英美化,又背叛了自己的种族,落入了西方中心主义的窠臼。具言之,如果莫拉瓜本人反抗奇卡诺妇女的角色,拒不服侍男人而自行掌控自己的性别命运,就会被冠以背叛种族的罪名。对奇卡诺妇女来说,要么认同英美的种族中心主义,要么认同奇卡诺的男性中心主义,没有任何中间道路可选择。关于此,弗雷泽论述道:

　　这就使得那些面临多元危险的女性陷入两难境地:它实际

---

[1] 相关观点,可参见[美]贝尔·胡克斯《女权主义理论:从边缘到中心》,晓征、平林译,江苏人民出版社2001年版,第3页。
[2] 奇卡诺人(Chicano)指墨西哥裔美国人,意指出生于美国的祖先是墨西哥人的美国人,相对于仅仅生活在美国的墨西哥本土人士。
[3] [英]帕特里夏·莫拉瓜:《来自漫长的贩卖线:奇卡诺女人与女权主义》,黄利荣译,冯芃芃、陈静梅校,载[美]佩吉·麦克拉肯主编《女权主义理论读本》,广西师范大学出版社2007年版,第113页。
[4] 相关观点,可参见[美]伊瓦-戴维斯《性别和民族的理论》,朱立彦译,陈顺馨、陈敏娟校,载陈顺馨、戴锦华选编《妇女、民族与女性主义》,中央编译出版社2004年版,第1—3页。

上迫使其在忠诚于她们的性别，与忠诚于她们的"种族"、阶级和/或性关系之间进行抉择。这种二选一的要求，否认了她们面临多元危险、多元归属和多元身份的现实。①

无疑，对女性来说，任何一种选择都是残酷的，甚至是非正义的。在妇女问题上，种族中心主义与男性中心主义已经达成了某种一致，孤身的奇卡诺妇女很难走出中心主义的悖论。

要想比较全面地把握女性身份认同，女性主义还应该关注那些被忽视的妇女群体的状况。西方女性主义者并不能代表所有女性的观点，至少不能囊括第一世界或第三世界的有色人种妇女或受压迫妇女的经历。在有色人种妇女中，黑人妇女是一股不可忽视的力量。与奇卡诺妇女的境况相似，黑人妇女既要反抗男性中心主义，也要抵制种族中心主义。在美国，黑人妇女是一个既具独特性又具代表性的群体：

> 她们背负着种族压迫、性别压迫等多层枷锁，她们的困境反映了美国社会的紧张关系。虽然她们在美国社会生活中不是主流团体，但她们所受的苦难比同期的黑人男子、白人妇女都要深重……②

在女性主义话语中，这些背负着"多层枷锁"的有色人种妇女以及受各种其他压迫的妇女得到再现了吗？如果仅仅作为知识的客体，这些处于边缘的妇女能被作为知识主体的白人妇女"看透"吗？不可否认，学者们有必要把对种族与社会性别的理解都表达出来："种族和社会性别不是单独的或附加的，而是主体位置，它们在个人

---

① ［美］南茜·弗雷泽：《正义的中断：对"后社会主义"状况的批判性反思》，于海清译，上海人民出版社2008年版，第190页。

② 吴新云：《身份的疆界》，中国社会科学出版社2007年版，第1页。

身份形成过程中,在同社会体制和结构的关系中相互构成。"① 也就是说,女性的性别身份是在其所属的种族的基础上形成的,反之,女性的种族身份也是在其所属的性别的基础上形成的,两者相辅相成,不可分割。

在主流的文学文本中,黑人妇女形象一般是根据种族中心主义和性别中心主义虚构出来的本质化的刻板形象,没有充分考虑到黑人妇女经验的独特性(种族、性别的双重压迫)。事实上,早在 19 世纪,黑人妇女已经开始借助自叙体小说来言说自我,并开创了书写自我的文学传统。黑人妇女对自我的书写不仅能让白人社会对黑人妇女有一个相对正确、相对全面的认识,而且真实地反映了种族主义和性别歧视的双重压迫对黑人妇女造成的影响。由于书写立场的局限性,白人妇女往往只看到了性别差异所带来的不平等,而忽视了种族差异所带来的不平等。"早期的白人女性主义者把自己的生活经历和观点普适化,成为具有不同阶级、不同种族女性的代言人,从而忽略了黑人女性和其他第三世界女性的不同观点。"② 既然白人女性主义者代表不同阶级、不同种族的女性是"非正义"的,那么其代言人的身份对非西方、非白人、非中产阶级的女性而言,就是一种赤裸裸的"僭越"。

20 世纪 70 年代,以黑人女性主义批评为代表的少数族裔女性主义批评日益崛起,女性主义开始成为"复数的女性主义"(feminims),女性主义批评也得到进一步拓宽与深化。黑人女性主义把种族、阶级因素引入女性主义理论与批评,对西方女性主义者的种族主义提出了挑战,其对白人妇女种族优越感的批判得到了第三世界妇女的积极响应。从某种意义上说,黑人女性主义运动的兴起是对

---

① [美]朱迪思·A. 阿伦、[美]萨莉·L. 基思:《被学科学科化? 在妇女学中跨学科研究使命的需要》,陈玮译,王政审校,载余宁平、杜芳琴主编《不守规矩的知识:妇女学的全球与区域视界》,天津人民出版社 2003 年版,第 25 页。

② 周春:《美国黑人女性主义批评研究》,四川大学出版社 2007 年版,第 3 页。

西方女性主义者的中心主义的挑战,因此,在西方女性主义大一统的局面下,黑人女性主义批评尤其强调自身的差异性。从种族因素和性别因素入手,有助于揭示黑人妇女作为黑人与女人的双重边缘身份。双重的边缘身份既能证明黑人妇女自我的存在,也能有效地抵抗种族歧视和性别歧视的话语。尽管在南方黑人男性种族身份的建构过程中,黑人妇女没有浮出历史地表,但在黑人妇女的自我定义与自我表述中,黑人妇女逐渐建构起了自己的再现体系,而有效的自我再现又为确立自我身份奠定了基础。

在全球化语境下,种族问题已经成为焦点问题,任何超越种族的女性身份认同均不存在。在西方,少数族裔除了黑人、奇卡诺人外,还有位于主流文化边缘的华裔、印度裔等第三世界妇女(来自第三世界或祖先来自第三世界)。如果说黑人妇女受到的是种族主义与男性中心主义的双重压迫,那么华裔妇女、印度裔妇女等少数族裔妇女除了受到这种双重压迫之外,还需承受西方中心主义的压迫。以华裔妇女为例,其作为少数族裔的女性,首先是西方世界中的华裔,其次是东方男性世界中的女性,同时还是西方男性世界中的华裔妇女。因此,在遭受种族歧视的同时,华裔妇女还经受着东方和西方两个世界的菲勒斯中心主义的冲击。20世纪六七十年代,少数族裔妇女开始向西方中心主义、种族中心主义和男性中心主义话语挑战,探索自身身份认同的独特性,多元化的身份认同模式呼之欲出。

三 女性身份认同参照体系的多元性

在女性主义的三次浪潮中,女性主义对"差异"的理解也不尽相同。在第一次浪潮中,女性主义的主要目标是争取男女平权,如沃斯通克拉夫特的《女权辩护》、穆勒的《妇女的屈从地位》等关注的都是两性平等问题。这一阶段,女性主义者的注意力都在"平权"上,很少有人关注"差异"问题。在女性主义运动的第二次浪潮中，女性主义对"差异"的理解已经有所变化，其不仅意识到了性别差异的存在，而且意识到了女性内部所存在的差异。

20世纪60年代末，美国女性主义者主要关注"性别差异"，并在这一问题上分为两大派：一派主张"平等"，将性别差异视为男性统治的工具和典型结果，认为性别差异是为男性服务的；另一派主张"差异"，将性别差异视为女性身份认同的基础，认为我们需要的是一种"通过承认性别差异和重新评价女性来反对低估女性价值"的女性主义。[①] 不可否认，性别差异是真实存在的，承认性别差异这一最基本的人类差异是公平对待女性的基础。随着女性主义运动的深入，"差异"的含义也发生多次变化。不过，平等/差异的僵局一直未能得到解决。20世纪80年代中期，女性主义才由对"女性间的差异"的关注转移到了对"性别差异"的关注上。这一时期，边缘女性开始发难主流女性，以有色人种女性主义与女同性恋为代表的边缘力量开始质疑差异女性主义以及平等女性主义。"每一运动都经历着一种类似的、发现自身存在其他差异的过程。"[②] 不管是强调男性与女性之间的相似性，还是强调男性与女性之间的差异性，都是对"女性间的差异"的忽视，都是对阶级、族裔、民族、种族等因素的忽视。至此，女性主义者开始意识到女性面临多元形式的从属地位以及自身所面临的"多元危险"。

什么样的"差异"才是对女性主义有利的呢？随着"身份认同政治"的迅速发展，对"性别差异"的重视越来越不能实现女性主义预期的目标。在女性主义的第三次浪潮中，女性主义者开始关注"相互交叉的多元差异"。多元的社会运动相互交叉，差异轴线越来越多元化，女性主义意识到自身与其他运动是一种相互交叉、共享政治空间的关系。新社会运动之后，每一种"差异"都是一种政治，

---

① ［美］南茜·弗雷泽：《正义的中断：对"后社会主义"状况的批判性反思》，于海清译，上海人民出版社2008年版，第186页。
② 同上书，第190页。

而所有的政治几乎都需要与女性主义联系起来。① 从两性之间的性别差异到女性内部的差异,再到性别与其他差异轴之间的关系,女性主义在对"差异"的一次次超越与解构中,不仅丰富了自身对于"差异"的理解,而且开拓了自身的边界。既然种族、阶级、性取向等差异依然存在,那么就不可能存在一种超越这些差异的女性身份认同。女性主义不仅要关注妇女之间的差异,更要关注当今女性所处的多元化位置(multi-positionality)。女性具有社会性别、阶级、种族、民族和年龄等多种社会身份,其中的任何一种身份都很难从多元化位置中独立出来。

在全球化语境下,妇女所承受的不再是单一的性别压迫,发达资本主义国家资产阶级对其他种族的压迫、对第三世界下层阶级的阶级压迫和对第三世界妇女的性别压迫往往跨地域地勾连在一起。女性需要确定自己处于何种位置,才能回答"我是谁"的问题。国际劳动分工和性别分工的普遍存在,是性别压迫、阶级压迫和民族文化压迫勾连的新形式。② 各种压迫相互支撑、相互强化,形成多维压迫体系。用胡克斯的话说:"所有形式的压迫都是相互关联的,因为它们都受到类似的制度和社会结构的支持。"③ 阶级压迫、性别压迫与种族压迫具有相似的压迫模式,三者都是通过将受压迫者定义为他者来实现统治的。不过,妇女所受的具体压迫却各有所异,如黑人无产阶级妇女至少要受种族主义、阶级和菲勒斯文化的三重压迫,印度下层妇女除了受这三重压迫之外,还要受帝国主义的压迫。当然,从受压迫的层面上讲,黑人之间、女性之间以及受压迫者之

---

① 正如弗雷泽所说:"所有反对从属的斗争现在需要以某种方式与女性主义联系起来。"(相关观点,可参见[美]南茜·弗雷泽《正义的中断:对"后社会主义"状况的批判性反思》,于海清译,上海人民出版社2008年版,第191页)

② 相关观点,可参见刘莉、夏怡《经济全球化时代民族、阶级和性别的三维关系——对后殖民理论的解读和分析》,《江西社会科学》2007年第1期。

③ [美]贝尔·胡克斯:《女权主义理论:从边缘到中心》,晓征、平林译,江苏人民出版社2001年版,第43页。

间存在某种共同命运,女性之间仍然存在根本上的一致。

不管女性所受的压迫是否具有一致性,但至少可以肯定女性受多重压迫这一事实的存在。女性受压迫的根本原因是什么?是性别歧视制度、种族歧视制度,还是资本主义制度?在资本主义经济制度下,处于公共领域的无产阶级妇女常常比无产阶级男性报酬更低、机会更少。与此同时,无产阶级妇女因其在公共领域的从属地位,又加剧了其在私人领域的从属地位,从而巩固性别歧视制度。妇女所受的压迫虽然具有多重性,但各种压迫常常纠缠在一起,很难剥离出某种单一的压迫,也很难建立起某种单一的女性身份认同。

在现代语境下,身份认同往往是一种选择。正如安德鲁·甘布尔(Andrew Gamble)所说:"选择或是确定一种身份,意味着以一种特定的方式来看待这个世界,而这一身份必然是在与其他身份的关系中确定的。"① 在此,甘布尔主要考察的是"政治身份",而我们所要考察的性别身份也是一种政治身份。女性身份也取决于性别、阶级、种族、国籍、宗教、意识形态等一系列不确定因素,可以是"单向的",也可以是"复杂的"和"重叠的"。② 当然,对待复杂、重叠的女性身份,女性也可以乐观地说:"我们已经成长,并将不断成长壮大,多姿多彩,更多的鸟儿会在我们的枝杈中找到遮风避雨之处。因为我们已经成为园丁。我们开辟了不守规矩的花园。"③ 在全球化语境下,已经成长为园丁的女性,为自己开辟的是"不守规矩的花园",其身份认同是多姿多彩的。简言之,女性身份认同的参照体系在特定语境下注定是多元的。

如前所述,在流动的现代性中试图寻求一种整齐划一、稳固不

---

① [英]安德鲁·甘布尔:《政治和命运》,胡晓进等译,江苏人民出版社2003年版,第7—8页。
② 同上书,第8页。
③ [美]玛丽莲·鲍克塞:《不守规矩的知识:妇女学与学科问题》,王政译,载余宁平、杜芳琴主编《不守规矩的知识:妇女学的全球与区域视界》,天津人民出版社2003年版,第16页。

变的身份认同根本不切实际，寻求身份认同只会造成妇女更大的分裂。因此，妇女若要追寻身份认同，只能把自己定位于分裂冲突之中。"身份认同并非人们身体和民族的自然属性，而是在同别人对照的话语中产生的。"① 值得注意的是，妇女的身份认同虽然与种族、性别、阶级等因素相关，但并非各种因素的简单叠加，而是各种因素共同组成的相互依赖的可变系统。② 因此，要理解女性身份认同，就必须将身份认同的所有因素联系起来，承认妇女所处的多重位置，而不能孤立地强调某一种因素（包括性别因素在内）。困难在于，当各种压迫交织在一起，各种位置纵横交错时，女性如何做出选择，又如何维持平衡？

本章小结

本章主要讨论女性身份认同在全球化语境下的各种形态及建构的可能性。全球化了，作为女性的"我们"究竟在哪里呢？在全球化语境下，女性身份认同问题越发复杂。随着女性的碎片化与流动化，共同体的神话走向破灭，身份认同代之而起。女性身份认同的建构不仅是由其性别决定的，阶级、族裔等因素都参与其中。因此，身份认同的参照体系是多元的，这就直接导致了女性身份认同的异质多元性。

任何身份认同都不可能在纯粹的理论之中完成，引入全球化语境这一现实语境对女性身份认同的建构来说具有鲜明的现实意义。首先，全球化是女性当下所处的现实条件，要研究女性身份认同并赋予其现实意义，就必须将其与全球化关联起来。将女性身份认同问题置于全球化这一具有流动性的特定时空来认识，有助于探寻女

---

① ［美］琼·W. 斯科特：《女性主义与历史》，王政译，载王政、杜芳琴主编《社会性别研究选译》，生活·读书·新知三联书店1998年版，第370页。

② 吴新云：《身份的疆界》，中国社会科学出版社2007年版，第7页。

性身份认同建构的种种可能性。其次，在全球化背景下，个体的身份认同开始呈现出不确定性，而这一不确定性恰恰为女性的身份认同提供了革命契机，或者称为解构的"把手"。与此同时，变化无常的身份认同也加强了追寻女性身份认同的必要性。再次，在全球化语境下探究女性身份认同，有助于将女性内部的各种差异纳入女性身份认同的建构之中，开拓女性身份认同的疆界。只有从女性所处的特定位置出发，赋予女性之间的差异以新的意义，才有可能颠覆菲勒斯文化中女性的他者身份。最后，自我流动、自我碎片化是女性建构身份认同的策略之一，对女性身份认同的建构来说是必要的。无论作为生理性别还是作为社会性别，全球化语境中的女性都是流动的。这种流动性既有从内向外的异质性的抵抗，也有从外向内的消化。女性如果不自觉地脱下固定身份这件"旧铠甲"，主动投入身份认同的流动之中，必将面临被菲勒斯中心主义消解或同质化的危险。

当然，运用全球化理论与现代性理论来观照女性身份，也会遭遇一系列解构危机。首先，将现代性、全球化等理论纳入性别研究视野虽然拓宽了女性身份认同的渠道，却又落入西方中心主义的窠臼，并在理论意义上接受了菲勒斯中心主义结构的支配。其次，在全球化这一特定的时空下，身份认同已失去固定的根基，女性很难以一种合理而又连贯的方式把对未来的设想与过去的经验联结起来，女性身份认同也会因此沦为丧失政治目标的理论空壳，或无用的概念。再次，随着流动现代性的到来，女性身份一次次被固化，又一次次被熔化。如何在恰当的时机运用恰当的身份，这也是女性身份认同目前受到限制的"瓶颈"。如果不突破这一"瓶颈"，女性身份认同问题也难以得到妥善的处理。最后，在处理同一性与差异性的问题上，身份认同概念偏重于个体的差异性，其原子化的个人主义的缺陷不利于女性集体身份的建立。质言之，身份认同这一概念并不能解决女性的身份认同问题，要走出理论困境，女性身份认同还必须寻求新的理论资源。

第 五 章

承认：女性身份认同的终点？

在现代社会，身份认同的基础岌岌可危，曾以身份认同政治为宗旨的女性主义也陷入理论的怪圈，且一时难以走出迷宫。无论是对女性个体而言，还是对女性集体而言，仅仅停留在追求身份认同的层面上，已然不能实现性别正义。马克思在讨论人的本质时就已经指出："人的本质并不是单个人所固有的抽象物。在其现实性上，它是一切社会关系的总和。"① 换言之，人是生活于现实生活中的具体的人，一切行为都不可避免地要与周围的人发生关系（如生产关系、亲属关系、同事关系等）。随着全球化趋势的加剧以及多元文化思潮的兴起，国内外学界对承认理论给予了高度重视。正如泰勒所断言："对于承认（recognition）的需要，有时候是对承认的要求，已经成为当今政治的一个热门话题。"②

本章尝试将"承认"（德语是 anerkennung，英语是 recognition）这一哲学概念引入女性主义批评领域，力图为身陷囹圄的女性身份认同寻找一种新的可能性。在新的历史条件下，女性还必须通过一系列斗争获得包括与之对峙的男性群体在内的全人类的

---

① 《马克思恩格斯选集》第 1 卷，第 60 页。
② ［加］查尔斯·泰勒：《承认的政治》，董之林、陈燕谷译，载汪晖、陈燕谷主编《文化与公共性》，生活·读书·新知三联书店 2005 年版，第 290 页。

承认，才能使自己被接纳为一个平等而有尊严的"他者"。生活在现实社会中的女性，必然是生活在一定社会关系中的人，其身份认同也必然要求其他人给予平等的承认。

第一节　从身份认同到承认

在全球化语境下，我们经常遭遇各种身份认同问题，不论何种身份认同目前都面临着解体的危险。如上章所述，"妇女"只是想象的共同体，并不是现实存在的共同体。作为想象的共同体，妇女只不过是将所有女性联结在一起的"铠甲"。如今，这件"铠甲"早已破碎不堪，用鲍曼的话来说："集体用以把它们的成员联结在一个共同的历史、习俗、语言或教育中的铠甲，正在逐年地变得越来越破旧不堪。"[1] 与此同时，身份认同作为共同体的替代品，在全球化语境下也备受争议。仅凭身份认同概念，很难将各执己见的女性以及女性主义者们联合起来。作为共同体的替代品，"身份认同"也难逃四分五裂的命运。如果"承认"能直接指向共同体的团结，并把团结建立在道德基础之上，就有可能克服"身份认同"概念可能引发的分裂。

一　"承认"概念探源、理论发展及相关争论

早在20世纪70年代末，德国已经有学者开始关注承认理论。[2]法兰克福学派第三代领导人阿克塞尔·霍耐特（Axel Honneth）从政治伦理学的角度对身份认同问题进行了系统的研究，把"承认"概念推到一个显著的位置，其教授资格论文《为承认而斗争》（Kampf

---

[1]　[英]齐格蒙特·鲍曼：《流动的现代性》，欧阳景根译，上海三联书店2002年版，第263页。

[2]　L. 谢普（Ludwig Siep）在《作为实践哲学之原则的承认》（Anerkennung als Prinzip der Praktische Philosophie: Untersuchungen zu Hegels Jenaer Philosophie des Geist，1978）一书中率先考察了费希特的承认理论以及黑格尔在耶拿时期的承认理论。（相关观点，可参见丁三东《"承认"：黑格尔实践哲学的复兴》，《世界哲学》2007年第2期）

um Anerkennung，1992）标志着法兰克福学派对承认理论研究的正式介入。其间，法兰克福学派其他成员也围绕承认理论进行过多次争论，将承认理论纳入社会批判的理论体系，推进了对承认理论的研究。①

近年来，我国不少学者也开始关注"承认"②（anerkennung）一词以及有关承认的政治、理论等。从词源上说，anerkennen 来源于 13 世纪具有法律意义的 erkennen（"判决，裁决"），并于 16 世纪在拉丁语 agnoscere（"确定，承认，公认"）的模型上形成。不过，"承认"的现代意义已经超越其"认知、认识"的古老含义。因此，"anerkennung"不仅是理智的承认，而且是公开的、实践上的承认。具体地说，"承认"不仅仅包含着对一件事或一个人的理智上的认同（identification），而且包含着给一件事或一个人赋予积极的价值以及对这种赋予行为的明确表达。③

黑格尔在早期的作品中，已经开始思考有关承认的主题。不过，直到《精神现象学》（Phä；nomenologie des Geistes，1807），黑格尔才将承认问题作为思考的核心。在讨论自我意识时，尤其是在讨论自我意识的独立与依赖时，黑格尔强调了承认的重要性，他指出："自我意识是自在自为的，这由于、并且也就因为它是为另一个自在

---

① 这场争论从 20 世纪 90 年代持续至今，主要是在 N. 弗雷泽（Nancy Fraser）、A. 霍耐特（Axel Honneth）、K. 奥尔森（Kevin Olson）等人之间进行。上海人民出版社于 2009 年推出的"今日西方批判理论丛书"（该丛书包括《正义的中断：对"后社会主义"状况的批判性反思》《再分配，还是承认？：一个政治哲学对话》《伤害 + 侮辱：争论中的再分配、承认和代表权》《正义的尺度：全球化世界中政治空间的再认识》四本书）详细地记载了这场围绕承认理论的争论。

② 事实上，在汉语中很难找到一个可以与之对应的词语，《黑格尔辞典》（A Hegel Dictionary）曾从词源上对"承认"（anerkennung 和 anerkennen）进行了考察，但英语中也很难找出一个准确的词语来承载"anerkennung"的全部含义。anerkennung 在英语中对应着名词性的 recognition 和 acknowledgement；anerkennen 则对应着动词性的 to recognize 和 to acknowledge。

③ Michael Inwood：A Hegel Dictionary，Oxford：Blackwell，1992，p. 245.

自为的自我意识而存在的；这就是说，它所以存在只是由于被对方承认。"① 其中，获得承认的一方是"主人"，被迫承认对方的则是"奴隶"。随后，黑格尔提出了自己的"主人/奴隶辩证法"，从统治、恐惧、培养或陶冶等三个方面讨论了主人与奴隶的关系。② 黑格尔正是从著名的主人/奴隶辩证法开始了自我意识的辩证法。在这一辩证法中，主人与奴隶是承认者与被承认者的辩证关系，是否承认对方或被承认直接决定了谁是主人，谁是奴隶。主人是独立的意识，其本质是自为存在；奴隶是依赖的意识，其本质是为对方而存在。在黑格尔那里，主体要成为主体，从自然状态中脱离出来，就必须建立"承认"关系。"承认"行为对于每一个人来说都是必需的，没有"承认"，就没有个体。③ 在此，承认被看成达到同一性的一个必要的中间环节，而主人与奴隶就是在进行一场生死斗争之后，才获得承认的。在黑格尔这里，斗争本身就是承认的表达。④ 但这种承认是单方面的，臣服于主人的奴隶是被迫承认主人的，而主人却不承认奴隶。具有讽刺意义的是，主人冒着生命危险获得的承认也是无效的，因为承认他的对方（奴隶）并没有得到他（主人）的承认，即奴隶本身并没有被看成真实的自我。由此可见，真正的承认只可能是相互的，单向的承认只会走向最终的失败。

不可否认，耶拿时期黑格尔的承认思想为20世纪的政治家和哲学家尤其是法兰克福学派的成员提供了丰富的养料。虽然黑格尔的承认概念是在抽象的意识层面进行的，但其承认思想为泰勒的"承认的政治"和霍耐特的承认理论提供了思想资源。法兰克福学派第二代的中坚人物尤根·哈贝马斯（Jurgen Habermas）对黑格尔的承认思想进行

---

① ［德］黑格尔：《精神现象学（上卷）》，贺麟、王玖兴译，商务印书馆1979年版，第122页。
② 同上书，第127—132页。
③ 曹卫东：《从"认同"到"承认"》，《人文杂志》2008年第1期。
④ 王国豫：《创造性与德国哲学的走向》，《世界哲学》2006年第4期。

了反思和重构，并由此提出了自己的交往理论。"交往"作为哈贝马斯研究的出发点，与"承认"有着深厚的渊源。哈贝马斯将"承认"概念引入社会批判的实践层面，超越了德国思想传统中追求超越的抽象思辨传统。其所提倡的交往行为是一种"主体间性"行为，以互相理解、沟通的交往理性为核心。在交往行为中，任何行为者都期待被对方承认为合法主体，并在共同体中得到承认。哈贝马斯在论述个体化与社会化时曾提及"承认"的重要性："如果我作为一个人格获得承认，那么，我的认同，即我的自我理解，无论是作为自律行动还是作为个体存在，才能稳定下来。"[①] 身份认同的建构依赖于主体间的相互承认，且必须在其与"社会化他者"的对话中实现。个体存在是否稳定，与其是否获得"承认"直接相关。在哈贝马斯看来，多元文化主义的目标即为具有平等地位的所有成员的相互承认，承认的实现不仅需要成员间的交往行为与对话，并且会转向公共领域内的有关身份政治的辩论。[②] 当然，在交往的过程中，人与人之间是互相承认、互为主体性的平等关系。不过，哈贝马斯虽然将"承认"概念引入法兰克福学派的社会批判理论，但这一概念与其所开创的"主体间性"（intersubject）一样，多少带有乌托邦的性质。

20 世纪 70 年代中期，查尔斯·泰勒重新解读了黑格尔的主人/奴隶辩证法，并以此作为研究的起点，提出"承认的政治"（politics of recognition），从理论上回应了黑格尔的承认思想。泰勒认为主人/奴隶辩证法探讨了一个关于"承认"的基本理念，即"人们寻求且需要其同伴的承认。"[③] 具言之，人们只有在获得他人的承认时，才会从他人那里找回自己。同时，泰勒也指出了主人/奴隶辩证法所包

---

① ［德］于尔根·哈贝马斯：《后形而上学思想》，曹卫东、付德根译，译林出版社 2001 年版，第 213 页。

② 相关观点，参见 Jürgen Habermas："Equal Treatment of Cultures and the Limits of Postmodern Liberalism"，The Journal of Political Philosophy：Volume 13，Number 1，2005，p. 15。

③ ［加］查尔斯·泰勒：《黑格尔》，张国清、朱进东译，译林出版社 2002 年版，第 233 页。

含的矛盾，即人们为了获得圆满，必须通过斗争的方式去获得承认，但通过这种方式获得的承认是单方面的，而承认必须是相互的，"相互承认是一个由我们双方共同给予完成的过程"①。20世纪80年代末，泰勒对西方文化中现代身份认同的形成进行了梳理，并在此基础上对承认的政治进行研究。泰勒认为对承认的需要已经成为当今政治的主要趋势，并直接用"承认的政治"这一命题来表述"多元文化主义"的核心思想。② 近年来，泰勒的思想依然闪烁着"承认"的光辉与力量。在论述宗教和世俗化问题时，他也肯定了"承认"的积极作用："首先我们需要承认来获得我们的身份认同，而且，没有承认，大多数人什么也不能做。"③ 在现代语境下，个体自我认同的建构依赖于他人的承认，且必须在与他人的对话中实现。随着全球化趋势的加剧，人与人之间的依赖关系进一步加强，"承认"所占据的位置也越来越显著。

霍耐特与泰勒的承认理论都源自黑格尔的承认学说，但又都不是对黑格尔学说的简单再现。霍耐特借助乔治·赫伯特·米德（George Herbert Mead）的社会心理学重建主体间性的规范伦理，在很大程度上发展了黑格尔"为承认而斗争"的模式。米德尤其强调主体间的交往互动，他认为："只有当个体承认其他所有人属于同一共同体的权利时，他才能使自身成为一个公民。"④ 米德从社会心理学层面上强调了承认的重要性，明确了承认对于个体成为公民的重要意义。这就意味着，一个人只有像承认自己一样承认其他人，才能实现其自身。在此基础上，霍耐特区分出了主体间的三种承认模

---

① ［加］查尔斯·泰勒：《黑格尔》，张国清、朱进东译，译林出版社2002年版，第234页。

② 相关观点，可参见［加］查尔斯·泰勒《承认的政治》，董之林、陈燕谷译，载汪晖、陈燕谷主编《文化与公共性》，生活·读书·新知三联书店2005年版，第290页。

③ Charles Taylor, *A Secular Age*, Cambridge & London: Belknap Press, 2007, p. 137.

④ ［加］乔治·H. 米德：《心灵、自我与社会》，赵月瑟译，上海译文出版社1992年版，第252页。

式，即爱、法律和团结，这三种承认模式都包含着一种冲突的潜在动机。① 霍耐特把"承认"看作一种需要为之而斗争的财富，这就明确了获得"承认"的方式：斗争。

尽管承认理论并不是源于法兰克福学派的社会批判理论，但承认理论的勃兴却有赖于该学派围绕承认理论所展开的多次争论。1995年，南茜·弗雷泽在《再分配或承认？："后社会主义"时代的正义难题》"(From Redistribution to Recognition? Dilemmas of Justice in a 'post-socialist' Age", 1995)一文中把再分配（redistribution）与"承认"关联起来，对承认政治提出了至关重要的警告："当从社会平等的角度来评判承认之诉求时，我认为，无法尊重人权的承认政治是不可接受的，即使这些承认政治促进了社会平等。"② 在此，弗雷泽主要关注的是对文化差异的承认与社会平等之间的关系，并提出了以"性别"和"族裔"为代表的双重集体所面临的"再分配—承认难题"。对女性而言，尤其是对处于种族、阶级等多重歧视之下的女性而言，既承受着政治经济的非正义（injustice），也承受着文化的非正义，因此，正义的实现既需要政治经济领域的再分配，也需要文化领域的承认。③ 两年后，弗雷泽在《正义的中断》（*Justice Interruptus*, 1997)一书中以承认理论为起点，展开了对"后社会主义"状况的批判性反思。在此，弗雷泽没有简单地用承认的政治替

---

① 相关观点，可参见［德］阿克塞尔·霍耐特《为承认而斗争》，胡继华译，上海人民出版社2005年版，第100页。

② ［美］南茜·弗雷泽：《再分配或承认？："后社会主义"时代的正义难题》，载［美］凯文·奥尔森编《伤害+侮辱：争论中的再分配、承认和代表权》，高静宇译，上海人民出版社2009年版，第14页。

③ 2009年3月26日下午，弗雷泽在中山大学的一场关于正义的实质内容（The substance of justice）的讲座中，把非正义（injustice）描述为那些阻碍人们平等参加社会生活的社会结构，包括：(1) 经济阻碍，即经济机会的不平等；(2) 身份结构、文化的阻碍，比如歧视、排斥等；(3) 政治阻碍，即无法得到充分的代表。当平等参与可以突破或减少这些阻碍，一个社会就向正义前进了一步。（相关观点，可参见《什么是正义？——一种反规范的正义视角》，http：//cus.sysu.edu.cn/xszyl.asp? id =45)

代再分配的政治，而是试图将两者结合起来。①

随后，巴特勒、理查德·罗蒂（Richard Rorty）、艾利斯·马里恩·杨（Iris Marion Young）、凯文·奥尔森（Kevin Olson）等人也加入了这场论战。2003年，霍耐特和弗雷泽围绕承认问题展开了一场政治哲学对话。霍耐特把"承认"解析为一个包括"权利承认""文化鉴赏"和"爱"，且寻求再分配的、适应个别差异的概念。弗雷泽在道德哲学的范围内对再分配与承认进行了整合，提出了自己的设想，即"把承认视为正义问题，把它看作社会身份的一项议题"。② 虽然霍耐特和弗雷泽都认为"承认"已经是我们这个时代的关键词，都反对把"承认"简化为分配的附庸，但两者对于再分配和承认的结合方式的认识是明显不同的。③

毋庸置疑，"承认"这个源于黑格尔哲学的古老范畴已经成为我们时代的关键词之一。在当代理论家的复兴下，"承认"衍生出了多个层面的含义。在现代语境里，承认的基本含义是指"个体与个体之间、个体与共同体之间、不同的共同体之间在平等基础上的相互认可、认同或确认"④。到了全球化时代，这一概念成了多元文化背景下不同形式的个体和共同体要求平等、被承认以及被肯定的政治文化诉求的表达。黑格尔所开启的承认问题不但没有被遗忘，而且更加政治化，更加令人关注了。承认究竟是正义的问题，还是自我实现的问题呢？在一次次的争论中，承认已经被规范化、标准化了。在尼古拉斯·孔普雷迪斯（Nikolas Kompridis）看来，是时候向"承认"提问了：承

---

① ［美］南茜·弗雷泽：《正义的中断：对"后社会主义"状况的批判性反思》，于海清译，上海人民出版社2008年版，第6页。

② ［美］南茜·弗雷泽、［德］阿克塞尔·霍耐特：《再分配，还是承认？：一个政治哲学对话》，周穗明译，上海人民出版社2009年版，第22—23页。

③ 弗雷泽和霍耐特以再分配和承认的关系为主轴，在道德哲学、社会理论和政治分析等层面展开了激烈的辩论。（相关观点，可参见［美］南茜·弗雷泽、［德］阿克塞尔·霍耐特《再分配，还是承认？：一个政治哲学对话》）

④ 周穗明：《N. 弗雷泽和A. 霍耐特关于承认理论的争论》，《世界哲学》2009年第2期。

认能为我们做什么？不能做什么？我们能从承认中得到什么？不能得到什么？他断言，完全的、相互的承认是一种幻想，"所有承认，甚至最好的承认，都是部分的承认，既是不完全的，也是单方面的……所以，错误承认的可能性嵌入了每个承认和承认的每个举动"①。的确，我们完全有理由质疑自己对承认的渴望，以及承认应该满足的渴望。

总而言之，"承认"未必是建构人际关系最理想的方式，但目前很难找出一个比"承认"更好的、能够概括边缘人群的政治诉求的概念。在寻求承认的斗争时，我们也应该认识到："承认"并非哈贝马斯意义上的平等互动，而是一种主体间强势的要求，通过强制力量所推行的"承认"更是一种霸道的压制，绝非"没有拘束的相互交流"②。

二 承认理论与女性主义研究

如果说承认理论是对身份认同研究的继续与深化，那我们能否将"承认"范畴引入女性主义研究领域呢？人们在使用承认一词时，往往依赖于这样一个假设："承认是可能的，它是作为主体取得心理的自我理解和接受的条件。"③ 本部分主要探讨的就是这样一种"引入"的可能性及其所需的条件。如前所述，法兰克福学派围绕承认理论进行过多次争论，我国学者周穗明梳理了这场以霍耐特和弗雷泽为主要代表的关于承认的争论，并将之划分为四个阶段。④ 在这场

---

① 尼古拉斯·孔普雷迪斯：《关于承认含义的斗争》，载 [美] 凯文·奥尔森编《伤害＋侮辱：争论中的再分配、承认和代表权》，高静宇译，上海人民出版社2009年版，第304页。

② 吴冠军：《"承认的政治"，还是文化的民主？——回应汪晖对"权利自由主义"的批评》，《开放时代》2002年第1期。

③ [美] 朱迪斯·巴特勒：《消解性别》，郭劼译，上海三联书店2009年版，第135页。

④ 周穗明认为：第一阶段的争论集中在是否存在再分配与承认的矛盾的问题上；第二阶段的争论在确立了再分配和承认之间对立的前提下，关注如何把社会正义的这两种范式在理论和实践中结合起来；第三阶段争论的关键问题是，再分配和承认是否已经穷尽了正义的所有维度，正义的含义是否还应扩展到政治维度；第四阶段深入正义理论的规范基础的争论，对霍耐特和弗雷泽理论各自的哲学基础进行了探讨和评估。（相关观点，可参见周穗明《N. 弗雷泽和 A. 霍耐特关于承认理论的争论》，《世界哲学》2009年第2期）

历时多年的争论中,可以清晰地看到承认范畴与女性主义研究领域的交叉的可能性。

承认理论是否可以用来处理性别问题,性别理论又是否能够丰富承认理论呢?这些问题的解决亟须承认理论家来提供理论支撑。从某种意义上说,哈贝马斯的主体间性理论为承认理论的现代复兴提供了思想资源与理论基础。哈贝马斯在谈到承认斗争的时候,也意识到承认斗争对于妇女的紧迫性与必要性:

> 妇女在文化上的自我理解就像她们对整个文化所作的贡献一样未能得到应有的承认;妇女的要求在主流话语中从未得到充分的考虑。所以,政治承认斗争一开始就表现为围绕着不同性别和旨趣的斗争;这项斗争一旦取得成功,它就会在改变妇女集体认同的同时改变两性间的关系,并进而直接激发起男人的自我理解……①

泰勒虽然也认识到了女性主义对"承认"的需要,并且认为这种需要已经成为政治,但他本人并没有就女性主义与承认问题的关系进行深入探讨。霍耐特则干脆放弃了承认理论与女性主义批判对话的想法,用他的话说:

> 尽管当今女权主义政治哲学常常涉及一种承认的理论,但我还是必须放弃与这种讨论进行批判对话的想法。因为,和女性主义进行对话,不仅会打破我的论证框架,而且也大大超出我现有的专业水平。②

---

① [德]尤根·哈贝马斯:《民主法治国家的承认斗争》,载汪晖、陈燕谷主编《文化与公共性》,生活·读书·新知三联书店2005年版,第347页。
② [德]阿克塞尔·霍耐特:《为承认而斗争》,胡继华译,上海人民出版社2005年版,第6页。

为什么和女性主义对话,会打破霍耐特的论证框架?到底是学术立场还是"专业水平"阻止了承认理论与女性主义的对话?在关于承认理论的多次论争中,身兼政治哲学家与女性主义学者的弗雷泽一直试图将性别问题引入承认理论的视域,而她的努力也是卓有成效的。当然,仅仅只有学者们的主观努力,还不可能促成承认理论与女性主义的联姻。

20世纪末,少数群体的"差异承认"诉求日益升温,"争取承认的斗争"成为少数群体对抗压迫和歧视的主要形式,"承认"于是成为理解各种政治冲突的关键词。"所有反对从属的斗争现在需要以某种方式与女性主义联系起来。"① 随着多元文化主义思潮的全球化、各种争取平等身份的文化斗争此起彼伏,"承认"问题日益成为全球化的问题。多元文化主义的传统可追溯至20世纪60年代的文化运动,在这一传统之下,多元文化主义思潮继续关注阶级、性别、种族等社会和文化问题。随着冷战的结束,阶级利益逐渐让位于群体身份,阶级话语逐渐丧失重要性。在弗雷泽看来,文化统治继剥削之后,沦为了根本的非正义。显然,仅仅通过再分配来解决作为经济问题的剥削是不可能彻底消除非正义的,要消除非正义,同时还必须通过"文化承认"(Kulturelle Anerkennung)来消解文化统治。因此,文化承认也就成为当代消除(文化)非正义的良方和政治斗争的目标。②

作为多元文化主义政治的核心主题,"承认"是隐藏在形形色色的社会运动背后的动力,其重要性已经得到普遍的认可。③ 对女性而

---

① [美]南茜·弗雷泽:《正义的中断:对"后社会主义"状况的批判性反思》,于海清译,上海人民出版社2008年版,第191页。

② 相关观点,可参见[美]南茜·弗雷泽《再分配或承认?:"后社会主义"时代的正义难题》,载[美]凯文·奥尔森编《伤害+侮辱:争论中的再分配、承认和代表权》,高静宇译,上海人民出版社2009年版,第13页。

③ 正如泰勒所说:"今天,代表了少数民族、'贱民'(subaltern)群体和形形色色的女性主义的这种要求,成为政治,尤其是所谓'文化多元主义'(multiclturalism)政治的中心议题。"([加]查尔斯·泰勒:《承认的政治》,载汪晖、陈燕谷主编《文化与公共性》,生活·读书·新知三联书店2005年版,第290页)

言,这种重要性既来自外部,也来自内部。从外部来说,在多元文化主义背景下,所有为平等、尊严而斗争的少数群体都需要"承认的政治"来破除"文化统治"。德国当代哲学家 C. 胡比希（Christoph Hubig）在一次访谈中强调了"奴隶"的主体性。他说,"主人"是"单纯的自我","奴隶"是"行动的主体","行动的主体不是像客体那样能够被承认,而是必须被承认"。① 对女性主义而言,女性作为"行动主体",不是像作为"主人"的男性一样能够被承认,而是必须被承认。20 世纪六七十年代,"新社会运动"扩大了正义的范围,将性别关系、种族、性行为等也纳入其中。之后,正义也有了新的含义,即"以承认群体特殊性为核心"② 的身份认同政治的时代已经过去了,甚至"身份认同政治"这种表述也成为一个贬义词。在弗雷泽看来,身份认同政治在本质上是一种特殊的自我肯定,拒绝普遍主义的"共同梦想",与正义毫不相关。③ 无论是在二维正义（再分配—承认）中,还是在三维正义（再分配—承认—代表权）中,承认都是至关重要的一维。在弗雷泽这里,承认已经被"文化承认"所替代。对此,罗蒂质疑道:为什么"承认"逐渐被视为文化或"文化差异"的承认,而不是共同人性的承认?④ 虽然罗蒂对文化承认的重要性进行了解释,认为"文化承认"对"承认"的替换或多或少与左翼政治致力于"研究一个受歧视群体的文化"这一目标有关,但他依旧怀疑"文化"一词是否能够促使人们把以前受到歧视的群体视为同胞。在罗蒂看来,差异蕴含着压制个

---

① 王国豫:《创造性与德国哲学的走向》,《世界哲学》2006 年第 4 期。
② [美] 凯文·奥尔森:《导言:伤害+侮辱》,载 [美] 凯文·奥尔森编《伤害+侮辱:争论中的再分配、承认和代表权》,高静宇译,上海人民出版社 2009 年版,第 1 页。
③ 相关观点,可参见 [美] 南茜·弗雷泽《正义的中断:对"后社会主义"状况的批判性反思》,于海清译,上海人民出版社 2008 年版,第 5 页。
④ [美] 理查德·罗蒂:《"文化承认"是左翼政治的有用概念吗?》,载 [美] 凯文·奥尔森编《伤害+侮辱:争论中的再分配、承认和代表权》,高静宇译,上海人民出版社 2009 年版,第 71 页。

体的风险,而承认基于共同人性,是"逐渐把先前受到歧视的人以特殊而具体的陈旧方式视为同我们自己一样的人:遇刺会流血,被歧视会受伤害"①。当然,弗雷泽也为自己的"承认"进行了辩护,她认为正义有时也需要承认差异,而这种承认并不取代对共同人性的尊重。②

从内部来说,女性作为受排挤的个体,渴望得到他人的承认。"一个人总是与别人一起或者是为了别人而'制造'性别的,即使这样一个'别人'只是想象出来的。"③ 每一个意识都需要在另一个意识中寻求承认,只有在获得承认的条件下,个人或群体才能正常地成长。人在根本上区别于动物,正是因为人还会对别人的欲望怀有某种欲望。换言之,他需要被"承认",需要被承认为一个人,一个"具有一定价值和尊严的存在"④。女性是具有承认需求的特殊群体之一,其不仅需要被承认为个体,还需要被承认为一个具体共同体中的成员。

性别既包含了政治经济因素,又包含了文化价值因素,这就把女性主义引入了再分配领域与承认领域。身份认同政治虽然在一定程度上推进了性别正义的实现,但关于身份政治的争论并没有推动女性主义理论自身的发展,今天的女性主义理论及批评实践已经陷入一种僵局。身份认同如同破旧不堪、落满灰尘的长袍,单凭这件"过时"的长袍,女性主义无法走出僵局。学院派女性主义对"差

---

① [美]理查德·罗蒂:《"文化承认"是左翼政治的有用概念吗?》,载[美]凯文·奥尔森编《伤害+侮辱:争论中的再分配、承认和代表权》,高静宇译,上海人民出版社2009年版,第76页。
② [美]南茜·弗雷泽:《为什么克服偏见是不够的:驳理查德·罗蒂》,载[美]凯文·奥尔森编《伤害+侮辱:争论中的再分配、承认和代表权》,高静宇译,上海人民出版社2009年版,第86页。
③ [美]朱迪斯·巴特勒:《消解性别》,郭劼译,上海三联书店2009年版,第1页。
④ Francis Fukuyama: *The End of History and the Last Man*, New York: The Free Press, 1992, p. xvi.

异"尤为关注,对作为"差异政治"的"承认"也尤为关注。

真正将承认理论引入性别研究的,是弗雷泽。1997年,弗雷泽以"女性主义干预"作为其专著《正义的中断》第三部分的总标题,成功地将整合文化政治与社会政治的方案引入当前女性主义理论的讨论之中。与此同时,弗雷泽从多元文化主义、反本质主义与激进民主入手,勾勒了当前女性主义理论面临僵局的谱系。2008年,弗雷泽又在《正义的尺度》(Scales of Justice, 2008)一书中继续关注"承认"和女性主义,并以"图绘女性主义构想:从再分配到承认到代表权"为标题,花了整整一章的篇幅来重构女性主义。总的来说,弗雷泽的女性主义构想经历两次划时代的转变,一次是从再分配到承认的转变,另一次是从承认到代表权(即再现权)的转变。显然,第二次转变又回到了笔者论述的逻辑起点,即再现与反再现的问题。

在20世纪末,杰西卡·本杰明(Jessica Benjamin)也在不断寻求主体之间相互承认的可能性,并试图建立一种哲学规范。她认为,承认不是一种单纯的呈现(一个主体对另一个主体),不是一种单方面的承认,而是一种过程。在这一过程中,"主体和他者认为彼此相互反映,但这种反映并不会使他们成为彼此(比如,通过一种合并性认同)或是通过投射来消灭他者的他者性"[1]。借助"承认"概念,本杰明在哲学与心理学的交叉点上展开了关于性别和性的对话。巴特勒则将"承认"与两性之外的"酷儿"(Queer)身份关联起来,并肯定了"承认"对性别身份认同的作用。不过,在陈述人们对"承认"的渴望之后,巴特勒试图促使人们思考这样一个问题:"当相互承认是一个不仅仅关系到两个人的问题时会意味着什么。"[2]此后,"承认"由对二元结构的关注转移到了对三元关系的关注上:

---

[1] [美]朱迪斯·巴特勒:《消解性别》,郭劼译,上海三联书店2009年版,第135—136页。

[2] 同上。

在男性与女性之外，还存在其他的性别，而这些性别同样需要在承认中获得身份认同。

20世纪末，女性主义渐渐开始强调对于"承认差异"的需求。弗雷泽认为"承认"已成为世纪末的女性主义诉求制定的主要逻辑。① 无疑，承认这一概念在政治理论家们的复兴下抓住了"后社会主义"（post-socialist）斗争的明显特征，不过理论家们之所以经常采用身份政治的形式，目的主要是"规定差异"，而不是"提高平等"。因此，女性所面临的诸多"性别不平等"，必须通过自己诉诸承认逻辑，以坚持女性主义的诉求。从理论的实践上说，既不是承认理论选择了女性主义，也不是女性主义选择了承认理论。在20世纪末各种文化思潮和文化斗争风起云涌之际，承认理论与女性主义不期而遇。

第二节　女性主义：走向承认的政治

通过上一节对承认概念及相关理论的梳理，我们已经认识到了承认对于作为主体的人类的重要性。在进入现代社会之后，承认问题与身份认同问题日益显著。到了黑格尔那里，承认直接与自我意识挂钩，其重要性日益得到关注。泰勒在解读黑格尔时曾说道："世人都在演着相互承认的戏剧，这是人自身获得他人承认的最基本模式。"② 承认不是单向的，必须是双向的，这与身份认同也是一致的。在这种意义上，身份认同又可称为"相互承认的实现"。③ 当然，承认与身份认同不能简单地等同起来。不过，两者渊源颇深，

---

① [美]南茜·弗雷泽：《正义的尺度：全球化世界中政治空间的再认识》，欧阳英译，上海人民出版社2009年版，第123页。

② [加]查尔斯·泰勒：《黑格尔》，张国清、朱进东译，译林出版社2002年版，第234页。

③ 相关观点，可参见李琦《公民社会理论视角下的认同问题探究——从黑格尔到哈贝马斯》，《思想战线》2008年第2期。

这在黑格尔的承认理论中已初见端倪。黑格尔曾详细论述了"相互承认"对自我意识的产生、自我认同的实现的重要性：

> 自我意识是为承认而斗争的结果，它只有在主体间相互承认的基础上才可能产生；自我认同也必须以主体间的相互承认为基础，它只有通过自我的承认与他者的认同，才是可能的。①

"主体间的相互承认"既是自我意识的产生基础，也是实现自我认同的必要条件。如果说普遍化的社会排斥形成了社会优势群体（比如男性）与社会劣势群体（比如女性）之间的分离与对立，那么群体之间的相互承认则在一定程度上松动了不同群体之间的边界。查尔斯·泰勒指出，鉴于人们假定承认与认同之间存在某种联系，代表了少数民族、"贱民"群体和形形色色的女性主义的"对承认的要求"已经显示出其紧迫性。②

一 从强调"性别差异"到承认"女性之间的差异"

对女性主义者来说，性别差异是一个非常棘手的问题。在女性主义运动的第一次浪潮后，伍尔夫提出了双性同体的思想，但双性同体毕竟还是一种假设性的存在。在克里斯蒂娃看来，这种"对两性之一的整体的渴望"③ 极可能会抹杀掉两性差异。无论是对承认的政治来说，还是对身份认同政治来说，如何处理差异都至关重要。对女性身份认同来说，差异是其成为可能的条件。"使身份表达成为可能的差异，同时也是使任何最终的身份表达成为可能的

---

① 相关观点，可参见李琦《公民社会理论视角下的认同问题探究——从黑格尔到哈贝马斯》，《思想战线》2008 年第 2 期。
② 相关观点，可参见[加]查尔斯·泰勒《承认的政治》，董之林、陈燕谷译，载汪晖、陈燕谷主编《文化与公共性》，生活·读书·新知三联书店 2005 年版，第 290 页。
③ 相关观点，可参见[法]克里斯蒂娃《妇女的时间》，程巍译，载张京媛主编《当代女性主义文学批评》，北京大学出版社 1992 年版，第 368 页。

条件。"①

20世纪七八十年代，性别差异逐渐成为最重要的问题之一，并引起西方学术界的广泛探索。正如克里斯蒂娃所指出的，"对性别差异的研究也许就是我们这个时代从理智上获得拯救的关键课题"②。性别差异已经渗透进人类文化的各个领域，甚至连向往平等或中立状态的主体也被潜在地表达为男性，女性则被男性话语所深深掩盖，正如伊利格瑞所言："虽然这个主体向往一种平等或中立的状态，但在作品中它却总是被表达为男性，因为，至少在法国，'人类'这个词是阳性的而不是一个中性词。"③ 不过，人们对性别差异这一潜在、日益紧迫的问题却大都噤若寒蝉。要开展性别差异的研究工作，首先需要在思想领域和道德规范上对主体进行一次革命。

性别差异是一种真实存在，也是最基本的人类差异。不可否认，在两性之间存在巨大的差异，即我们所说的性别差异。一种性别往往通过认同于自身而与另一性别区分开来，不少学者认为所有女性都具有作为女性的一种共同的"性别认同"。弗雷泽认为，在性别认同意义上，"所有女性实质上都是姊妹"④。与此同时，她也强调，忽视或抹杀性别差异，都不能公平地对待女性："公平对待女性的方式，是承认性别差异，而不是使之最小化。"⑤ 需要警惕的是，性别歧视往往与性别差异纠缠在一起，虽然必须通过承认性别差异来重估女性价值，但过分强调性别差异也会对女性自身造成伤害。

与此同时，女性主义的历史也会成为一部削减女性之间差异（如阶

---

① [美]南茜·弗雷泽：《纯粹的文化维度》，载[美]凯文·奥尔森编《伤害＋侮辱：争论中的再分配、承认和代表权》，高静宇译，上海人民出版社2009年版，第47页。

② [法]露丝·依利格瑞：《性别差异》，载[英]玛丽·伊格尔顿编《女权主义文学理论》，胡敏等译，湖南文艺出版社1989年版，第372页。

③ 同上书，第373页。

④ [美]南茜·弗雷泽：《正义的中断：对"后社会主义"状况的批判性反思》，于海清译，上海人民出版社2008年版，第187页。

⑤ 同上。

级、种族、族裔等差异)的历史。尽管女性身份在一般情况下是通过缩减女性之间的差异来建构的,但也有不少女性主义者倾向于把性别差异视为女性身份的基础。当然,仅仅关注性别之间的差异仍然是不够的,女性身份的局限性主要体现在对女性之间的差异问题的处理上。

随着"身份政治"的迅速发展以及女性主义运动的不断深化,对"性别差异"的重视越来越不能实现女性主义预期的目标,女性之间的差异逐渐获得普遍关注。其中,有色人种女性主义、女同性恋女性主义、第三世界女性主义对这一差异的发现做出了巨大的贡献。在女性主义内部,边缘开始向主流发难,西方白人女性主义与姐妹情谊因模糊了女性之间的差异而受到质疑。正如弗雷泽所说:"错误地将一些女性的境况和一些女性的身份形象普遍化,并不能促进女性的团结。相反,这将导致怨恨和分裂,导致伤害和猜忌。"[1] 对性别差异的过分关注不仅不利于女性的团结,而且还会导致女性之间的怨恨、分裂、伤害以及猜忌。

就女性主义运动而言,也经历着一个"类似的、发现自身存在其他差异的"过程,[2] 不过,对任何差异的过分关注均不利于主体性身份的建构。女性并不是生活在一个纯粹的性别世界,影响身份认同的因素有很多,除了性别还有种族、阶级、宗教、性取向等。在女性主义运动的第二次浪潮中,女性之间的差异获得广泛关注,性别之外的从属轴线成为重新定位女性的考量因素。具言之,建构女性身份认同,需要从生物学、经历、话语、无意识、社会经济条件等多个层面来思考女性之间的差异。[3] 20世纪90年代,"差异"

---

[1] [美]南茜·弗雷泽:《正义的中断:对"后社会主义"状况的批判性反思》,于海清译,上海人民出版社2008年版,第189页。

[2] 同上书,第190页。

[3] 我国学者王宁认为女性主义运动的第二次浪潮关注的论争焦点分别是生物学上的差异、经历上的差异、话语上的差异、无意识的差异以及社会经济条件上的差异。[相关观点,可参见王宁《文化语境下的性别研究和怪异研究》,《南开学报》(哲学社会科学版)2005年第5期]

的含义进一步得到了丰富,女性主义除了关注性别差异、女性之间的差异外,尤其关注相互交叉的多元差异。正是对"承认差异"的需求,推进了在性别旗帜下动员起来的女性主义运动。

当用有差异的眼光对待女性群体时,是赞扬差异,还是消除差异呢?目前,如何对待差异问题仍然困扰着女性主义者,而身份认同理论与承认理论所要处理的正是差异问题。泰勒把现代认同观念的发展所产生的"承认的政治"称为差异政治(politics of difference),并以此区分于无视差异的普遍主义的传统政治。身份认同虽然追求某种同一性,究其实质却是一种差异政治。在现代语境下,认同、承认与差异呈现出某种清晰的关系,即"差异政治认为应当承认每一个人都有他或她的独特的认同。但是,承认在这里表示某种不同的东西。"① 身份认同与承认处理的虽然都是差异问题,但侧重点并不一致。如果说身份认同由于执着于虚构的同一性而陷入了理论的怪圈,那么承认则为身份认同提供了现实的道德基础。此外,人人都有身份认同也是承认每个人的独特性前提。由于身份政治在本质上只是一种特殊的自我肯定,它拒绝普遍主义的"共同梦想",并且与正义毫不相关。② 因此,身份认同不可能成为女性主义的终极目标。承认,即要求尊重每一个他者的价值,对差异政治来说极其重要。承认不仅与正义有关,而且成为正义重要的一维。因此,从身份认同走向承认的政治,至少在理论上具备必然性。

在黑格尔的哲学传统中,"承认"为主体指明了一种理想的相互关系:在这种关系中,每一个主体都把对方——另一主体视为自己的平等者,同时也视为与自己的分离。③ 只有在理想的相互关系中,

---

① [加]查尔斯·泰勒:《承认的政治》,董之林、陈燕谷译,载汪晖、陈燕谷主编《文化与公共性》,生活·读书·新知三联书店 2005 年版,第 301 页。

② [美]南茜·弗雷泽:《正义的中断:对"后社会主义"状况的批判性反思》,于海清译,上海人民出版社 2008 年版,第 5 页。

③ [美]南茜·弗雷泽、[德]阿克塞尔·霍耐特:《再分配,还是承认?:一个政治哲学对话》,周穗明译,上海人民出版社 2009 年版,第 7 页。

女性才有可能凭借承认与被承认成为一个独立的主体,真正建构其主体性身份。走向承认不仅意味着要把自己从男性统治下解放出来,也意味着要把自己从包括自我统治在内的一切统治下解放出来。

二 女性主义:"正义的民间范式"

霍耐特认为在主体间存在三种承认模式:爱、法律和团结。如果在"承认"的框架中解读女性,可以把"爱"视为代表着两性相互承认的第一个阶段。在这种原始的承认关系中,爱不仅仅具有性别含义的男女之爱,而且代表着"相互个体化所打破的共生状态",彼此所承认的只是"他者的个体依赖性"。[1] 作为爱的构成要素,承认意味着对"由关怀所引导和支持的独立性"的肯定,但这种承认关系虽然为个体提供了情感上的支持,却不能超越基本的社会关系领域。而在法律关系中,自我和他者作为"法律主体"互相尊重,这种承认形式在权利和义务普遍分配不公的语境中,为单个主体的"尊严"提供了社会保护。[2] 如果要把每一个人都当成主体来承认,就必须通过法律保证个体权利平等地赋予所有人。在法律承认关系中,个体因其具有独立形成判断的能力而获得认识上的尊重,从而得到社会的承认。

不过,仅仅在爱和法律这两种承认关系中,女性还不可能实现主体间的相互承认,因为女性必须作为一个文化群体成员,才能获得社会承认。这就需要进一步假设主体间共有的价值视域的存在。在"团结"概念构想的承认关系中,主体作为价值共同体是"根据社会所规定的具体特征的价值而得到承认的"。[3] 如果说处于"爱"这种原始关系中的女性个体还是单个贫困的主体,那么处于法律关

---

[1] [德]阿克塞尔·霍耐特:《为承认而斗争》,胡继华译,上海人民出版社2005年版,第114页。
[2] 同上书,第116页。
[3] 同上书,第127页。

系中的女性个体已经是自治的法律个人了,但只有在价值共同体中,女性才有可能成长为合作的社会成员。

要深化对女性身份认同问题的研究,必须求助于政治学与伦理学的一个基本范畴:正义(justice)。在中国,"正义"一词最早见于《荀子·儒效》:"不学问,无正义,以富利为隆,是俗人者也。"① 一般认为,正义观念源于原始人的平等观,但不同社会、不同时代或不同阶级的人们对正义的理解也不尽相同。在古希腊,柏拉图曾把正义视为正义、智慧、勇敢和节制等"四主德"之首,在《理想国》中开篇就讨论正义问题。从某种意义上说,柏拉图的《理想国》就是一部正义论,可以用"各守本分,各司其职"这八个字来概括其正义思想。不过,在这里,正义既是其法律思想的出发点也是归宿。到了亚里士多德那里,正义仍然只包括法律正义。正义与公平、公正同义,除了属于法律范畴,还属于政治范畴和道德范畴。如果把真理视为理论的首要价值,那么正义则可视为社会制度的首要价值。

在菲勒斯文化中,身份服从以另一种外观持续着,虽经历了性质上的转变,却远远没有被消除。与此同时,身份的错误承认又巩固了社会等级的边界。按照霍耐特的观点,承认是一个自我实现的问题,但弗雷泽认为这一看法并不能很好地理解错误承认的问题,因此倡议把承认设想为一个正义问题。② 弗雷泽把承认看作社会身份的议题之一,并提出了一种承认的身份模式。她认为承认的身份模式至少具有四个优点:首先,允许承认诉求被证明为现代价值多元主义条件下的"道德凝聚剂";其次,将错误承认定位于社会关系,即身份服从关系,从而避免了自身的"心理学化";再次,避免了每个人都对"社会尊敬"拥有平等权利的观点;最后,把错误承认解

---

① 北京大学《荀子》注释组:《荀子新注》,中华书局1979年版,第105页。
② [美]南茜·弗雷泽、[德]阿克塞尔·霍耐特:《再分配,还是承认?:一个政治哲学对话》,周穗明译,上海人民出版社2009年版,第22页。

释为"正义的侵害",推动了承认诉求和再分配诉求的整合。① 正当的承认既要求重新评价菲勒斯文化,也要求重新评价女性文化。在弗雷泽看来,"没有承认就没有再分配"②,争取正义的斗争需要把为再分配进行的斗争与为承认进行的斗争结合起来。性别非正义是一个复杂多元的问题,正义概念的每一个维度都只能揭示并矫正性别非正义的一个方面。要实现性别正义,就必须推行参与平等原则,同时诉诸经济上的再分配、文化上的承认和政治上的再现权。

20世纪六七十年代新左派发动的"新社会运动"扩大了正义的范围,将性别关系、性行为、种族都纳入正义的范围。在《正义论》(A Theory of Justice,1971)一书中,约翰·罗尔斯(John Bordley Rawls)提出了一种"作为公平的正义"(Justice as Fairness)的正义观念,这种正义在理论上可以通过"无知之幕"③(veilofignorance)和"原初状态"④(originalposition)来实现。根据作为公平的正义,女性主义理论所表达的原则确认了男女平等的性别观念,而所有的"不平等"都必须有利于使女性的处境变得更好。通过男性与女性的自我反思,也许有可能摆脱一切偏见,实现作为公平的正义。但问题在于,正义理论的提出虽具有现实意义,但其所描述的毕竟只是理论虚构的理想状态。在特定的历史语境中,女性既不能摆脱既定的性别观念、道德观念与价值观念所编织的偏见,聚集到"无知之幕"的背后,也不能作为平等的、有尊严的人返回"原初状态"。

---

① 相关观点,可参见[美]南茜·弗雷泽、[德]阿克塞尔·霍耐特《再分配,还是承认?:一个政治哲学对话》,周穗明译,上海人民出版社2009年版,第32页。
② [美]南茜·弗雷泽、[德]阿克塞尔·霍耐特:《再分配,还是承认?:一个政治哲学对话》,周穗明译,上海人民出版社2009年版,第51页。
③ 约翰·罗尔斯认为这种最初状态是公平的,可以保证任何人在选择中都不会因自然的机遇或社会环境中的偶然因素而得益或受害。(相关观点,可参见[美]约翰·罗尔斯《正义论》,何怀宏等译,中国社会科学出版社1988年版,第10页)
④ 约翰·罗尔斯认为这种状态是最恰当的最初状态(intial situation),可以保证在其中达到的基本契约是公平的。(相关观点,可参见[美]约翰·罗尔斯《正义论》,何怀宏等译,中国社会科学出版社1988年版,第15页)

20 世纪 80 年代后,左派把"差异女性主义"与本土运动结合起来,赋予正义以新的含义,即"以承认群体特殊性为核心"。①

作为一个正义问题,承认与再分配分别构成了正义概念的文化维度和经济维度。从某种意义上说,约翰·罗尔斯的正义论是一个围绕分配正义展开的一维概念。弗雷泽在承认理论的基础上构造出了一种新的正义论,并指出,正义概念至少是一个涵盖"再分配"与"承认"的二维概念。"再分配"与"承认"并不是相互对立的两个概念,两者都涉及"正义的民间范式"(folk paradigms of justice),且与特殊的社会运动相联系,比如女性主义运动。② 在女性主义运动的历次浪潮中,女性主义均要求女性被男性群体接纳为一个平等而有尊严的"他者"。如果说女性主义第一次浪潮主要关切的是女性能否在思想、政治上全面参与社会,那么女性主义第二次浪潮更关切女性能否在语言、文化中得到再现。对女性来说,性别不公正主要体现在男性中心主义(androcentrism)这一思维模式上:与男性相关的特征被赋予有特权的而且已经制度化了的文化价值模式,与女性有关的特征则被去价值化。③ 从强调差异性、追求同一性到承认差异性,从反再现、解构到建构身份认同,再到寻求两性间的对话,女性主义最终走向了承认的政治。我们不得不承认,要改变性别非正义的现状,必须通过重构承认关系来破除男性中心主义。

女性主义追求的是一种正义的、对女性友好的社会秩序。在女性主义看来,从柏拉图到约翰·罗尔斯,还有一半的故事没有叙述。原始契约是由"性的—社会的"契约构成的,而约翰·罗尔斯的正义论显然遗忘了作为另一半的"性契约"。在卡罗尔·帕特曼(Car-

---

① [美] 凯文·奥尔森:《导言:伤害+侮辱》,载 [美] 凯文·奥尔森编《伤害+侮辱:争论中的再分配、承认和代表权》,高静宇译,上海人民出版社 2009 年版,第 1 页。

② 相关观点,可参见 [美] 南茜·弗雷泽、[德] 阿克塞尔·霍耐特:《再分配,还是承认?:一个政治哲学对话》,周穗明译,上海人民出版社 2009 年版,第 8—9 页。

③ 同上书,第 16 页。

第五章　承认：女性身份认同的终点？　✱✱　281

ole Pateman）看来："性别差异就是政治差异；性别差异就是自由和隶属的差异。"① 如果说社会契约讲述的是关于自由的故事，那么性契约讲述的则是关于隶属的故事。显然，约翰·罗尔斯的正义论并不能很好地解释当今社会性别不平等的原因。在契约中，男人作为当事人的主体地位得到了承认和尊重，但是"她们在契约中并没有平等的地位与尊严，传统的承认理论从未把女性作为尊重的对象"②。由此可见，正义本身也带有浓厚的男性中心主义色彩。难怪沃斯通克拉夫特曾经断言："假使要求女人服从是建立在正义之上的，那就不必请求一个更高的权能来决定——因为上帝本身就是正义。"③ 显然，沃斯通克拉夫特已经认识到上帝是"男性的"④，正义也是有性别的。性别作为一个混杂的类别，既是一种身份差异，也是一种二维的社会差异，同时起源于"社会的经济结构"和"身份制度"。

2005年，弗雷泽进一步完善了她的正义概念。她对二维的正义概念提出了质疑，并将正义拓展为三维概念。除了再分配、承认两个正义尺度之外，她又引入了独特的政治维度，将"代表权"（即再现权）纳入有关正义的理论框架，这就又回到了本书所论述的逻辑起点：反再现。如果说承认理论关注的是文化上的非正义以及身

---

① ［美］卡罗尔·帕特曼：《性契约》，李朝晖译，社会科学文献出版社2004年版，第5页。
② 郭夏娟：《为正义而辩》，人民出版社2004年版，第34页。
③ ［英］玛丽·沃斯通克拉夫特、［英］约翰·斯图亚特·穆勒：《女权辩护 妇女的屈从地位》，王蓁、汪溪译，商务印书馆1995年版，第128页。
④ 尽管有男性神学家坚持认为："性别是被造世界中的一个属性，所以我们不能直接将性别的概念应用在创造主上帝身上。"（相关观点，可参见［英］麦格拉思《基督教概论》，孙毅、马树林、李洪昌译，上海人民出版社2013年版，第147页）但女性主义哲学家、神学家玛丽·戴利（Mary Daly）批判了男性上帝，在《超越圣父》（*Beyond the God Father*，1973）一书中激烈地抨击了犹太—基督教传统中将上帝视为父的男性中心主义特色："父神象征孕育于人类的想象之中，并借助父权制维持其合理性，反过来又通过压迫妇女的机制彰显其正确性与合理性并为这样的社会提供服务。"（相关观点，可参见Mary Daly, *Beyond the God Fatther*, Boston：Peacon Press, 1985, p. 13.）

份地位上的相互尊重和承认,那么政治代表权关注的则是女性是否能够得到充分的再现。在弗雷泽看来,代表权(再现权)除了需要确保妇女在"构成性政治共同体"中发出平等的政治声音,还需要对"不能适当地包括在已建立的政治组织内部的正义"进行重构性讨论。[①] 由此可见,要建构主体性的女性身份,仅仅从批评内部出发是无效的,并不能保证性别正义的实现。只有从经济、文化和政治三个维度入手,不断发掘文本中的非正义因素(如分配不公、错误承认、错误代表权),解构菲勒斯文化,才有可能建构主体性的女性身份认同。质言之,仅仅依靠承认政治,很难撑起女性身份认同的大厦。不过,"承认"作为女性主义的文化诉求,确实加强了女性与女性、女性与其他人类之间的团结和联合。对女性主义而言,反再现、解构、身份认同、承认都不失为有效的身份认同策略,但其有效的范围都是非常有限的。

　　目前,社会斗争让位文化斗争。在承认范式中,对性别非正义的矫正主要表现在文化和符号的变化上,"文化承认"替代了"消除偏见"。女性主义将大量精力投放到文化变革上,关注点主要集中在菲勒斯统治的形式之上,自然就加深了关于性别正义的理解。从追求同一、关注差异到包容差异的范式,从再分配、承认到再现权,女性身份认同应该是什么样的,应该达到什么样的结果呢?这一问题最终以悬置的方式得到了非解决的解决,但无论如何,对女性身份认同的追问推动了承认理论的发展和女性主义理论的深化。从反再现到争取再现权,女性主义在绕了一大圈之后,又回到了起点,但这种回归对实现性别正义来说,却是必要的。我们可以想象的理想状态是,"沿着一些轴心通常处于不利地位"的女性,与"同时沿着其他轴心占据有利地位"的男性,在现代政权体制中发动起

---

　　① [美]南茜·弗雷泽:《正义的尺度:全球化世界中政治空间的再认识》,欧阳英译,上海人民出版社2009年版,第132页。

"为承认的斗争"。[①]

本章小结

本章试图将"承认"概念引入性别研究领域,进一步推进并深化女性身份认同研究。目前,我们还很难断言承认理论与女性主义的联姻是一桩幸福的婚姻,还是一桩不幸的婚姻。作为跨学科的"后理论"或"后批评",女性主义具有非凡的超越性,至今尚无一种理论或概念能够承载或涵盖其全部追求,"承认"也不例外。换句话说,女性主义注定要超越其所遭遇的任何一种理论以及其所使用的任何一种策略。尽管如此,我们并不能抹杀"承认"这一概念在建构女性身份认同的过程中所具有的理论意义与现实意义。

从本质上讲,身份认同是一个分裂主义的概念,对这一概念的高度强调并不利于女性身份认同的实现,因此有必要引进新的概念和理论范畴。首先,"承认"与"身份认同"处理的都是同一性与差异性的问题,但"承认"能够克服"身份认同"概念可能引发的分裂,且能为后者提供道德基础。其次,承认的理论框架具有开放性,不仅扩大了正义概念的范围,而且为女性正义敞开了大门。在这一框架中,不仅女性主义与正义被联结起来,而且性别正义也被纳入正义之中。最后,作为身份认同的模式之一,承认不仅丰富了身份认同的内涵,而且凸显了身份认同的现实意义,使身份认同从一种单向的独白转变成了主体间的对话。与此同时,将女性主义视角引入承认的研究领域,也有助于解构支撑承认理论的菲勒斯文化框架。

不过,"承认"也未必是建构性别关系最理想的方式。任何理论

[①] [美]南茜·弗雷泽、[德]阿克塞尔·霍耐特:《再分配,还是承认?:一个政治哲学对话》,周穗明译,上海人民出版社2009年版,第45页。

都有自身的限度,承认理论亦然,其可能面临多方面的挑战。首先,身份认同已经取代了共同体,但承认理论却又携带了"不可接受的共同体的行李"①,因此,承认话语面临着从有效话语转变为可疑话语的危险。其次,承认理论因自身的不稳定性,尚不能为女性主义提供一个稳定的分析框架,来解决性别非正义的问题。另外,作为正义的多种维度之一,承认范畴也不能单独满足女性身份认同的所有诉求。再次,在承认的框架中,互相承认往往是通过强制力量推行的,故其极有可能是一种霸道的压制,而不是自由的、没有任何拘束的平等交流。错误的承认必将扭曲女性身份认同,而肯定的承认虽然可以通过重新评价女性特质来矫正文化中的性别非正义,但却极易忽视女性身份认同的复杂性和多样性。最后,程序的非正义很难保证正义结果的产生。女性主义者在追求正义时往往忽视了"无知之幕"和"原初状态"的乌托邦性质,在建构身份认同的过程中,女性仍不得不受制于菲勒斯文化,这就给正义的结果打上了一个可疑的问号。

---

① [美]南茜·弗雷泽、[德]阿克塞尔·霍耐特:《再分配,还是承认?:一个政治哲学对话》,周穗明译,上海人民出版社2009年版,第8页。

结　语

对女性身份认同的追问

　　对女性身份认同的追问远远没有结束。从反对有误的再现、解构菲勒斯中心主义到建构女性主体性身份、为获得承认而斗争、实现性别正义，对女性身份认同的追问贯串各个章节。在后现代知识语境下，女性主义理论呈现出开放性、多元性与反思性的特征，在女性身份认同问题上也摒弃了"纯粹性"与"绝对性"的追求。虽然在整个论述中不断出现"建构"二字，但从后现代意义上说，女性不能建构一种身份认同，只能实现一种身份认同。女性即特殊性，女性身份认同的实现最终会使每个人都有可能将自己独特的形态展现出来。当然，这种特殊性有自身的政治基础。

　　女性身份认同是对女性身份认同本身的追问，也是对女性本身的追问。女性身份认同是什么，应该达到什么样的结果？在后现代语境下，我们很难给出一个精准的定义和一个确切的目标。但有一点，不管如何定义女性身份认同，都必须坚持女性的主体性与再现权，最后也都必须回到"女性"上来，回到女性的立场和女性的位置上来。我们所关心的首要问题不是"女性身份认同是什么"的问题，而是"为什么会有女性身份认同"的问题，以及"女性身份认同如何可能"的问题。当然，我们还可以追问：为什么男性身份认同能够得到主体性的显现，而女性身份认同却不能显现自身？女性身份认同将给我们的生活带来什么样的变化？在以菲勒斯为中心的话语中，有关女性主义的命题几乎都是否定性的命题，这些命题常常使女性陷入身份认同的混乱之中。这种混乱往往来自女性与女性身份认同的分裂。那么，在现有的语言中，有没有能够把女性与女性身份认同这两重意思结合于一身的概念，类似于把存在与存在者结合于一身的希腊词"on"？答案是否定的。

如何在不同的语境分别使用"女性""女人"与"妇女"？这都是令人头疼的问题。为了保持论述的客观性与中立性，笔者努力避免采用具有浓厚政治含义的"妇女"和菲勒斯文化规定下的"女人"，尽量采用描述性的"女性"。事实上，在社会性别再现中，"女性"并非纯客观的描述。在有关女性身份认同的实际论述中，出于政治上的考虑或为了某种便利，我们仍然不得不采用"妇女"一词或以"妇女"的名义来说话。这就意味着，在有关女性身份认同的论述中，不存在任何中性的立场。

要探讨女性身份认同问题，首先必须面对这样一个现实：我们曾经生活在以菲勒斯为中心的传统社会，今天我们依然生活在菲勒斯中心主义的阴影下，而且短时间内也很难走出这阴影。如果把社会性别看成一种再现，我们将会发现一个支配社会性别的内在结构：男/女二元对立。在这一再现系统中，女性被降格为他者，男性则被升格为主体。换句话说，男性与女性并不必然对应着主体与他者。在逆转的情况下，女性也有可能成为主体，男性也有可能沦为客体。但在菲勒斯中心主义结构中，这种"逆转"的可能性被扼杀了。男性对女性的诸多塑造是一种有误的强制性再现，而女性本身往往无法抵御这种强制性再现的诱惑（如女性神话、贤妻良母对女性的潜在支配）。在菲勒斯话语体系内，甚至女性主义者也有可能被规训成服从的主体，虽然她们也能清楚地意识到性别意识形态的强制性。要确立或恢复自身的主体位置，女性首先必须将菲勒斯中心主义确立为革命对象，抵抗一切有关他者女性的误现。对女性主义来说，反再现是女性实现身份认同的必要条件而非充分条件,虽然为女性身份认同的建构确立了起点,但并未提供具体的操作策略。

如果说反再现为女性身份认同确立了逻辑起点,那么解构则为女性身份认同的实现提供了具体的操作策略。对女性主义而言,(对结构与中心的)解构与(对女性身份认同的)建构,两者是相互依存,不可分离的。在以菲勒斯为中心的文化语境里,对女性身份认同的建构绝不是"平地而起"的简单建构,而是包含着一系列拆解活动的复杂建构。只有借助解构策略,才有可能清除菲勒斯文化特权的残余,消除菲勒斯中心主义结构的阴影。在此,女性身份认同是被召唤出来的否定性存在,这种否定的身份认同为不在场的女性提供了实现身份认同的契机或中介。与反再现一样,解构在实际操作中亦不能达成女性主义建构的良好愿望。作为一种策略,一种精神,解构是女性身份认同的必经之"蜕",同样注定要被超越或扬弃。

对女性身份认同来说,主体是建构女性身份认同的阿基米德点。要想获得积极的身份认同,女性首先必须占据一个主体性位置,结束被再现的历史,作为主体来言说自己。然而,在幻象与真实之间,我们很难为象征秩序之外的女性主体安排或设定一种未来。不识庐山真面目,只缘身在此山中。如果不跳出女性这座庐山,进入象征秩序,女性几乎不可能看清自身的"真"面目。因此,女性作为主体进入菲勒斯话语系统是必要的。

与此同时,女性身份认同的实现也是一个正在生成、显示、出现、展露的过程。不过,在后现代的解构氛围中,已然不可能建构一个整齐划一的主体,这就对女性主体身份认同的实现提出了新的要求。主体概念已经支离破碎,女性主义唯有放弃建构女性共同体的宏伟梦想。在全球化语境下,个体的身份认同开始呈现出不确定性。而这种不确定性恰恰又为女性的身份认同提供了革命契机。与此同时,身份认同参照体系的多元化,也加强了追寻女性身份认同的必要性。面对身份认同的异质性与多元性，自我流动、自我碎片化对女性身份认同的建构来说都是非常必要的，这也是女性建构身份认同的策略之一。

如果说身份认同由于执着于虚构的同一性而陷入了理论的怪圈，那么承认则重新加强了身份认同与现实的联系。在承认理论的框架中解读女性，可以看到女性身份认同的大致走向：从"个人的"走向"相互的"，从"独白"走向"对话"，从私人领域走向公共领域。对女性主义来说，相互承认有助于扩展女性主义立场，超越并融合狭隘的单性立场。不过，作为正义的维度之一，承认不能独自承载女性身份认同的所有诉求。

对女性主义而言，反再现、解构、身份认同、承认都不失为一种有效的身份认同策略，但这些策略都有自身的限度。从反再现到争取再现权，女性主义在绕了一大圈之后，似乎又回到了起点，但这种"回归"对实现女性身份认同来说，却是必要的。对女性身份认同的追问并不是要否定女性身份认同，而是要把女性身份认同放在一种无限性与可能性的思维层面上进行思考，并赋予其无限的可能性。在一次次自我否定与自我超越中，女性由遮蔽到敞开，使那些蔽于菲勒斯文化背后的不在场的然而又是现实的事物得以显现。如今，性别研究真正的方向已经探索出新生的可能性，即在菲勒斯中心主义结构的裂缝中找到革命之可能。也就是说，我们尽管不能以菲勒斯中心来构架女性，但也不能完全脱离男性来谈论女性，只有在接受与男性共存这一既存事实的基础上，女性才能更好地解答"我是谁"这个问题。

从再现理论、解构理论、主体理论到承认理论，每一次对女性身份认同的追问都意味着把"女性身份认同"再写一遍，然后又用"打叉涂抹"的方式（涂改、划掉、抹去）把它轻轻划掉。女性身份认同会被涂抹掉吗？如果女性身份认同并不存在，那么对女性身份认同的发问就把所问之物，即不存在的女性身份认同，变成了它的反面，即存在的女性身份认同。换句话说，女性身份认同往往是在我们的追问中显现的。在追问的过程中，我们所能把握的只是否定性的女性身份认同，而不是"是其所是"的女性。

追问是必要的。每一次的追问都能赋予女性身份认同以新的规定性，从而引发人们重新认识女性身份认同。一言以蔽之，对女性身份认同追问的意义在于"追问"本身，而不是追问的结果。然而，通过否定或简单假设完成的只是女性身份认同的概念形式，而非作为实存的女性身份认同。要实现女性身份认同，女性必须走向承认的政治，把自身的身份认同纳入性别正义的范畴之中，通过实现性别正义来实现女性身份认同。

参考文献

一 中文参考文献

［古希腊］柏拉图：《文艺对话录》，朱光潜译，人民出版社 1963 年版。

［德］黑格尔：《精神现象学》（上卷），贺麟、王玖兴译，商务印书馆 1979 年版。

北京大学《荀子》注释组：《荀子新注》，中华书局 1979 年版。

《鲁迅全集》（第三卷），人民文学出版社 1981 年版。

［德］黑格尔：《哲学讲演录》（第 2 卷），商务印书馆 1983 年版。

［英］特雷·伊格尔顿：《二十世纪西方文学理论》，伍晓明译，陕西师范大学出版社 1987 年版。

［英］特里·伊格尔顿：《当代西方文学理论》，王逢振译，中国社会科学出版社 1988 年版。

［美］约翰·罗尔斯：《正义论》，何怀宏等译，中国社会科学出版社 1988 年版。

李小江：《夏娃的探索》，河南人民出版社 1988 年版。

周宪等编：《当代西方艺术文化学》，北京大学出版社 1988 年版。

［英］玛丽·伊格尔顿：《女权主义文学理论》，胡敏等译，湖南文艺出版社 1989 年版。

［荷］佛克马、［荷］伯顿斯：《走向后现代主义》，王宁等译，北京大学出版社 1991 年版。

谢志民：《江永"女书"之谜》，河南人民出版社1991年版。

[美] 弗雷德·R. 多尔迈：《主体性的黄昏》，上海人民出版社1992年版。

[法] L. 德赖弗斯、保罗·拉比诺：《超越结构主义与解释学》，张建超、张静译，光明日报出版社1992年版。

[加] 乔治·H. 米德：《心灵、自我与社会》，赵月瑟译，上海译文出版社1992年版。

[挪威] 陶丽·莫依：《性与文本的政治》，林建法等译，时代文艺出版社1992年版。

张京媛：《当代女性主义文学批评》，北京大学出版社1992年版。

[美] 拉尔夫·科恩：《文学理论的未来》，程锡麟等译，中国社会科学出版社1993年版。

乔以钢：《中国的风流才女》，国际文化出版公司1993年版。

[英] 玛丽·沃斯通克拉夫特、[英] 约翰·斯图亚特·穆勒：《女权辩护　妇女的屈从地位》，王蓁、汪溪译，商务印书馆1995年版。

[英] 亨利·梅因：《古代法》，沈景一译，商务印书馆1995年版。

[英] 威廉·涅尔、玛莎·涅尔：《逻辑学的发展》，张家龙、洪汉鼎译，商务印书馆1995年版。

[德] E. M. 温德尔：《女性主义神学景观：那片流淌着奶和蜜的土地》，刁承俊译，生活·读书·新知三联书店1995年版。

[古希腊] 亚里士多德：《形而上学》，吴寿彭译，商务印书馆1995年版。

《马克思恩格斯选集》（第1卷），人民出版社1995年版。

《马克思恩格斯选集》（第2卷），人民出版社1995年版。

《马克思恩格斯选集》（第4卷），人民出版社1995年版。

[古希腊] 亚里士多德：《诗学》，陈中梅译，商务印书馆1996年版。

徐贲：《走向后现代与后殖民》，中国社会科学出版社1996年版。

[古希腊] 亚里士多德：《亚里士多德全集》（第一卷），中国人民大

学出版社 1997 年版。

李银河:《女性权力的崛起》,中国社会科学出版社 1997 年版。

李银河:《妇女:最漫长的革命》,生活·读书·新知三联书店 1997 年版。

[美] 大卫·雷·格里芬:《后现代精神》,王成兵译,中央编译出版社 1997 年版。

[英] 安东尼·吉登斯:《现代性与自我认同:晚期的自我与社会》,赵旭东、方文译,生活·读书·新知三联书店 1998 年版。

[美] 乔纳森·卡勒:《论解构:结构主义之后的理论与批评》,陆扬译,中国社会科学出版社 1998 年版。

[美] J. 希利斯·米勒:《重申解构主义》,郭英剑等译,中国社会科学出版社 1998 年版。

[法] 雅克·德里达:《文学行动》,赵兴国等译,中国社会科学出版社 1998 年版。

王政、杜芳琴主编:《社会性别研究选译》,生活·读书·新知三联书店 1998 年版。

上海社会科学院哲学研究所外国哲学研究室:《法兰克福学派论著选辑(上卷)》,商务印书馆 1998 年版。

[美] 阿里夫·德里克:《后革命氛围》,王宁等译,中国社会科学出版社 1999 年版。

[美] 贝蒂·弗里丹:《女性的奥秘》,程锡麟等译,北方文艺出版社 1999 年版。

[美] 凯特·米利特:《性的政治》,钟良明译,社会科学文献出版社 1999 年版。

[美] 爱德华·W. 赛义德:《赛义德自选集》,谢少波、韩刚等译,中国社会科学出版社 1999 年版。

[法] 雅克·德里达:《论文字学》,汪家堂译,上海译文出版社 1999 年版。

[德] 恩格斯：《家庭、私有制和国家的起源》，人民出版社 1999 年版。

[德] 斐迪南·滕尼斯：《共同体与社会：纯粹社会学的基本概念》，林荣远译，商务印书馆 1999 年版。

罗钢、刘象愚：《后殖民主义文化理论》，中国社会科学出版社 1999 年版。

屈雅君：《执着与背叛——女性主义文学批评理论与实践》，中国文联出版社 1999 年版。

张京媛：《后殖民理论与文化批评》，北京大学出版社 1999 年版。

[英] 安东尼·吉登斯：《现代性的后果》，田禾译，译林出版社 2000 年版。

[英] 安东尼·吉登斯、[英] 克里斯多弗·皮尔森：《现代性：吉登斯访谈录》，尹宏毅译，新华出版社 2000 年版。

[美] 罗兰·罗伯森：《全球化：社会理论和全球文化》，梁光严译，上海人民出版社 2000 年版。

[法] 笛卡尔：《谈谈方法》，王太庆译，商务印书馆 2000 年版。

李小江：《女性主义——文化冲突与身份认同》，江苏人民出版社 2000 年版。

罗钢、刘象愚：《文化研究读本》，中国社会科学出版社 2000 年版。

[英] 齐格蒙特·鲍曼：《全球化：人类的后果》，郭国良、徐建华译，商务印书馆 2001 年版。

[英] 安东尼·吉登斯：《亲密关系的变革——现代社会中的性、爱和爱欲》，陈永国、汪民安等译，社会科学文献出版社 2001 年版。

乔继堂等主编：《伍尔芙随笔全集 2》，中国社会科学出版社 2001 年版。

[英] 马丁·阿尔布劳：《全球时代》，高湘泽、冯玲译，商务印书馆 2001 年版。

[美] 贝尔·胡克斯：《女权主义理论：从边缘到中心》，晓征、平林

译，江苏人民出版社2001年版。

［美］大卫·雷·格里芬等：《超越解构：建设性后现代哲学的奠基者》，鲍世斌等译，中央编译出版社2001年版。

［法］米歇尔·福柯：《词与物——人文科学考古学》，莫伟民译，上海三联书店2001年版。

［法］拉康：《拉康选集》，褚孝泉译，上海三联书店2001年版。

［法］雅克·德里达：《书写与差异》，张宁译，生活·读书·新知三联书店2001年版。

［法］朱莉娅·克里斯蒂娃：《恐怖的权力——论卑贱》，张新木译，生活·读书·新知三联书店2001年版。

［德］于尔根·哈贝马斯：《后形而上学思想》，曹卫东、付德根译，译林出版社2001年版。

［德］赖纳·特茨拉夫：《全球化压力下的世界文化》，吴志诚等译，江西人民出版社2001年版。

［加］查尔斯·泰勒：《现代性之隐忧》，杨文贵译，中央编译出版社2001年版。

［加］查尔斯·泰勒：《自我的根源：现代认同的形成》，韩震译，译林出版社2001年版。

王逢振：《性别政治》，天津社会科学院出版社2001年版。

［日］福原泰平：《拉康：镜像阶段》，王小峰、李濯凡译，河北教育出版社2001年版。

卢建荣：《性别、政治与集体心态：中国新文化史》，台北麦田出版社2001年版。

孟樊：《后现代的认同政治》，台北扬智文化事业股份有限公司2001年版。

王晓骊、刘靖渊：《解语花：传统男性文学中的女性形象》，河北人民出版社2001年版。

杨雪冬：《全球化：西方理论前沿》，中国社会科学出版社2002

年版。

［英］齐格蒙特·鲍曼:《个体化社会》,范祥涛译,上海三联书店 2002 年版。

［英］齐格蒙特·鲍曼:《流动的现代性》,欧阳景根译,上海三联书店 2002 年版。

［英］约翰·麦克因斯:《男性的终结》,黄菡、周丽华译,江苏人民出版社 2002 年版。

［英］齐格蒙·鲍曼:《生活在碎片之中——论后现代的道德》,郁建兴等译,学林出版社 2002 年版。

［英］弗朗西斯·马尔赫恩:《当代马克思主义文学批评》,刘象愚等译,北京大学出版社 2002 年版。

［美］玛丽莲·亚隆:《老婆的历史》,许德全、霍炜等译,华龄出版社 2002 年版。

［美］约翰·罗尔斯:《作为公平的正义:正义新论》,姚大志译,上海三联书店 2002 年版。

［美］约瑟芬·多诺万:《女权主义的知识分子传统》,赵育春译,江苏人民出版社 2002 年版。

［美］马泰·卡林内斯库:《现代性的五副面孔》,顾爱彬、李瑞华译,商务印书馆 2002 年版。

［美］罗斯玛丽·帕特南·童:《女性主义思潮导论》,艾晓明译,华中师范大学出版社 2002 年版。

［加］查尔斯·泰勒:《黑格尔》,张国清、朱进东译,译林出版社 2002 年版。

［斯洛文尼亚］斯拉沃热·齐泽克等:《图绘意识形态》,方杰译,南京大学出版社 2002 年版。

［斯洛文尼亚］斯拉沃热·齐泽克:《意识形态的崇高客体》,季广茂译,中央编译出版社 2002 年版。

孟悦、戴锦华:《浮出历史地表:现代妇女文学研究》,中国人民大学出版社2002年版。

张中载等:《二十世纪西方文论选读》,外语教学与研究出版社2002年版。

［英］安德鲁·甘布尔:《政治和命运》,胡晓进等译,江苏人民出版社2003年版。

［英］安东尼·吉登斯:《社会学》,赵旭东等译,北京大学出版社2003年版。

［英］朱迪斯·巴特勒、［英］欧内斯特·拉克劳、［斯洛文尼亚］斯拉沃热·齐泽克:《偶然性、霸权和普遍性:关于左派的当代对话》,胡大平等译,江苏人民出版社2003年版。

［英］齐格蒙特·鲍曼:《共同体》,欧阳景根译,江苏人民出版社2003年版。

［英］齐格蒙特·鲍曼:《现代性与矛盾性》,邵迎生译,商务印书馆2003年版。

［英］布赖恩·特纳:《社会理论指南》,李康译,上海人民出版社2003年版。

［英］戴维·弗里斯比:《现代性的碎片》,卢晖临等译,商务印书馆2003年版。

［美］Edward W. Soja:《第三空间:去往洛杉矶和其他真实和想象地方的旅程》,陆扬等译,上海教育出版社2005年版。

［美］葛尔·罗宾等:《酷儿理论》,李银河译,文化艺术出版社2003年版。

罗岗、顾铮:《视觉文化读本》,广西师范大学出版社2003年版。

［英］弗吉尼亚·吴尔夫:《一间自己的房间》,贾辉丰译,人民文学出版社2003年版。

［英］斯图尔特·霍尔:《表征:文化表象与意指实践》,徐亮、陆兴华译,商务印书馆2003年版。

［英］塔里克·阿里、［英］苏珊·沃特金斯:《1968年:反叛的年

代》，范昌龙译，山东画报出版社 2003 年版。

［美］马歇尔·伯曼：《一切坚固的东西都烟消云散了——现代性体验》，徐大建、张辑译，商务印书馆 2003 年版。

［美］梅里·E. 威斯纳－汉克斯：《历史中的性别》，何开松译，东方出版社 2003 年版。

［美］乔纳森·弗里德曼：《文化认同与全球性过程》，郭建如译，商务印书馆 2003 年版。

［美］索菲亚·孚卡、［英］瑞贝卡·怀特：《后女权主义》，王丽译，文化艺术出版社 2003 年版。

［美］斯蒂芬·哈恩：《德里达》，吴琼译，中华书局 2003 年版。

［法］吕西·依利加雷：《二人性》，朱晓洁译，生活·读书·新知三联书店 2003 年版。

［法］米歇尔·福柯：《疯癫与文明：理性时代的疯癫史》，刘北成、杨远婴译，生活·读书·新知三联书店 2003 年版。

［法］米歇尔·福柯：《知识考古学》，谢强、马月译，生活·读书·新知三联书店 2003 年版。

［古希腊］柏拉图：《柏拉图全集》（第 3 卷），王晓朝译，人民文学出版社 2003 年版。

宫哲兵：《抢救世界文化遗产——女书》，时代文艺出版社 2003 年版。

余宁平、杜芳琴：《不守规矩的知识：妇女学的全球与区域视界》，天津人民出版社 2003 年版。

［英］阿克顿：《法国大革命讲稿》，秋风译，贵州人民出版社 2004 年版。

［美］高彦颐：《闺塾师：明末清初江南的才女文化》，李志生译，江苏人民出版社 2004 年版。

［美］卡罗尔·帕特曼：《性契约》，李朝晖译，社会科学文献出版社 2004 年版。

[美] 罗伯特·麦克艾文：《夏娃的种子：重读两性对抗的历史》，王祖哲译，上海人民出版社 2004 年版。

[法] 雅克·德里达：《多重立场》，佘碧平译，生活·读书·新知三联书店 2004 年版。

[法] 西蒙娜·德·波伏娃：《第二性》，陶铁柱译，中国书籍出版社 2004 年版。

[德] 彼得·毕尔格：《主体的退隐：从蒙田到巴特间的主体性历史》，陈良梅等译，南京大学出版社 2004 年版。

[德] 于尔根·哈贝马斯：《现代性的哲学话语》，曹卫东等译，译林出版社 2004 年版。

[澳] Chris Barker：《文化研究——理论与实践》，罗世宏等译，台北五南图书出版股份有限公司 2004 年版。

陈顺馨、戴锦华：《妇女、民族与女性主义》，中央编译出版社 2004 年版。

罗婷：《克里斯特瓦的诗学研究》，中国社会科学出版社 2004 年版。

施旻：《英语世界中的女性解构》，九州出版社 2004 年版。

郭夏娟：《为正义而辩》，人民出版社 2004 年版。

魏开琼：《中国：与女性主义亲密接触》，九州出版社 2004 年版。

[英] 拉雷恩：《意识形态与文化身份：现代性与第三世界的在场》，戴从容译，上海教育出版社 2005 年版。

[英] 齐亚乌丁·萨达尔：《东方主义》，马雪峰译，吉林人民出版社 2005 年版。

[英] 戴维·赫尔德等：《驯服全球化：管理的新领域》，童新耕译，上海译文出版社 2005 年版。

[美] 简·盖洛普：《通过身体思考》，杨莉馨译，江苏人民出版社 2005 年版。

[德] 康德：《历史理性批判文集》，何兆武译，商务印书馆 2005 年版。

［加］巴巴拉·阿内尔：《政治学与女性主义》，郭夏娟译，东方出版社 2005 年版。

［斯洛文尼亚］齐泽克：《敏感的主体：政治本体论的缺席中心》，应奇等译，江苏人民出版社 2005 年版。

黄华：《权力，身体与自我：福柯与女性主义文学批评》，北京大学出版社 2005 年版。

李银河：《女性主义》，山东人民出版社 2005 年版。

李银河：《两性关系》，华东师范大学出版社 2005 年版。

袁曦临：《潘多拉的匣子：女性意识的觉醒》，上海译文出版社 2005 年版。

汪晖、陈燕谷：《文化与公共性》，生活·读书·新知三联书店 2005 年版。

张静：《身份认同研究》，上海人民出版社 2005 年版。

朱立元：《西方美学范畴史（第 3 卷）》，山西教育出版社 2005 年版。

［英］琳达·麦道威尔：《性别、认同与地方》，徐苔玲、王志弘译，台北群学出版有限公司 2006 年版。

［英］玛丽·沃斯通克拉夫特：《女权辩护：关于政治和道德问题的批评》，王瑛译，中央编译出版社 2006 年版。

Kathryn Woodward：《认同与差异》，林文琪译，韦伯文化国际 2006 年版。

［日］远藤织枝、黄学贞：《女书的历史与现状：解析女书的新视点》，中国社会科学出版社 2006 年版。

李小江：《女人读书——女性/性别研究代表作导读》，江苏人民出版社 2006 年版。

李银河：《李银河自选集：性、爱情、婚姻及其他》，内蒙古大学出版社 2006 年版。

庞晓明：《结构与认识：阿尔都塞认识论思想解读》，中国社会科学出版社 2006 年版。

王艳芳:《女性写作与自我认同》,中国社会科学出版社2006年版。

王宇:《性别表述与现代认同》,上海三联书店2006年版。

周宪:《文化现代性精粹读本》,中国人民大学出版社2006年版。

[美]佩吉·麦克拉肯主编:《女权主义理论读本》,广西师范大学出版社2007年版。

[美]沃格林:《没有约束的现代性》,张新樟、刘景联译,华东师范大学出版社2007年版。

[美]佳亚特里·斯皮瓦克:《从解构到全球化批判:斯皮瓦克读本》,陈永国等译,北京大学出版社2007年版。

[法]于丽娅·克里斯特娃:《反抗的未来》,黄晞耘译,广西师范大学出版社2007年版。

柏棣:《西方女性主义文学理论》,广西师范大学出版社2007年版。

刘岩:《母亲身份研究读本》,武汉大学出版社2007年版。

刘岩、邱小轻、詹俊峰等:《女性身份研究读本》,武汉大学出版社2007年版。

乔以钢、林丹娅:《女性文学教程》,河北教育出版社2007年版。

汪民安主编:《文化研究关键词》,江苏人民出版社2007年版。

吴新云:《身份的疆界:当代美国黑人女权主义思想透视》,中国社会科学出版社2007年版。

严泽胜:《穿越"我思"的幻象》,东方出版社2007年版。

周宪编著:《文化研究关键词》,北京师范大学出版社2007年版。

周春:《美国黑人女性主义批评研究》,四川大学出版社2007年版。

[美]贝尔·胡克斯:《激情的政治:人人都能读懂的女权主义》,沈睿译,金城出版社2008年版。

[美]南茜·弗雷泽:《正义的中断:对"后社会主义"状况的批判性反思》,于海清译,上海人民出版社2008年版。

[法]波德莱尔:《波德莱尔美学论文选》,郭宏安译,人民文学出版社2008年版。

马元曦、康宏锦主编：《西方女性主义文学文化译文集》，广西师范大学出版社 2008 年版。

［美］欧文·戈夫曼：《污名：受损身份管理札记》，宋立宏译，商务印书馆 2009 年版。

［美］凯文·奥尔森：《伤害＋侮辱：争论中的再分配、承认和代表权》，高静宇译，上海人民出版社 2009 年版。

［美］南茜·弗雷泽、［德］阿克塞尔·霍耐特：《再分配，还是承认？：一个政治哲学对话》，周穗明译，上海人民出版社 2009 年版。

［美］南茜·弗雷泽：《正义的尺度：全球化世界中政治空间的再认识》，欧阳英译，上海人民出版社 2009 年版。

［美］朱迪斯·巴特勒：《性别麻烦》，宋素凤译，上海三联书店 2009 年版。

闵冬潮：《全球化与理论旅行：跨国女性主义的知识生产》，天津人民出版社 2009 年版。

［法］阿尔弗雷德·格罗赛：《身份认同的困境》，王鲲译，社会科学文献出版社 2010 年版。

［法］朱丽娅·克里斯蒂娃：《中国妇女》，赵靓译，同济大学出版社 2010 年版。

刘岩：《差异之美：依里加蕾的女性主义理论研究》，北京大学出版社 2010 年版。

［英］麦格拉思：《基督教概论》，孙毅、马树林、李洪昌译，上海人民出版社 2013 年版。

［美］苏珊·斯坦福·弗里德曼：《图绘：女性主义与文化交往地理学》，陈丽译，译林出版社 2014 年版。

［斯洛文尼亚］斯拉沃热·齐泽克：《延迟的否定：康德、黑格尔与意识形态批判》，夏莹译，南京大学出版社 2016 年版。

肖巍：《心远不思归》，上海书店出版社 2016 年版。

二 期刊论文及其他

北岛:《致读者》,《今天》1978年第1期。

[意] 康帕涅拉(M. L. Campanella):《全球化:过程和解释》,梁光严译,《国外社会科学》1992年第7期。

宫哲兵:《关于一种特别文字的调查报告》,《中南民族学院学报》1983年第3期。

李银河:《关于本质主义》,《读书》1995年第8期。

[法] M. 福柯:《什么是启蒙?》,汪晖译,《天涯》1996年第4期。

王宁:《文学研究中的文化身份问题》,《外国文学》1999年第4期。

严泽胜:《拉康与分裂的主体》,《外国文学评论》2001年第4期。

谢立中:《"现代性"及其相关概念词义辨析》,《北京大学学报》(哲学社会科学版)2001年第5期。

蔡一平:《跨越彩虹——苏珊·弗里德曼谈多元文化下的女性写作》,《中国妇女报》2001年8月13日。

吴冠军:《"承认的政治",还是文化的民主?——回应汪晖对"权利自由主义"的批评》,《开放时代》2002年第1期。

罗婷:《克里斯特瓦视域下的中国与中国妇女形象》,《文艺理论与批评》2002年第5期。

王宁:《叙述、文化定位和身份认同——霍米·巴巴的后殖民批评理论》,《外国文学》2002年第6期。

屈雅君:《女性文学批评本土化过程中的语境差异》,《妇女研究论丛》2003年第2期。

杨莉馨:《女性主义诗学在中国:双重落差与文化学分析》,《文艺研究》2003年第6期。

杨莉馨:《影响与互动:解构理论与女性主义》,《南京师范大学学报》(社会科学版)2003年第3期。

任一鸣:《质疑女性主体的一则寓言——解读王安忆的〈弟兄们〉》,

《昌吉学院学报》2003 年第 4 期。

赵汀阳：《认同与文化自身认同》，《哲学研究》2003 年第 7 期。

陶家俊：《身份认同导论》，《外国文学》2004 年第 2 期。

［斯洛文尼亚］波拉·祖潘茨·艾塞莫维茨：《露西·伊利格瑞：性差异的女性哲学》，金惠敏译，《江西社会科学》2004 年第 3 期。

刘思谦：《女性文学的语境与写作身份》，《南京师范大学文学院学报》2004 年第 4 期。

林树明：《女性主义文论与解构批评》，《贵州师范大学学报》（社会科学版）2004 年第 5 期。

刘钊：《女性意识与女性文学批评》，《妇女研究论丛》2004 年第 6 期。

佘艳春：《女性主体性确认的历史循环》，《山东师范大学学报》（人文社会科学版）2005 年第 2 期。

黄华：《女性身份的书写与重构》，《中华女子学院学报》2005 年第 2 期。

王晓路：《表征理论与美国少数族裔书写》，《南开学报》（哲学社会科学版）2005 年第 4 期。

王宁：《文化语境下的性别研究和怪异研究》，《南开学报》（哲学社会科学版）2005 年第 5 期。

宫哲兵：《女书：中国女性为自己创造的文字》，《中国民族》2005 年第 7 期。

刘慧姝：《现代性、身体与女性——新时期女性小说研究》，博士学位论文，中山大学，2005 年。

蒋欣欣：《西方女性主义理论中的"身份/认同"》，《文艺理论与批评》2006 年第 1 期。

林丹娅：《华文世界的言说：女性身份与形象》，《北京大学学报》（哲学社会科学版）2006 年第 2 期。

林树明：《论当前中国女性主义文学批评的问题》，《湘潭大学学报》

（哲学社会科学版）2006年第3期。

王国豫:《创造性与德国哲学的走向》,《世界哲学》2006年第4期。

刘俐俐:《女人成为流通物与文学意味的产生——柔石〈为奴隶的母亲〉艺术价值构成探寻》,《甘肃社会科学》2006年第5期。

周宪:《"合法化"论争与认同焦虑》,《南京大学学报》（哲学社会科学版）2006年第5期。

屈雅君:《社会性别辨义》,《南开学报》（哲学社会科学版）2006年第6期。

阎嘉:《文学研究中的文化身份与文化认同问题》,《江西社会科学》2006年第9期。

王宁:《流散文学与文化身份认同》,《社会科学》2006年第11期。

王淑芹:《美国黑人女性主义文学批评研究》,博士学位论文,山东大学,2006年。

刘莉、夏怡:《经济全球化时代民族、阶级和性别的三维关系——对后殖民理论的解读和分析》,《江西社会科学》2007年第1期。

谢志民:《中国女书作品的文体特点及其分类》,《世界文学评论》2007年第1期。

乔以钢:《性别:文学研究的一个有效范畴》,《文史哲》2007年第2期。

乔以钢:《"人"的主体性启蒙与女性的自我追求——20世纪80年代女性文学创作侧论》,《中山大学学报》（社会科学版）2007年第2期。

丁三东:《"承认":黑格尔实践哲学的复兴》,《世界哲学》2007年第2期。

王进、张颖:《反本质主义与女性主义批判》,《北京理工大学学报》（社会科学版）2007年第3期。

唐魁玉、徐华:《污名化理论视野下的人类日常生活》,《黑龙江社会科学》2007年第5期。

何平立：《认同感政治：西方新社会运动述评》，《探索与争鸣》2007年第9期。

李恒威：《意向性的起源：同一性，自创生和意义》，《哲学研究》2007年第10期。

曹卫东：《从"认同"到"承认"》，《人文杂志》2008年第1期。

李平：《策略本质主义述评——后现代女性主义的"阿里阿德涅之线"》，《中国人民大学学报》2008年第1期。

李琦：《公民社会理论视角下的认同问题探究——从黑格尔到哈贝马斯》，《思想战线》2008年第2期。

乔以钢、刘堃：《"女国民"的兴起：近代中国女性主体身份与文学实践》，《南开学报》（哲学社会科学版）2008年第4期。

张玫玫：《露丝·伊利格瑞的女性主体性建构之维》，《国外文学》2009年第2期。

周穗明：《N. 弗雷泽和A. 霍耐特关于承认理论的争论》，《世界哲学》2009年第2期。

王岳川：《"后理论时代"的西方文论症候》，《文艺研究》2009年第3期。

尤西林：《"现代性"及其相关概念梳理》，《思想战线》2009年第5期。

吴玉军：《共同体的式微与现代人的生存》，《浙江社会科学》2009年第11期。

三 英文参考文献

Louis Althusse, *For Marx*, Ben Brewster (tran.), New York & London: Allen Lane, The Penguin Press, 1969.

Louis Althusse, *Lenin and Philosophy and Other Essays*, Ben Brewster (tran.), New York & London: Monthly Review Press, 1971.

Luce Irigaray, *Speculum of the Other Women*, Gillian C. Gill (tran.), Ithaca & New York: Cornell University Press, 1985.

Mary Daly, *Beyond the God Fathter*, Boston: Peacon Press, 1985.

Michael Inwood: *A Hegel Dictionary*, Oxford: Blackwell, 1992.

Francis Fukuyama, *The End of History and the Last Man*, New York: Free Press, 1992.

Hilde Hein & Carolyn Korsmeyer, *Aesthetics in Feminist Perspective*, Bloomington: Indiana University Press, 1993.

Steve Pile & Nigel Thrift (eds.), *Mapping the Subject: Geographies of Cultural Transformation*, London & New York: Routledge, 1995.

Stuart Hall, "The Work of Representation", in Stuart Hall (ed.), *Representation: Cultural Representation and Signifying Practices*, London, California & New Delhi: Sage, 1997.

Victoria Grace, *Baudrillard's Challenge: A Feminist Reading*, London & New York: Routledge, 2000.

Toril Moi (ed.), *Sexual/Textual Politics*, 2nd Edition, London & New York: Routledge, 2002.

Jürgen Habermas: "Equal Treatment of Cultures and the Limits of Postmodern Liberalism", *The Journal of Political Philosophy*, Volume 13, Number 1, 2005.

Charles Taylor, *A Secular Age*, Cambridge & London: Belknap Press, 2007.

后 记

　　本书是在我的博士学位论文的基础上修改、充实而成的。从论文的选题、材料的搜集到各章节的构思、写作，我都得到了导师屈雅君教授的大力支持与帮助。大学时期，初次接触女性主义思想，如醍醐灌顶，开始对女性主义批评产生浓厚的兴趣。花信年华，终于如愿以偿，在屈老师的引导下，走上了性别研究与文学批评之路。11年前，在为人妻母之后，带着对性别差异的鲜活体验，重新回到屈老师的门下攻读性别文化与文学批评方向的博士研究生。彼时，女儿正值嗷嗷待哺之时。此时，女儿已过金钗之年。

　　又是一年初冬。我的博士学位论文在"冬眠"了整整八年之后，终于在屈老师的召唤下苏醒过来了。坦率地说，这是一本"未竟之作"，尽管从结构上来说是完整的，但终究还是未能很好地回答女性身份认同问题。对女性身份认同的"追问"和"重写"到底有多少理论价值和现实意义呢？我心惶恐。无论如何，本书是我而立之后对女性身份认同问题思考的结果，但愿这块砖头能够引出美玉来。

　　本书的出版，离不开那些关心、支持我学术成长的老师、同学和亲人们。

　　首先，我要感谢的是陕西师范大学的屈雅君教授。学高信为师，身正堪称范。多年来，屈老师不仅以学者的睿智和长者的宽容牵引我、点拨我，而且给予了我最充分的信任和最温暖的鼓励。与恩师同行，如沐春风。她开阔的学术视野，超凡的人格魅力，无不潜移默化地影响着我。学术之路,没有捷径。屈老师不仅激发了我浓厚的学术兴趣,而且培养了我良好的学术操守。先做人,再做学问。相比于学问,屈老师更关心我们的幸福和平安。不管此生能走多远,我都不会忘记恩师的教诲:不着急,一步一步来,不要给自己的学术之路留下任何污点。

  本书的出版,还要感谢博士学位论文答辩委员会的主席、南开大学的乔以钢教授。那个冬天乔老师很忙,既要照顾信任她、依赖她的卧床多年的婆婆,又要辗转于各地,参加硕博士毕业论文答辩。为了参加我的答辩,乔老师凌晨四五点出发,从天津飞往西安;为了照顾家中的婆婆,乔老师又是凌晨四五点出发,从西安返回天津。乔老师对后辈学子的无私关怀和提携,更是让人永志不忘。《礼记》有云:"长者与之提携,则两手奉长者之手。"奈何山高水远,未曾以滴水相报。只愿此生不辜负师长们的厚爱!

  本书的出版,还要感谢博士学位论文答辩委员会的各位老师,他们分别是曾经向我传道授业的尤西林教授、李西建教授、梁道礼教授、畅广元教授以及西北大学的段建军教授。从论文的开题到预答辩,再到答辩,各位老师提出的中肯意见和宝贵建议,极大地启发了我的写作。尤老师的博大精深,李老师的儒雅风范,梁老师的魏晋风度,畅老师的循循善诱,段老师的谦和大气,更是让我受益终身。高山仰止,景行行止,虽不能至,然心向往之。

  本书的出版,还要感谢我的博士研究生同学,他们分别是赵周宽、张春娟、权雅宁、王效峰、妥建清以及室友徐晖。敦厚如周宽、婉慧如春娟、聪颖如雅宁、圆融如效峰、博学如建清、善良如徐晖,与他们携手并肩、一同求学,实乃人生之趣、人生之幸。

  本书的出版,还得感谢硕士研究生师姐刘小莉。不论她是在广州读博,还是在北京读博士后,都一如既往地帮助我、鼓励我。如果没有她无私推荐的书籍和无偿复印的资料,我的博士学位论文许是另外一副模样了吧。

本书的出版，还要感谢咸阳师范学院文学与传播学院的各位领导与同事，尤其是外国文学教研室的各位同仁。在博士学位论文写作期间，我得到了他们的大力支持和慷慨帮助。

最后，感谢我的家人。博士学位论文写作期间，适逢爱人也在求学，母亲为我揽下照顾女儿的全部责任以及所有的家务，留下父亲独自一人与已过古稀之年的奶奶相依为伴。倘若没有家人的全力以赴，我读博的梦想终归也只是一种奢望！

每一次写作犹如一次精神冒险，而每一次写作都会留下诸多遗憾：有欢欣，也有颓丧；有惊喜，也有失落。我不得不承认，我把自己连同女性主义一起带进了理论的死胡同。直到今天，我仍没有停止对女性身份认同的追问。

是的，这并不是真正意义上的结束，甚至这还仅仅只是一个开始……

傅美蓉

2018 年 12 日于咸阳